劍舞輪迴

Sword Chronicle

Vol. 5

Setsuna　著

CONTENTS

第二十迴－Zwanzig－

約定－VOW－

1

少女的眼前是一片黑暗。

黑暗深不見底，伸手不見五指；這裡的時間彷彿是停頓了，一切都是靜止的，但似乎同時又有一股能量在暗地裡流轉。

少女對這片漆黑很是熟悉，她經常身處其中，只是這次她不再站在如同泥濘般黏稠的水中，而是在一無所有的空間浮著。

不，與其說是浮著，更應該說是一點一點地墜落。

她正在飄浮，卻隱約地感覺到身體正逐漸下沉。在沒有空間概念的黑暗裡，沒有起點，也沒有終點，浮游不等於可以觸碰到出口，下潛也不過是繼續留在同一地方，在根本上並沒有分別。

她感到全身疲累，無論身心都不停發出哀號；空無一聲的環境帶來了她一直渴求的寧靜，令她感到舒適，同時也讓她睡意漸濃。眼皮越來越重，她想順著身體的意願緩緩閉上眼睛，但在閉上眼睛前的一刻，她的耳邊卻傳來制止的聲音。

不，不行！不能在這裡睡著！

她盡力抵抗睡意，睜開雙眼，但無盡的黑暗模糊了睜眼閉眼的分別。與其在無限的時間裡醒著，不如依從身體的意願入睡，反而會更舒服——

但在這時，不遠處傳來一些混雜的人聲。

「……樣真的沒問題嗎？」
「你們先去……後會跟上。」
「……希爾德小姐，你不要有事……」
很吵啊，可以安靜一點，讓我睡覺嗎？
雖然少女是這樣想，但她的手卻下意識開始向聲音的方向伸出。說話的內容斷斷續續，難以辨別內容，她卻對那些聲音有些印象。她不記得聲音的主人是誰，但就是有種莫名的熟悉感。
你們是誰？是在呼喚我嗎？
她嘗試問道，聲音卻戛然而止。一道失落感隨即湧來，她本來以為這些人是來找她的，是需要她的，但原來不過是自己的一廂情願而已。
總是這樣，所有人都只會利用我，但從來沒有人需要我。
拋開心中那些期望，她欲回到睡眠之中。就在此時，一枝尖矛粗暴地插進她的背部，刺穿她的胸膛。她還未及尖叫，雙手手腕、手臂、大腿便陸續傳來被利物刺穿的劇痛。痛楚頓時喚醒她的記憶，她雙眼睜大，眼前滿是自己被虐打、被傷害的過去。清澈卻又染滿血的水鞭、飄浮在空中的尖銳冰錐、還有漆黑如夜的長劍，一一綁住她的手腳，刺穿她的胸膛，砍傷她的身體。
「回答我，為甚麼沒有跟指示做？」
「一而再、再而三地搞砸我的計劃，你知道會受甚麼懲罰對吧？」

「你看清楚，自己只是個人偶而已！」
「我還未贏，當然不會倒下！」

不，不要過來！你們都不要過來！
被傷害的同時，熟悉的人聲在空間響起。少女嘗試逃竄，她驚慌至極，一心只想從那恐怖的碧藍和漆黑身影逃離。她不停在空間裡奔跑，在沒有盡頭的黑暗裡狂奔，但無論她跑得多快，身體的疼痛依然殘留，二人的聲音仍舊不停在她的耳邊迴盪。
為甚麼不能放過我？我不求甚麼，只是想活而已！
她從心吶喊，這時整個人撞上前面——似是一具軀體，她立刻轉身打算跑走，但軀體卻握緊她的兩手手腕，不讓她離開。
放開我！讓我走！
她嘗試掙脫，但卻不成功。抓著她的手傳來一絲溫暖，她有些驚訝，但一想到那些聲音快要追上自己，便急著想離開。
別阻著我，快放開！

「沒事的。」

軀體似是感應到她的焦慮，放開她的雙手，改而緊擁她入懷。他輕輕用言語安慰少女，又輕撫她的頭。明明是陌生的手、看不見的軀體，但少女卻漸漸從中感受到一絲令人安心的熟悉。她再聽不見那些追著自己的聲音，而身上的劇痛也在他的溫暖包圍中漸漸散去。

她略為驚訝地抬頭望去，那裡甚麼都沒有，但她卻確信正有一雙「眼」在看著自己。眼中映入的是漆黑，但她卻看到一道光——那道當每次自己受苦、被痛苦侵蝕時，都會陪伴她跨過孤獨，引領她走過黑暗的晨光。

「沒事了。有我在，你不會有事的。」

她看不見軀體的面容，卻感覺到他正對著自己微笑。一副微笑頓時在她的腦海浮現，她記不起那人是誰，卻忍不住對那副微笑動容。

啊，原來你一直都在。

她緊緊抱著軀體，像小孩一樣渴求安慰。她流著淚，不是因為驚慌，而是因為感激。

無論發生甚麼事，你都一定會前來；只要有你在身邊，就甚麼都不怕。

甚麼……都不怕了……

「嗄！」

布倫希爾德雙眼猛然睜開，她環視四周，望著被光充滿的環境，感覺有點陌生。

她把頭微微一側，看見自己的左邊不遠處有兩道巨大的玻璃窗戶，幾乎跟整個房間一樣高的窗戶讓外面的陽光全數灑進房間，令房間每一處都被陽光包圍。雖然房間無論在玻璃窗戶的大小，以及其他格局都與自己的睡房十分相似，但她從傢俱的設計和流動的元素力量中確定，這裡並不是她的房間。

那麼，這裡是哪裡？

她欲坐起來，這時卻發現自己的右手正被甚麼緊握著。她轉過頭一看，看見正有一位有著一頭金髮的少年趴睡在自己的床邊，而他正緊握著自己的右手。

她一嚇，立刻縮手，這動作喚醒了少年。

「咦……？布倫希爾德，你終於醒來了？」金髮少年——路易斯搓揉著雙眼，睡眼惺忪地坐起來。一看見布倫希爾德坐在床上，他整個人立刻清醒過來，激動地上前握著她的雙手，並湊近詢問。

「不、不要！」布倫希爾德卻嚇得立刻縮到床的一角，與路易斯拉開距離。她拿棉被包裹著自己全身，只剩雙眼露出來，驚慌地瞪著路易斯，戰戰兢兢地問：「你是誰？」

「我是路易斯，你……不記得我了嗎？」路易斯想接近，但布倫希爾德見狀卻把自己包得更緊，這個反應令他很是受傷。

在帶布倫希爾德離開安凡琳時，莉諾蕾婭就有叮囑過路易斯，布倫希爾德醒來後也許會有短暫的失憶症狀。他早有心理準備，且在布倫希爾德昏迷的這四天裡不停在腦裡想像可能會發生的場景；但當他實際面對時，卻仍然沒法輕易接受。

布倫希爾德瞪著眼前的金髮少年，腦裡一片空白，完全想不起任何與「路易斯」這個名字的相關記憶，但不知為何，這個名字卻帶給她一種溫暖。

「路……易斯？」她嘗試跟著重複唸，但絲毫沒有放鬆警戒。

「你……是不是記起甚麼了？」路易斯帶著一絲期待，小心翼翼地問。

「你可否告訴我，你是我的誰？」布倫希爾德問。

「我……」原來她沒有記起，路易斯頓時有些失落。但突然被問自己是她的甚麼人，他一時間怔住，不懂得該如何回答。他思考了一陣子，想出幾個可能會令布倫希爾德記起自己的說法後，嘗試繼續說：「是齊格飛家的人，也是你的未婚夫，交換過承諾……的人。」

他越說，心裡越沒底。就算二人訂了婚，交換過約定，但那又代表甚麼？他突然覺得，婚約、約定甚麼的其實都很空泛，只要其中一方忘卻這些事，就甚麼用處都沒有。但他心裡仍然懷抱一絲希望，希望布倫希爾德可以藉著這些空泛的東西記起他。

「承諾？是甚麼？」布倫希爾德開始放鬆了些，疑惑地問。

「就算你不記得，但我對你的愛仍然由始到終，而我會一直相信你。」路易斯再次重複他在訂婚典禮晚會時對她所下的承諾。雖然心裡覺得尷尬，但他強忍想別過頭去的衝動，眼神堅定地望向布倫希爾德，說畢便輕輕微笑，希望此舉能令她安穩一些。

對於承諾，布倫希爾德一點印象也沒有；但路易斯的笑容，卻勾起她在夢境中所見的一切。零碎的記憶一點一點地湧出，她跟某人在湖邊散步、跟某人在精靈之森裡並步聊天、跟某人在教堂裡交換戒指、跟某人在舞廳裡共舞、跟某人在月下相互交吻，不同的記憶漸漸在她面前浮現。她無法辨別出某人的身份，但卻清楚記得他是跟那個微笑有關。

布倫希爾德低頭回想一陣子後，緩緩轉頭望向路易斯。本來陌生的面孔逐漸變得能夠辨識，本來看起來無意義的五官，在記憶片段的催化下慢慢在她的腦中化為有意思的資訊。

「路易斯？」布倫希爾德看著路易斯，遲疑地問道。她看著他時，感覺他面前掛著一層薄紗，感

回應。

「是。」路易斯留意到她的動作，心裡有少許激動，但不想嚇倒她，所以盡力抑壓心情，點頭

「是你嗎？」布倫希爾德朝路易斯往前移一步，似是想湊近確認。

「是我。」路易斯不懂得在這個時候該給甚麼回應，於是為布倫希爾德的問答給予肯定。

覺模糊，卻又有幾分熟悉。

「救了我的，是你嗎？」布倫希爾德再湊近兩步，繼續問。

「……沒錯，是我。」路易斯一時不清楚布倫希爾德指的是何事，想了兩秒才半猜想地回應。

這時，布倫希爾德已經來到路易斯跟前。她輕輕把手疊在路易斯的手上，從手上傳來的溫暖瞬間把她腦海裡的碎片都串連起來。

她記起了，那個救自己免於被黑劍殺死的人，那個唯一願意愛自己的人，那個總是會帶領自己離開黑暗的人，就是眼前這人。記憶依然破碎，有很多空白的地方，但她很肯定，他，就是那道光。

布倫希爾德甚麼都沒說，只是把頭埋在路易斯的肩膀上，並握緊他的手。

「布倫希爾德？」對此突如其來的展開，路易斯很驚訝。

「謝謝你，」布倫希爾德小聲呢喃。「救了我。」

「你……記起了？」路易斯心裡一震，戰戰兢兢地嘗試確認。

「嗯。」布倫希爾德繼續把頭埋在路易斯肩膀上，輕輕點頭，小聲地說：「路易斯，謝謝你。」

路易斯一聽，身子頓時一震。這幾天以來害怕失去重要之人的擔憂、發覺她醒來時的感動、看著她忘卻又記起自己時的失而復得，眾多感情在同一時間一同湧出，化為淚珠從眼角流下。他將布倫希

爾德緊擁在懷中，雙手抱緊她，微微抽泣著。

「我該說才對，謝謝你，還記得我是誰。」

2

「嗯……唔！」

另一邊廂，兩天前，在精靈之森，愛德華從昏睡中醒來。映入眼簾的只有昏暗的光線，景色也很陌生。正當他正要坐起來察看環境時，胸口卻傳來一陣悶痛，令他登時痛得彎下身子，動彈不得。

「你醒來了？」諾娃關心的聲音從他一旁傳出。愛德華感到自己的左手被握緊一下，因而望去，這才發現諾娃正牽著他的左手。她用右手輕輕推愛德華的肩膀，勸他不要坐起來：「你還是躺著比較好，傷口還未全好。」

「這裡是哪裡？」傷口未全好，難道我沒有睡太久？愛德華躺下後，嘗試輕輕打量周圍。他感覺到四周的空氣比較濕潤，而空氣則瀰漫著一陣泥土的氣味，而他再仔細仰望時，發現上方的黑暗帶些墨綠，似是苔蘚，登時想到一個可能：「我們還在安凡琳嗎？」

「已經離開安凡琳了，但未離開精靈之森。」諾娃回應道，她的聲音有點疲憊。

「你是怎樣想辦法帶我離開安凡琳的？」一聽見他們並不在安凡琳，愛德華頓時放鬆了些，但很快他便想到另一個問題——到底我們是怎樣離開的。「我記得當時我們從路易斯眼下離開，沒走幾步後我便走不動，你扶我到一棵樹下坐著，之後發生的事便不清楚了。」

他記得當時自己的意識很迷糊，印象最深的是頭痛欲裂，強撐著走了幾步之後，突然雙腳一軟，不支倒地。諾娃見狀便把他扶到一邊，靠著樹幹坐下，說要先止血甚麼的，但之後的記憶便是一片空白。

「那時候你全身都是傷，我便打算先簡單治療一下你的傷口再繼續移動，但在我施行治療術式的期間，你已經力竭昏倒。考慮到留在安凡琳的話很容易會被發現，所以我便帶著你回到安凡琳的城門，剛巧碰見有馬車要離開，便像我們進去時一樣暗中尾隨，回到森林後便往西走，來到這個石洞休息。」諾娃平靜地補充愛德華記憶的空白。「還記得嗎？這個石洞跟我們在森林前行時借宿的石洞是同一個。」

「難怪這麼面熟……慢著，你一個人抬著我走那麼遠的路？」愛德華一驚。他記得石洞和安凡琳入口之間的距離並不短，諾娃一個人抬著自己走，不會很吃力嗎？

諾娃只是輕輕一笑，著愛德華放下心來：「我有用術式協助的，不用擔心。」

雖然嘴上是這樣說，但當愛德華要望向諾娃時，她卻下意識地把頭別開，不想讓他看到自己面上的倦容。

那時，為了令瘦弱的自己能夠抬起愛德華，諾娃利用術式減輕自己要承受的重量。在隱藏自己氣息、潛行的同時維持治療和分擔重量的術式，加上身上帶傷，負擔不輕，她在前往樹洞的路途上就有數次覺得自己快要昏倒。每次她快要昏倒時，一想到不想愛德華有事，便立刻咬緊牙關繼續撐下去。在他昏迷的兩天，她一直牽著他的手隱藏二人的視線氣息，又忙著治療愛德華的傷口，沒怎樣好好休息過，所以現在十分疲倦。

她不打算讓愛德華察覺此事，因為她知道他要是發覺了，定會在心裡感到過意不去，這不是她想要的。

愛德華當然留意到她的異樣，但不打算問下去。他把視線移開，藉此讓諾娃放鬆一些。「所以我睡了多少天？」

「剛好兩天，現在外面還是早上。」見愛德華別過頭去，諾娃整個人沒剛才那麼繃緊。她說時轉身瞧一眼外面，確認時間。

「我還以為是半天或是一天呢，」愛德華心裡有點驚訝。他緩緩摸一下左側腹，那個被光錐刺傷的傷口仍在，按壓時傳來令人痲痺的痛楚，好一陣子才漸漸散去。想起之前幾次對決後，在諾娃的幫助下，傷口通常都在兩三天內便能全好，他感到有點奇怪：「傷口好像比之前康復慢了。」

「可能是受到精靈女王的特殊元素術式影響，」諾娃似是早有準備，平靜地說出她這些天以來的觀察。「似乎是她的元素術式令治療術式沒法完全發揮效果。」

「甚麼意思？」愛德華問的時候想起，諾娃曾經猜想過布倫希爾德的不明術式可能跟「虛無」有關。難道傷口好得慢是因為那裡被「虛無」攻擊過？他猜測。

「我也不太清楚，可能是有些『虛無』元素殘留在傷口表面，用術式治療時被無效化了一部分也不定，所以效果不太好。」諾娃說時輕輕嘆了一口氣，似乎她在這兩天已經想盡辦法解決，但還是束手無策。「就算用『虛空』的能力治療，也不是特別顯著，看來唯有慢慢等傷口康復了。」

「人都是這樣等待康復的，別太在意，」感受到諾娃心裡的內疚，愛德華輕輕捏緊她的手，安慰她。他沉思片刻，回想起和布倫希爾德戰鬥時的過程，總結了心裡的疑問：「但她的那些元素術式很令人在意呢。使用四大元素攻擊時，要依靠手上的劍和那些液體行事，唯獨是『虛無』，她不需要液體便能發動術式。元素術式都是要依靠那些液體才能發動的嗎？不是吧？」

諾娃點頭：「她在使出『水牆』元素術式把我們封住時似乎沒有用到液體，但使出風、火、土的元素術式時卻需要那些由元素力量化成的液體輔助，似乎『精靈髓液』也是必要的。」

「如果傳說是正確的，『精靈髓液』是用精靈的神石製造，可以號令世上所有的精靈，那麼她可能是用這把劍來號令水元素以外的力量。」愛德華憑他僅有的精靈相關知識，嘗試協助推論。

「對。如果說因為她本身是水精靈，所以就算是精靈界的女王，要行使某餘三大元素力量時會有限制，需要某他媒介協助，這個我能理解。」可能是我們外人對「精靈女王能號令精靈」的理解跟實際情況不同，諾娃猜想。「但我一直想不明白的是，她行使『虛無』時的樣子，似乎沒有依賴任何媒介，彷彿是從自身抽出力量行使那些術式的。」

她回想起在祭壇上解讀過的文字。假設那些液體真的是由靈體化成，但為甚麼精靈女王需要用自身靈魂交換，才能獲得水元素以外的其他元素力量？那組寫法跟「大地之子」相似，卻稍有不同的文字，到底是甚麼？解讀得到那組字的話，是否便能夠得知精靈女王那特殊元素術式的真面目？

「我們冒險進來，差點換上性命，卻只得到半吊子的情報，要是我能多看懂一些精靈文……」得不到答案的推論是很痛苦的，諾娃獨自思索了兩天，卻仍覺得自己只是站在起點附近打轉，不禁感到有點氣餒。

「不，」諾娃說到一半，便被輕輕搖頭的愛德華打斷。一改以往，這次居然是他抱持比較樂觀的看法：「即使沒有獲得完全的解答，但目睹了那個儀式，以及親眼見證過精靈女王的戰鬥方式，還能全身而退，我們算很幸運的了。」

「對了，為甚麼在她行使『虛無』時，你沒有想過逃走？」愛德華的話安撫了諾娃的情緒，但也勾起她對另一件事的好奇。

「當時怎能逃得掉？」愛德華一臉詫異，不明白諾娃為何會問這個問題。

「確實不容易，但精靈女王的攻擊也不是躲不過，如果一心想逃，還是能找到機會的。」諾娃認真地解釋自己的意思。「我在意的是，你在當下選擇了對決，而不是想辦法離開。」

聽畢，愛德華更感詫異，他忍不住激動地來，就算扯到傷口也要反駁：「這……很顯而易見吧？她是舞者，就算今天不打，他日我們也一定會再碰頭。那麼比起想辦法逃走，對決並勝出不是最簡單直接的解決辦法嗎？」

祭典已經進行了一半，她居然到現在還不明白這個簡單的問題嗎?他心裡納悶。

「我們本來前來的目的是調查，一早說好要儘量避開與精靈女王對決，就算被她發現了也要想辦法逃走。但在她行使『虛無』時，你的反應不是先嘗試逃去，發現沒辦法才選擇對決，而是想贏她，甚至在路易斯突然出現時不顧自身狀況，趁他動搖時打算上前攻擊。要不是我拉著你，大概你們已經打起來了吧？」諾娃在按下想坐起來的愛德華同時，冷靜地說出這兩天以來，她在心中思考了很多遍的事。

「這!……慢著，你想說甚麼？」愛德華本來想繼續反駁，但說到一半感覺到諾娃話中有話，立刻吞下本來想說的話，改而問她。

「我只是想知道，那時候的你在想些甚麼。」諾娃低下頭，嘗試整理腦海中的思緒。「感覺跟我平時認識的你有點不一樣。」

諾娃心中的疑惑是，她知道愛德華是個懂得精明計算利弊的人，不會打沒把握的仗，就算遇上不得不打的難仗，也會思考如何改變形勢，令它變得對自己有利；但在和布倫希爾德一戰，當愛德華被她的光錐刺穿腰部，自己上前治療時，愛德華並不是讓她治療，而是中斷了自己，並撐起滿是傷的身體面對布倫希爾德。當時明明對方也是全身乏力，因此不是沒有治療的時間，但愛德華卻放棄了。諾娃當下以為愛德華的決定是為了減輕自己同時維持兩個術式的負擔而行的，但這兩天回想起愛德華回應布倫希爾德的嘲笑時，便覺得他當時應該有別的意圖。

在路易斯出現後，愛德華的反應更讓諾娃不解。諾娃深信，他沒可能不知道當時自己全身是傷，而且體力流失了大半，面對毫髮未傷且在氣頭上的路易斯是沒有勝算的。但出乎她意料之外，他在那個時候竟然答應了對決，而且真的想上前攻擊路易斯。她當時上前扶著要跌倒的他時，感覺到愛德華最初是想掙脫，是想站起來跟路易斯打的，只是看見自己不停搖頭勸止，才改變主意。

不顧自己身體狀況、無視當下情況的優劣繼續硬行，這樣的愛德華令她感到陌生，也有點害怕。

「不太記得了，一心想贏吧。」愛德華沉思片刻，嘗試回想起諾娃提及的時間點時的心境，卻發現記憶很模糊，連自己當時做了甚麼也不太記得清楚。他嘗試整理：「我只記得當時心裡的一個想法，想贏，想嘗試在這場不利的對決中反敗為勝。她剛使出『虛無』時，我確實是抱著『想辦法扭轉局勢』的心態對決，也有考慮過逃走的可能，但在那麼強大的力量面前居然能逐漸找到優勢，怎樣說呢……開始有點舒暢了。」

「舒暢？」諾娃疑惑的同時，心裡有點懼怕。

「我也不太懂得形容，但當時只是想繼續打下去，想挑戰這道未知的高山並勝過之，其他甚麼都沒想。」愛德華盡他所能地形容。「在那傢伙出現時，我瞬間覺得對決被打斷有點意猶未盡，以及在這個劣勢下對決，也不失為一種樂趣，所以便……哈哈！」

說到一半，愛德華突然想到了甚麼，笑了起來。

「你笑是為甚麼？」諾娃一時跟不上，有點嚇到。

「沒有，只是發覺自己的想法居然開始跟夏絲姐有點像而已，」輕輕笑了幾聲後，愛德華感到心裡舒暢了不少。他剛才沉思時，心裡一直有種不可言狀的悸動，但現在想通後，頓時明白原來那悸動是來自一直壓抑著在心深處，對戰鬥的愉悅。他感慨道：「與強者對決，原來會有這種樂趣的啊。」

夏絲姐說過，她喜歡跟強者對戰，贏固然重要，但最重要的是過程有趣與否。愛德華以前不明白這句話，他是因為希冀成為最強，所以要勝過一個又一個的強者，戰鬥於他是階梯，是往上進發的必經之路，一切都需要慎密的計算，只有在勝出所有人時才會感到高興。他沒想到自己居然慢慢地學懂了享受對戰的過程，甚至會因為覺得意猶未盡，就算渾身是傷都不打算收手。

他覺得自己突然理解了夏絲姐多一點，這個發現令他驚喜。他的心裡多了一份悸動，忽然有個衝動想盡快啟程回去冬鈴城，急不及待想跟夏絲姐分享這個發現。

注視著開朗地笑著的愛德華，諾娃只是半知半解地看著他，嘗試從他的話猜透他的心思，但一頭霧水。

這時，石洞外傳來一陣急促的腳步聲，二人立刻提起警覺。

「……你，看看這裡。」一道聲音命令道。

是來搜索他們的精靈嗎？愛德華立刻坐起來，和諾娃縮到石洞的一角。未幾，有一個身影探頭進到石洞四處查看，依她那把在昏黑中仍閃耀著藍光的長髮猜測，她應該是水精靈。

諾娃緊握愛德華的手，集中精神維持隱藏氣息和無效化視線的能力。水精靈的視線投向二人所在的方向時，她身子震了一下，但精靈沒發現甚麼，很快便望向別處。

「報告帕諾佩大人，這裡也沒有。」水精靈再看了兩眼後，便走出石洞，向外面的另一精靈報告。

「我看看，」話音剛落，愛德華便看到有另一位水精靈探頭進到石洞裡，打量了兩眼，然後掛著有點氣餒的神情嘆了一口氣。「到底是藏在哪裡了？」

「帕諾佩大人，東方和南方的森林都已經搜索過，都沒有蹤影，現在剩下的只有西方，但那裡我覺得機會不大……」剛才第一位進入石洞的水精靈——卡莉雅納莎，向帕諾佩報告道。

「都要找一次的，不然怎樣向主人交待？」帕諾佩對卡莉雅納莎的提議不感興趣。她有點焦躁地回應：「她沒可能離開精靈之森的，別浪費時間了，繼續找吧。」

接下來的是一陣沉默，過了不久，愛德華二人聽見腳步聲漸漸遠去，看來二位精靈離開了。

「看來她們不是想找我們，」確認附近沒有精靈的氣息後，諾娃鬆了一口氣，小聲說道。

「有點奇怪，我們明明被精靈女王發現了蹤影，路易斯也看到了，那麼他們不是應該要追捕我們的嗎？」愛德華也覺得奇怪。他們可是斗膽潛入精靈國境，甚至把他們的女王打至重傷的人類，精靈不會想把他們找出來，還以應當的懲罰嗎？但依照剛才二位精靈的話來看，她們正在尋找一個「她」，而不是「他們」，也就是說她們不是來抓愛德華和諾娃的。

「這兩天我也看不見有精靈想把我們找出來。」諾娃加了一句自己的觀察。「我們都受了傷，沒法走得遠，他們照道理應該想找我們才是。」

「只有兩個解釋，一是他們真的不打算管我們了，另一個可能是他們有更麻煩的問題要處理，所以沒空閒理會我們的事。」愛德華想了一會，推理道。

「照他們剛才的反應來看，似乎後者比較有可能。」諾娃點頭，她跟愛德華的想法一致。

愛德華凝重地點頭。他直覺覺得，這件事與他們的潛入不無關係。可以凌駕於解決侵入者，需要優先處理的大問題，到底是怎樣一回事？

「她們急著想尋找的那個『她』，到底是誰？」

3

「莉諾蕾婭，為甚麼你要這樣冒險？」坐在床上，布倫希爾德憂心地問才剛進到房間不久，坐在床沿的莉諾蕾婭。

「小姐，這是當下唯一可行的辦法。」莉諾蕾婭眼神堅定地回應，她對自己所作的決定毫不後悔。

時間回到兩天後，布倫希爾德醒後不久，先是讓路易斯家的醫生為她稍作身體檢查，確認身體無大礙，再小睡一會後便看見自己最親近的女僕莉諾蕾婭出現在她的面前。借助日記本，布倫希爾德已經重獲過去的大部分回憶，當中包括被希格德莉法逼使進行祈靈之儀，以及和路易斯經歷過的一切往事。只是沒寫在日記本上的，在精靈之森和愛德華的一戰，以及自己到底是如何從安凡琳來到威芬娜海姆，這些空白便要依靠莉諾蕾婭的旁述來填補。

正如諾娃在祭壇上所解讀的，每次進行祈靈之儀，布倫希爾德都必須獻上自己的靈魂一部分，也就是記憶，用來跟靈體和仙子立約，從他們手上獲得元素之液。她獻上的記憶是隨機的，由靈體和仙子決定取走哪些部分，本人沒有任何控制權。這些年來因進行過很多次的儀式，布倫希爾德的大部分的靈魂早已給了靈體和仙子，剩餘的部分並不多，所以她的記憶已經十分殘碎。

為了讓自己就算失去記憶也不會忘卻過去，布倫希爾德有寫日記的習慣。她每天都會把當天發生的事鉅細無遺地記載在珍貴的日記本中，無論是自己當下每一個瞬間的感受變化，或者周圍的環境，所有雞毛蒜皮的事，布倫希爾德都會一一用文字仔細記下。而每次進行儀式後，她都會從頭仔細閱讀日記本，將自己寫過的內容一一牢記進腦袋裡，那麼就可以將失去的記憶以這種方式帶回腦海裡。

這件事是布倫希爾德的最大秘密，只有她、莉諾蕾婭、卡莉雅納莎和希格德莉法知道。多虧精靈過目不忘的記憶力，這個方法成功讓她沒有在外人面前暴露不時失憶的事，但偶然還是有失誤，例如她無法回溯路易斯提及過的二人過去——早在她會開始寫日記之前已經失去的記憶，以及像今早剛醒來時，一時忘了路易斯的身份。

幸好，莉諾蕾婭早就猜到這種事有可能發生，把布倫希爾德交託給路易斯時，提醒他布倫希爾德醒來後也許會有短暫的失憶症狀，著他不要在意，路易斯才沒有起疑。布倫希爾德十分感謝莉諾蕾婭的貼心，但同時間心裡也很憂慮。她知道終有一天路易斯會察覺，不，也許他已經留意到些微端倪，只是沒有說出口而已。她會告訴他的，只是現在還未準備好。

總而言之，從莉諾蕾婭口中，布倫希爾德得知她來到威芬娜海姆的詳細。莉諾蕾婭當時把昏倒的布倫希爾德交給路易斯，請求他以家裡有急事為由立刻離開安凡琳，並用元素術式隱藏布倫希爾德的身影氣息，以騙過帶路的凱姆和守衛安凡琳的精靈們。把布倫希爾德交託時，莉諾蕾婭同時將日記本、訂婚戒指和幾瓶以前進行儀式時換來的元素之液交給路易斯，說元素之液有助布倫希爾德的身體恢復，可以讓她服用，而日記本則要放在當眼位置，她醒來時看見的話會安心一點；而且，在布倫希爾德醒來後，記緊給她一點私人時間掌握當下狀況。嘴上是這樣說，實際的意思是要給布倫希爾德時間把日記本的內容牢記一遍，「取回記憶」。

莉諾蕾婭當時沒有與路易斯等人一起同行，而是留在安凡琳。她解釋說有些後事需要打點，隨後才會趕到，所以不久前才到達威芬娜海姆城堡，與布倫希爾德重聚。

「要是夫人知道我從安凡琳逃出來，她一定會暴跳如雷的。」莉諾蕾婭講述的時候態度帶著堅定自信的眼神，但布倫希爾德還是很擔心。

莉諾蕾婭告知了她，她在希格德莉法面前謊稱布倫希爾德在獨自折返到湖邊期間，因不明理由失蹤。莉諾蕾婭利用祭壇四周的凌亂環境，表示猜測布倫希爾德可能是私自想再進行一次祈靈之儀，並在期間出了甚麼意外，因此失去蹤影，但一定仍在安凡琳郡內，借此誘使希格德莉法派人搜索布倫希爾德，轉移她的視線。

莉諾蕾婭把計劃說得天衣無縫，表示一定不會有破綻，但布倫希爾德卻不認同。多年來被控制的經驗早就讓她知道希格德莉法是個怎樣的人，並在她的強威下折服。布倫希爾德十分清楚，只要是希格德莉法想做的事，只要是她想找到的人，沒有人能阻礙她，也沒有事能瞞騙她的雙眼。活在她的長年監視下，布倫希爾德不相信自己有能夠逃離的一天，心裡有的只剩沮喪。

所以她覺得，這麼明顯的謊言，希格德莉法應該早就看穿了吧。

「但如果小姐留在安凡琳的話，一定會死在夫人手上。」只是莉諾蕾婭的信心很堅定，絲毫沒有被布倫希爾德的情緒影響。

「小聲點！」莉諾蕾婭正打算說下去，但被布倫希爾德急忙打住。布倫希爾德急忙向莉諾蕾婭打了個眼色，二人立刻閉上嘴巴，眼神鬼祟地望向房門的方向，見那裡沒有人的氣息，才鬆了一口氣。

希格德莉法和布倫希爾德之間的控制關係是另一個大秘密，路易斯不能知道，布倫希爾德也不打算讓她知道。

布倫希爾德嘆了一口氣。祈靈之儀被外人看見，而且還要在決鬥中落敗，要是希格德莉法知道真相，一定會憤怒地把她虐打至死，再不留活命。

但這是她個人的事，莉諾蕾婭牽涉進來的話，她的下場也不會好過：「這是當然的，但這是我的事，現在你都……」

「我的唯一願望就是盡力保護小姐。只要小姐沒事，我甚麼都可以做。」布倫希爾德才說到一半，莉諾蕾婭便好像已經猜到她的意思似的，立刻表明想法。

「為甚麼？」布倫希爾德驚訝地問道。她知道莉諾蕾婭一直待她很好，但不明白為何她願意為了這樣的自己而搭上性命。斗膽違背夫人是不會有好下場的，莉諾蕾婭應該也知道才對。

「自從第一次跟隨小姐開始，我已經有這個覺悟。在整個精靈之鄉裡，只有小姐願意正視我，願意拋開歧見，把我留在你身邊。」莉諾蕾婭低著頭，坦白心裡一段從未對他人說過的心底話。「所以我早就立下誓言，要讓小姐得到幸福，遠離夫人的控制，就算我有危險也在所不辭。」

莉諾蕾婭從小就因為自身水精靈和風精靈的混血血統而被仇視，身邊的精靈都彷彿恨不得想她去死，但只有布倫希爾德從沒有批判過她。布倫希爾德從第一天相見開始便用對待其他精靈一樣的態度對待莉諾蕾娅，後來更開始重用她，就算其他精靈提出多麼強烈的抗議，也堅持要把她留在身邊。對莉諾蕾娅來說，布倫希爾德的恩情如山，所以她要用自己去回報，要用盡全力令主人得到她應得的幸福。

「莉諾蕾娅……」第一次聽見莉諾蕾娅的剖白，布倫希爾德頓時有些感動。

布倫希爾德不覺得自己值得被愛，但同時也渴望被愛。

在危急關頭解救自己的路易斯，以及冒險將自己送出安凡琳的莉諾蕾娅，二人再次令布倫希爾德明白，她也是值得被愛的。

當接收到他人的愛意之時，她再次理解到，原來那份自己最想要的東西，早就藏在自己的掌心中。

「所以請求小姐，請你一定要留在這裡。」莉諾蕾娅懇切地請求。她伸出手，握緊布倫希爾德的右手，說道：「難得排除萬難，從精靈之鄉逃了出來，就請別再回去。」

說完，她緊握布倫希爾德的手一下，請求她答應。

「……好吧。」布倫希爾德思考了一陣子，遲疑地回應。

她仍不清楚這是否正確的選擇，但起碼現在不能浪費兩個最愛她的人的心意。

「布倫希爾德？是我……不好意思，打擾你們二人了？」空氣靜寂下來，不久後卻被一道響亮的敲門聲打破寧靜。路易斯開門進來，見莉諾蕾娅在布倫希爾德的床邊，以為自己打擾了二人的對話，立刻轉身打算離去。

「沒有，小姐和我談完了，我也有些要事要處理，因此先行告退。」莉諾蕾娅識相地立刻站起來，把床邊的坐位讓給路易斯。她離開前向布倫希爾德打了一個眼色，報告：「小姐，我還會留在這裡一段短時間，請不用擔心。」

布倫希爾德輕輕點頭，而莉諾蕾婭緩緩離開後，沒走幾步，便看見站在門邊的彼得森。

莉諾蕾婭聽見身後的路易斯正詢問布倫希爾德她的身體狀況，而後者也能像以前一樣正常對答。莉諾蕾婭放下心來，走到彼得森旁邊站著，與他一同在門邊遠遠注視著二人，並低聲對他說：「十分感謝你們能夠及時來到安凡琳，不然真的不知道會發生甚麼事。」

「這是我該說的，安凡琳女公爵的信來得真及時。我在那個時候正想寫信給女公爵求助，沒想到正要下筆時，便先收到你們的信。」比莉諾蕾婭高半個頭的彼得森壓下聲線回應，似乎不想讓路易斯聽見。

「給我們？那麼剛巧？」莉諾蕾婭感到驚訝，她望向彼得森，睜大雙眼問：「為了甚麼？」

「我想請你們編一個理由，邀請我家主子到安凡琳去。我當時想，路易斯大人在歌蘭大人去世後甚麼都不願說，也不太願意見人，但若果對象是安凡琳女公爵的話，或許會比較願意開口吧。」彼得森解釋。他說的同時望向路易斯，看見他正憂心地再三確認布倫希爾德的狀況，全副心神都放在她身上的樣子，並回想起一星期前他那副失去了靈魂般的空殼模樣，頓時更加覺得自己的想法是正確的。

「原來是這樣，那麼看來我們的想法相近呢，彼得森先生。」莉諾蕾婭釋然一笑，似是放下了心頭大石，小聲說道：「請彼得森先生別告訴威芬娜海姆公爵，那封信其實是我用小姐的名義寫的。」

「果然如此，我不是沒有猜想過。」莉諾蕾婭以為彼得森會嚇一跳，怎知後者居然擺出一副早就猜到的模樣回應。彼得森見莉諾蕾婭立刻轉頭望向他，雖然表情平淡但看得出他仍有點驚訝，便立刻補上解釋：「放心，那封信路易斯大人沒有仔細看，所以應該沒有發現這件事。」

「為甚麼彼得森先生會發現是我寫的？」莉諾蕾婭心裡很是好奇。

「字跡很像，但有些用詞跟以往稍微不同，」彼得森也不吝嗇，直接說出自己的觀察。他以前曾經為了了解布倫希爾德的行事習慣，而在路易斯沒留意的時候仔細閱讀她寄來的信件。為了分析，他讀了許多遍，很快便把布倫希爾德的字跡、慣用字詞等資訊牢記於心，所以在收到上一封布倫希爾德的信件時，對發信人的身份存疑。「但確認的契機，還是因為莉諾蕾婭小姐，你在安凡琳向我們提出的請求吧。」

莉諾蕾婭一聽，立刻明白了彼得森的意思：「我寫信的時候沒有料到會發生這樣的事，你們當時願意答應我的不情之請，實在十分感激。」

「莉諾蕾婭小姐言重了，正如你之前說過的，我們都是忠心為主人著想，以主人的安危為最優先事項行動的人。當時情況緊急，爭分奪秒，只要是可行的方法，我們都會盡力嘗試。」彼得森用莉諾蕾婭之前鼓勵他的說話回應，同時回想起幾天前的光景。

他還記得，幾天前二人的馬車剛到達安凡琳城堡的內庭時，便看見從不遠處走來的莉諾蕾婭和卡莉雅納莎。當時莉諾蕾婭用說話支走卡莉雅納莎後，便指引一臉焦急的路易斯，告訴他布倫希爾德在湖邊，著他盡快前去。彼得森一直站在馬車旁邊，等候其他精靈指引停泊馬車的地方。當時他不時會聽到遠處傳來異響，但不以為然。但過了不久，便看見路易斯抱著全身是血的布倫希爾德回來，頓時嚇了一大跳。

彼得森在當時才得知莉諾蕾婭請求路易斯把布倫希爾德帶離安凡琳一事。莉諾蕾婭那時候聲稱，若果布倫希爾德留在安凡琳，她在愛德華手下落敗一事將為她帶來死亡，所以一定要帶她離開，但不能讓任何精靈知道此事。那個時候凱姆剛好不在，她趁這個機會，先是用水元素術式將布倫希爾德包裹起來，說此舉可以隱藏她的氣息和擾亂其他精靈的視線，使他們看不見布倫希爾德，同時這術式也可以暫時穩定傷勢。並且，她在路易斯和彼得森的協助下，將布倫希爾德固定在馬車的臥鋪上——就是彼得森本來為了路易斯而改裝的坐位。

待凱姆回來後，眾人立刻在他面前做了一場戲。莉諾蕾婭表示路易斯家裡突然有急事，需要盡快回去處理，指示凱姆立刻為客人帶路離開，這樣才得以成功瞞天過海，把布倫希爾德運離安凡琳。在路上，尤其是在精靈之森時，彼得森一直擔心會否有精靈察覺此事——畢竟他眼中的精靈都是神通廣大的，或是布倫希爾德的身體狀況能否支撐一天半的路程，但最後他們成功回到威芬娜海姆城堡，布倫希爾德順利康復，而莉諾蕾婭也正如分別時所承諾的，隨後趕來。

剛才在城堡門口迎接前來的莉諾蕾婭時，彼得森才終於放下心頭大石。她的到來，印證這個危險的計劃暫時劃上句號。

經歷此事，莉諾蕾婭心裡對這個理應是世仇的火龍家族的人多了一份感激。她裝作布倫希爾德寫信給路易斯，原先是想藉著邀請他前來，令布倫希爾德不用進行祈靈之儀而已，沒想到居然變成了請他帶走布倫希爾德。她感激路易斯的決斷，也感謝二人沒有追問太多。

「再次感謝，也希望你們可以繼續讓小姐住在這裡一段時間。」莉諾蕾婭說的同時向彼得森微微點頭，表示謝意。沒有他們，也許現在布倫希爾德已經不存在於世上了。

「安凡琳女公爵是路易斯大人的未婚妻，當然有住在城堡的資格，相信路易斯大人也一定不會介意的。」彼得森再次把視線投在路易斯身上，心想：他大概恨不得布倫希爾德在這裡住一輩子吧。這時，他想起一件事，面色頓時一沉：「只是，有一件事我不知道是好是壞。」

「請問是甚麼事？是關乎小姐的身體適應嗎？」莉諾蕾婭以為彼得森正在擔心身為精靈的布倫希爾德會否在人類世界住得不舒服。

但彼得森想的是截然不同的另一件事：「安凡琳女公爵的到來，分散了我家主子的注意力，全心全意照顧她，但在我看來，他的心結還沒有解決，只是被拋到一旁而已。」

這幾天路易斯不眠不休地照顧布倫希爾德，過程都被彼得森都一一看在眼內。他每天都坐在布倫希爾德床邊，寸步不離，定時餵她喝莉諾蕾婭交託的液體，又為她細心包紮傷口，累了便直接趴在床上小睡。彼得森多次勸說過路易斯可以把一些照顧的工作交給僕人處理，也應該要回房睡覺，但路易斯就是不依，不許任何人阻礙他。

見路易斯態度強硬，彼得森也不好意思再多說。他看到的是，路易斯把照顧布倫希爾德的事當作大海中的浮木般抱緊，彷彿一離開她，就會回到甚麼都不是的狀態。他樂於看見主子從自責和沮喪轉移視線，但這似乎只是在逃避，根本的問題並沒有解決。

「原來如此。」莉諾蕾婭不太熟知路易斯家裡的事，沒法給太多反應。

「家裡的巨變為他帶來不少打擊，能夠從一件事轉移視線到另一件事確實是好，也是我希望的，但本來的問題一直放著不解決，這樣真的好嗎？」彼得森一口氣把心裡的憂慮都發洩出來。他望向莉諾蕾婭，詢問道：「不知道身為精靈，莉諾蕾婭小姐會怎樣看？」

「別人的事，我們都只能旁觀。」莉諾蕾婭想了想，很快給出解答。

「別人？」這二字令彼得森戒備起來，他的語氣混雜了些怒氣。

「沒錯。」但莉諾蕾婭依然鎮定，她繼續說：「威芬娜海姆公爵確實是你的主子，但同時間也是別的個體。有些問題只有他一人能面對，只有他能想辦法跨過，我們能做的只是旁觀，並在適當時候上前協助而已。」

「也是呢，只是感覺很無力。」莉諾蕾婭的話不無道理，彼得森其實隱約明白的，只是一想到自己甚麼都不能做，就接受不到而已。

「要相信自己的主子，彼得森先生。」莉諾蕾婭鼓勵他。「連你也沒有信心的話，你的主子又怎能真的振作呢？」

彼得森輕笑了一聲。的確，連他也沮喪的話，怎能鼓勵路易斯呢？「謝謝你，莉諾蕾婭小姐，上次也是，這次也是。」

「不客氣，我只是把你心裡想的重複一遍而已。」莉諾蕾婭說完，向彼得森輕微點頭，投向堅定的眼神，給他一些信心。

「莉諾蕾婭！你在嗎？」這時，布倫希爾德呼喚莉諾蕾婭。

「請問小姐有何吩咐？」聞言，莉諾蕾婭和彼得森立刻中止對話並上前。

「你會留在這裡的吧？」布倫希爾德問。莉諾蕾婭剛才隱約聽見布倫希爾德和路易斯在談留宿的問題，看來是事情談妥了，布倫希爾德便開始關心她的行程計劃吧，她猜想。

「這……」莉諾蕾婭眼神有些閃縮。她本來想直接說的，但路易斯和彼得森也在場，不太方便提到希格德莉法的事。她想了一會，決定比較婉轉的方式表達：「今天我會在這裡的，但郡裡的事不容我離開太久，恐怕明天便要啟程回去。」

莉諾蕾婭是以在精靈之森搜索為名，偷偷從安凡琳跑出來的。太久不回去的話，希格德莉法便會起疑，到時候問題便難搞了。她需要定期露面，也要繼續瞞騙希格德莉法，因此一定要回去，沒有別的選擇。

「是這樣嗎……」莉諾蕾婭的回答在情理之中，但布倫希爾德還是有點失落。她從未試過在沒有莉諾蕾婭的地方獨處，一想到莉諾蕾婭要離開，便立刻焦慮起來：「只有我一人，我……」

「留在威芬娜海姆公爵的身邊，不會有事的。我承諾，一定很快會回來。」莉諾蕾婭看穿布倫希爾德心裡的憂慮，立刻安慰道。「所以請安心留在這裡吧。」

說完，她望向路易斯，並向布倫希爾德點頭，示意請她嘗試相信。布倫希爾德思考片刻，總算收起面上的失落，露出輕輕的微笑，看來是接受了。

「那麼再次拜託威芬娜海姆公爵，照顧我家小姐了。」見此，莉諾蕾婭轉身望向路易斯，並向他微微鞠躬。在人類眼中，這只是普通的禮儀，但在精靈的世界裡，向人類低頭，可是極大的恥辱。所以莉諾蕾婭此舉，隱含了莫大的謝意和懇切請求。

「放心吧，我會讓布倫希爾德受到最好的照料的。」路易斯握緊布倫希爾德的手，同時口頭給予莉諾蕾婭承諾。

莉諾蕾婭再次向他鞠躬道謝。她現在能依靠的，只有這兩位人類了。

「布倫希爾德，既然現在身體已經沒甚麼大礙，你有甚麼想做的嗎？」一改凝重的氣氛，路易斯向布倫希爾德拋出一個輕鬆的問題。

「嗯……一時間想不到呢。」布倫希爾德的以前所做的每一件事幾乎都是被安排好的，突然可以自己下決定，她一時間腦袋空白，想不到可以做甚麼。

「不如在威芬娜海姆公爵的陪同下，到威芬娜海姆看看？」莉諾蕾婭打破沉默，提議道。

「甚麼？」布倫希爾德嚇了一跳。

「難得離開精靈之鄉，不如趁在這段留宿期間，多看看外面的世界吧。」莉諾蕾婭繼續遊說。

「小姐之前不是說過，想知道更多關於人類世界的事嗎？」

「我確實說過，但……」布倫希爾德有點遲疑。她確實說過這樣的話，但始終仍對陌生的人類世界心存懼怕。

「要外出散步一下，吸收大地的元素之力，身體才會好得更快的，」莉諾蕾婭拋出另一個理由，努力說服布倫希爾德接受這提議。見布倫希爾德沒有拒絕，她便把目光轉向路易斯，問道：「不知道威芬娜海姆公爵可以陪同嗎？」

「呃……嗯，可以的，明天吧。」路易斯一時怔住，回應有點吞吐。

「那麼便拜託公爵了。」莉諾蕾婭點頭道謝。

事情似乎就此決定了。只是沒有人留意到，路易斯在聽到「到威芬娜海姆看看」時，瞳孔一瞬間睜大，露出一道慌張的眼神。

4

身處人山人海的人群中，路易斯感到很不習慣，心裡祈求快點回家。

明明陽光跟平時一樣，但不知為何，路易斯覺得今天的陽光特別刺眼，迎面吹來的寒風也特別刺痛；以往習慣了的人群嘈雜聲，今天對他來說卻特別刺耳。身邊的一切對他來說都很陌生，彷彿這裡的一切都在排斥他，但明明這裡是他最熟悉，也是屬於他的地方。他想立刻折返回家，回到那個能保護自己的城堡去躲避這一切，但右手傳來的溫暖卻時刻提醒著他，不可以。

牽著他右手的人不是他人，正是布倫希爾德。二人正一同在威芬娜海姆的市集裡遊逛，身為威芬娜海姆郡領主的路易斯便是負責引路和介紹的人。

今早二人在城堡共晉早餐後，路易斯便依照昨天決定好的，帶布倫希爾德到威芬娜海姆看看。他又是看公文又說要好好偽裝的，前後拖延了近兩小時，最後是彼得森催促他別讓布倫希爾德等太久，才抱著面不情願的心情與她單獨出門。

其實自從昨天突然敲定到威芬娜海姆的行程後，路易斯就一直在想有甚麼理由可以推卻此事。他想過以需時處理公文，又或布倫希爾德仍需要靜養，不適合外出作為理由，但最近他真的沒甚麼公文要批改，而後者可不是他說便能算數的。他曾經私下問過布倫希爾德是否真的想外出，心想莉諾蕾婭提議時布倫希爾德的態度不算積極，那麼應該是不想去吧，沒想到布倫希爾德居然沒有反對外出的事，表示自己有點興趣看看人類的城市，以及多認識路易斯長大的地方。路易斯想過直接對布倫希爾德坦白自己不想外出的心情，但怕她會問起詳細，所以話到喉嚨又被吞了下去。

既然布倫希爾德想外出，那就唯有硬著頭皮上吧。他不斷提醒自己，今天必須撐住，至少在布倫希爾德的面前要展現精神的一面，不能讓她擔心。

布倫希爾德在出行前用元素術式把自己和路易斯的頭髮都改變了顏色，路易斯的是褐色，而布倫希爾德的是黑色，加上一身樸素的衣服和遮掩全身的斗篷，在繁忙的威芬娜海姆的主要大道——洛芬大道上穿插，沒人能夠識穿到這二人是此地的年輕領主和精靈女王。

二人的步伐緩慢，在威芬娜海姆的人看來，就像是兩個外來旅者初到貴境，人生路不熟。雖然不是第一次看到這麼多的人，但在人類的街道上行走倒是第一次，因此布倫希爾德有點害怕，總是有點眼神閃縮地四處張望，但同時又對周圍的事物充滿好奇。在以前，她只能經由先代留下的筆記認識人類社會，到今天終於能夠親眼目睹，感覺一切都很新奇。

林立的建築、琳瑯滿目的商品、叫賣的商販、討價還價的客人……這些事物在精靈之鄉裡都不存在。她起初被商販的大聲叫賣頻頻嚇到，不明白為甚麼他們說話要那麼大聲，但多看了幾次之後，便漸漸習慣，還開始覺得有趣。

跟先代的想法一樣，她不明白為何人類要這樣進行買賣。因為在精靈之鄉，一切都是互換的，所有事物早就定好價值，一來，一回，就是這麼簡單，不需要貨幣，也不需要思考如何宣傳或行動才能令自己獲得最大利益。但她覺得人類這樣一來一回地溝通討論再得出結果，過程挺有趣的。

「小姐，對這個有興趣嗎？它是我們本店的新商品，今天才完成的，你很有目光啊！」布倫希爾德走到一個售賣銀製品的攤檔面前，被那些精美的扣針和飾物吸引了目光，正要拿起其中一個來看時，店長便先跟她說話了。沒想到人類會主動說話，她先是嚇了一跳，想立刻轉身離去，但再低頭一看，見店長有禮地把她剛剛看中的茉莉花扣針遞上，並一直定住動作等待她，便按捺著心中的恐懼，戰戰兢兢地接過扣針。

她本來以為接過扣針時，會否因為手勢不對而招來店長的不滿，但事實證明是她多慮了。她仔細欣賞扣針，發現它的手工十分精細，技藝跟精靈之鄉的工匠能夠相提並論，頓時對店長萌生出一分敬佩。

「這個……多少錢？」布倫希爾德嘗試從剛才聽回來的對話，學習如何問價。

「小姐是外地來的嗎？」見布倫希爾德說話吞吐，口音不太純正，店長立刻作此猜測。「這個原來要五枚銅幣的，但看你這麼漂亮，三枚銅幣吧！」

「這、這麼便宜！謝謝你，」布倫希爾德絲毫感覺不到店長話裡的調侃，只是學著其他人的對話，以便宜一事給予稱讚。說完，她轉身望向路易斯，請求道：「路……路易，可以給我三枚銅幣嗎？」

「哦！嗯，」被暱稱為路易的路易斯沒作反應，待布倫希爾德再叫她一次後才回過神來。他不發一言，只是默默從褲袋裡取出銅幣交給店長，並在店長的笑容歡送下，拉著布倫希爾德離開。

店舖裡的那些扣針，讓他想起一個月前的某天偷跑出來市集逛街時，看到的一個售賣銅製品的攤檔。他還記得，當時在攤檔裡發現了一個銅製長劍扣針，跟很多年前路德大哥送給他的一個長劍扣針十分相像，而那個銅製長劍扣針在經歷一些插曲後，最後被他買下，並珍重地保存至今。

想起此事，路易斯便不由然地想起小時候會跟路德維希和羅倫斯二人偷跑到市集裡閒逛的往事，而一想起羅倫斯，他在自己面前離去的回憶便頃刻浮現。

一切都是我害的。
他頓時感到胃很不舒服，很想吐，但在東西湧上喉嚨前死命壓了下來。
布倫希爾德在他身前，她的身影又再提醒他，不能在這裡倒下。
要忍住，路易斯在心裡不停地對自己說，並立刻抹去那些回憶。在她面前，我不能有事。
「路易，我們可以進這家店看嗎？」這時，布倫希爾德指著前面一間服裝店的櫥窗問道，但當她回頭，卻看到路易斯呆然的樣子，登時擔憂起來：「……你還好嗎？面色蒼白的。」
「我沒事，可能是早餐吃得有點少而已，」沒想到自己一瞬間的軟弱表情被她看到，路易斯連忙乾咳了兩聲，裝作是早餐吃得少而感到餓而已。不給布倫希爾德深究的時間，他立刻抓住時間問：「那麼你呢？會不會感到累？累的話不要勉強，我們可以現在回去的。」
求求你，請回答想回去吧。路易斯在心中祈求道。
「不，我還好，還想多留一會。」但布倫希爾德的回答卻令他的希望落空。她定睛在服裝店的櫥窗上，似是想快點進去看過究竟，完全沒有要回去城堡的意思。
「呃，是嗎。」路易斯在心裡嘆了一口氣。沒辦法，那就繼續撐下去吧。一眨眼，他便擺出一如以往，那個如陽光般燦爛的笑容，並換上一副輕鬆口吻問道：「那你接著想到哪裡看？」
「這個，」注視著路易斯的笑容，布倫希爾德一時有點難為情，忍不住轉過頭去，遮掩自己紅潤的臉頰。她指著服裝店，解釋道：「在精靈之鄉裡，我們都是自己製作衣服的，用金錢買下別人的作品是十分稀有的事。」
「甚麼？難道你的裙子都是自己縫製的嗎？」路易斯吃驚地問。他一直以為布倫希爾德那些裁剪簡約優美的裙子都是她的僕人，又或是由其他精靈製作的，沒想到居然是她自己親手弄的？

他登時聯想到布倫希爾德坐在窗邊專心縫紉的畫面。窗外的陽光輕輕灑在她如水般的淡藍長髮上，微風輕輕吹起半透明的窗簾，她拿著長針，低著頭，一針一線緩緩地穿過絲綢，仔細地製作屬於自己的衣裳。那是多麼優美的瞬間啊，他不禁在心裡感嘆。

「嗯，只是有些是莉諾蕾婭和卡莉雅納莎幫忙製作的，」布倫希爾德沒法從路易斯那閃爍的雙眼猜出他的聯想，只是將事實告知。「製作衣服是所有精靈都必須習得的技能，要請別的精靈幫忙製作衣服的話只有兩大可能：一是那精靈實在不懂得縫紉，這樣的話他會被其他族人鄙視；二是要為心上人製作衣服，那麼那件衣服會是相當重要的禮物。」

「重要到甚麼程度？」路易斯好奇地問。

「如果是送給未婚的對象，那大概等於定情信……物……吧。」布倫希爾德認真地回答，說到一半才察覺到不對勁，登時變得吞吐，立刻垂下頭，臉頰也紅得發燙。

路易斯這也才意識到自己的問題釣出了甚麼答案，尷尬得說不出話來。

「呃，嗯，類似的事在人類界也有的……我都是聽說回來的，織頸巾之類，或者買漂亮的衣服給心儀對象，」路易斯的腦袋混亂得連自己也不知道在說些甚麼。他往四周張望，這才發現車水馬龍的大道上只有他們二人一直佇立不動，有些人開始投來奇怪的目光，情況越來越尷尬。見布倫希爾德沒反應，他立刻提議：「先不說這些，你、你想進去看嗎？」

「嗯，」布倫希爾德點頭時又想起剛才關於服裝的話題，頓時又再感到害羞。見路易斯打量著店舖，沒甚麼反應，她立刻感覺到不對勁，小心地問：「不……可以嗎？」

「不是不可以，只是因為它賣的都是較昂貴的服裝，我怕進去的話會不小心暴露身份而已，」路易斯思考片刻後答。這是他平常不時會光顧的服裝店之一，生怕就算改變了髮色，身穿樸素，但店長仍能憑身型甚麼的察覺到他的身份。

「那麼有機會再去吧。」路易斯以為布倫希爾德依然會想進去，怎知她聽畢後毫不猶豫地改變主意。「剛才你不是說早餐吃得有點少？不如一起去吃些東西吧。」

「你想吃甚麼？」怎麼才沒過多久，布倫希爾德便已經完全融入街道的氣氛，一掃害羞怕生的模樣，少有地開朗起來，路易斯心想。

「嗯……」這條問題問起布倫希爾德。她四處望去，看見街上不少人都手持一兩件小吃，路邊也不乏餐廳，所有事物對她來說都很新鮮，很難選擇。她低頭思索了一會，小聲地問：「你平時來到這裡時最喜歡吃甚麼？」

「芝士炸飯糰吧，是這一帶的傳統小吃，這裡附近有一家挺受歡迎的店。」路易斯說的同時才記起，原來自己已經有一段長時間沒吃過它了，頓時感到有些懷念。

「那就這個吧，我想嘗試你喜歡的小吃。」布倫希爾德對路易斯的推介很滿意，心裡開始期待這個炸飯糰會長甚麼樣子。

「那……這邊吧。」布倫希爾德的話令路易斯的心頓時跳得很快，他立刻牽著她走，掩飾心中的尷尬。他的心裡滿是難為情，似乎已經將那些負面情緒拋諸腦後。

排了十分鐘的隊，二人好不容易買下一份八件的芝士炸飯糰。路易斯提議過可以到附近的公園坐著慢慢吃，但布倫希爾德想學習其他顧客，做一樣的事，所以二人便站在店外的街邊，用手拿著紙做的容器，一口一口地吃著剛炸好的炸飯糰。

雖然以前不時會來光顧，但路易斯從來都是買完後直接帶回家吃，從未試過跟平民站在一起品嚐小吃。四周都是人，他心裡有些不安，但比起不久之前已經習慣了許多。

「好吃嗎？」見布倫希爾德一副吃得開心的樣子，路易斯親切地問。

布倫希爾德點頭，指著這個用米包成，內裡藏有牛肉和芝士的小糰子說：「精靈都是吃果子為主，很少會有機會吃肉和米類。」

「也是呢，」路易斯頓時想起在安凡琳吃過的露滴璃餅，突然醒覺布倫希爾德在人類界住下的話，或者會不習慣這邊的食物，應該要問莉諾蕾婭請教一下才是。

做事細心的彼得森的話，應該已經請教了她吧，他相信。

「那麼之後你還想看甚麼嗎？」見飯糰已經吃剩兩個，路易斯便再詢問布倫希爾德的意願，但這時，一段對話飄進他的耳裡。

「歌蘭大人前陣子突然去世了，你不知道嗎？哪來的鄉巴佬啊？」

「真的嗎？為甚麼？」

「說是急病，上星期的事，你為甚麼能夠懵然不知啊？這星期都在睡嗎？」

甫聽見歌蘭的名字，路易斯身子立刻一震。他反射性望過去，發現是不遠處兩個也買了飯糰，並且喝著啤酒的中年男性在討論。

他立刻別過頭打算無視，但這時他們的對答又傳進他的耳朵。

「病？那麼突然？兩星期前不是那個新領主小鬼的訂婚典禮嗎？」那個被說成鄉巴佬，從衣著推斷應是馬伕的男人問道。

「你那個時候倒是醒著的啊……就是在那個典禮之後一個星期左右後便病逝了。我想了很久，到底有甚麼病能夠令人死得那麼快啊？」他的朋友，一個外表粗獷，看起來應該是個工匠的人答道。

路易斯整個人僵住，他對二人接下來要說的話感到害怕，但又忍不住要聽。

「他年紀也大了，不會是有隱疾嗎？」馬伕猜測。

「胡說！」工匠立刻大聲否定。「我以前曾經見過歌蘭大人本尊，他可健碩得很，怎看都不是會有隱疾的人！」

甚……！路易斯一驚。他立刻驚恐地轉頭望去，只見周圍的人都沒有在意，但那工匠越說越大聲，可能其他人都像路易斯一樣裝作在吃，其實是在偷聽。

一陣恐懼頃刻浮上心頭，緊接著反胃的感覺。他使勁壓下，又用餘光一瞄布倫希爾德，見她仍在大快朵頤，便稍微放下心來。

「很多時候隱疾是肉眼看不出的，看啊，以前也沒有人猜到大人的長子會有隱疾的啊——」

「兒子的事怎能拿來跟父親比？」馬伕的勸說立刻被工匠大聲駁回。「我是覺得事情沒那麼簡單啦！」

「你……難道覺得是被殺？」馬伕開玩笑地說，說完還輕笑兩聲，完全是說笑的樣子。

「有甚麼不可能？歌蘭大人地位顯赫，這些大人物一定很多人想要他的命吧？」怎知他居然猜中了工匠的想法。工匠認真地追問：「你想想，訂婚典禮有那麼多貴族來到這裡，搞不好是那個時候下的手呢？」

馬伕托著下巴，心裡覺得這話有理，但很快便發現不對勁：「但如果要下手，殺死現在的領主不是更好嗎？畢竟是權力最高者。」

「那個小鬼？哈，他是仗著兩個哥哥不在，才有機會上位的，不是嗎？」馬伕的話挑起了工匠的另一番心聲。可能是酒精的影響，他說得越來越大聲，生怕別人聽不到似的：「要是那個長子沒有因病而逝，怎輪到他當領主，當舞者？」

路易斯登時感覺錐心。他早就習慣被其他人看不起，也猜到郡內的人一定對自己有意見，但當要正面面對這些惡意時，沒想到是這麼難受。

無論他這些日子多麼努力想當一個好領主，但郡裡的人看到的他，仍然是仗著家庭才有權有勢的黃毛小子。所有人，無論是父親，或是人民，都把目光放在路德維希身上，而他？只是一個不受任何人待見的替代品而已。

「果然你就是不行，不及你大哥，不是正統的齊格飛家繼承者！」

那些被父親斥責、教訓的回憶頃刻湧上路易斯的心頭。歌蘭的樣子浮現的那一刻，路易斯便想拔腿就逃，但又覺得這樣等同自己沒勇氣去面對，而且會被周圍的人察覺，所以硬是留了下來。

「喂，這麼大聲說好像不太妥當吧？」馬伕留意到四周的目光開始往二人身上聚集。感覺到氣息不對，他連忙在工匠的耳邊小聲提醒，希望工匠就此打住。

「怎樣？怕他聽到嗎？我倒是不怕啊！」怎知工匠完全充耳不聞。「沒甚麼能幹的，做甚麼都是半吊子，還會輸給那隻南方黑鴉，完全不像歌蘭大人。這傢伙根本糟蹋了齊格飛家的名字！」

「一個血統不正，一個做甚麼都是半吊子，完全不像我！根本想不明白為甚麼會有我的血脈！」

工匠的話，令路易斯想起歌蘭曾在羅倫斯面前批評過自己的話。歌蘭的面孔一浮現，他斥責和否定自己的聲音就在耳邊響起，路易斯頓時整個人一顫，心跳開始加速，害怕不已。

「好了好了，別再說了，你也是時候上班了。」發覺再這樣下去一定會出事，馬伕伸手想掩住工匠的嘴，並把他拉走，不讓他繼續高聲發表偉論。

但工匠卻完全不領情，掙扎一會後突然想到甚麼似的，停住動作：「啊！我想到了，該不會是那小鬼因為歌蘭大人反對他和精靈的婚事，而一怒之下殺了他啊？」

不遠處的路易斯聽見，頓時整個人怔住，腦袋一片空白。

不，不是這樣的……

我沒有害死父親，我沒有——

路易斯不停在心中否定工匠的話，但這時，那一晚歌蘭和羅倫斯倒在自己面前的畫面卻瞬間浮現。滿是鮮血的地板歷歷在目，血循著石隙流過來，沾滿他的雙腳；再次目睹至親之人的屍體，不想面對的事實猶如洪水般一下子湧來，逼使他面對現實。

全部……都是我的錯，都是我害的。

路易斯在心中呢喃。

若果我在「八劍之祭」更加努力，不反抗父親，那麼他就不用下令進行「儀式」，也就不會被二哥殺死……

如果我一早相信二哥的說話離開城堡，也許他就不會被父親關起，也不需要因為救我而付上性命……

「你為甚麼沒有依我的說話逃走？」

這時，羅倫斯突然出現在路易斯的眼前，緊勒著他的脖子質問他，正如在那些惡夢裡一樣。路易斯驚恐地望過去，看到的是充滿鮮血的雙眼，眼裡滿是對他的仇恨。

路易斯被勒得喘不過氣，他不停在心裡向羅倫斯道歉，但後者都聽不見。羅倫斯雙手的力道不斷加強，勒得路易斯快要窒息。

對不起，羅倫二哥，對不——

「要不是你回來，我就不會死！」

路易斯要道歉時，被羅倫斯兇悍的一句駁回。路易斯沒法駁斥，若非那一晚他折返，羅倫斯就不用為了保護他而捱下歌蘭的一劍。

是我無力，甚麼都做不到，一切都是我害的，一切……

「要是你沒有出生，我就不會過得那麼痛苦！」

「路易？」

突然從雙手傳來的溫暖，以及一把溫柔的聲音在這時把路易斯從惡夢中喚醒。他回過神來，發現布倫希爾德正把手疊在他緊握的拳頭上，對他投來擔憂的視線。

「你沒事嗎？」見路易斯愣著沒有反應，布倫希爾德再問。

她連忙取出手帕替路易斯抹走額上的汗，因為此舉，路易斯這才發現自己冷汗直冒，氣喘連連。他立刻從布倫希爾德手上接過手帕，輕輕印了幾下後便還給她，想讓他放心。

「我、我沒事。」路易斯努力調順呼吸，並勉強擠出一個笑容，但說話聲仍是有點喘。他打算站直身子之際，目光瞄到炸飯糰，眼前突然浮現羅倫斯那雙瞪著自己的血紅雙眼，胃登時開始翻騰。

「你的面色很白，我們去休息一下吧？」布倫希爾德仍是很擔心。剛才她正想與路易斯分享最後一個炸飯糰時，發現他整個人好像看到甚麼恐怖事物似的怔住不動，她叫了幾聲後才給反應。她隱約聽到一些那二人的對話，但直覺覺得路易斯的不適似乎跟對話的內容沒太大關係，而是有更深的原因。

「不、不用擔心我……」路易斯努力把噁心感壓下去，但沒壓兩秒，突然有東西從食道要湧上來。他忍不住掩嘴並深呼吸，要把那道感覺壓下。

不、不可以在布倫希爾德面前……

「不要緊的，你不要勉強……」留意到路易斯的動作，布倫希爾德更是擔心。她四處張望，思考該把路易斯帶到哪裡才對，又伸手輕輕撫摸他的背，希望能令他舒服一些。

「我真的沒事，」路易斯輕輕撥開布倫希爾德的手，想擠出笑容時，噁心感又再次湧上。心知這次真的要吐，他連忙急中生智，編作出一個理由：「我有個地方要去，很快會回來，你在這裡……等我就好。」

未等布倫希爾德回應，路易斯便拉起斗篷的帽子，急步離去。

「路易？路易！」

無論布倫希爾德怎樣呼叫，路易斯仍是不願回頭。回想起他剛才為止的異樣舉動，布倫希爾德心感不妙，連忙追上。

⚔

山丘上，冬日的寒風不停吹來，把地上的小草都吹得沙沙作響。這裡一個人都沒有，除了路易斯和布倫希爾德。兩個人好像不怕冷似的，在這裡坐了半小時，期間一動也不動。

布倫希爾德抬頭仰望天空，靜心欣賞這個陌生的穹蒼，但她也不忘用眼角餘光看看路易斯的狀態。只見他一直把頭埋在大腿之間，任憑狂風吹亂他的卷髮，沉默不語，身影看起來有點沮喪。布倫希爾德有很多想問，也想盡力給路易斯一些安慰，但知道這個時候最好讓他一個人安靜，待他想開口時再順著形勢開解他。

不久前，路易斯在街上突然樣子不對勁，罕有地拋下布倫希爾德一人，不知要去哪裡。布倫希爾德急忙跟上，但可惜跟丟，她找了一會，最後在某條陰暗的巷子看到路易斯的身影。她找到他時，他已經把今早吃過的東西都吐到地上，正在辛苦地乾嘔。見狀，她急忙上前，甚麼都沒問，立刻輕撫他的背同時施下能減輕胃部不適的元素術式，讓他舒服一些。待路易斯調順呼吸，總算可以站直後，布倫希爾德正要開口詢問時，卻察覺他正面色蒼白地瞪著巷外往來的人們，好不容易平穩下來的呼吸又開始變得急促。這個反應對布倫希爾德來說很是熟悉，她二話不說，先是在她和路易斯身上施下藉助水折射隱藏身影的元素術式，再展開雙翼，一把抱起他飛離威芬娜海姆的大街。她在空中尋覓了一會，看到一個清幽的無人山丘，便在那裡降落，一坐就坐到現在。

來到山丘後，她立刻解除了二人身上隱身和改變髮色的元素術式，想著這樣或許會令路易斯少一些顧慮，更願意對她坦誠真心。

但假若他開口了，她真的能夠給他最好的安慰嗎？布倫希爾德對此抱有疑問。

一直以來，她總是被安慰的那一個。每次被夫人懲罰，又或午夜作惡夢驚醒後，都是莉諾蕾婭來照顧她，安撫她的情緒。她認得路易斯不久前的反應，那是看到恐懼之物時會有的恐慌。她在看到跟惡夢裡有關的事物，或者腦袋突然冒出跟夫人有關的畫面時不時會有同樣的反應，所以很熟悉那個感覺和眼神。

每一次，她都是靠自己勉強調整呼吸，或者聯想能令自己放鬆下來的事物，例如路易斯的笑容冷靜下來的，所以她當下立刻把路易斯帶離人群，目的是為了轉移他的視線。但之後該怎樣做，就不清楚了。

在她的人生裡，沒有安撫過人的經驗，從來都是她受傷，他人安撫。但這一次，她卻想嘗試主動踏出一步，幫助這道變得黯淡的光重新振作，變回一如以往那個精神開朗的他。她很清楚，要振作並不容易，但她仍然想伸出自己的手。

「路……」

「那傢伙所說的，其實沒有錯。」

正當布倫希爾德嘗試打開話題時，路易斯同時開口呢喃了一句。

布倫希爾德一驚，但很快回過神來，疑惑地問：「甚麼意思？」

「那個大叔，說我殺死了父親，其實沒有錯。」路易斯不願抬頭，只是垂下頭繼續低聲說。

見布倫希爾德投來疑惑的眼神，路易斯試探地問：「我的父親上星期因急病去世，這件事有傳到安凡琳嗎？」

布倫希爾德輕輕搖頭，心想那時的自己正為「祈靈之儀」而日日提心吊膽，就算得知此事也不會當作一回事。但路易斯見她不知道，反而鬆了一口氣：「那更好，我就不用面對那些憐憫的眼神。每次收到這些眼神，我心裡都倍感內疚，因為這不是實際那回事。」

在歌蘭的葬禮上，每一副望向他的憐憫眼神，每一句安慰他的說話，無論是真心的，或是場面話，對路易斯來說都是一把又一把插進他心口的劍。他多麼想大聲對眾人吶喊，他並不值得這樣的可憐，但心裡的理性卻總是把這些話都壓下去。他受夠了，已經被壓得喘不過氣了。

「那麼真相是……」布倫希爾德屏住呼吸，對路易斯要說的話又怕，卻又好奇。

「父親在訂婚典禮後的一星期要我進行一個喚醒神龍的儀式，在儀式進行到一半時，二哥為了救我，跟父親打了起來，最後二哥親手殺死了父親，而他也因為保護我捱下父親的一劍，就此失救而死。」路易斯一口氣把真相說出。他就像在敘述別人的故事一樣，平淡而簡潔，聽起來早已看透，完全不在意一樣。

「但、這並不是你殺的啊？」布倫希爾德思考了一下，察覺到不對勁。她沒想到路易斯原來也被家人逼使進行某種儀式，但現在該著重的事不是這個：「這樣聽來，殺死你父親的是你二哥而不是你……」

「但都等同是我做的！」未等布倫希爾德說完，路易斯便激動地打斷了她的話。他急促抬頭望向她，但看見她嚇住的神情，立刻心生歉意，別過頭去，語氣也平靜了些：「要不是我沒有聽父親的話行事，他就不用逼我進行『喚龍儀式』，那麼這一切就不會發生！如果我當初聽從二哥的話逃走，不進行這個儀式，他就不用來救我，也許就不用死，所以二哥也是我殺的。」

「路易斯……」布倫希爾德很想說些甚麼，想告訴他這真的不是他的錯，但一時間不懂得該如何表達。

「一切都是我造成的，一切都是……」

路易斯再次把頭埋在大腿之間，沮喪的呢喃聲中隱約夾雜著鼻子抽搐的聲音。

空氣再次沉寂，好不容易把路易斯從他的世界裡拉出來，但沒過多久，他又自己走回去，布倫希爾德也感到有點沮喪。

「你的父親，以及你的二哥，是一個怎樣的人？」良久，她小心翼翼地拋出一條也許有用，好奇已久的問題。

「甚麼？」路易斯一怔，有點嚇到。

布倫希爾德心裡也害怕了一下，生怕不小心刺激到路易斯，但她鼓起勇氣解釋：「我不時聽你提及你的家人，但好像未曾聽過你對他們的看法。」

「父親是……十分嚴格的一個人。他對每一件事都有自己的標準，要求十分高，也要其他人依從他的規矩行事。只有他看得中的人才有價值，而其他人都是一文不值。」路易斯沉思一會，嘗試在腦海裡尋找父親和二哥的身影。他回答對歌蘭的看法時很爽快，但想起羅倫斯時，卻頓住一會才低聲說：「而二哥……他對所有事都有自己的一套看法，很堅持自己的看法不讓步。他的脾氣不是很好，甚麼都能跟我吵上一架。怎樣了？」

「你跟二哥的關係不好吧？所以他勸你逃走時，你沒有理會他？」布倫希爾德問。

她想起自己跟路易斯第一次約會時，後者曾在言語間暗示他跟二哥不和的關係，所以就想會否有甚麼關係。

「甚麼？不……」這一問果然戳中了路易斯的心。他本想激動地否認，但想起甚麼似的，欲言又止，愧疚地低下頭呢喃道：「不是這樣的……」

「那是為甚麼？」布倫希爾德嘗試問。

「二哥告訴我那個儀式的真相時，我以為他只是在騙我。他一直不喜歡我搶走他的繼承人地位，更加曾經想殺我，我便覺得他是否想趁機會騙我離開，那麼他就可以得償所願。」路易斯仍然低著頭，坦白未曾告訴他人的心聲。說完，他忍不住自嘲：「說到底，是我不信任他吧。我寧願相信是二哥騙我，也不想相信父親真的能狠心對我。哼，結果原來相反。」

「你的意思是，你的父親在一開始沒有告訴你那個召喚儀式的全部？」布倫希爾德想了想後，問道。她回想起第一次被希格德莉法要求進行「祈靈之儀」時，她事前就已經告知會失去記憶的後果。這樣比較，好像希格德莉法比歌蘭更好，但她當然知道不能這樣想。

路易斯點頭：「他對我說只要在月圓之夜，將齊格飛家族人的血放到指定的法陣上去便可以。我無意中偷聽到父親和二哥的對話，才知道二哥所說的是真的——所謂的血是需要一個人的份量。」

「這不就是……」未等路易斯說完，布倫希爾德忍不住倒抽一口涼氣。

路易斯再次點頭，肯定布倫希爾德的猜測：「對，我就是那個祭品。」

布倫希爾德再次倒抽一口涼氣。直到這刻她才完全感受到，自己其實差點便不能再見到路易斯。要不是他的二哥救下了他，就算自己在「祈靈之儀」活下來，就算自己成功從愛德華的手上存活，也沒法像現在那樣坐在路易斯的身邊，聽他傾訴。

憤怒、感動等複雜的感情一瞬間湧上心頭，她有點想流淚，但使勁按捺著心情，冷靜地問：「為甚麼你的父親會突然要你進行這個儀式？」

布倫希爾德這輩子都未曾憤怒過，現在心裡卻慢慢萌生出一股怒氣，想當面質問歌蘭。

「這個……」路易斯本來想把整件事的經過和盤托出，但他看了布倫希爾德一眼，想起絕不能讓她知道自己本來打算在訂婚典禮殺害她的事，便改為簡單地解釋：「是我的錯，我辜負了他的期望，這是他給我的最後通牒。」

「期望？怎樣的？」布倫希爾德問。

「說來話長，但總之就是我在『八劍之祭』表現不濟，令父親失望，所以才要我進行儀式。」

「是這樣啊……」原來我們都有一樣的經歷呢，布倫希爾德嘆了一口氣。

「父親告訴我，要我進行儀式時，我抗拒過，心裡也感到不滿。但他說，這是齊格飛族人的夙願，所以我就聽從了，」未等布倫希爾德繼續問，路易斯便開口說下去。「羅倫二哥叫我走，走得越遠越好，我沒聽，因為我仍然相信父親。」

「那麼當你聽到真相時，為甚麼仍然選擇留下來？」布倫希爾德一半疑惑，一半好奇。

「那時候我完全不知道該做些甚麼，整個人都被掏空，甚麼都不想管，想著不如索性依照父親的意願死了算。」路易斯仍記得儀式舉行前幾天的思緒和感覺。那時候的他就像一副空殼，甚麼都不願想。

既然沒有人愛過我，我想得到的甚麼也得不到，那麼父親想我死，我就依從吧——這是他當時心裡的想法。

但他知道，另外一個留下來的原因，是他仍在賭一個可能性。

「也許我到最後，仍然渴望得到父親的注目吧。」他感慨道。

若果我依照父親的想法，當一個乖乖的道具，也許到最後的最後，他會給我一點認同吧——路易斯沒法忘記自己在祭壇上倒下時，眼角餘光看到歌蘭對他的微笑，以及那時候自己心裡所萌生出的感動。

就算只有一瞬間，只要父親願意愛我、認同我，我就滿足了——他努力了一輩子，甚至願意獻上性命，就只是為了這件事。甚麼要完成齊格飛家的夙願，那都是騙人的，他的真正願望，只是想父親能正眼看他一眼而已。

想到這裡，想到自己的願望沒可能再實現，路易斯的眼眶開始濕潤。

「這些日子我都在想，父親這樣對我，我不是應該像羅倫二哥一樣恨之入骨，恨到想殺死他的嗎？那天目睹父親死在羅倫二哥的劍下，我不是該感到快樂的嗎？但我沒法做到，我不能啊！」路易斯說得越來越激動。歌蘭倒在地上的畫面再次浮現，如臨其境，他的眼角開始滴淚。

「為甚麼？」布倫希爾德第一次看見路易斯哭，但她沒有嚇到，而是立刻坐近，並柔和地引導他抒發心聲。

「就算他如何殘酷地對待我，即使他要無情地犧牲我去換神龍，我到最後還是沒有恨他、沒法恨他。我終究……還是沒法討厭他……」

路易斯雙手捏緊自己的雙臂，但眼淚就是不住地流下來。

「為甚麼做不到？」布倫希爾德輕聲地問。

「因為……因為……」路易斯不停抽泣，欲言又止，良久才突然抬頭：「他始終是我的父親啊！」

他激動地喊出藏在心底裡最真實的一句話。

路易斯在歌蘭離去後，不是沒逼過自己去恨他，但每一次都失敗而回。他知道，他應該要恨，也有足夠的理由去恨父親，但他就是硬不起心來。

他的心裡有過恨意，但那是對自己的恨意。

要不是自己做得不好，要不是自己達不到父親的期望，要不是自己到最後仍然想得到父親的愛，一切都不會發生，不會導致今天的結局。

最值得討厭的，他最恨的，只有自己。

他越哭越兇，為自己的愚蠢而哭，為自己的過錯而哭，心裡一直抑壓著的情感像是決堤地不停湧出來。布倫希爾德只能旁觀，她共情到路易斯的心情，卻不知道在這些時候該說些甚麼，只能任由他發洩。

「哈，我果然很好笑吧？想笑就盡情笑吧。」留意到布倫希爾德一直注視著自己，路易斯突然自嘲起來。

甚麼光，甚麼公爵家家主，現在看清楚了吧？真正的我就是那麼的不堪！他心裡不停吶喊。

「不，我不會笑，也不想笑。」布倫希爾德沒有被路易斯的態度嚇到，而是凝重地回應。

路易斯怔住，他不明白：「為甚麼？」

「因為你在哭，無論是身，還是心。」說時，布倫希爾德與路易斯四目相投，並向他投向輕輕的微笑。

她不是看著屬於自己的光，也不是看著自己的未婚夫，她看著的，就是在此時此地，那個暴露原貌、哭著的路易斯，僅此而已。

路易斯心頭一震，似是明白到布倫希爾德的用意，又再忍不住流下淚水。布倫希爾德見狀，緩緩上前，輕輕抱著他，任由路易斯把頭靠在她的肩膀上。

路易斯本來想推開她，但布倫希爾德卻抱得更緊。他身子一震，沒有再反抗，並伸出手回抱，在她傳來的體溫中尋求安慰。

「為甚麼……你要對我那麼好……」良久，把頭埋在布倫希爾德肩膀的路易斯呢喃道。

「嗯？」布倫希爾德聽得不太清楚。

「你也是，彼得森也是，羅倫二哥都是，為甚麼都對我那麼好……」路易斯沒有抬頭，但卻下意識地加重雙手擁抱的力度。「我明明甚麼都沒有，甚麼都做不好，根本不值得你們對我那麼好……」

布倫希爾德坦白道：「我也好，彼得森先生也好，相信你的二哥也好，心裡都有你。」

「就是說為甚麼……」路易斯一聽，更為激動：「羅倫二哥明明那麼討厭我！他叫我走時我還那樣兇他！為甚麼……為甚麼他還要來救我……」

就算是因為要履行與路德維希的承諾，要保護我，不讓父親傷我分毫，也不需要做到這個地步吧？只需要告訴我父親的陰謀，並勸我逃走，不就足夠了嗎？

路易斯在這些日子一直想不明白。他始於不明白羅倫斯對他的愛，也沒法承受。

「這是因為，他想你活著。」布倫希爾德輕聲回答。然後，她補上一句：「換著是我，也會做一樣的事吧。」

她沒有見過羅倫斯，也不甚理解羅倫斯和路易斯之間的恩怨，但她卻清楚明白羅倫斯的選擇背後所乘載的心思。她何嘗沒有做過一樣的事——不久前把路易斯遺留在精靈之森後，她最後卻不顧一切尋找他，這背後最深的原因，就是希望心愛之人活著。

「我沒有那個價值……」但布倫希爾德的一句，再次勾起藏在路易斯心中，那一晚的回憶。

路易斯記得很清楚，羅倫斯當時吩咐他，要為自己和自己所希冀的活下去。他不明白為甚麼羅倫斯要說那樣的話，論能力，論價值，他是三兄弟裡最差的。歌蘭期待的是路德維希，民眾期望的是歌蘭，但偏偏活下來的，卻是最不受待見的自己。他沒法滿足其他人的期望，這樣的一個廢人為甚麼留下來了？

「不，你有。」布倫希爾德輕輕搖頭，肯定地說。

「我沒有！」路易斯激動地否定。「你們總是溫柔地對待我，但我知道的，自己其實是多麼的沒用。」

「那只是你沒有看清自己，」布倫希爾德繼續耐心地開解他。她深了一口呼吸，決定坦白一句她這兩天一直想對路易斯說的話：「你覺得自己一文不值，甚麼都做不到，但請別忘記，沒有你，我今天不會在這裡。」

「我……？」路易斯思考了一會，明白布倫希爾德指的應該是在安凡琳救起她一事。他立刻搖頭：「不，我甚麼都沒有做到，若果我能早一點到，就不會發生——」

「都不要緊的，」未等路易斯說完，布倫希爾德便頭打斷他的話。她輕輕握著路易斯的手，平靜地剖白：「如果你沒有在那時那刻出現，我現在大概沒法坐在這裡。這跟早與遲沒有關係，你在那個時候出現，在那個時候救起我，並且願意把我帶離安凡琳，這樣就已經足夠了。」

當她呼求，當她需要之時，她的光便出現在眼前，對布倫希爾德來說，這就是她想要的。她不需要路易斯帶她完全脫離希格德莉法的控制，也不需要他時刻像個英雄般保護自己，只要他能時刻在她身邊，那就足夠了。而她也希望自己能對路易斯做到一樣的事。

但路易斯仍然自我否定：「不，這還不——」

「你擁有力量，只是自己不清楚而已。」布倫希爾德再次握緊路易斯的手，認真地注視他的雙眼：「『我只是相信自己所相信的而已』，你以前不是說過嗎？相信自己，也相信那些相信你的人。」

說完，她向路易斯投向一個肯定的微笑。

「你其實大有能力，只是自己不自覺而已。要相信自己，相信自己想做的事。」

路易斯頓時想起羅倫斯的話。

他真的有嗎？真的可以相信自己有能力嗎？不會因為自大誤信而自欺欺人嗎？

他以前相信自己甚麼都能做，結果被現實狠狠打了一巴。現在，他能再一次相信嗎？

無論是路德維希、羅倫斯，以及布倫希爾德，都鼓勵他要相信自己，並堅持下去。他會否辜負這些至親之人的期望，甚至因此而再次傷害到身邊的人嗎？

他抱著懷疑抬頭，映入眼簾的是布倫希爾德的微笑。

「我真的可以相信自己嗎？」他戰戰兢兢地問。

布倫希爾德點頭：「如果你懷疑，就想起我，想起那個被你救過的我。」

路易斯先是一怔，爾後眼淚開始忍不住往下流。

也許他的確能力遜色，達不到他人的期望，但正如布倫希爾德所說，他並不是一事無成。他害過人，但也救過人，這些都是不爭的事實。

他仍然沒法完全原諒自己，但也許可以放下一些自責。

無論原因為何，無論過程如何，但總之他活下來了。既然如此，那麼他就如那些相信他的人所希冀的，嘗試再一次努力吧。

也許沒有價值的人如他，也有活著的資格，也可以得到愛。

路易斯不停地哭，把心裡的悲傷、感動、愧疚、不安，通通都化成淚水發洩出來。布倫希爾德不停地幫他抹去眼淚，又輕撫他的頭髮，彷彿在說：沒事的，我都明白。

遠方，夕陽西下，暮色漸濃，天空漸漸變得黯淡，但夕陽的最後一絲光線卻把山丘染成一片暖和的橙紅。那裡只有兩個擁抱在一起的身影，一黃一藍，在晚霞下閃耀著溫柔的光芒。

他們各自都有自己的傷疤，也有自己的痛苦，此刻卻能互相安慰，相互分擔。

夕陽之光將要散去，但他們仍然一直相擁坐著，直到星宿幕起，才緩緩回去屬於他們的地方。

5

午夜時分，布倫希爾德一個人獨自站在威芬娜海姆城堡的走廊上，凝望著窗外的月光，若有所思。

走廊沒有燈火照明，十分昏暗，只有月光照耀到的地方才稍微明亮一點。布倫希爾德就站在其中一扇能看到月光的窗戶前，純潔的銀光灑在她身上，令其淡藍長髮閃閃發亮，雪白的睡衣也添上一層淡薄的銀光，此情此景優美如畫。雖然她的視線注視著明月，但雙眼卻沒有看著它，全副心神都集中在腦海裡那些紛亂的思緒上。

她在想的，不外乎是關於路易斯的事。

路易斯今午在山丘上向布倫希爾德坦白這些日子心裡一直抑壓的感情和想法後，他一直哭，哭到太陽下山，月亮高高掛在夜空後才終於止住。本來路易斯是想走回家的，但布倫希爾德見他十分疲倦，而且他們都不知道自己身在何處，要摸黑走回城堡是不可能的事，因此她再次展開自己如同蝴蝶般的雙翼，抱著路易斯直接從山丘飛回威芬娜海姆城堡。

布倫希爾德還很記得，她還未著陸到城堡內庭的地上前，便已經看到路易斯的貼身僕人——好像是叫彼得森，站在大門前等待。當看見二人突然從天上降落時，彼得森先是嚇了一跳，但很快表情便轉為喜悅。看見久久未歸的二人平安回來，他總算鬆了一口氣。

當時，路易斯站到地上後，便一直低著頭，別開視線，不敢與彼得森對上。彼得森留意到主子紅腫的雙眼，立刻變得憂慮，正想上前關心時，布倫希爾德卻輕輕搖頭，並把手指放在嘴唇上，著彼得森暫時甚麼都別問，示意他給路易斯一些空間。

可能是哭得太久而疲倦，也可能是因為終於能夠放鬆，所以這些日子積壓的疲勞一下子爆發出來吧，路易斯回到城堡後連飯也沒吃，跟布倫希爾德談了兩三句後，便直接回房就寢。布倫希爾德一直擔心著他，記掛他的狀況，就連躺上床後仍憂心他獨自一人的話，會否因為又想起他父親和二哥的事而在哭，或者作惡夢。完全睡不著覺，她決定走到路易斯的房間，看看他的情況，卻在半路停下。

一路走來，她滿腦子不停重播和路易斯的對話，以及自己當時的所思所為。回想起當時自己看見路易斯哭得厲害時，那麼自然地擁抱、輕撫他，並說出那些安慰和鼓勵的說話，她感到驚訝，彷彿旁觀別人利用她的身體做出這些她平時不會做的事，感到很陌生；但同一時間，她也感受到這些行為都是出自自己內心，從未有過，心裡那份熱騰騰的感覺，她並不抗拒。

那時候布倫希爾德的一舉一動，都是她下意識的行動。以前她沒做過同樣的事，也沒有人教過她這些，但那時那刻，她卻自然地行動了。她看見平時那個自信的路易斯失去了一貫的神氣，像隻受傷的小鳥痛苦地哭泣，下一秒回過神來，便發現雙手已經擁他入懷。當時，她有一瞬間對這個親密的距離感到抗拒，想推開他，但見路易斯緊緊抓著自己，又於心不忍，漸漸地便習慣了從心而行。

也許她在路易斯身上看到自己的影子。

布倫希爾德自有記憶起，一直都是形單隻影。她的經歷使她與其他人產生一層隔閡，她不會隨便理會他人的事，也不會輕易接觸他人的情感；他人無法完全理解她的痛苦，她也沒法輕易打開心靈讓他人進來。其實在她心底裡，何嘗不想向他人傾訴情感，也何嘗不想可以在他人面前盡情痛哭，並得到包容一切的擁抱呢？只是心裡的那道牆，令她沒法輕易抒發自己的真正感受。

目睹路易斯的痛苦模樣時，勾起了布倫希爾德心裡渴望被愛的感情。她希望這樣的自己能夠得到同情，所以同樣，她也希望有同一遭遇的人得到同樣的對待。她在安慰和鼓勵路易斯的同時，其實也是在安慰自己。

她清楚，路易斯在自己面前如此剖白內心，是因為他信任自己，視自己為能夠交託心聲之人。既然路易斯能做到這地步，那麼自己呢？她也是否應該要告訴路易斯自己的最大秘密——祈靈之儀的事？

今午在山丘上，布倫希爾德有一刻想過向路易斯說出祈靈之儀的事，想令他更貼切地明白到底他的出現對她有多重要，但在要說出口前的一刻，她卻遲疑了。

她踏出了一步，讓路易斯的情感流進其心裡，也讓自己能有所回應；但要她剖開心深處，她還未準備好。

布倫希爾德知道，路易斯已經見過自己失憶的模樣，他心裡一定有疑問，而且二人要繼續走下去的話，她終有一日定要將真相告知。她懼怕暴露自己最深層的一面，本來打算退縮，但路易斯的行動給予了她勇氣。

既然今天成功走出第一步，也許她可以為了路易斯而嘗試多一步？

布倫希爾德心裡猶豫不決，但這時她發覺自己的雙眼不知不覺已把目光轉離月光，改為定在不遠處，路易斯房間的方向，彷彿潛意識為她暗示決定的方向。

對了，我本來是去探望路易斯的，不如先到他的房間查看狀況，再繼續思考這個問題吧。

決定好後，布倫希爾德便往路易斯的房間再次踏出腳步。但她走了沒兩步，後方不遠處突然傳來一些奇怪的聲音。

聲音像是風聲，又像是腳步聲，是兩者的混雜。布倫希爾德疑惑地轉身一看，卻看不見有任何人在。

輕柔的風和腳步聲的混合，布倫希爾德第一時間想到借助元素力量行走的精靈。能夠使用風元素、能自由活動，又會離開安凡琳的精靈，她只認識莉諾蕾婭一位，但她在今早已經離開城堡，現在這個時間應該已經安凡琳裡。

那麼這人會是誰？難道只是我的錯覺？

她轉過身去，打算無視，但這時聲音再次出現，而且更加明顯。

「是誰？」聲音雖然無影，但布倫希爾德卻聽得出它這次離自己更近了。出自戒備，她小心翼翼地問道，既是詢問，也是威嚇。

走廊只有她的聲音迴響，完全沒有回音。但這次布倫希爾德確信，是有甚麼「東西」在那裡，只是它裝作不在而已。

她想起以前曾經在先代精靈女王留下來的筆記裡看過，人類相信有一種名為「鬼」的靈體生物存在於世界上，它們都是因為生有執著，所以死後未能解脫，是帶著怨恨在人間徘徊的游魂。這個怪異的聲音會否是鬼發生的呢？

布倫希爾德心裡疑惑，沒法猜透。她一直不太明白「鬼」這個概念，因為在在精靈的世界裡，「鬼」並不存在。

精靈會因應不同種類，而在死後有不同的結果。靈體嚴格來說沒有「死亡」，他們在自身的時間走到盡頭後，會化回元素力量，散落在大氣裡，待大地之母把元素力量集合在一起，便會成為新的靈體。仙子因為是靈體成型的模樣，所以死後跟靈體一樣也是會回到大地之母的懷抱裡，只是因為他們擁有實體，所以略有不同——肉體會回到土地，而靈魂則會回歸大氣。

至於四大種族精靈就有點不同了。作為精靈界頂點的存在，他們擁有完全的肉體，也擁有完整的靈魂，跟架構上相對不完全的靈體和仙子有所不同，因此他們死後的結果也會跟其餘兩類精靈有差異。

在精靈之鄉東方盡頭的寧芙米亞山脈上，有一座名為提妲妮婭峰的山峰，她不但是寧芙米亞山脈的最高峰，也是安納黎境內最高的山峰，同時也是被眾精靈視為神聖之地的地方。傳說在這座終日被濃霧圍罩的山峰上，有一座名為寧芙哈拉的宮殿，四大種族精靈死後，靈魂會被引導至這個宮殿，自此脫離世間煩囂，在宮殿裡享受永生。當然，這只是傳說，未有精靈能確認這個事實，但他們都知道自己死後並不會立刻離開世間，肉體雖然會立刻回歸土壤，但靈魂卻會在世界殘留一段時間，之後再慢慢化為碎片，回到大地之母的懷抱裡。這不算是永生，但肯定的是，靈魂比肉體會活得更長。

也許這些殘留在世，未完全消去的精靈靈魂，等同人類所說「鬼」的概念？布倫希爾德不肯定，因為她聽說鬼不是每一個人類都能夠看見，它們也不一定能夠干涉現世，但所有精靈都能看見，甚至與那些殘留靈魂對話，而那些靈魂們都能夠使用一部分的元素力量影響現世，所以應該不一樣吧。

那麼，這把聲音的真身會是甚麼？布倫希爾德自問道。

真的是鬼嗎？一定不會是精靈的殘留靈魂吧。

為了試探，她舉起食指，對聲音的方向射出一枝幼細的冰箭，測試到底是否有「東西」在，以及它的反應。冰箭筆直往前，甚麼也沒碰到，就此消失在走廊的另一端。

正當布倫希爾德以為真的是自己多疑，並回頭繼續往前走時，忽然一陣狂風從她身後吹起。在她驚訝地回頭的同時，那道狂風立刻飛快地穿過她，往前飛去。

布倫希爾德站在原地，整個人愣住，樣子驚嚇。她不是被突如其來的強風，也不是被原來真的有「鬼」一事而嚇到。她聽到，強風在穿過她的時候，隱約有把聲音在其耳邊細語了一句——

「你逃不掉的。」

那把聲音很陌生，但那句說話對她來說卻十分熟悉。希格德莉法的樣貌和她那令人顫抖的恐怖笑容頓時浮現在布倫希爾德眼前。布倫希爾德雙手下意識地捏緊裙擺，冷汗直冒，一瞬間誤以為自己正站在希格德莉法面前，被她嘲笑，並等待其發落。

不，這只是我聽錯而已。我並不在安凡琳，她沒可能在這裡！

一把堅定的聲音從布倫希爾德心深處冒出。銀白的月光慢慢再次映入布倫希爾德的眼簾，令她記起自己實際身處何地，呼吸和心跳也漸漸緩和。

我已經離開了安凡琳，莉諾蕾婭正在安凡琳裡替我掩護，夫人怎樣也不可能會追到這裡的——

「啊！」

就在布倫希爾德努力說服自己時，路易斯的房間突然傳來一聲尖叫。

甚……！該不會是剛才的怪風要對路易斯做些甚麼？

想起剛才的怪風正是吹向路易斯房間的方向，布倫希爾德大吃一驚，心感不妙，急忙衝進路易斯的睡房。

「路易斯！沒事嗎？」

她一衝進房間後，先是四處張望，見甚麼都看不見，便焦急地跑到路易斯床前，確認他的狀況。

「路——」

說到一半，布倫希爾德立刻把剩下的話都吞進肚裡。

她低頭一看，發現路易斯正在床上熟睡。他雙眼緊閉，但眉頭緊皺，雙手緊捏被鋪，樣子有些辛苦。布倫希爾德低頭細聽，聽到路易斯正輕聲呢喃著夢囈，雖然聽不出內容，但依他的面容猜測，似乎不是甚麼開心的說話。

原來是作惡夢的尖叫啊……

察覺到是自己過份敏感，布倫希爾德頓時鬆了一口氣。她坐在路易斯床邊，握著他的手，又輕撫其頭髮，嘗試讓他安心。路易斯起初有些閃縮，但很快像在大海中抓到浮木一樣緊緊抓住布倫希爾德的手，呼吸也慢慢變得平靜。

注視著路易斯的表情轉變，布倫希爾德的心平靜了些，但當她回想起那道怪風，心裡又浮起一陣不安。

那道怪風並不是單純的錯覺，她的直覺認為。但她又說不出是甚麼。

那麼，「它」到底是甚麼？

6

從路易斯在山丘上對布倫希爾德傾訴心聲後，又過了數天。

那天之後，路易斯慢慢回復了些神氣。他不再像之前那樣容易慌張，每一刻都活在不安和驚恐之中，而是漸漸恢復狀態，能夠重新面對生活上的一切。他重拾起領主工作，也重新開始每天練劍，逐步讓生活回到正軌。

在布倫希爾德和彼得森的角度來看，路易斯最大的轉變，莫過於他能夠重新綻放笑容。在這之前，雖然路易斯會笑，但若果仔細看的話，會察覺到那些都是裝出來，徒具空殼的笑容。雖然現在他的笑容沒有以前多，也沒有以前那麼燦爛，但卻看得出都是發自內心的。從路易斯面上的表情看見一點點快樂正慢慢回歸到他身上，讓布倫希爾德和彼得森心裡都感到欣慰。

雖然對歌蘭和羅倫斯的愧疚依然時刻纏繞著路易斯，不過因為布倫希爾德常常在他身邊，無形中給予了他支持，使他不再輕易懼怕，更開始勇於面對現實。他正在嘗試努力做好自己應做的事，不想再讓自己再重蹈覆轍，為自己的無能而後悔。

路易斯終於鼓起勇氣重新出發，而身為功臣的布倫希爾德，這些日子則是在威芬娜海姆城堡裡無所事事。

礙於身份，布倫希爾德不能輕易離開威芬娜海姆城堡。就算她能夠借助偽裝靜悄悄地在大街上穿梭，但她人生路不熟，沒辦法一個人去。她不是沒想過求助於路易斯和彼得森，但彼得森每天都需要打點城堡上下一切，工作十分忙碌，不方便離開；路易斯縱使有公文要批改，但也不算十分忙碌，只是他仍然有點害怕面對群眾，不太想離開城堡。結果，布倫希爾德只能留在城堡裡，獨自一個人想些娛樂打發時間。

打發時間聽起來很苦悶，但威芬娜海姆城堡佔地甚廣，要完全探索和掌握每一個角落需要一定的時間。而且城堡裡有一座巨大的庭園，生於大自然，習慣與自然共處的布倫希爾德待在裡面時感到十分舒適，像是回到精靈之鄉一樣，有種熟悉感。

雖然現在是冬天，庭園裡的花卉都凋謝了，只剩下高大的松樹、落葉林的禿枝，以及一片枯土，但她在庭園探索的時候仍能找到很多樂趣。例如她能從看穿花叢裡本來種植著甚麼，得知威芬娜海姆一帶主要盛放甚麼植物，又或者在到訪溫室時，學懂人類是如何利用陽光和玻璃克服天氣的障礙，在寒冷的天氣下種出不同植物；有時她甚至會利用元素力量為一些病倒的植物治療，令它們重獲新生。因此她在城堡裡的這些日子，並不沉悶。

今天她再次來到庭園閒逛，她緩慢地散步，靜心欣賞四周那片雖然荒涼，但意外地能為人心帶來一絲平靜的熟悉景象。她的心看起來平靜，但其實卻一直湧浪暗起。

這幾天以來，布倫希爾德一直記掛著數晚前突然在走廊出現的那道怪風。她一直在思考它到底是甚麼來頭，不禁感到憂慮。

明明它可能只是一道普通的強風但她當時卻過分緊張而起疑心，總是放不下心來。強風越過她時所聽見的那句說話，彷彿是希格德莉法所說的話，這是令她憂慮至今的最大原因。

她努力說服自己，要相信自己現在是安全的，已經離開了希格德莉法的控制，但每當想到莉諾蕾婭仍在安凡琳，正掩飾自己逃走的事實，就覺得自己只不過是暫時逃出，而不是完全和希格德莉法切斷關係，並開始忍不住擔憂希格德莉法終有一日會發現真相，上門把自己抓回去。

希格德莉法操縱元素的能力在歷代水精靈裡是數一數二的強。作為萊茵娜後代的她，除了水元素，也能自在地操縱風、火、土三大元素，能力毫不遜於身為精靈女王的布倫希爾德。布倫希爾德知道希格德莉法從不會離開精靈之鄉，因此如果她要來到威芬娜海姆抓自己的話，就一定要用遠距離干涉的方式操縱元素力量才能成功。

但威芬娜海姆和安凡琳之間的直線距離超過五十公里，要精細操縱五十公里以外的元素力量，對精靈來說是絕對不可能的事。這種事，大概就連「女王中的女王」，最強的萊茵娜應該也做不到，所以希格德莉法又怎會做到呢？布倫希爾德一想到這裡，心情頓時穩定了些。

只是棘手的是，希格德莉法是一個會用盡一切辦法達成目標，絕不容許失敗的精靈，這一點布倫希爾德清楚得不得了。就算無法遠距離干涉，她也一定會找到別的方法達到同樣目的，就是因為這樣她才害怕，害怕希格德莉法不知哪天用甚麼方法突然在威芬娜海姆出現，把自己強行帶回安凡琳，甚至當場取走自己性命。

說到底，就算身體離開了安凡琳，她的心靈仍舊活在希格德莉法的陰影下，沒法逃出。在希格德莉法長年累月的調教下，布倫希爾德心裡已種下根深柢固的習得無助感。她一早已經認命了，已經放棄了，只是路易斯的出現，給予她新的見解，以及改變的契機，讓她嘗試挑戰排除心裡希格德莉法的陰影，但可惜這樣並不足夠。

要反抗那深深種在心裡的思想，並不是一朝一夕能辦到的事。她怕，現在路易斯救了她，莉諾蕾婭又以自己的安危換取她的自由，那麼她就不能辜負這二人的心意，要想辦法擺脫希格德莉法的陰影。就像路易斯努力擺脫他心裡的那份愧疚一樣，明知困難，也要嘗試。

要是希格德莉法真的出現在威芬娜海姆要帶她回去，布倫希爾德知道自己反抗的話大概只有戰鬥一途，那麼屆時她有勝算嗎？

布倫希爾德低頭注視自己瘦削又蒼白的手。她清楚知道自己現在的身體狀況離死亡不遠，靈魂只剩下一丁點，「精靈髓液」又不在身邊，元素之液也只剩下一瓶，要是現在她和希格德莉法戰鬥的話，應該很快便會敗下陣來了吧。

但就算這樣，她也不會屈服。

無論如何，即使要奉上性命，她也一定會留在這裡，不會再依照希格德莉法的意願行動。布倫希爾德握緊拳頭，心裡暗暗決定。

她呼了一口氣，那怪風的事件隨即被寒風捲到不知哪裡去。她走進庭園裡的一個小花園，來到一個花圃面前，正要低頭打量圃裡那些枯萎的向日葵。就在這時，她聽到一把熟悉的聲音在呼喚她。

「小姐！布倫希爾德小姐！原來你在這裡。」

布倫希爾德抬頭一看，是莉諾蕾婭，她正從不遠處的庭園林道慢跑過來。

看見莉諾蕾婭出現，布倫希爾德頓時笑顏逐開，心裡突然萌生出一道掛念之情。不過是幾天不見，卻感覺如隔三秋。布倫希爾德自己也覺得這份感覺有點好笑，但也明白當中原由。

在這些日子裡，她時刻擔心著莉諾蕾婭的安危，再加上那道未解的怪風，為她增添擔憂。現在她看到人完好無缺地站在眼前，便頓時放下心頭大石。

「你又從安凡琳來了嗎，」待莉諾蕾婭停在自己面前後，布倫希爾德立刻握著她的手問道。「一切安好嗎？」

「我沒事，小姐才是，身體有好了些嗎？」問的同時，莉諾蕾婭借助掌心傳來的溫暖，確認布倫希爾德的身體狀況確實恢復了一些。她記得自己離開前，布倫希爾德的雙手雖有血氣，但卻略為冰冷的，如今就算站在寒風中，也能在掌心感覺到一絲溫暖。

看來小姐在威芬娜海姆裡得到不錯的照顧，或是可以安心地休養吧。一想到這，她再次實感到自己的決定是正確的。

「大致上都沒有問題了。體力回復得差不多，操控元素方面也沒甚麼問題，」布倫希爾德照實回答。她在這幾天會用元素力量為庭園裡病倒的植物治療，一來是因為心血來潮，而另一個理由是想測試自己這方面的能力有否變弱。

精靈的力量強弱，其中一個決定點是靈魂。水精靈就是因為沒有靈魂，才不能完全發揮自己的力量，自由操縱水元素。因為是萊茵娜的後裔，布倫希爾德生來便有靈魂，可是由於靈魂不斷在祈靈之儀期間被當成祭品貢獻掉，她操控四大元素的能力多年來不斷下降，有時甚至需要「精靈髓液」的協助才能行使複雜的元素術式。

布倫希爾德本來以為，自己在這次祈靈之儀之後應該近乎喪失操縱元素的能力，但不知是否因為在治療時曾喝下以自己靈魂換來的元素之液，這次儀式過後，她的能力並沒有顯著下降，就連體力也是。布倫希爾德對此抱有疑惑，不敢肯定這是答案，但既然事實擺在眼前，她也只能先相信了。

「那麼……記憶方面呢？」莉諾蕾婭問的時候，故意壓下聲線，免得附近有人聽見。

「內容都記住了，」布倫希爾德說時，右手下意識地握緊口袋裡的日記本。日記本大部分的內容，她都在醒來後不久便記住了，但畢竟內容眾多，有些細微的部分未能在剛醒來時細讀，要補回這些部分，就需要一些時間把日記本從頭到尾讀一遍，把內容牢牢記在腦海裡，將文字化成敘述型的「記憶」。

經由文字的記憶轉移之所以會成功，是因為布倫希爾德有過目不忘的能力。無論任何事物，只要她看過一眼，就絕不會忘記。要不是她有這過人的本領，她不會有辦法把自己每天看過、做過的所有事都鉅細無遺地寫進日記本裡，更不要說記住日記本裡所寫的全部內容了。

「那就好，」莉諾蕾婭聽畢，頓時鬆了一口氣。身體和記憶都沒大礙，那麼她沒有再需要擔心的事了。

「精靈之鄉的狀況如何？」這次到布倫希爾德問了。

「一切安好，夫人仍然誤以為你在精靈之森失蹤，繼續派遣帕諾佩、亞娜莎、卡莉雅納莎和我在林中秘密搜索。她沒有起疑，請小姐大可放心。」布倫希爾德問得很籠統，但莉諾蕾婭立刻明白她所指的，並派予安心丸。她補上一句：「今天我也是趁在精靈之森搜索期間過來探訪的，留一個晚上便要回去了。」

但布倫希爾德想到的是別的事。她小心地問：「夫人……最近有沒有離開安凡琳？」

「沒有，」莉諾蕾婭輕輕搖頭。「有甚麼事嗎？」

「那麼她有沒有甚麼行動？」布倫希爾德本來想說「奇怪的舉動」，但生怕莉諾蕾婭起疑，便改用一個較溫和的說法。

「沒有甚麼特別，據我所知，她一直留在城堡裡，等待我們的報告。小姐也知道的，夫人不能隨便在森林裡露面，所以別擔心，她沒有離開過。」莉諾蕾婭想了想，猜想布倫希爾德是否想得知希格德莉法有否親自參與搜索，便回答她所知的。

莉諾蕾婭的一席話提醒了布倫希爾德，希格德莉法因為一些特殊理由，不能隨便在其餘三大種族精靈面前出現，所以她幾乎不會到精靈之森去，就算要出門，也只會乘坐馬車。

希格德莉法沒有到精靈之森去，只能依靠僕人們的資訊作出判斷，那麼看來莉諾蕾婭的謊言應該真的還能持續下去，但布倫希爾德心裡仍有不安。

她又一次想起那道怪風。

布倫希爾德所認識的希格德莉法，是不會輕易被騙的。現在她逃走了，也就是說希格德莉法失去了她重要的棋子，對目的執著非常的她會甘願坐著等待僕人們的搜索報告，而不親自動手嗎？

布倫希爾德在心裡懷疑的同時把目光投向莉諾蕾婭。這時，一道強風吹過，吹起莉諾蕾婭的衣袖邊和裙擺，布倫希爾德一瞧，這才發現原來在莉諾蕾婭的衣服下，藏著大小不同，深長的嚇人血痕。

「這、這到底是！」莉諾蕾婭留意到布倫希爾德雙眼睜大時心裡暗忖不妙，立刻按下裙擺，但太遲了。布倫希爾德抓著她的手，焦急地追問。

「只是在森林裡裝作搜索時弄傷的，小姐不用擔心……」莉諾蕾婭強裝鎮定，她連忙編作理由搪塞，不想讓布倫希爾德憂心。

「不，就算在森林裡被狂龍花，或者被其他精靈襲擊，也不可能弄成這樣的……」她的解釋，布倫希爾德卻完全聽不進去。

狂龍花是精靈之森裡最兇猛的花之一，它具有領域意識，會毫不留情地張開如龍般的大口攻擊進入其守護範圍的生物，無論是動物或精靈都一樣。莉諾蕾婭在森林行走時一時失神，不小心踏進狂龍花的領域並被攻擊，布倫希爾德覺得合理，但問題就在狂龍花是用巨齒咬緊敵人的，而莉諾蕾婭身上的傷卻是鞭痕。

如果不是狂龍花做的，莉諾蕾婭另一個在森林裡受傷的原因，就會是被其他精靈襲擊。

莉諾蕾婭因為混血的關係，有時會被其他精靈欺負，對此，布倫希爾德已經司空見慣。但就算是其他精靈抓起來打，傷勢有多嚴重，以莉諾蕾婭的自我回復能力，應該很快便會痊癒才是。能夠在精靈身上留下久久不散，深長見血鞭痕的存在，布倫希爾德只認識一位。

「這是夫人鞭打的吧？是她做的吧？」布倫希爾德完全忘了壓下聲線，焦急地追問道。那些鞭痕她太熟悉了，這些年來自己受過多少次同樣的苦，就算失去了記憶，她也大概能夠認得能打出這些鞭痕的人是誰。

「不，不是夫人打的，小姐請別擔心，」莉諾蕾婭否認的同時微微縮手，想拉下衣袖，不讓布倫希爾德再瞪著她的傷痕看。

「莉諾蕾婭，你告訴我真話，是不是你被夫人發現了，她要求你交待我的行蹤，所以被刑求，或是被懲罰？」但這個小動作卻令布倫希爾德更為起疑。她牢牢瞪著莉諾蕾婭的雙眼，又踏前兩步，逼使後者不能移開視線。

「真的不關夫人的事，小姐太過憂慮了，」莉諾蕾婭輕輕一笑，再次否認，並嘗試勸說布倫希爾德放鬆：「試想想，若果小姐的事被夫人發現，而我因此被懲罰，那麼我今天還能安全地來到神龍之子的地域嗎？」

「但……也可能是她故意放你出來，讓你誤以為那謊言未被發現……」莉諾蕾婭的話有些說服力，但布倫希爾德仍抱有懷疑。

希格德莉法其中一個喜愛的手段是欲擒故縱，故意令獵物誤以為自己處於優勢，在他鬆懈之時再狠狠地給予絕望一擊。這一點布倫希爾德比莉諾蕾婭更為清楚，所以她才會那麼憂慮。

「真的不是這樣，不是的，」莉諾蕾婭繼續堅持自己的傷與希格德莉法無關。見布倫希爾德不願相信，她立刻補上說明：「真的只是我一時不小心弄傷的而已，因為是今早的事，所以傷痕才未完全退去。小姐請不要擔憂，夫人沒有發現，這裡是安全的，你也是。」

「真的嗎？」布倫希爾德問的是傷口的事。

「真的，請相信我。」但莉諾蕾婭卻以為主人問的是希格德莉法的事。

「好吧，我相信你，記緊要一切小心。」靜默片刻，布倫希爾德呼了一口氣，接受了莉諾蕾婭的說辭。

莉諾蕾婭見布倫希爾德沒再問下去，心裡頓時鬆了一口氣。但在布倫希爾德這邊，卻不是這回事。她是見無論自己如何追問，莉諾蕾婭都堅決不鬆口，才決定不追問下去的。她何嘗不想相信莉諾蕾婭的話，卻壓抑不了心裡橫行的憂慮。

那道怪風，莉諾蕾婭身上的傷，以及希格德莉法反常的愚笨，都令布倫希爾德心裡的焦慮越來越大。她越來越相信事情不可能這麼簡單，卻又找不到確實的證據。

「你逃不掉的。」

這時，她的耳邊突然冒出在那道怪風中聽見的聲音。

也許我真的逃不掉，布倫希爾德在心裡嘆氣。但她仍然希望相信，自己有一天能離開希格德莉法的陰影。

⚔

兩天後的午夜，布倫希爾德又一個人獨自在城堡的走廊上漫步。

不知為何，她今晚完全沒有睡意。她在床上輾轉反側，明明身體疲累得不得了，但人卻是精神得很。見一直睡不著，她便決定起來散步，打發一下時間。

莉諾蕾婭在今早已經離開，想必已經回到安凡琳。這兩天，布倫希爾德曾經多番嘗試打聽莉諾蕾婭手上傷口的成因，但後者一直口硬不說，堅稱是自己弄傷的，直到今開離開前仍然不願鬆口，讓布倫希爾德無可奈何。

布倫希爾德也曾經在精靈之森不小心弄傷過，所以她大概知道在森林弄傷的傷痕是怎麼樣的。莉諾蕾婭的傷痕無論在深度和形式都太令人生疑，那些傷很多都看得出是帶勾的長鞭做成的，而不是普通的刮傷。在森林走著會無緣無故被利器割到全身是傷，甚至傷到留下深長血痕的程度嗎？先不說精靈界沒有捕獸夾這回事，就算有，捕獸夾也不能把整隻精靈都咬在嘴裡，不停鞭打吧？

她很肯定，那些傷一定是希格德莉法做的好事。

今早莉諾蕾婭要離去時，布倫希爾德表明了要一起回去的意願。她在威芬娜海姆的日子著實舒適，第一次嚐到脫離希格德莉法陰影，完全自由的滋味，但她不能眼睜睜看著自己的女僕因此遭受折磨。這一個星期的自由，對她來說是美好的夢，是珍貴寶藏，現在夢須醒了，她是時候面對現實了。

但莉諾蕾婭嚴正地拒絕布倫希爾德的意願。她說，自己真的沒事，請求布倫希爾德不要輕易放棄現在這刻得來的幸福，並再重申好不容易逃了出來，就不要再回去精靈之鄉。她說，無論自己付上甚麼代價，都會保護布倫希爾德在在威芬娜海姆的生活。布倫希爾德想不出話反駁，只能暫時接受，但她卻在心裡一直猶豫至今。

要是她回去，便會枉費莉諾蕾婭的努力和心意，但要是繼續留在這裡，恐怕莉諾蕾婭終有一日會遭遇不測。而且還有那道怪風，她的直覺不停低語，希格德莉法一定會找上門的，不，她或許已經找到自己了，只是仍在一角觀察，伺機而動而已。

一想到這裡，布倫希爾德便忍不住捏緊裙擺。

要是希格德莉法現在站在她面前，她會怎樣面對？

她怕，但她不會退縮。因為她決定了，不會再屈服於她。

從口中吐了一口氣，布倫希爾德的心總算堅定了些許。她放鬆了雙手，繼續前進。

不知是否因為剛才的情緒起伏太大，消耗了不少能量，布倫希爾德開始感到倦意，正當她打算再散步十分鐘便回去睡覺時，她聽到不遠處的走廊盡頭傳來一些怪聲。

聲音頓時勾起她的憂慮。布倫希爾德集中精神聆聽，發現這道聲音跟幾天前的那道怪風幾乎一樣，同樣是風和腳步聲的混合。

又、又來了！她立刻警戒起來，身體下意識地往後退一步。前方甚麼都沒有，但布倫希爾德彷彿感覺到希格德莉法就在不遠處牢牢看著她，嘴上還掛著一抹耐人尋味的微笑。

這只是錯覺而已！她不可能在這裡！布倫希爾德鼓起勇氣，說服自己前面真的甚麼都沒有，邁步繼續前進。

「呵，敢自己上前來，是知道沒法逃離，認命了嗎？」

這時，走廊盡頭傳來一把清晰的女聲。布倫希爾德立刻嚇得頓住腳步，她揉了揉眼睛，黯黑的走廊上依然空無一人，但在盡頭卻有一道氣息存在，而且感覺越來越濃烈，隱約能看見其形體。

是夫人。布倫希爾德吞了一口口水。那把聲音，她絕對不會認錯。

正當布倫希爾德想轉身逃走，在轉身的瞬間，便想到既然希格德莉法已經在眼前，逃到哪裡都已經沒有意義，便頓住了動作，戰戰兢兢地轉回去，望向盡頭的那股黑暗。

「清楚知道自己是沒法逃掉的，這個判斷不錯，我的小仙子。」希格德莉法讚賞道。

「夫、夫人……」不久前才說過不能害怕，但當希格德莉法真的在面前，布倫希爾德還是膽怯三分。她強忍心中的恐懼，問：「你怎能到這裡來的？」

「我想去哪裡就能到哪裡，無人能阻我。」希格德莉法回答。

「但你不是不能輕易離開安凡琳的嗎？遠距離干涉也沒可能干涉到這裡……」

「我的小仙子，這些事重要嗎？」未等布倫希爾德說完，希格德莉法便以兩聲輕笑打斷其話。「我是怎樣來的，都不重要，重要的是我現在就在這裡，你說對嗎？」

布倫希爾德聞言，忍不住打了個顫抖。正如希格德莉法說的，原因甚麼的都不必理會，她現在身處此地，追尋到自己的蹤跡，就是最重要的結果。

「來，跟我一起回去吧。」

布倫希爾德感覺到希格德莉法對她伸出手，要牽她回去安凡琳。希格德莉法的這句話有種牽引力，帶給布倫希爾德莫名的懷念感，令她下意識地想往聲音的方向走去。但沒走兩步，一道寒風吹過，她突然醒過來，停下腳步。

「莉諾蕾婭，她怎樣了？」布倫希爾德問道。剛才她的腦海突然浮現莉諾蕾婭和她的承諾，是那句承諾把她從半催眠的狀態喚醒過來。

見自己的言靈失效，希格德莉法有些意外。「哦，那個混血的，她過得很好，到現在還一心以為能夠瞞騙我，真是傻瓜。」

「別騙人了，她身上的傷是你做成的吧？」布倫希爾德絲毫不相信希格德莉法的話。她肯定，現在莉諾蕾婭一定是被希格德莉法用藤鞭綁起，高高吊在半空中，還可能已經遭受了一道毒打。

「呵，只是留在人界一些時日，就開始學會駁斥了嗎？」希格德莉法聽上去像是不滿布倫希爾德的態度，但從她的笑聲來看，又似是在享受這位小仙子的改變。「既然你知道我懲罰了她，那麼為何不阻止她回去？為何自己不回來？看來你開始變得跟我一樣，懂得旁觀和享受了嗎？」

「不是！我跟你絕對不會一樣！」布倫希爾德立刻否認。「我跟她承諾了，離開了安凡琳，就不會再回去。」

「承諾呢……我不是教過你，所謂的承諾就如塵煙，全都站不住腳，眨眼即逝，難道你忘記了？」希格德莉法只是回以一聲嘲笑。布倫希爾德所說的承諾，她不屑一顧。

「……總而言之，無論如何，我都不會回去的。」布倫希爾德清楚聽出這是威脅，以前她會就此屈服，但今天她不會。

她握緊拳頭，一步不移，表明不會受希格德莉法擺佈。

「是這樣嗎，」希格德莉法嘆了一口氣，似是有些失望。「看來要給你再上一課呢。」

話音一落，希格德莉法的氣息便消失在走廊盡頭，只剩下布倫希爾德一人獨自站著。

布倫希爾德心裡疑惑，希格德莉法到底到哪裡去了？

下一秒，她的心頭一震，頓時拔腿就跑，往路易斯的房間衝去。

糟糕，上次她也是進了路易斯的房間……不能讓路易斯有危險！

強大的力量頓時充滿全身，布倫希爾德用盡全力在走廊上奔跑，要比希格德莉法更快到達路易斯的房間。她清楚自己沒可能跑得比風更快，而且體力不多，這樣子跑的話會很快耗盡氣力，但現在顧不了那麼多。

她心裡焦急得要命，腦裡不停冒出希格德莉法勒著路易斯頸項，威脅要傷害他的情景。一聯想到路易斯被傷害的樣子，布倫希爾德的心頓時揪住。

她不能讓路易斯有事，更不能讓路易斯落在希格德莉法的手上。

對了，這個時間路易斯還醒著嗎？聽彼得森說，他最近有時候會工作或閱讀至深夜，那麼今天也會是嗎？若果希格德莉法遇上的是醒著的路易斯，那麼他便有方法反擊吧？

不，不能被他知道我和希格德莉法的事，也不能讓他知道我留在這裡是有危險的！

先是穿越長長的走廊，再跑到上一層，再跑過另一條走廊，在快要沒氣之際，布倫希爾德終於來到路易斯的睡房。她二話不說衝進房間，本來以後要看到熟睡的路易斯被勒著頸項，又或是醒著的他與無形的風對峙的情景，怎知映入她眼簾的，是希格德莉法坐在路易斯床沿，仔細注視他的畫面。

路易斯睡得很熟，他睡得安穩，樣子放鬆，完全不知道自己正身處危機之中。布倫希爾德站在距離床邊十步之遙的地方，不敢移動半步，一來驚訝於希格德莉法居然沒動手，二來害怕要是自己一動，會發生甚麼不願見到的事。

希格德莉法看見布倫希爾德到來，先是輕輕一笑，然後站起來，彎下身子，當著布倫希爾德的面伸手摸向路易斯的臉頰。

「你、你要對他做甚麼？」此舉果不其然嚇得布倫希爾德立刻激動地問。

「甚麼？你很怕嗎？」但希格德莉法卻沒有被動搖。笑著捉弄布倫希爾德後，她回頭望向路易斯，比剛才湊得更近了。

「歷經了那麼痛苦的別離，還能保持自我，不愧是你呢。」希格德莉法面上一副陶醉的模樣，用無形的手指輕撫路易斯的臉頰。她的手從臉頰輕輕滑落到下巴，再到頸項，動作十分溫柔，像是在用手撫摸精美易碎的藝術品似的。

對睡夢中的路易斯來說，希格德莉法的撫摸跟風擦過皮膚時留下的觸感一樣，雖然有些癢癢的，但不太會感到異樣，所以一直沒有醒來。

希格德莉法知道路易斯家裡的事？布倫希爾德疑惑之際，希格德莉法的手滑落到路易斯的頸項後，先是看了布倫希爾德一眼，再緩緩做出勒頸的動作。

「停手！」布倫希爾德急忙衝上前撥開希格德莉法的手，並伸手擋住路易斯的頸項，不讓希格德莉法二次得逞。「不要傷害他！」

「嗯？為甚麼？」希格德莉法故意裝作不知道。見布倫希爾德低頭不回答，她便採取主動繼續說：「我之前好像是命令你裝作喜歡他並接近而已？怎麼了？真的動情了嗎？」

自己的謊言在一瞬間暴露，布倫希爾德無話可說。她咬著下唇，想反駁卻敢說不出話。

「即是說，之前那些說要殺死他的話，都是謊言吧。」希格德莉法明知真相，但仍然裝作剛知道般地確認。

「不、不是這樣的……」布倫希爾德不知道該怎樣解釋。她最初真的只是聽從希格德莉法的指示行事，只是後來變質了。

「說謊的壞小孩會得到甚麼懲罰，我以前便教過你吧？」希格德莉法責問的同時故意在房間引起狂風，強風吹得房間的窗簾不停拍打窗框，而床頭櫃上備忘錄的紙張也不停亂舞，威脅的意思十分明確。

「我、我知道……」布倫希爾德痛苦地從口中擠出話語。「但是求你了，夫人……請不要傷害他……」

布倫希爾德不想屈服，但再這樣下去，她真的害怕希格德莉法會對路易斯下手。她剛才想過用元素力量驅散希格德莉法的風，但害怕要是失敗，那麼一定會波及路易斯。

「呵，為了一介人類而求我呢，他真的值得你這樣做嗎？」希格德莉法很滿意布倫希爾德的反應，並享受其中。

「我……我做甚麼都可以的，求你了……」不久前的堅持不復存在，布倫希爾德完全放下尊嚴，低頭請求。

「是嗎，」眼見事情正如自己預想般發展，希格德莉法忍不住輕笑了一聲。她語氣溫柔地問，但言語卻處處令人感到冰冷刺痛：「那麼你明白要做甚麼了嗎？」

「我會回來安凡琳的。」布倫希爾德說出希格德莉法最想聽的一句話。

「很好，」希格德莉法立刻停下房內的狂風。「要是三天內不見你，你知道接下來會發生的事吧？」

布倫希爾德輕輕點頭，沒有作聲。

「事物需要被分別開去，才能保持各自純潔。人和精靈是沒法在一起的，你這輩子只會是我的小仙子，僅此而已。」留下一句話後，希格德莉法的身影隨即消失。睡房內再沒有風，也沒有她的氣息，布倫希爾德知道希格德莉法真的離開了。

她跌坐到地上，整個人瑟縮一團，把頭埋在膝蓋，全身顫抖著。

到頭來，她在希格德莉法面前還是毫無還擊之力。只要希格德莉法用路易斯要脅她，就能令她輕易聽話。

布倫希爾德覺得自己十分渺小無力。她抬頭瞧了一眼在床上的路易斯，眼角頓時流下兩行淚水。那些淚水，是為路易斯的平安而流，也是為自己的未來而流。

對不起，你冒險把我帶離安凡琳，但我最後還是要回去。

也許這就是注定了的吧，我只能是棋子，不能自由地做想做的事。我真的想待在你身邊更久，但現在恐怕不行了。

對不起……對不起……

她一直坐在地上低聲抽泣，不願離開床邊寸步，像是想珍惜最後一點能夠待在路易斯身邊的時光，哭累了，便直接依偎在床邊睡著。

一直到天邊開始露出曙光，她才依依不捨地離去。

7

早上，在大廳進食早餐期間，布倫希爾德把自己的決定告訴路易斯。

「不行！發生甚麼事了？」

路易斯大吃一驚，聽到的時候差點把口裡的茶噴出來，還立刻站起來高聲拒絕。

明明這幾天還好端端的，怎麼今天布倫希爾德突然說要回去？

「安凡琳女公爵，莉諾蕾婭小姐曾經千叮萬囑要我們好好照顧你，不能讓你回去的，你真的要這樣做嗎？」彼得森也立刻走上前，加入勸止的行列。

布倫希爾德早就猜到路易斯會反對，但沒想到連彼得森也一起勸止，還拋出莉諾蕾婭的名字。面對主僕二人焦急的視線，她有些難為情，低頭避開視線，良久才勉強擠出話語回應：「嗯，我決定好了。」

她說的時候雙手緊握拳頭，心裡疼痛得猶如被千針刺。

「可以告訴我發生甚麼事了嗎？」留意到布倫希爾德緊張的反應，路易斯便覺得一定另有內情。他換上一副關懷的語氣，半跪在布倫希爾德面前，小聲地問她。

布倫希爾德稍微抬頭一看，看見路易斯憂慮的眼神，令她倍感心虛。她其實想坦白，想好像路易斯那樣把自己的煩惱全部說出，但要是被二人知道莉諾蕾婭的情況，他們一定會更加擔心要回去的自己；而如果將昨晚的事如實說出，她怕路易斯會自責，這不是她想看到的。

若果讓二人知道希格德莉法和她之間的事情，布倫希爾德害怕會把二人捲進未知的危機當中。她是為了保護路易斯的安全才決心回去的，決不能讓他再陷入別的危險裡。

「真的沒事，真的，」布倫希爾德勉強擠出一個微笑。「只是……畢竟我是精靈女王，一直離開安凡琳似乎不太適合，所以覺得差不多是時候回去了。」

「你肯定嗎？」路易斯聽畢，心裡憂慮的陰霾仍然未散。「說出來吧，也許我能夠幫上忙呢。」

「要你擔心了，但我一個人能解決的，」布倫希爾德輕輕搖頭。

「但莉諾蕾婭說過，你若留在安凡琳，在對決落敗的事會引來死亡。雖然我不明白原由，但你現在選擇回去，不就會有危險嗎？」路易斯疑慮著，始終事情實在太蹊蹺。

「已經過去一個多星期，事情應該淡化了，所以沒事的，真的不用擔心。」布倫希爾德仍然堅持不鬆口，只是輕描淡寫地強調不會有事，彷彿把路易斯排除在外，這樣讓他有些受傷。但他也明白，精靈的世界太多他所不知道的事，輕易接觸便可能會惹禍上身，布倫希爾德不向他說明一定是有理由的。

只是明明見到布倫希爾德面臨困境，自己卻甚麼都做不到，這種無力感讓他焦慮不已。

「不如這樣吧，我送你回去，這樣起碼能確保你是平安回到安凡琳的。」思考片刻，路易斯決定讓步，但他還是不放心。

「不行！」布倫希爾德立刻驚呼，出口後才發覺自己反應太激烈，立刻嘗試打個圓場說：「呃，我的意思是，畢竟之前是偷偷出來的，這樣光明正大地回去似乎不太好。我自己悄悄地飛回去便可以的了。」

「也對，但我還是擔心，而且要從這裡飛回安凡琳，一定需要很多體力吧，」路易斯同意布倫希爾德的話，失去蹤影的精靈女王某天突然在火龍之子的陪同下大搖大擺地回到精靈之森，不就是等於告訴所有人，包括潛在可能對布倫希爾德不利的對象，她之前確實是逗留在威芬娜海姆嗎？但他仍然不放心布倫希爾德一個人回去，於是想出了一個折衷的辦法：「不如這樣，我用馬車送你到威芬娜海姆郡和安凡琳郡之間的邊境，不會靠近，那麼你可以不用耗費太多力氣，也可以靜悄悄地回到森林裡。決定了，就這樣辦吧。」

路易斯罕有地強勢，不給布倫希爾德反對的機會。布倫希爾德見路易斯如此堅持，也就沒有再說甚麼，只是輕輕點頭同意。

「路易斯大人……」路易斯沒再說甚麼，但在一旁的彼得森仍然擔憂。

「既然布倫希爾德已經下定決心，我們也沒有辦法。」路易斯說的時候忍不住嘆了口氣。他很無奈，但始終真的沒甚麼可以做的。

布倫希爾德心感內疚，但她也無可奈何。

「既然決定了，那麼便開始準備吧。彼得森，你去吩咐下人準備馬車，還有收拾一些簡便行李便可以了，」路易斯站了起來，立刻指揮彼得森收拾，嘗試改變一下這個鬱悶的氣氛。說完，他轉身望向布倫希爾德，溫柔地問：「中午後出發應該可以吧？」

「沒問題。」布倫希爾德沒有異議。

「那就好，」路易斯盡可能表現得平穩。「我也要回房間收拾一下，你也在起行前稍作休——」

「路易斯！」正當路易斯要轉身離去時，布倫希爾德叫住了他。

路易斯有點驚訝地回頭，在他的印象中，好像從來未見過布倫希爾德這麼急促地叫他。「甚麼事？」

「在……」面對路易斯投來的疑惑視線，布倫希爾德下意識地垂下頭。她說得吞吐，感到有點難為情。

「布倫希爾德？」

布倫希爾德深了幾口呼吸後，她終於鼓起勇氣，抬頭說：

「在離開之前，我有一個地方想去。」

站在威芬娜海姆郡最大湖——赫瓦爾紗湖前，望向眼前一片如海般廣闊的水藍，感受不時從湖上吹來的刺骨寒風，路易斯除了覺得非常寒冷，便是滿腔疑惑。

他猜不到突然要前來這裡的原因，正確來說，是猜不到布倫希爾德想來到這裡的原因。

不久前，布倫希爾德表示在回到安凡琳前有一個想去的地方，並希望路易斯能一同前往。她問路易斯，威芬娜海姆郡裡會否有被奉為「神湖」，或是擁有類似地位的湖。路易斯不明白為何她在起程前特意想前往大湖，是想在離開前接觸一下這邊最神聖的水嗎？縱使心有疑惑，但他還是給出了自己所知道最接近的答案，也就是赫瓦爾紗湖。

赫瓦爾紗湖位處威芬娜海姆郡中部稍南的高山上，是威芬娜海姆郡最大河密菲尼亞河上游的湖泊，同時也是一個四面環山的火山湖。從赫瓦爾紗湖流出來的水，滋養威芬娜海姆郡中南部的地方，可說是整個郡的生命之源，加上它位處海拔二千米的高山上，高聳入雲，人們難以到達，因此她在威芬娜海姆郡民眾的眼中甚為神聖，雖然沒有被正式奉為「神湖」，但其地位跟神湖幾乎同等。路易斯在繼承爵位之前在家裡浸的淨水，以及在進行「儀式」前淨身所用的水，都是直接從赫瓦爾紗湖取來的，可見赫瓦爾紗湖的地位非同凡響。

把赫瓦爾紗湖的位置告訴布倫希爾德後，她二話不說便要前往。帶上路易斯，布倫希爾德從城堡直接飛到赫瓦爾紗湖邊。路易斯不知道自己飛行了多久，只知道在密雲間穿梭真的很冷，而且很濕，每一刻都只想快點落地。

幸好在起行前穿上了家裡最厚的大衣，路易斯在到達後才不至於被冷死。他看了看布倫希爾德，雖然她也有披著一件大斗篷，但整體來說裝束比自己的清涼不少。這情景令路易斯不期然地回想起二人第一次約會時，布倫希爾德毫不猶豫把手伸進冰湖的事。她都不怕冷的嗎？路易斯心裡疑惑。

「你為甚麼會想來這裡？」見布倫希爾德到埗後一直望著大湖發呆，路易斯忍不住問。

「我有些東西想給你。」布倫希爾德先是一怔，立刻回過神來，轉身回答。

「東西？」有甚麼東西，要特意來到二千多米的高山湖上才能給的？路易斯心裡納悶。

「我要準備一下，你在這裡等我一會可以嗎，」布倫希爾德沒有直接回答，只是有些羞澀地別過頭去。

她在路易斯身邊施下水牆，阻截風的流動，令他能夠暖和一點後，便脫下斗篷，踏進湖裡。正當她要準備潛進水裡去時，似是想起了甚麼，突然回頭，急步回到路易斯身邊。

「對了，你有興趣一窺水下的景色嗎？」她問。

「但我不懂潛水啊？」路易斯點頭，下一刻才發現不對勁。他在學院學習過游泳，成績是全班三甲，但從未嘗試過潛水，更不要說要潛進冷如冰的大湖了。

「不要緊的，」說完，布倫希爾德伸出手，一個透明的小水球頓時在她手上出現。她伸出手，一碰路易斯的額頭，水球瞬間化為光消失。施法後，布倫希爾德解釋：「有這個『湖水的加護』，你便可以暫時像我們水精靈一樣，在水下自由呼吸活動，跟在地面上行動時無異。時間無多，我們進去吧。」

路易斯似懂不懂，就這樣跟著布倫希爾德來到湖邊。看著布倫希爾德俐落地潛到水裡去時，路易斯有點害怕，生怕那個加護會失效，但他相信布倫希爾德，相信要是有甚麼事，她一定會救他的。他鼓起勇氣，一口閉氣潛到水裡去，再睜開眼時，眼前的景象令他驚喜得久久不能合上嘴巴。

眼前是一片一望無際的藍。跟天空的蔚藍不同，水中的海藍更給人一種安穩的感覺。在湖面上看，路易斯看到的是近似靛色的水藍，但在水裡，陽光照進來，令湖水都閃耀著寶藍的光芒，置身其中，尤如身處透徹剔透的藍寶石當中，不論是氣泡，或是移動時劃出的水流，都如同水晶般閃爍。

出乎意料地，路易斯在水中並不感到寒冷。他伸手嘗試觸碰湖水，手傳來的觸碰確實是水沒錯，但全身沒有感覺被水罩住，身上的衣物也沒有被水沾濕。正如布倫希爾德所說，他真的能像平時一樣呼吸，不會覺得緊促。原來在水精靈眼中的水底世界是這個樣子的啊，他感覺自己又明白了布倫希爾德多一點。

赫瓦爾紗湖幾乎沒有魚類居住，所以湖裡就只有他、布倫希爾德，以及湖底裡的一些水中植物。布倫希爾德向她打了一個眼色，著他留在原地後，便轉身往下游，像魚般飛快又輕鬆地游到湖底。

她到底想做些甚麼？路易斯有點好奇地跟著下降，想查個究竟。他遠遠地看見布倫希爾德在水底下不停穿梭，似是想尋找些甚麼。找到一個合適的位置後，她停了下來，口中唸唸有詞，一串水珠頓時在她的呼喚下聚集到她的手上，逐漸化為一顆結晶體。正當路易斯以為這樣便完結時，布倫希爾德在她的手腕上一劃，鮮紅的血頓時從傷口湧出。

甚麼！

路易斯大吃一驚，以為布倫希爾德要做甚麼傻事時，在水底裡的她從容不迫，把那些流出來的血都用元素術式收集起來，並融入到剛才製成的結晶體裡。很快地，傷口已經癒合，而鮮血也已與結晶體融為一體，化成閃亮的海藍色寶石。布倫希爾德滿意地把寶石收在掌心中，一躍往上游，途中遇見路易斯時以手勢請他跟著她走。二人一直往上游，正當路易斯以為是否要離開水底時，布倫希爾德卻在距離水面五米左右的位置停下。

「怎樣了？」路易斯游到布倫希爾德的身旁後，輕聲地問。

「這個，是想給你的，」布倫希爾德有點羞澀地低頭，並打開掌心。原本閃耀著泉水之色的海藍寶石，此時變成了一隻有著金色圓環，在頂部鑲著海藍寶石的高貴指環。

「戒指？」路易斯一臉驚訝。因為布倫希爾德的元素術式，縱使二人身處水中，但都能自由地對話。

布倫希爾德羞澀地點頭：「時間倉卒，這是我能準備的最好的東西了。」

「不，我的意思是，之前我們不是交換過戒指了嗎？」說時，路易斯亮出在自己手上，在訂婚典禮時由布倫希爾德所贈的星光藍寶石戒指，同時目光落在布倫希爾德手上，由他贈送的祖母綠戒指。他不太明白，為甚麼她要特意來到赫瓦爾紗湖水中做一枚戒指，再送給他？

「這個，是有點不同的，」布倫希爾德輕輕搖頭。

「甚麼不同？」見布倫希爾德說到一半後沒有再說下去，路易斯好奇地問。

「之前在教堂裡進行的訂婚儀式，是人類的儀式，但在精靈的世界裡是沒有『訂婚』這回事的，」布倫希爾德在心裡深了兩口呼吸後，鼓起勇氣解釋。「在我們的世界，兩個精靈決定永遠在一起時，是會直接在大地之母的見證下結合，不需要『訂婚』。」

「……嗯。」路易斯勉強能跟上布倫希爾德的話。即是說，二人的訂婚在精靈界裡其實是沒有實際效用或意義的，她是想表達這個意思吧？他心裡猜想。

但不論訂婚是否有用，之後我們還是會結婚的，那麼不是一樣嗎？

「不同種族的精靈都有不同的結合方式，而我們身為操縱水的精靈，會在水邊或水中，在大地之母的見證下，與另一半締結共渡一生的承諾。而這個儀式一般都會在我們的神湖——萊茵娜湖中進行。」布倫希爾德繼續解釋。「而方式……就是類似人類的交換信物。」

路易斯聽完，起初還不覺得有甚麼奇怪，但當他聽見神湖二字，以及締結婚約的方式，再低頭望向布倫希爾德手上的戒指，頓時把她所說的跟剛才發生的一切串連起來，懵懂地明白了她的意圖——

布倫希爾德似乎是想在離開之前，以精靈界的方式與路易斯定下一生的承諾。

「這……」路易斯一時間不懂得該如何反應。他知道自己該說些話回應，但腦袋十分混亂，一時間不知道應該說甚麼，只能任由視線在布倫希爾德的面孔和她手上的戒指之間游移。「你肯定嗎？」你肯定要提早決定跟我永遠在一起嗎？你肯定這樣做是對的嗎？就連他也不清楚自己在問甚麼。

「我也不肯定……」布倫希爾德的語氣有些不穩定。「但一想到在逃出來之前到底發生了甚麼事，以及預想到回去之後會遇到甚麼，就覺得有些說話要趁仍有機會的時候趕緊傳達。」

這次回去，布倫希爾德知道以後大概再沒有機會離開安凡琳，甚至可能會死在希格德莉法的手上。也許她從今以後再也沒法見到心裡那道溫柔高貴的光，因此要在離開之前，將自己的心意傳達，這樣才不會留下遺憾。

路易斯聽畢，頓時有些感觸。人生無常，有些這刻以為理所當然的事，下一刻會突然消失得無影無蹤，他不就是受過這個教訓的人嗎？

他的腦海有過一刻猶豫，害怕如果他現在與布倫希爾德立誓結合，歌蘭知道後一定會暴跳如雷，但下一刻便立刻責怪自己的愚蠢。

歌蘭已經不在了，會阻礙、反對他決定的人再也不存在。路易斯此刻突然實感到，羅倫斯所說的「自由地活下去」到底是怎麼樣的感覺。

「但、我甚麼都沒有帶來……」他想答應，此時才想起自己身上別說是戒指了，甚麼都沒有帶來，這樣要如何進行儀式？

「沒關係的，最重要是把這枚戒指交給你，」布倫希爾德微笑地搖頭，表示不要緊。「它裡面混合了赫瓦爾紗湖的湖水和我自身的一部分。其實用萊茵娜湖湖水製作的話會更好，但我現在無法取得，所以唯有用赫瓦爾紗湖的湖水代替。」

布倫希爾德沒有告訴路易斯的是，在溫蒂娜家裡，其實是有一枚從萊茵娜時代傳承下來的，用在結合儀式上的戒指的，但她不打算，也沒有後悔不使用。她望向路易斯手上，那枚屬於溫蒂娜家族的星光藍寶石戒指，它是家傳物品，代表家族的意念；但她手上的這一枚海藍寶石戒指是完全出自自己，代表的是她的意志、她的決定。

「戒指裡混合了我的血，它會讓你無論在何處都能找到我，就算我消散為靈魂，也一樣可以。」

替路易斯在他的左手無名指戴上戒指時，布倫希爾德說出交付它的最重要原因。

就算布倫希爾德回到安凡琳後發生甚麼事，這枚指環都能指引路易斯來到她的身邊；而且就算她真的不幸死在希格德莉法手上，在靈魂仍在世界殘留的一段時間裡，藉由存有自己一部分——等同一部分力量的指環，應該可以在路易斯遇上緊急關頭時免他於危險。

不論是儀式，還是戒指，都是她在這一刻能夠給予路易斯的唯二事物。這些不是回報，也不是回禮，而是她能證明自己心裡那份愛的，兩個方法。

「你真的不能告訴我，到底發生甚麼事嗎？」路易斯嘗試再問一遍。

「求你體諒，」布倫希爾德沒有抬頭，只緊握著他的手，不想讓他看到自己那雙痛苦的眼神。「但我真的不會有事的，請相信我。」

戴好戒指後，布倫希爾德緩緩抬頭。本來她以為會看見一副憂心的眼神，再一次懇求自己將真相告知，沒想到路易斯只是輕輕地握緊她的手，又用右手輕撫她的臉頰，溫柔地看著她，說道：「好的，我相信你。」

「真的嗎？」布倫希爾德出聲後才驚覺自己問了些甚麼，頓時羞愧得面紅。這不是等於暴露事情不會那麼順利嗎？她在心裡連忙怪責自己。

「真的，我相信你，」路易斯點頭。他的眼神裡流露著擔憂，也有釋然。他一邊把雙手前後疊在布倫希爾德的左手上，輕撫中指上的訂婚戒指，一邊說：「正如我在訂婚典禮上所承諾的，無論如何，我都願意愛護、尊敬、保護你，至死不渝。記緊，無論你在何處，只要你呼求，我都會趕來見你，幫助你，就算要換上這條性命，也在所不辭。」

他感覺到布倫希爾德要面對的是一道巨大的高牆，也隱約感覺到她極力隱瞞的原因跟自己有關。在未知的難關面前，他很無力，也知道自己渺小，那句誓言除了是回應布倫希爾德的心意，也是他現在能做的最大的事了。

布倫希爾德頓時眼眶濕潤。她一直都相信路易斯，相信他會兌現承諾；他的誓約像一枝強心針一樣，給予她莫大的支持。有了這番話在心頭，她便能坦然面對眼前未知的恐懼，毫不後悔。

「無論我在何處，都會守護你的安全。就算肉體化為灰燼，只剩靈魂存留，我也會繼續守護你，直到永遠。」布倫希爾德輕輕一笑，把右手疊在路易斯的手上，也以誓言回應。

說完，二人互相對望，四目交投，同時在對方的唇上留下深長一吻。

此刻，水下的世界只有二人。他們都不願離開對方，心裡希冀這一瞬間成為永恆。

在大地之母的見證下，二人立下共渡一生的約定。雖然是不完全的儀式，無論在雙方的世界裡都不能完全承認的這段關係，但在二人心中，這約定卻是完全的，誓言也是極具重量的。

在三星期前於月下交換承諾後，二人各自經歷了不同難關，帶著不同的傷痛，走到今天。在恐懼和難關面前，一切都是未知數，但也許牽起伴侶的手，立下誓願，那麼就算對方不在身邊，也能坦然面對一切。

⚔

在威芬娜海姆郡和安凡琳郡的邊境，遠遠看到精靈之森入口的地方，路易斯的馬車停在路上。他站在寒風中要送別布倫希爾德，但在最後一刻，心裡依然不捨。

「你真的要回去嗎？」

「嗯，但我們定能再見的。」布倫希爾德輕輕回眸一笑。她的笑容不再是強裝出來的，而是如釋重負，安穩的微笑。

路易斯上前，緊握她的手，懇切地請求道：「答應我，有甚麼事一定要聯絡我，我會立刻趕來安凡琳的。」

「我會的，別太擔心。」

輕輕在路易斯的臉頰上吻了一下後，布倫希爾德便收起被握著的手，在路易斯和彼得森的目送下漸漸遠去。

看著布倫希爾德逐漸縮小的背影，路易斯心裡擔憂，但明白必須放手。

每個人都有能力所限，他已經盡力了，剩下來的就是祈求她一切平安。

「八劍之祭」仍在繼續，而他是時候再次重拾心情，面對前面的路了。

第二十一週－Einundzwanzig－

灰影－SHADOW－

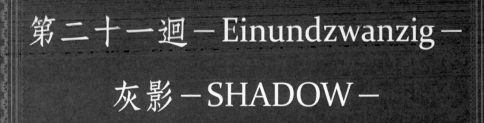

1

站在洗手間的鏡子面前，注視鏡中那個頭髮凌亂、眼神疲倦、面色略為蒼白的自己，奈特不禁嘆了一口氣。

在這所平民小屋裡，一切都很普通，唯獨是意外地在洗手間配置了一塊玻璃鏡。玻璃鏡並不便宜，平民百姓要購入一塊可能需要最少半個月的薪金，但不知為何，在這個租來的屋子裡就配備了一塊，它在奈特搬進來之前就已經存在。雖然鏡子的面積不大，只能倒映頭部到鎖骨的位置，但對一向注重儀態整齊的奈特來說，這樣就已經很足夠。

他用清水洗淨面部，水滴在臉頰和被濺濕的髮尾緩緩滑落，滴濕衣領，帶來陣陣冷意，但奈特似乎毫不在意。他只是看著自己在鏡中的倒影，以及額頭上一道被瀏海蓋著的傷痕，皺起眉頭，一副心事重重的樣子。

到現在還未全好……果然是慢了呢。

他在心裡對自己說，然後又無奈地嘆了口氣。

那道傷痕是奈特今早起床時不小心擦到床頭的木板而弄傷的，當時傷口有流出不少血，也感到疼痛，但因為傷口理應會自動復元，所以他只是把血擦掉後就再沒有理會。直到現在梳洗時，他才發現原來傷疤仍在額頭上，雖然已經癒合，但未有完全消失。照平時的復元速度，這種小傷在眨眼間便會不見蹤影，但今天卻不是這回事。

奈特立刻掀起睡衣查看身體，並伸手觸摸曾經被波利亞理斯弄傷的地方。那些地方的皮膚都白晳順滑，完全沒有傷痕，但當他觸摸時，會隱隱傳來些許疼痛感。傷口的外面好了，但過了一個多星期，裡面仍未全好。奈特緊皺眉頭，這些天以來煩惱的某個問題再次浮上心頭——

他的自我復元能力似乎有下降的跡象。

舊患隱隱作痛可能是心理作用，未復元的傷痕也許只是之後自己再弄傷了同一個地方但忘記了，奈特嘗試用別的理由解釋心中的疑慮。就在這時，他的眼角掃射到放在洗手盤附近的剃刀。他二話不說，立刻用它在手腕上劃下一刀，實時觀察癒合過程。

只見傷口一直流血，一兩分鐘後才完全止住並癒合，但過了五分鐘，傷痕仍是結疤狀態，未開始淡去。這個測試坐實了奈特的猜測，他不得不面對現實，其自我復元能力真的變差了。

不只自我復元，好像連體力也開始下降了？奈特在腦海翻找這一個多星期以來的記憶。在這些日子裡，他的每天日程一如以往，練劍的強度也沒有改變，但相比起以前，似乎更快開始感到疲倦，睡覺時間也略為變長了。背後原因是因為天氣寒冷，還是身體真的變差了？他不敢肯定。

時間，還剩下多少？奈特在心裡問自己。

「汝每次受傷，可利用之時間便會減少。傷勢越嚴重，耗掉在復元之上之時間便會更多。仔細思考，該如何靈活利用此能力吧。」

這時，一把熟悉的聲音在奈特腦海裡迴響。奈特絕對不會忘記這把聲音，回想起的時候，他立刻緊皺眉頭。

重傷呢……聲音的話語提醒了他，奈特立刻在腦內數算這幾個月來受過大傷的日子數目。三個多月前在斯福尼亞與時任領主的首席騎士對決、一個多月前和夏絲妲在森林裡對決、以及一個多星期前和波利亞理斯的對戰，這半年間受過大傷的日子應該就只有這三次。在斯福尼亞時，他的腰受過幾近致命的刺傷；和夏絲妲的戰鬥時全身都受了不少劍傷，但最重的傷莫過於「荒野薔薇」的毒，花了一個星期才全好；而和波利亞理斯的戰鬥時所留下的傷，到現在仍未完全復元。

這三次的負傷和復元，令他犧牲了多少時間？他無法猜測。那把聲音沒有提及過受傷程度和消耗時間的比例，他大概只能在倒下之時才能勉強得出問題的答案。

剩下的時間越少，能力也會相應下降嗎？看來是這樣呢。

奈特問自己，現在距離「八劍之祭」完結只剩下一個多月，憑藉手上剩餘的時間，自己能夠撐到勝利的一刻嗎？

上次在堡壘時，他明明就可以在打敗波利亞理斯後擄走諾娃，一了百了，也可以不找愛德華，自己和莫諾黑瓏單獨前往營救諾娃，但他就因為害怕一個人打不過黑狼，所以藉詞多拉兩個引開波利亞理斯視線的幫手來幫忙，也因為看到諾娃對自己的抗拒反應而心軟，不敢以強硬的方式帶她離開。現在回想這些事，奈特不禁責罵自己的愚蠢。

懦弱，太軟弱了！之前就已經因為一時心軟而犯下無法挽回的錯誤，難道現在又要重犯嗎？

奈特一時火起，忍不住一拳打到牆上。

時間已經無多，能夠救諾娃的機會所剩無幾了！所以不能再在這裡浪費時間，動作要快了。

在心裡下定決心，並再一次用水洗臉打起精神後，奈特便收起憤怒的面容，回復到一貫的冷酷樣貌，轉身離開洗手間。沒想到剛打開門時，便差點迎面撞上莫諾黑瓏。

「你回來了？」奈特嚇了一跳，頓時怔住。

「市場沒甚麼能買的，所以我早一點回來了。」莫諾黑瓏手上捧著兩條長麵包和一些蔬果，都是她剛剛在離家不遠的市場買回來的。看著奈特呆滯的眼神，莫諾黑瓏有些疑惑，不明白他為何嚇成這個樣子。她關切地問：「你沒事嗎？我記得在外出前，你已經在裡面梳洗了。」

「呃，沒事，只是在裡面想事情，不察覺時間過了多久。」奈特隨便編作出一個理由來搪塞過去，並趁莫諾黑瓏不注意時，趕緊拉下上衣的袖口，遮住手腕上的傷疤。

「看來你真的想得很入神，連頭髮也忘了束起，」莫諾黑瓏不虞有詐，沒有懷疑奈特的話，只是她留意到奈特的頭髮仍然隨意地散落在肩上，有些蓬亂，似是未有打理。

平時奈特都會在早上梳洗時把頭髮束起來，直到睡覺前才會除下綁帶，就算當天決定整天留在家，也會維持一樣的習慣，不曾變改。

是有甚麼事想得那麼入神，連一直以來的習慣都忘掉了？莫諾黑瓏心裡納悶。

「咦？啊，真的，完全忘了，」經莫諾黑瓏提醒，奈特立刻伸手摸了摸頭髮，驚覺自己完全忘了這件事。他立刻衝進洗手間取回綁帶，期間還因為動作太急，膝蓋不小心撞上木門，撞到的地方隱隱作痛，想必是瘀傷。

「你沒事吧？」莫諾黑瓏焦急地問。她不明白，為何奈特今天一早便是一副焦急的模樣，失去了平日的冷靜。

「沒事！」奈特無視膝頭撞到一事，立刻對著鏡子綁頭髮。他嘗試回復冷靜，但莫諾黑瓏在後面看著，令他感覺不自然，頭髮綁了幾次都綁不好。

「不如我幫你綁吧，」莫諾黑瓏嘗試提議道。

「不用了，我自己就——」

「讓我幫你吧，好嗎？」未等奈特說完，莫諾黑瓏伸手輕輕按下奈特的手，打住他的動作。奈特一回頭，看到她對自己微笑著，並說道：「你到外面坐下吧。」

奈特本想拒絕，但莫諾黑瓏笑容不改，沒有收起手，隱隱散發出一種不容他有異議的意思。

「好吧，拜託你了。」他嘆了一口氣，放下雙手，把手上的紅色髮帶交給莫諾黑瓏，並順著她的意思走到外面坐下，等待她幫忙束頭髮。

剛才直到現在的他已經表現慌張得令人容易生疑，奈特覺得要是他在莫諾黑瓏的意思這麼明顯的當下繼續拒絕，便很有機會欲蓋彌彰。思前想後，為了不節外生枝，任由莫諾黑瓏做她想做的會比較安全。

多次嘗試爭取，今天終於成功得到綁奈特頭髮的機會，莫諾黑瓏頓時喜上眉梢。她輕快地把手上的食物放在廚房後，便走到奈特身後，輕柔地把他的銀白長髮握在手中，並用她為了此刻而一直珍藏的木梳子極盡溫柔地梳理。

坐在椅上，每根頭髮都傳來被觸摸的痕癢感，令奈特心裡有些煩躁，但又不能表現出來。他不喜歡被他人觸摸自己的一頭長髮，輕撫瀏海沒有問題，但像莫諾黑瓏現在那樣輕撫長髮，就覺得像被觸及私隱一樣，很不自然。因為這樣，他一直是自己綁頭髮，無論莫諾黑瓏多番請求都不讓她碰，結果就因為剛才的慌張而被她乘虛而入。

又是因為自己一時的愚蠢而犯下的錯，奈特心裡又生出一道對自己的怒火。

「對了，你還未告訴我，那天在塔上救姊姊時有發生甚麼事嗎？」緩緩把銀髮梳順的同時，莫諾黑瓏以一副閒話家常的口吻要從奈特口中套出自己其中一件想知道的事。

自從兩星期前和愛德華及夏絲妲到歌莎郡嘉利拉市郊外的一個堡壘裡救出被波利亞理斯綁架的諾娃後，莫諾黑瓏便不停追問奈特當天在堡壘裡時發生過甚麼事。她想知道的事很簡單，就是奈特和諾娃之間的交流，多麼細微的小事她也不願放過。

「我不是告訴你了？上去之後我便遇到那個變態教授，和他對戰數回後便贏了，就這樣。」奈特答得很平淡，莫諾黑瓏也沒法從握著的頭髮感覺到絲毫的動搖。

「那麼為甚麼你的斗篷會在姊姊身上？」奈特的答案莫諾黑瓏早就聽過了，但這次她想聽別的。

「我上到去時發現她全身赤裸，衣服都被那個教授脫光。借個斗篷給她暫時遮住身體，是紳士必做的事。」奈特沒有直呼諾娃的名字，只是以「她」代稱，免得莫諾黑瓏變得敏感起來。

「你有看到甚麼不該看的東西嗎？」莫諾黑瓏在用髮帶束頭髮的同時，向前探頭，試探地問。

奈特立刻明瞭她在介意些甚麼，立刻否定：「當然沒有，這點我發誓。」

從後方不太能看到奈特的眼神變化，但依照他的語氣推測，看來是沒有說謊的。放下一件心事的她在奈特的馬尾上綁好一個蝴蝶結，完成梳髮。

正當奈特以為這樣便完結，不會再問下去時，莫諾黑瓏突然拋出一句：「你覺得我和姊姊有甚麼分別？」

「甚麼？」奈特一時間反應不來，嚇了一跳。

「你會覺得姊姊比我好嗎？」莫諾黑瓏走到奈特面前不遠的椅子上坐下，她低著頭，一副自卑又介懷的樣子。「會覺得她比我優秀嗎？」

「我對她的認識不深，為甚麼你會這樣問？」在回答之前，奈特想先搞清楚莫諾黑瓏的用意。

「在以前，人人都會說我及不上姊姊。無論是學識、身材、樣貌，我都沒有一方面比得上她。明明我們是近乎鏡像般倒映著的姊妹，為甚麼就差別那麼大……」莫諾黑瓏說的時候，想起她還未是人型劍鞘前的過去。

那時候，諾娃是眾人口中「被祝福的神官」，一舉手一投足都讓人注目。而她，則是那個不知為何成為其妹妹的人。明明大家相貌近乎一樣，術式上的天賦也不是差距甚遠，但就因為髮色的分別，諾娃便是被祝福的，被眾人喜愛的，而她就是被詛咒的，總是被利用後再隨意丟棄。

「別介意別人的目光，我覺得你也很好，不需要去比較的。」奈特聽畢，頓時明白可能是因為提起了在堡壘裡的事，勾起了莫諾黑瓏心裡的不安，並用簡單的說話安慰道。

「那麼你覺得姊姊是一個怎樣的人？」莫諾黑瓏問道。

「只見過幾次面，你要我怎樣回答……」奈特想要避開這個明顯的陷阱。

但莫諾黑瓏就是不讓他逃：「第一印象也沒關係，我想聽。」

「溫柔……吧。我也不清楚，憑直覺而已。」奈特本來想說跟外貌有關的印象，但他十分肯定無論如何包裝，莫諾黑瓏都一定會十分介意。思考片刻，他答出了一個跟氣質有關的印象。

「那我呢？」莫諾黑瓏追問，她問的時候沒有抬頭，但雙眼卻偷偷往上瞄，藉著瀏海的遮掩，想看看奈特的反應。

「可愛、體貼、有時候會有些壞主意，但是十分可靠。」奈特不假思索便回答。

「你會覺得姊姊比我好嗎？」看見奈特答得飛快而堅定，莫諾黑瓏的心安定了些，但仍然有不安。

「我不是說了，不用那麼在意去比較的……」

「我想你清楚地回答我。」未等奈特說完，莫諾黑瓏立刻打斷了他的話。她抬起頭並湊近，緊緊注視著奈特的眼睛，認真地問：「你愛我嗎？」

「當然。」奈特被莫諾黑瓏突然的舉動嚇了一跳，但他一眨眼便回復冷靜，眼神堅定地說出莫諾黑瓏想要聽到的回應。

「很多人都是這樣說，但最後他們都拋棄了我。」莫諾黑瓏聽見回應後先是一笑，但很快便又再憂慮起來，視線飄到別處。

她一直想得到他人的愛，想有人能夠正眼看她，為此她能夠不惜一切，甚麼都願意做。以前，唯一會愛她的人是諾娃，但她最後卻背叛了自己；而現在，會愛她的就只有奈特一人。

她會被再次背叛嗎？

「你也會嗎？」莫諾黑瓏沒有回過頭來，語氣滿是不安和焦慮。

「我不會，正如我承諾過的。」奈特的視線沒有飄向別處，他看著莫諾黑瓏，堅定地說。

「真的嗎？」莫諾黑瓏回過頭來，但無論是她的視線和語氣，都充滿懷疑和擔憂。

每當想到奈特對諾娃的關注時，她的心裡就會有萬份不安在翻騰。

她憂慮，同時想要試探，要用婉轉的方法來確認愛人的忠誠。

「真的，難道……你不相信我嗎？」奈特這時抓到機會，反問莫諾黑瓏。

「當然不會！」莫諾黑瓏一驚，立刻轉過頭來。她只是想確認奈特對她的愛而已，沒想過會令他覺得受傷。她頓時感到很內疚：「我絕對相信你的。」

「見你過一陣子便問一次，有時我會懷疑，是不是我沒有足夠的信任而令你……」奈特別過頭去，這次輪到他憂慮了。

「不是這樣的！不是。」莫諾黑瓏焦急得立刻上前緊握奈特的手，令他立刻把視線回放到自己身上。「我只是有點不安，想確認一下而已。」

「你真的相信我嗎？」奈特注視著莫諾黑瓏的雙眼，想要確認。

「當然，在這個世界上，我只相信你一個人。」說的同時，莫諾黑瓏緩緩坐到奈特的大腿上，近距離地回望他。「所以你也要相信我。」

「你知道我不容易相信人的。」面對莫諾黑瓏的要求，奈特沒有直接回應。他在很早以前就已經告訴過莫諾黑瓏，自己被很多人背叛過，留下不少陰影，因此造就了不容易相信人的個性。

「我知道，所以相信我便好。」莫諾黑瓏沒有被奈特冷淡的話嚇怕，她輕輕撫摸奈特的臉頰，嘴上所說的話既是安慰，也是請求。她溫柔地細語：「其他人會背叛你、傷害你，但我不會。只有我不會離棄你，無論何時都會陪伴在側。」

「莫諾黑瓏……」

「沒有人能夠破壞我們之間的契約，也沒有人可以影響我們之間的關係。」莫諾黑瓏輕輕撥開奈特的瀏海，讓他那如同夜空般閃耀的右眼清楚落入自己的目光裡。「你要記住，能保護你的就只有我，而你只需要相信我一個，就可以了。」

「嗯，謝謝你，莫諾黑瓏。」

奈特一說完，莫諾黑瓏便閉上眼睛，親了上去。輕輕一吻很快化為深情長吻，持續好一陣子。

莫諾黑瓏的心裡滿是歡喜。她再次確認到奈特對她的愛，也成功地牢牢地把人留住，確認他不會離開自己。

她想要的，從來都是愛而已。

為了得到愛，她可以無所不用其極。無論是束縛、控制，只要是能用的手段，她都會用上。

而面對背叛她的人，她也會用盡一切方法報復。

2

兩天後，在冬鈴城堡，今天一切如常。

灰雲滿佈天空，遮擋了本來就微弱的冬日陽光，令大地添上一層寒氣，也帶來一陣憂鬱的氣息。刺骨的寒風和昏暗的光線減低了冬鈴城人們外出的意欲，大家都選擇留在家中，令街上人煙稀少。而在距離冬鈴城有一點距離的冬鈴城堡，也不例外。

本來就因為佔地甚廣又沒甚麼人住而顯得寧靜的冬鈴城堡，今天尤其冷清。平日在庭園裡都會看見整理花草的園丁，或是正在打掃或散步的僕人們，但今天一個身影也看不到。看來城堡裡的大家都因為天氣又冷又差，沒甚麼心情，而選擇留在溫暖的城堡裡取暖，沒有要外出的意思。

但在庭園最盡頭又不起眼的一角，卻有些不一樣。

那個角落是一塊小平地，它被近十棵高大的松樹包圍，松樹猶如一道牆，把角落和庭園的其他地方區隔開去。因為角落位處一座小山丘上，而且不是在庭園主道路的附近，需要走過一段長得差不多有半個人那麼高的草叢才能到達，加上那裡除了草和樹就甚麼都沒有，所以毫不起眼，連園丁也甚少到那邊打理。

就在這麼的一個角落裡，正傳出一些利器劃破空氣的聲音，在強風中也能隱約聽見一些踏在土上的腳步聲。近距離一看，那裡除了墨綠的樹和深褐的土壤，還有一個緋紅的身影，正在優美又俐落地揮舞著手上的銀劍。

身影不是他人，正是夏絲妲。她正握著「荒野薔薇」，獨自在這個無人角落裡對著空氣練劍。這個小角落是她的小天地，夏絲妲幾乎每天都會來。每天，她都會趁服侍自己的女僕和家裡的僕人們不留意的時候，偷偷地帶同「荒野薔薇」離開房間，來到這個無人知曉的小角落，練幾小時的劍，以及稍微休息一下。

在其他時間，她都要裝作「雪妮・懷絲拉比」，以自己設定的大家閨秀形象示人和行動，唯獨在這裡，她可以卸下一切裝扮和面具，暫時做回自己。

雖說做回自己，但也不是全部。為了避免在來回時被人看見而起疑，夏絲妲沒法穿上平時愛穿的鮮紅大衣揮舞「荒野薔薇」，只能退而求其次，穿上騎馬裝和長褲練習。縱使長褲比起大衣更方便活動，但畢竟那是長久以來積聚的習慣，已經成為自己身體的一部分，現在因為偽造的身份而要改變習慣，便讓她仍覺得自己有一部分是受外界制約。

素來我行我素的她對現在的制約生活確實有些不習慣，但沒有怨言。她十分清楚這是自己選擇的路，她不容自己後悔，也不會。

當初決定來這邊的原因，有一半是為了嘗試有制約的新生活方法，反正現在過得還好，那麼當然不會讓它停下來啊！

在心裡與自己對話的同時，夏絲妲認真地又砍又刺，用左手揮出不同的劍法，專心一致。她往前揮劍，假想正面擋下砍擊，並接連後退兩步。就在夏絲妲後退第二步時，其右手輕輕一伸，墨綠的藤鞭立刻從土裡衝出，準確擊中她腦海裡認定的位置，之後便快速鑽回枯土裡去。

不錯。她很滿意剛才的模擬練習，嘴角微微向上勾。後退和藤鞭出現的時機沒有錯開，一切如常。再多嘗試幾個佯裝後退時用藤鞭反擊的方法吧？不，不如模擬一下假若無法叫出藤鞭時的即時應對吧。

夏絲妲最近常常在思考的其中一件事是，「荒野薔薇」的劍鞘藤鞭會否因為被外力影響而不聽自己使喚。

「荒野薔薇」的劍鞘藤鞭是絕對聽從她腦海裡的指示行動的，原理有些像受她控制的契約物，過程應該有牽涉些術式的理論，但她沒有深入研究過。在以前，因為對決的對象很少會是術士，所以她很少會考慮到這方面；但遇上能將一切元素無效化的「虛空」，能夠把力量分解和再構築的「黑白」，用水汽當劍鞘的「璃霞」，以及波利亞理斯那些用術式做出來的黑狼後，她開始憂慮，術式或者其他外力會否影響到她和藤鞭的連繫。

對上一次和奈特對決時，藤鞭曾經被「黑白」斬斷過，但此舉並沒有令藤鞭脫離她的控制。到底這是因為連繫不會被外物介入、奈特無暇在刀劍交接的電光火石間分解和再構築那份連繫、他湊巧不知道可以介入，還是有其他原因？

而「虛空」呢？它那能夠將一切元素都化為無效的能力，會否在碰到藤鞭時施加影響？

思考這些問題時，她突然發覺，自己的戰術在某程度上有依賴藤鞭的傾向。明明告誡過自己不能輕易依賴，但長久以來都是使用劍和藤鞭配合的戰術，幾乎百戰百勝，久而久之便習慣了。

不行，她對自己說。愛德華和奈特都是見識過她的劍術而又活著的人，他們知道我如何使用藤鞭，想當然地會思考反制的方法。所以面對他們，一定要想出別的辦法應對，才能取勝。

夏絲妲叫出藤鞭，但在它要擊中目標時突然後退防禦，模擬突然失去藤鞭的協助時，只用銀劍對抗的情景。正當她要上前反擊時，要往前刺時，她突然剎停腳步，定住幾秒後便收起劍，中止了練習。

「我知道你在的，別偷看了，出來吧。」

話音一落，不遠處立刻傳來一聲輕哼，接著一個人影從夏絲妲前方不遠的松樹後走出來。

「我不過是來到時不想打擾你，才不作聲的。還有，我看了一分鐘也沒有，別說得我好像偷看了十分鐘似的。」

一把少年的聲音傳出，不是他人，正是愛德華。他現身的時候一臉無奈，略為不滿地抱怨。

「我無時無刻都對周圍很敏感，你知道的。」夏絲妲只是回以一笑，並雙手攤開，一副沒有要道歉的意思。

「尤其是在練劍的時候，對吧，」兩手空空的愛德華叉著腰，說得有點無奈。「兩天前我來這裡找你時，你也是我一來到便立刻發現的。」

「你的腳步聲那麼明顯，要不發現也難吧？」夏絲妲見狀，順勢把愛德華的弱點抓出來挖苦他。

「想不被發現的話，那就操練一下自己的隱匿技巧吧。」

其實在愛德華未開口之前，夏絲妲便已猜到來者的身份。因為知道她會在這裡的人，就只有愛德華。自己的練習被打斷，她心裡確實有些煩躁，但也只是些少而已。她更想做的是，趁這個機會提醒愛德華注意自己的問題，期望他在之後會改善。

愛德華被說得無法反駁。他明明已經將腳步聲減到幾乎無法聽見，之前潛入精靈之森時也是沒被發現，但為何唯獨在夏絲妲面前還是一點用也沒有？

是她太敏感，還是自己的技術真的還未到家？

不管了，之後再嘗試改進便是，他在心裡下定決心。要隱匿得不被她察覺到，才算成功！

「你真的每天都來這裡呢。這裡真難找，要不是我認得路，一定會在途中迷路的。」愛德華不想再在腳步聲大小的話題上繼續，環望四周，說起別的事來。

兩天前在庭園散步時，愛德華心血來潮想走到盡頭看看，突然聽到叢林裡傳來一些微弱的風聲，好奇地前去一看，才發現夏絲妲的小天地的。當時愛德華很驚訝，因為他一直以來都想知道夏絲妲日間不在城堡時，到底是去了哪裡，但每次問本人時都得不到答案。他猜想過是去了冬鈴城，或者城郊的森林，但沒想到真相居然是這麼近那麼遠的自家庭園。

多虧夏絲妲，他這才知道庭園裡有這麼一個隱蔽的小地方，也發現原來她在來到城堡之後仍然堅持每天練劍，沒有忘記本性。

「就是為了不想被找到，才會來這裡啊。」夏絲妲心裡納悶。她望向愛德華，看到他些微蒼白的面色，突然想起一些事：「話說你怎麼來了？不用看著諾娃嗎？」

愛德華先是怔然，回過神來後若有所思地露出微笑：「她情況穩定了些，還在睡覺，不用擔心。」

三天前，二人在精靈之森與布倫希爾德交戰後，好不容易才成功偷偷地從森林偷溜回冬鈴城。期間諾娃除了要治療愛德華，也要長期維持無效化的能力，而她本來就有傷未癒，所以當二人到達冬鈴城堡，確認一切安全，可以完全放鬆戒備後，諾娃便倒了下去。

當時愛德華和夏絲妲都大為擔心，尤其是愛德華，焦慮得不得了。從醫師口中得知諾娃只是消耗過度，只要睡飽覺便會沒事後，二人都立刻鬆了一口氣。縱使如此，愛德華仍然很擔心，並在諾娃的床邊坐了一整天，明明自己也需要休息，但沒有聽勸，直到午夜時被夏絲妲趕回房間時，才不情願地離開。

諾娃在這幾天曾經有醒過來，但大部分的時間都在睡覺。她的面色由幾天前的蒼白如紙，漸漸變成今天的略為紅潤，整個人看起來越來越有精神，看來離完全復原不遠了。因為如此，愛德華才放心出來散步，並來到庭園的盡頭找夏絲妲。

「那麼你呢？」夏絲妲再問。

「八八九九了吧，還有一些小傷，再休息多兩三天應該便沒事的了。」愛德華邊說邊打量自己。他的衣服下還有些被包紮的傷口，它們都已經結疤，只差完全癒合；而他的體力也漸漸回復，雖然還有點疲累感，但一切都安好。「要是拜託諾娃的話，應該可以立刻全好，但現在就讓她好好休息吧。」

夏絲妲頓時明白愛德華的意思，感慨道：「這次真的辛苦諾娃了。」

「嗯，」愛德華微微點頭。「我常常都要麻煩她善後，這次要是沒有她，我大概會回不來吧。」

他低著頭，回想起在精靈之森時，諾娃那副明明已經接近體力極限，但還是強撐著要照顧自己的模樣，身體頓時有一道暖流流過，心裡也萌生起感激之情。

她的心意，她的付出，他全部都看在眼內。他心裡歡喜、感激，也覺得自己無以為報。唯一報答的方法，大概是不要辜負她的付出和期望，繼續努力前進，走到祭典的最後吧。

夏絲妲一直注視著愛德華，留意到他眼神的轉變。

他看諾娃果然跟以前不一樣了，她心想。果然有轉變了。

這樣不錯啊，事情就該這樣，這樣才對的。

她只是在一旁看著，輕輕一笑，甚麼也沒有點出。

「所以你來是為了甚麼？想打一場嗎？」雖說一直看著愛德華的表情變化也很有趣，但兩個人一聲不作站在樹林中也實在有點奇怪。夏絲妲以一句問題令愛德華回過神來，順便問清楚他前來的目的。

「我可以用甚麼？手杖嗎？」愛德華聽畢，立刻舉起那枝支撐他走路的手杖，有點納悶地問道。怎看都知道我沒帶劍出來吧？先不說傷未全好不應亂動，「虛空」還在諾娃那裡，我用甚麼來打？愛德華心裡一陣無奈。

「你之前不是曾經把手杖當作劍般揮砍的？現在也可以啊。」夏絲妲故意拿她來到城堡第一天時，在花園看見愛德華把手杖當劍用的往事出來，半取笑半認真地提議道。

但愛德華才不打算搭理：「才不要，你那把可是真材實料的劍，只要一碰，我的手杖便要毀了。」

到時候我便要再去訂造一枝新的，現在哪有時間？

他沒好氣地望向已經被夏絲妲收到腰旁的「荒野薔薇」，但一看，他好像想起了一些事似的，目光定在劍上，沒有移動。

「怎麼了？」留意到愛德華的目光，夏絲妲感到有些疑惑。

愛德華沒有回應。他下意識握緊手杖，思索著，卻一直沒有作聲。

「我一直有一件事想問你，那天在嘉利拉市的山丘上，為甚麼你會把『荒野薔薇』交給我用？」思考片刻，他決定把這條困擾了他一段時間的問題說出。

「當時你快要被狼吃掉，又沒有像樣的武器在手，把劍拋給你用是最快最好的方法吧。」夏絲妲爽快地解釋，語氣像是在說，這些不過是人之常情，只是很普通的事。

但這個回答卻沒有說服愛德華：「但你大可以要求我在解決黑狼後歸還『荒野薔薇』，然後拾起匕首前往堡壘的，為甚麼你沒有？」

兩三星期前，在營救諾娃的過程裡，夏絲妲把她一直珍重的「荒野薔薇」拋給失去武器，快要被黑狼襲擊的愛德華。愛德華接下劍的瞬間，以為夏絲妲只是暫時借給他殺死包圍自己的黑狼而已，很快會把劍收回，沒想到她居然是要自己帶著劍去追趕奈特，並救出諾娃。而二人和諾娃會合後，夏絲妲也沒有立刻要求愛德華把劍交還，而是待奈特和莫諾黑瓏離開，確認一切安全，上到馬車後才請他交還。

愛德華還很記得以前在木屋生活時，他曾經半開玩笑半認真地表示想仔細欣賞「荒野薔薇」，但當時的夏絲妲別說讓他碰，就連多看兩眼也不准。他也嘗試過在屋裡尋找「荒野薔薇」的擺放位置，想趁夏絲妲外出採購，沒有帶上劍的時候仔細研究它，但找遍每一個角落，連地底也找過，都遍尋不獲。這麼一個小心保護自己的愛劍，不讓對手有任何觀察機會的人，怎會突然改變態度，不只讓自己握著「荒野薔薇」，還任由自己使用？

這些日子裡，只要腦袋一有空，他都反覆思考這條問題。他問過自己，假若是他，會輕易願意把「虛空」交由他人使用？如果願意，又會在甚麼情況下交出？第一條問題的答案是「不」，如非必要絕不會交出唯一的愛劍；而第二條問題的答案，他思索了很久，腦袋浮現不少答案，但很混亂，並不統一。

於是愛德華把問題改了一下，自問道：假若當天在山丘上的情況掉轉，手無寸鐵的夏絲妲陷入危機，他會選擇借出「虛空」給她嗎？

那是當然的，我相信她。

在腦袋自動回答的那一瞬間，他突然明白了，夏絲妲的行動背後，關鍵字也許是「信任」。

但真的嗎？為甚麼？他不解。

「我明白你想問甚麼了。你是想問我為何信任你吧？」愛德華的追問令夏絲妲頓時察覺到其用意。眼前的少年對信任二字，以至這份關係都十分敏感，她十分清楚。

「嗯，」既然夏絲妲直白地問，愛德華也不拖泥帶水，直接將心裡的疑問拋出：「我們是舞者，是對手，就算今天合作，日後亦必將對立。你以前是因為這個原因，而不讓我碰『荒野薔薇』吧，為甚麼現在變了？」

「時間久了，想法當然會變。」夏絲妲不假思索，立刻回答。

「但為甚麼？」她的爽朗令愛德華更為驚訝：「你不是說過只為自己而活的嗎？」

「我還是啊。我仍然是在做自己喜歡做的事，這一點沒有變改。在過程中，我信任誰，與誰同行，都是我的決定……」說到一半，夏絲妲突然停下來。她望向愛德華那副充滿疑惑，期待著甚麼但又害怕的眼神，頓時恍然大悟。「你想知道的，不是『為何我會信任你』，而是『為何這樣的你值得被我信任』，對吧？」

她走到愛德華面前並湊近，雙眼緊緊注視他問道。

愛德華先是別過頭去，遲疑半刻，才閃縮地輕輕點頭。

「我之前好像對你說過吧，給自己多一點信心。」夏絲妲坦然一笑，不耐煩地把一個月前對愛德華說過的話重新再說一遍。「別用『這樣的我值得被他人信任』的角落去思考，而是要想，『我已經成長到一個能獲得他人信任的地步了』。」

「但我就是不明白是甚麼理由獲得他人……」

「別把目光集中在我身上，愛德華。」見愛德華還是不明白，夏絲妲用雙手把愛德華的臉轉向自己，不准他再望向別處，要他的思緒集中在當下。

「看看你自己，回想這些日子以來你所做過的一切。」她說的時候，無論是眼神或是語氣，都十分認真。「你每天都在努力，為了自己的目標而苦練劍術，知道自己的弱點後便去改善，性格變得沉穩了，也能獨自承擔起許多責任。你只看到自己眼前的路還有多遙遠，但偶然也要看看身後，看看自己到底走到多遠，爬到多高。」

夏絲妲一直清楚她在愛德華心目中有著怎麼樣的地位。少年憧憬她，就算發生了那些不愉快的事後，仍然不改仰慕。他的努力，他的進步，她都看在眼內，並對他的學習和進步之快感到欣慰。她本來是想讓愛德華自己醒覺，留意到自己的好，而他的確慢慢做到了，只是他仍然會拿自己跟她比較。

夏絲妲覺得是時候讓愛德華明白，他不需要這樣做。

「你已經是獨當一面的劍士，也是獨立自主的領主了。不要只顧著找我的背影在哪裡，看看自己，看看周圍，可能某天你會發現那背影其實在你身旁，或者你早已看不見它了。」注視著愛德華那副思索中、似懂不懂的眼神，夏絲妲決定多加一句，推他一把。

愛德華頓時驚呆。他聽得懂夏絲妲的隱喻，看不見不一定等於將她拋在身後，也可以是指二人走上不同的道路。若然如此，那麼看不見對方的背影是理所當然的。

他的腦袋浮現起在木屋附近的山丘頂上常常看見的景色，也回想起和布倫希爾德對決時，心深處冒起的那道愉悅。以前他在俯瞰山下美輪美奐的景色時，都會感嘆自己的渺小；但他此刻醒覺，也許他該回頭看看自己從山下走上來的路，看清楚自己花了多少力氣走了多遠，才能到達山頂望見這片景色。他開始理解享受戰鬥過程的意思，覺得明白了夏絲妲多一些，這不就像站在她旁邊，看著一樣的景色嗎？

他不敢說自己完全恍然大悟，但起碼明白多一點點了。

「總而言之，謝謝你。把劍借給我，以及信任我。」愛德華先是微哼了一聲，爾後終於露出微笑。他不肯定夏絲妲會否覺得自己的道謝等同仍未明白，會不喜歡，但他依舊想說出口，作為心意的回應。

「不用道謝，只要你明白便好，」夏絲妲回以溫柔微笑。這時候，她的腦海突然閃過一個念頭，頓時嘴角上揚，又起腰故意裝神氣說：「我可是表姐，當然會相信表弟啊！」
「明明就沒那個意思，就別用關係來說！」愛德華忍不住反駁。

3

「親愛的表弟，所以你特意來找我，就只是為了問『荒野薔薇』的事？」
在林中對談過後，夏絲妲便和愛德華一起步回城堡。她其實是想多留一會練習的，但見時間不早，天色漸暗，再繼續練習的話便要摸黑回去；而且愛德華就在旁邊，故意使走他的話反而會引起懷疑。反正不用藤鞭的攻擊方法可以等回到房間後再在腦中模擬思考，明天再來練習也沒甚麼問題。
就這樣，她把劍收回腰旁，變回雪妮的外貌，並穿上能蓋著整個人和劍的斗篷，和愛德華一同回去。而在途中，夏絲妲似是捉弄地問愛德華前來找她的目的。
「我只是在散步，想起你這個時候應該在附近，才過來看看的。才不是特意來找你，別誤會。」
愛德華斬釘截鐵地否認，還板起臉來，就是要表示他的行動跟夏絲妲一點關係也沒有。
「是嗎？但你平時這段時間都會在房間裡處理文件，鮮有外出。而且今天天氣那麼冷，任誰都會選擇留在室內，而不是大老遠的走到庭園盡頭散步吧？」但夏絲妲就是不信。她太認識眼前的少年了，清楚知道他是那種無論發生甚麼事都不會輕易改變生活習慣的人，若然改變了，必定有重要理由，才不會是散步那麼簡單。
「誰說我的時間表從不改變的？」愛德華立刻沒好氣地反駁。「今天身體還有點累，所以躺了半天。醒來後見人精神了些，又有些空閒，才出來走走而已。拜託你別想那麼多吧。」
別把自己想得那麼重要吧！任誰都聽得出愛德華的意思。
「呵，居然休息了半天，這很不像我的表弟呢。」見愛德華那麼嘴硬，夏絲妲也就識趣地沒問下去，但她捉弄的心仍未止，稱呼愛德華為表弟時特意加重了語氣來強調。
「你到底還要叫多久？」接二連三被故意用偽稱稱呼，愛德華有些不耐煩了。他望向夏絲妲，抱怨道：「還未厭倦嗎？」
「你在說甚麼呢，表姐稱呼表弟是很平常的事吧？」面對責難，夏絲妲回以一輕鬆微笑，順便回以一句內含雙重意義的常理。
「今天庭園裡沒有人，這裡不會有人看到的，不用裝吧。」愛德華一聽，頓時往左右張望，並收起怒氣。原來她這樣做是為了戒備啊，愛德華心想。
怎知夏絲妲這時卻神氣一笑：「我才沒有裝啊，由始到終都是從心而發地稱呼的。」
「你呢……」原來戒備只是藉口，真正的目的仍是想捉弄啊！愛德華頓時無語。
「你也可以從心而發地稱呼我為表姐的，來，試試看？」夏絲妲乘勝追擊，還特意把手放在耳邊，表示想聽。
「才不會上當！」愛德華不打算陪她玩，還特意加快腳步走遠。
但一個要用手杖支撐步行的人，能走得多快？沒走兩步，夏絲妲便很快跟上，走到愛德華面前，看著他的同時倒後行走：「現在一起居住，總有一日要習慣的啊。」
「你真的打算長留在這裡的嗎？」夏絲妲一句，觸發了愛德華心裡另一個疑問。他停下了腳步，語氣認真。

「你不喜歡我留下嗎？」夏絲妲想當然明白愛德華的意思，但她繼續調侃，嘗試讓氣氛輕鬆一些。

「我不是這個意思，而是在說祭典的事。」但愛德華卻沒有搭理，他很是認真：「現在是水仙月初，下月中便是『八劍之祭』的完結日。剩下一個多月，一切……都要作個定斷了吧。」

最後一句他沒有說得直白，但夏絲妲卻頃刻猜到——是指二人終究要對決的事。

隨著千鶴和波利亞理斯的落敗，現存的「八劍之祭」舞者就只剩下五人——愛德華、路易斯、布倫希爾德、奈特，以及夏絲妲自己。一路撐到今天的五人，在最後的這一個月裡必須分出勝負，才能得到神所賜予的禮物。

就算二人今天是同盟，合作解決其他人，到最後時還是要站在對決場上的兩邊，就像二人當初邂逅時那樣刀劍相向。所以愛德華問的是，時間無多，你還想維持著這樣的關係，還是覺得是時候分別，好讓各自準備計劃和心情。

「我明白你的意思，但現階段我想保持合作的關係。」夏絲妲爽快地回答。這條問題，她早在一星期前問過自己，並已經有了答案。「當然，如果你覺得分開比較好的話，我不會有意見。」

「但這樣明智嗎？」愛德華當然想繼續保持合作，但這些日子一直困擾他的是，到底這個決定是好是壞，他也不清楚。

「當然，」夏絲妲肯定地點頭。「火龍小子和精靈女王應該是一夥的吧，奈特雖然短暫合作過，但終歸是敵人。這三人都是強力的對手，一起解決總比獨自出手來得容易吧。然後當祭典剩下我們二人時，接下來的事情便簡單了。」

「你的願望還是一樣沒變嗎？」愛德華接受了夏絲妲的想法，但一想到二人會在對決場上一決生死時，他便想起願望的事。

「我由始到終都是一樣，從沒變改，」夏絲妲回應道。「那麼你呢？仍然是想成為最強嗎？」

「跟你一樣，從沒變改。」愛德華學著夏絲妲的話回應。

「那便好。」夏絲妲滿意一笑。

一個是為了憑藉劍術尋找某個問題的解答，一個是憑藉劍術尋找成為最強的路，二人的願望，可能只有要在對決場上才能得以達成。

當時機到來，一切將會有定案。

二人繼續走著，一邊走一邊聊天，直到穿過一條樹蔭大道，快要見到城堡大門之際，夏絲妲突然想起了甚麼似的，突然改往左邊走，走到一處花園。

「你要去哪裡？」在後面追上的愛德華問道。雖然他嘴上這樣說，但其實心中已大概猜到答案。

夏絲妲在花園裡的不同花圃間穿插。這裡的花圃本是玫瑰園，種滿了不同顏色不同樣貌的玫瑰，但因為冬天天氣寒冷，玫瑰沒有盛放，而令花園顯得冷清。她沒有被愛德華的問題叫住，而是一直走，直到走到花園角落的一個小花圃面前才停下腳步。

與四周其他花圃的凋零不同，這個花圃正有一些紅白玫瑰在盛放。紅玫瑰緋紅如寶石，盛放的身姿華麗如火；而被紅玫瑰包圍的白玫瑰純白如雪，墨綠長莖長滿尖刺，淡黃花蕊讓人聯想起溫煦的陽光，在一眾紅之中猶如不食人間煙火的純潔仙子。夏絲妲先是俯身仔細欣賞每一朵花，然後又仔細檢查每一塊花瓣，並走到一旁取出澆水壺，小心翼翼地把水澆在泥土上。

「只顧著跟你聊天，差點忘記要來澆水。」見愛德華已來到，夏絲妲一邊澆水，一邊解釋剛才突然走到這裡的原因。

「你真的還在照料它們的啊？」愛德華對夏絲妲這麼認真地照料這些玫瑰感到驚訝。「我以為你只是開玩笑的。」

「當然不是，就算是我也會有認真的時候的。」澆完水後，夏絲妲便認真地檢查起泥土來。愛德華的話令她有些不爽，但她也明白是平時自己的行事態度才會令他懷疑，不應該去責怪誰，所以一笑置之。

「但我一直不明白，為甚麼你會突然想種起玫瑰來？」看著夏絲妲認真的模樣，愛德華也就慢慢相信了她的話。但既然不是開玩笑，他便對她的動機產生了好奇。

「只是看到很特別的玫瑰，有點懷念而已。」夏絲妲答得很概括。

幾星期前，就在夏絲妲搬進冬鈴城堡後不久，某天她跟愛德華在庭園散步時意外地發現到這個小小的玫瑰花圃。當時她興高采烈的，像是找到甚麼寶藏似的，立刻湊上前仔細觀看，並問身為城堡主人的愛德華可否把這個花圃交給她照料。愛德華敢說自己未曾見過如此興奮的夏絲妲，當下半懵半懂地答應了，卻沒想到她居然真的認真地在照料這些玫瑰們。

他起初覺得，既然她被稱為「薔薇姬」，喜歡玫瑰也是很正常，突然想照料玫瑰，也可能是在新居裡找樂子的方法吧。但現在照她的反應看來，事情並不是這麼簡單。

「我不是很懂花，但玫瑰在這麼冷的天氣裡不是沒法盛開的嗎？為甚麼唯獨這一個品種可以？」問的同時，愛德華環望四周。這裡的花圃都是栽種玫瑰的，但唯獨夏絲妲面前的小花圃有花盛開。

猶如一片荒涼枯土中的一絲希望——想到這裡，愛德華突然聯想到「荒野薔薇」，兩者的意境很相像。

「這種玫瑰比較特別，是北方特有的品種，叫莉溫雪妮，又稱『雪國玫瑰』。」夏絲妲介紹道。「一般玫瑰只能活在零度以上的氣溫裡，而且每天都需要數小時的陽光照耀才能生存，但莉溫雪妮很特別，它能生長在日照時間不定以及極寒的北方野外，就算數月只沐浴於月光和極光下，仍能茁壯成長。」

曾經有詩人如此形容莉溫雪妮：「在高山懸崖上它的身影，彷如無畏的女性，堅強不摧，又無法觸及。」因其獨特生態，它常常被北雪人視作奇蹟的代表，並得到「雪國玫瑰」的稱呼，又被稱為「極夜薔薇」。而順帶一提，「莉溫雪妮」在北雪之地的語言裡意為「白雪之花」。

夏絲妲像老師一樣把莉溫雪妮的資訊娓娓道來。

「原來如此，」愛德華還是頭一遭聽說這個品種，覺得長知識了。他指向被紅玫瑰中圍繞的幾朵白玫瑰，問道：「那麼莉溫雪妮指的是這裡的白玫瑰嗎？那麼紅玫瑰的名字呢？」

「它沒有名字，就算在北雪之地的語言裡，也只是被稱為『緋紅之花』。」夏絲妲輕輕搖頭。

「那麼奇怪的？」愛德華心裡疑惑。為甚麼白玫瑰有名字，但同種的紅玫瑰卻連一個正式的名字也沒有？

「這就要談到關於莉溫雪妮的一個小故事。」夏絲妲輕輕一笑。「簡單點說，就是在北雪之地裡，相傳是先有白玫瑰，再有紅玫瑰的。」

在寒冷的北雪之地裡，有許多童話與傳說，而其中一個最為當地人熟悉的，便是「極夜薔薇」莉溫雪妮與其創造者，冬之妖精的故事。

相傳，第一朵莉溫雪妮是由雪砌成，再由冬之妖精賦予生命。而與莉溫雪妮相關的紅玫瑰，據說是莉溫雪妮被血染紅後而生的樣貌。

冬之妖精的由來，無人知曉。有人說她在很久以前便已經在北雪之地一帶生活，早在人類踏足此地前便已經安居於此；也有傳聞說冬之妖精是被因為被其他妖精逼害，而從精靈之鄉被趕出來的；更有人說所謂的冬之妖精根本不是精靈，不過是以精靈之皮偽裝的鬼魂，或者真身是其他奇幻生物，只是人類誤認為精靈。無論她的由來如何，都不改其在北雪之地人所皆知的地位。是她創造出莉溫雪妮，也是她用自己的力量賦予它生命。

莉溫雪妮長在高山懸崖上，難以觸摸，也難以一窺其面貌。有人說，它就是冬之妖精的化身，而冬之妖精之所以要創造莉溫雪妮，是為了排解孤身一人在松林裡生活的孤獨。

在長久的時間裡，只有冬之妖精一人獨自住在高山上。方圓百里裡只有皚皚白雪，寸草不生，任何生物都無法踏足並居於此地。在人們口中，冬之妖精是高高在上，不容觸摸，高冷而孤高的存在；但對她來說，她不過是一個孤獨地欣賞高嶺上的風景的可憐蟲。

她渴望有人能理解其想法，有人能與她共享一樣的風景，但眾人只把她當作神般崇拜，就算想靠近也無法觸及其高度。她就抱著一份又一份的遺憾，渡過漫長的時光，期間只有莉溫雪妮陪伴著她。

直到有一天，理應不會有人踏足的領域，迎來了一位不速之客。

那是一位流浪的劍士。他的家族被仇敵所滅，逃難時又被盜賊洗劫，在傷痕累累之際不小心闖入冬之妖精所生活的高山，並力竭昏倒。冬之妖精在外出散步時，偶然發現倒在莉溫雪妮旁的他，出於一時的惻隱之心和對人類的好奇，她把劍士帶回家裡治療，二人就此結識。

在遠離繁囂之地休養的時間裡，劍士與冬之妖精在日久相處間漸漸變得熟絡。妖精喜愛聽劍士講述人類界的不同見聞，而劍士也喜歡妖精的溫柔和體貼。漸漸地，朝夕相對的二人墮入愛河。

精靈與人類的結合在精靈界裡是被嚴例禁止的，違反者會受到重大懲罰，甚至可能會被逐出精靈界，冬之妖精深深清楚這一點。但她深愛劍士，為了與他在一起，不惜付上一切代價。只是在這個時候，劍士的傷痊癒了，他表示自己想與妖精在山上長相廝守，但在之前必須先下山為家族報仇，殺死仇敵，了結心願。妖精讓他去了，從此便開始孤獨的等待生涯。

冬去春來，日復一日，冬之妖精都在高山上等待劍士的回歸。山上的莉溫雪妮由一朵變成幾朵，再變為數十朵，劍士都未有歸來。終於，在玫瑰的數量快要達到一百時，妖精終於盼到愛人的回來。雖然劍士的外貌因歲月流逝而變得蒼老，但在妖精眼中，他始終如一。

她在幾乎等同自己生命的玫瑰田中與他立下一生的約定，但最後等到的，卻是貫穿自己身軀的劍。原來劍士下山後，成功報復了自己的仇敵，也取回家族的地位，成為眾人景仰的貴族，更有了美麗的嬌妻。為了向國王效忠，他決定為他取下傳說中能令人回復青春的精靈之血。所以他回到冬之妖精的身邊，取走她的性命。

在愛情和虛榮之間，他選擇了後者。曾經的誓言，在利益面前，根本一文不值。

妖精的血猶如她的眼淚，滴落到滿地的白玫瑰上，將白染成紅，紅玫瑰就此誕生。

緋紅的莉溫雪妮依舊孤高高貴，染上生命之色後，更是變得熱情如火。熊熊的火焰瀰漫著孤高、熱情、危險與死亡之色，但失去了本來的純潔。紅玫瑰再沒有變回白玫瑰，猶如純真的嬰孩終於認識到世間的險惡一樣，一旦染上了顏色，就沒法再回到當初。

「所以冬之妖精真的被那男人殺了？」聽完冬之妖精的故事後，愛德華好奇地問。

「有些版本的結局是說雖然妖精的肉體逝去，但靈魂永在，一直守在高山上；也有版本說她是真的被劍士殺死了；更有些誇張一點的是講述妖精從此由愛生恨，詛咒了劍士一家，令他們都不得好死，但這些都不重要。這個故事想講的是，有些人、事、物一旦被沾污了，就沒法再回到當初。」夏絲妲說完，輕輕地嘆了一口氣。

愛德華看著她那雙若有所思的眼神，心裡有疑問，卻又不敢說。

他未曾聽過夏絲妲講過童話故事，直到剛才還以為她是那種會斬釘截鐵表示不信的人。聽她說故事時，他不時覺得她不是在講述冬之妖精的故事那麼簡單，好像混了自己的感情進去，但又找不到甚麼確實的證據。

在高聳入雲的山上，無人能觸及的玫瑰，這個形象跟夏絲妲給人的感覺十分相像。唯一不同的，是她絕對不會是天真純潔的白玫瑰。

「莉溫雪妮……你之所以用『雪妮』作假名，是源於這個故事嗎？」再在腦海中重複唸一次白玫瑰的名字，愛德華突然發現到玄機。

「算是吧。」夏絲妲承認了，但沒有繼續解釋。

第一次聽見夏絲妲的假名時，愛德華問過原因，當時她以「靈機一動」作解釋。但一而再再而三在不同場合都堅持使用一樣的假名，加上莉溫雪妮的故事，現在看來，似乎不只是「靈機一動」那麼簡單，愛德華心想。

「是因為這個故事跟玫瑰有關，你才取來用作假名？」他嘗試試探。「比起白色，我覺得你更適合紅色。」

「我也很喜歡白色啊。」夏絲妲望向莉溫雪妮，輕輕吐出一句話。

「甚麼？」愛德華吃驚。

夏絲妲的樣子不像是在說笑。她有些感慨地嘆氣：「只是它與我不合襯而已。」

「這……」愛德華隱約感覺得到，夏絲妲的眼神不只是看著眼前的玫瑰，同時也看著未知的遠方。他想知道原由，但一瞬間展露出來的距離感令他卻步。

「有時候有些事，不由得你選擇。正如白玫瑰，它也不是自願被染成紅玫瑰的。」夏絲妲的話似有言外之音。說完，她收起若有所思的眼神，無論是表情和口吻都放鬆了些，一副看透了的樣子：「不過世事已定，求變再無意義。」

聽畢，愛德華半懂半懂似的。而夏絲妲所說的，都是他觸及不到的部分。她不像是自言自語，而是想要把說話傳達給他，他沒法完全聽懂，但起碼明白後半部分。

正如她說的，世事已定，一切都沒法重來，後悔並無意義。他自己也是，所以踏出的每一步都不能讓自己感到後悔。

「你會覺得……那朵玫瑰很孤單嗎？一直在無人能及的高嶺上，只能仰望著只有自己能看見的景色。」再回想起玫瑰的故事，愛德華想起另一件事。

「如果只有白玫瑰，也許會感到孤單吧。但現在它有紅玫瑰相伴，至少有一個能共享景色，理解她想法的陪伴者吧。」說時，夏絲妲把目光投到愛德華身上。

愛德華沒有留意到這個小動作。夏絲妲釋然地一笑，沒有再說下去。她當甚麼事都沒有發生過似的，拍拍身上的泥土後，便和少年一同回去城堡。

理解不能化解孤獨，但起碼可以融化一部分。

正如花圃裡的玫瑰，它們互相伴隨，但依然不改每一個體孤高高貴的形象。但至少，它們不是孤單地站在枯土之上，單獨與寒風對抗。

找到一個能夠共享景色的人，那怕只是一瞬間，也是難能可貴的事。

4

「沒想到真的把那個故事告訴他了呢……」

午夜時分，夏絲妲拿著一瓶紅酒，站在庭園裡一人獨酌。

庭園寒風陣陣，呼嘯聲此起彼落，草地都被今天傍晚所下的雪遮蓋。天上的銀光灑下來，夜空就像掛上了一層銀白薄簾，冰冷的空氣在朦朧中反射著白光，就連地面也是一片白銀。世界彷彿只剩下黑、銀與白，而夏絲妲就是在這片柔和單色中的，突兀的紅。

園內一個身影也沒有，就連城堡裡房間的燈都全關上了。大家都在熟睡，唯獨夏絲妲一人仍然醒著，在庭園裡享受著一個人的時間。手上的紅酒是她從自己的房間裡取出來的，是某天外出時因合眼緣而買下，並私藏在衣櫥裡的儲備。

自從上次在酒吧的事後，夏絲妲便更克制自己的飲酒習慣，住進冬鈴城堡後，她只會在晚飯時間偶然喝一兩杯餐酒，其他時間都滴酒不沾。就算房間裡藏著一枝紅酒，也完全沒有要碰它的意思。直到今天，她不知怎的，突然有了想多酌兩杯的興致，而且不想留在房間對著火爐享受，所以便帶著酒杯走到庭園裡，在寒風下獨自暢飲。

酒精咕嚕的從喉嚨滑到胃裡，漸漸地開始有股熱力從皮膚散發開去，溫暖了縱使披上羊毛斗篷但仍然感到寒冷的身體。這個感覺令夏絲妲感到一些懷念，在北方渡過寒冬時，有時候她就是這樣令身子暖和起來的。

想到北方的人都習慣以酒暖身，經常在街上喝到爛醉，就算沒錢交租也要買酒喝來和暖身子，醉了就直接躺在地上睡著，那些滿是酗酒老頭的大街小巷畫面登時浮上心頭。那些畫面夏絲妲沒法忘記，那些人的習慣也深深埋在她的根裡，畢竟那是她成長的地方，都是她的過去。

她理應與那些人殊途同歸，冷死在街頭上，但幸運的是她遇上了艾溫，得到了教育，能夠從人人喊打的惡魔之女轉變為今天人人畏懼的獨行劍士。她改變了，正如冬之妖精故事裡的白玫瑰一樣，但同時間，她也回不到過往的自己了——

由她親手殺死艾溫的那一瞬間，一切都再回不去。

那個童話是真實存在的，夏絲妲沒有更改過任何內容，但當她今午把故事告訴愛德華時，連她自己也覺得有點像是在訴說自己的故事。她相信心思細膩的愛德華應該隱約察覺到幾分吧，他一定會留意到那故事跟自己的相像之處，只是應該不會知道詳情而已。

把故事說出口後，她曾經有過一絲後悔，但很快又推翻了這個想法。她是準備了讓愛德華知道那個童話的，從她請求他把那個莉溫雪妮的玫瑰花圃交給她照料的那天起，便已經有了心理準備，只是沒想到真的說了出口而已。

夏絲妲認為，愛德華也許察覺到莉溫雪妮的故事和她自己的相似之處，但應該不會猜到這玫瑰在自己心目中的地位之高，以及背後的理由。

或許某天會告訴他吧？一口喝完整杯紅酒後，她在心裡問道。

不要，她很快便回答了自己。他還未到那個程度。

每個人都有不同程度的秘密，會根據關係疏密而讓不同的人得知箇中內容。在這個世界上，知道她最多秘密的，應該是艾溫和愛德華吧。二人知道的內容幾乎沒有交集，前者知道自己小時候某部分的過去，後者知道自己真實的性格為人，以及那些對艾溫的心思，這些對她來說都是不易對人展露的內容。但就算面對這兩位她最信任、抱有最大愛意的人，她還是未完全打開心扉，未曾交託這個跟莉溫雪妮有關的秘密。

也許我會帶著這個秘密，走到祭典的終結，她心想。

終結……呢，一想到這裡，她忍不住輕笑了一聲。現在就連結果會是如何，也無從猜測啊。

再一口喝完整杯酒，微醺的夏絲妲仰望夜空，輕呼了一口氣。

她想起今午和愛德華的對話。剩下的舞者，除了精靈女王以外，其他人她都有信心能贏。但一如以往，她從來都不在乎輸贏生死，而是過程。只要過程有趣刺激，能夠達到她期望的，就算最後落敗而死，她也心甘情願。

但愛德華的話還是在她的心裡留下了一條問題：她真的應該留下嗎？

祭典還有一個多月的時間，在這段時間裡，戰鬥誓必白熱化，即使她多強大，對自己的實力有多大自信，但在瞬息萬變的祭典裡，仍是有喪命的可能。既然現在還活著，她會否有一直想完成的事，趁自己還在生時完了心願？

自問完後，不同的想法同時在她的腦海裡浮現，它們都像泡沫一樣，冒起，但又沒有確切的形態，全都十分模糊，過不了幾秒便會消逝。思緒穿梭其中，很難找到明確的答案，加上酒精的影響，集中力下降，夏絲妲覺得自己就像在或有或無的海中飄浮著，甚麼答案都得不到。

她的人生信條是只為自己而活，這句同時也有活在當下的意思。她只照著自己的意思過活，每一刻都希望是充實的，所以她對自己行過的每一步都不會感到後悔。或者換過方法來說，她這輩子做過的選擇，共通點都是為了不讓自己日後後悔的。

這樣一個無怨無悔的人，會有未了的心願嗎？

她自覺沒有，但浮散的意識卻仍然在記憶中搜索，彷彿在暗示給她聽「一定有的」。

不知怎的，艾溫的面容開始不時浮現。其實自剛才夏絲妲自問後，有關艾溫的記憶便不時在她的腦海裡出現。每次記憶都是一閃即逝，加上夏絲妲本人有意無意地無視它們，才一直沒有在意。但隨著意識尋覓得越來越深，他的出現次數逐漸增加，片段也愈發清晰，令夏絲妲無法再無視。

回想起那個天真的自己與艾溫相處的溫馨點滴時，也就會想起自己親手殺死他的過去。一陣遺憾之情頓時浮上心頭，夏絲妲頃刻明白，自己不是完全的無怨無悔，她也會後悔，也會事後覺得自己的某些決定是錯誤的。她的所謂無怨無悔，只是不想讓自己回望過去，並以信條和前進兩者束縛，不讓自己沉浸於犯錯過往的遺憾而取的生活方式而已。

說起來，自從十五歲離開了奧德莉婭城堡後，便再沒有回過去呢……

夏絲妲突然想起，自己在殺死艾溫的當天像逃難一樣匆匆離開威爾斯家後，便再沒有回過去，就連奧德莉婭城堡所在的喀娥涅恩郡，她也再沒有踏足過。

她作為「薔薇姬」的人生，就是從那一天，那個城堡裡的山丘開始的。她走遍安納黎以東諸國，遇上不同的人和事，一點一滴成長，再回到這個國家，以眾人皆知的劍士之名到處遊歷挑戰，一切的一切，都是從北方的那個城堡，因自己當年的那個錯誤決定而起的。可以說，沒有那一天的「錯誤」，就不會有今天的「薔薇姬」；要是她當年沒有與艾溫對決，或者在對決中落敗，今天就不會握著「荒野薔薇」站在「八劍之祭」的舞台上，現在也不會一個人在庭園裡喝著酒。

夏絲妲心裡忽然萌生出一個念頭，有點想回去看看這個做就今天自我的起點。

她記得安德烈曾經告訴過她，艾溫事後被葬在那個山丘上。回去的話，既可以回顧一下過去，比對一下環境和自己的改變，也可以去再見艾溫一面。她在心中已經放下他了，再到墓前一見的話，定能完全放下過去，為二人之間的事劃上一個完滿的句號吧。

聽上去不錯，她笑了笑，但很快便打消了念頭。

隨便幻想一下便算了，總感覺這樣做有點太矯情。我才不是這種要用行為來彰顯一些結果的人，弄得像是甚麼儀式似的。過去已成過往，管它完不完滿，反正早就完結了，這是不爭的事實。有緣時便會回到去，不用故意令其成事。

夏絲妲舉起酒瓶看了看，發覺不經不覺，裡面的紅酒只剩下三分之一。應該是有點喝太多，平時放在心底的感情跑了出來，才會對過去多了幾分懷緬吧。她頓時明瞭似的輕笑，並心想。

真不像自己，還是先著眼於現在，享受餘下一個多月的祭典吧。其他的事，以後再算。

她站了起來，頭上的明月早已被厚雲蓋過，空中只留下一片灰，再看不見深邃的黑。知道時間不早，是時候休息，她拿起酒瓶酒杯，要回去房間。

「『沙』。」

但在她走了兩三步時，夏絲妲聽到一道異樣的聲音。

聲音很微弱，聽起來像是風吹過草時發出的聲音。庭園的風聲依然強勁，差點要埋沒這點聲音，但她敏銳的聽覺還是分辨到，那聲音跟風聲並非同源，是另一個聲源所製造出來的聲音。

酒氣頃刻散去，夏絲妲頓時整個人清醒過來。聲音再沒傳出，但她很肯定自己沒有聽錯，並半疑惑半警戒地望向身後，也就是剛才那聲音的大致所在方位。

她的身後除了樹木和草，就只有一片黑暗，甚麼都沒有，就是平常的庭園。但就是這樣平實無害的光景，反而更坐實她的猜想。

肯定是有甚麼在的。

夏絲妲放下手上的東西，掀起厚重的裙擺，從綁在大腿上的刀套拔出隨身防禦用的匕首，並慢慢地往聲音傳出的方向走去。越是接近，她便感覺到更清晰的氣息。那是人的氣息，沒有錯的。

但這個時間，誰會在庭園裡，而且那麼鬼祟？

是愛德華嗎？夏絲妲想起今午她之所以會發現愛德華，是因為他傳出一丁點的腳步聲導致露餡，跟現在的情形有點相像。

愛德華雖然不算是早睡的人，但並不像她一樣喜愛晚睡。依照習慣，他現在已經睡下，所以應該不是他吧。

在思緒中完成排除法的同時，夏絲妲已經來到那道氣息的附近。她躲在樹後，屏息靜氣，握緊匕首，那道氣息沒有動靜，但也沒有消失。

「是誰？出來吧。」她向身後喊道。

話音落下，周圍一片靜默。

「別裝了，我知道你在的。」

過了半分鐘，夏絲妲再拋出一句。

又是一片死寂。夏絲妲仔細留意著四周的風吹草動，沒有放鬆戒備。

過了一會，正當她要轉身接近時，氣息的主人有所移動，伴隨著輕微得幾乎沒法聽見的嘆氣聲，率先從黑暗中現身，走到夏絲妲身邊。

「奈特？」當那銀白色的身影映入眼簾時，夏絲妲有些驚訝。

外敵包括在她剛才的猜想內，但沒想到來者居然不是他人，而是奈特。她嘆息於這個城堡的庭園太大，容易被侵入，但同時又對奈特的潛入行為感到不解。

奈特是獨自一人的，沒有帶上莫諾黑瓏，這座城堡裡最少有三個能打的，想上門單挑的話，也未免太有勇氣，夏絲妲覺得。而且如果要梳理事情的先後次序，夏絲妲是在離開的時候發現他的存在的，也就是說，她在喝酒時，奈特或許已經在樹林裡了。

這麼晚潛伏進來，是來監察的嗎？但這也太容易被發現了吧？

這時，夏絲妲的腦袋「登」的一聲，冒出了一個聽似瘋狂卻又有幾分合理的猜想。她在心中一笑，為那想法的不合理和合理而笑。

「既然被你發現了，那麼我們要怎樣？在這裡打嗎？」但奈特卻看不見夏絲妲心底裡的思緒變化。見她寸步不移，他握緊「黑白」的劍柄，準備好要應對戰鬥。

「不，還有別的事情可以做，」夏絲妲卻輕輕搖頭。她垂下雙手，解除架式，並露出一副耐人尋味的微笑提議道：「不如我們聊個天吧。」

5

眼前盡是一片漆黑，僅有幾道微弱的銀光從窗外灑進房間，令房間的物品能展露輪廓，讓雙眼所見的光景不會太過單調。

躺在床上，諾娃感到全身疲軟。四肢提不起勁，肌肉仍有些酸軟，全身散出一副慵懶的感覺，可是人卻精神得很，別說是睡意，就連輕微的疲意也沒有。肉體和精神的巨大落差使她覺得自己的靈魂像是被身體囚禁著一樣，她想下床走動，想做些事，不想再躺在床上無所事事，但身體就是不聽勸，堅持要躺著休息，一步也不想移動。結果她只能眼睜睜看著床頂上的布幕、環視漆黑一片的房間，凝視從窗外進來的月光，在心裡不停地與自己對話，整理思緒，靜待時間的過去。

從精靈之鄉回來後的這些日子，除了休息，她在醒來的時候幾乎一直都在思考。她有很多事情想要整理，包括布倫希爾德的事、奈特的事、自己的事，以及「八劍之祭」的事。

關於布倫希爾德，諾娃思索了許多天，依然覺得布倫希爾德當天在精靈之鄉裡展現，類似「虛無」的力量十分奇怪。

當天在林裡應戰時，諾娃曾經嘗試感知過布倫希爾德使出未知空間元素術式時所用的力量，並以此為基礎成功使出起源術式，藉此可以推斷，布倫希爾德的「虛無」和起源術式的力量來源是一樣的。她不知道精靈界對這元素會否有特定的名字，所以暫時以「虛無」稱呼之。

諾娃一直沒有忘懷布倫希爾德那股力量的感覺，她躺在床上休息的時候多次嘗試集中感官感應體內的「虛空」力量，也嘗試過再次模仿控制布倫希爾德那股力量的流動，並將兩者作出對比，最後確認了它們是相同的。

「虛空」的力量只能將一切無效化，但布倫希爾德的「虛無」包括了空間以及光元素，也可能可以控制時間，只是她沒有展現出來而已。即是說，布倫希爾德的「虛無」力量比「虛空」所掌握的「虛無」更為廣泛，很可能就是「虛無」力量的全貌。

若然起源術式是術式的起始，而起源術式跟「虛無」有關，那麼依照一樣的脈絡推理，布倫希爾德的「虛無」便會是元素術式的起點。但真的會是這樣嗎？

假如「虛無」是元素術式的起點，那麼掌握「虛無」者便理應能夠掌握四大元素，但就上次所見，布倫希爾德需要借助「精靈髓液」才能行使水元素以外的火、風、土三大元素術式，唯獨只有水和「虛無」則不需要任何媒介。如果假設精靈的神石蘊含的是「虛無」元素，而「虛無」是四大元素的起點，那麼神石就應該擁有號令四大元素的力量，而擁有利用它所製作的「精靈髓液」的布倫希爾德自然便能使役四大元素術式，以及作為所有術式起點的「虛無」。這個推斷，諾娃覺得合理，但將之放到布倫希爾德身上後，又變得問題重重。

她想得到的解釋只有幾個：一，其實布倫希爾德是需要借助「精靈髓液」才能行使「虛無」，以及火、風、土三大元素，只是諾娃在當下看錯而已；二，其實「虛無」並不是四大元素的起點，只是四大元素以外的第五元素，布倫希爾德用了不知甚麼方法得到行使「虛無」元素的方法，而她本身是水精靈，所以行使火、風、土元素時就需要「精靈髓液」的協助；三，布倫希爾德天生能夠同時行使「虛無」和水元素，而因為「虛無」不是四大元素之首，行使火、風、土元素時便需要「精靈髓液」；四，布倫希爾德天生擁有的元素為「虛無」，而水元素是她另外掌握的能力。

其實本來還有第五個猜測，就是布倫希爾德天生擁有「虛無」元素，因此可以行使四大元素，但諾娃十分肯定自己當時沒有看錯，布倫希爾德就是需要「精靈髓液」才能使出三大元素的術式，所以這個推測很早就被擱置。其餘的猜測除了第一個，另外三個都是基於「『虛無』是與四大元素平起平坐，屬它們以外的第五元素」這一點作推理的。諾娃覺得這一點沒有太大問題，畢竟在術式的世界裡，光、空間、時間都是凌駕於一般術式以上，是屬於神的力量，但它們被視為可操縱元素以外的禁忌領域，並沒有鐵定的開端之說，那麼本質上相似的元素術式也應該可以套用這個理念吧。

諾娃個人覺得這四個解釋裡面，看起來最合理的是第二個。「虛無」或許是布倫希爾德用某些方法，例如她和愛德華親眼目睹的那個儀式得到的額外力量，這樣一來便可以順便解釋那儀式的真相。第三和第四個解釋也很有吸引力，但兩者都會引申出一個枝節問題，就是布倫希爾德的血統。

精靈，不論是四大元素精靈和仙子，生來只能行使其所屬元素的力量。布倫希爾德是水精靈，若果她先天擁有行使「虛無」元素的能力，那麼就先要有一位擁有「虛無」元素血統的血親將力量傳承之，才能成事。但她的雙親都是水精靈，同樣都是水元素的精靈結合，怎會生出一位擁有行使「虛無」元素的精靈呢？而且，是哪一種精靈擁有「虛無」元素的力量？

諾娃覺得這個問題太複雜了，雖然很有趣，但未知的資料太多，要仔細研究的話就只會變成無證據推測，很容易偏離主題，所以決定擱置第三和第四個猜測，集中在她覺得最合理的第二個解釋上鑽研下去。第二個解釋雖然聽上去最合理，但也有一個漏洞，就是解釋不到布倫希爾德必需「精靈髓液」才能行使三大元素的原因。

縱使諾娃對愛德華說過「布倫希爾德本身是水精靈，就算是精靈界的女王，要行使某餘三大元素力量時會有限制」，但直到現在，她心裡還是覺得這個猜測有不足之處。精靈之鄉的開國女王，也是水精靈的萊茵娜，就是第一個可以行使水元素以外餘下三大元素的精靈。依照諾娃記憶裡，以前的她查閱過的萊茵娜記載，萊茵娜曾在與人類的戰場上同時使出四種不同元素的術式攻擊敵人。記載說她展開蝴蝶雙翼君臨戰場之姿猶如神明一樣高貴、令人敬畏。她不需要任何物件輔助，便能行使四大元素術式，簡單幾句咒語便能呼風喚雨，時常處於不敗之位。以上描寫，都與當天見到的布倫希爾德差異甚遠。

諾娃相信記載是真確的，因為那是她生前在教會圖書館裡查閱得來的，撰寫者是當時的高級神官，寫的是他在戰場上的親眼所見。這份資料的描述得到了在同一戰場不同證人的核實，所以沒可能是完全的胡扯。

關於這份記載的記憶，諾娃一直都沒有印象，是直到她回來冬鈴城後，休養中的時候才突然記起的。

不只是這段記憶，諾娃在這些日子的自問自答裡發覺，不知不覺間多記起了些過去，有些本來還很模糊的記憶，變得更清晰了些。

她記起更多生前作為神官的過去，記起自己到底是如何被選上，當神官時去過何處、見過何人，也對自己調查「八劍之祭」的過程有更清晰的記憶。所有東西都差不多齊全，唯一還未完全記起的，是自己和「黑白」的過去，以及她當時查到的，關於「八劍之祭」的真相。

諾娃覺得很奇怪，為甚麼她會記得調查過程，也記起了自己被「黑白」殺害的經過和原因，唯獨就是記不起到底她查到了甚麼而惹上殺身之禍、自己是何時和如何被「黑白」襲擊，以及和這位理應熟悉，現在卻很陌生的「雙胞胎妹妹」的種種過去。最關鍵的碎片一直都不出現，無論她這些天如何努力聯想，腦袋仍是一片空白，就像在已被換走重要資料的檔案庫查閱資料一樣，所有檔案都看似齊全，但她清楚知道最重要的文件早已被他人取走，只是自己無法得知其內容而已。

到底是要怎麼樣的真相，才需要神動用權能極力壓下，還要對自己的記憶設下重重枷鎖？諾娃的疑心越來越重，憂心也越來越大。

她記得自己當時查到，在設立「八劍之祭」的契約時，是時任皇帝亞雷斯・尤利亞斯・康茜緹塔向神提出，一定讓三大公爵家的齊格飛和溫蒂娜家在每屆都擁有一席位，霍夫曼家也需要預留席位，但相對地沒那麼必要，卻沒有提出要預留席位給康茜緹塔家的人。她猜想過，是否因為康茜緹塔家的立場是契約者，所以不能直接參與這個對他們有利的「儀式」，跟術式施法者不能同時是祭品的道理相同，又或因為康茜緹塔家已經確定會在祭典完結時達成他們的願望，即是令安納黎平安無事，為公平起見，不得參加祭典，贏走多一個許願的機會。後者對當時的她來說很合理，但在近四百年後的今天，她卻覺得當時自己猜想的第三個想法也許更接近真相——

康茜緹塔家是想借助與神的契約，經由「八劍之祭」，一步一步地削弱境內大貴族，以及龍與精靈兩大族群的實力，使康茜緹塔家有天能完全掌控他們。

幾百年前的自己有猜想過這個可能，但當時因為證據不明顯而沒有多加理會。但在今天，看到三大公爵家的改變，諾娃便覺得自己的這個猜測是對的。

因為霍夫曼家不常被選中參加「八劍之祭」，所以祭典對他們家的影響沒那麼明顯。但不論是齊格飛家和溫蒂娜家，因為兩個家族裡有人，通常是將要繼承家族的人，被選中參加「八劍之祭」，而那人在祭典期間不幸喪命，所以他們的家族人數慢慢下降。除了祭典，還有各種外在因素影響，結果到這次「八劍之祭」舉行時，兩家都只剩下一位直系繼承人，而這兩位繼承人都被選上要在祭典裡互相戰鬥。他們的生死，不只是對家族，對安納黎的未來也會有重大的影響。而在這個未來裡會得益的，首當其衝，就是身為統治者的康茜緹塔家。

人王為了自身的權力和利益而向神提出要求，諾娃能夠理解，但神的答應和安排，她就覺得奇怪了。為了與人類促成契約，甘願偏離絕對公正公義的神性，讓自己處於隨時會被挑戰神威的位置，祂到底有甚麼得著？

人類的鬥爭，在神的眼中應該就跟一般世事一樣，無論大事小事，都不過是齒輪的一小部分，不足為奇。介入人類的紛爭，特意選出八人讓他們互相鬥爭，要是這決定有私心，那麼到底會是甚麼？

諾娃很肯定當時的自己一定是找到了問題的答案，才會導致死的下場；現在她取回了大部分的記憶，但仍然沒法利用推理猜想問題的答案。

作為祭典的利益者，諾娃覺得康茜緹塔家一定是知道一些背後真相的。她想起亞洛西斯嘗試過拉攏愛德華，現在二人雖然不是合作關係，但亞洛西斯仍然暗中觀察著愛德華的一舉一動，並未完全放棄他那不為人知的目的。他到底知道多少祭典的真相，而其目的又會否對愛德華做成危險？一想到這裡，諾娃就有點擔心。

一想到要防範知道祭典真相的人，諾娃第一時間想起奈特。她的直覺告訴自己，奈特是知道些甚麼的，而且知道的事並不少，但她就是猜不到到底他知道的是甚麼。

她未曾對愛德華提過那天在堡壘裡，奈特曾取出「虛空」的事，一直遵守著與他的諾言。之所以這樣做，最主要的原因是因為她想不到該如何向愛德華交待，畢竟就連她自己也搞不清狀況。

當時奈特吻她時，諾娃是驚訝的。但在驚訝的同時，又感到一種熟悉的感覺。那種感覺無可言狀，她辨認不到為何會感到熟悉，就是這個感覺令她迷惘至今。

從離開木屋之時，到這次的堡壘事件，諾娃很清楚奈特對她有異常的執著。她覺得在他身邊的「黑白」也許會帶來一些影響，但很明顯的，在此之上，奈特也有自己執著的理由。

那到底是甚麼？諾娃想不明白。

積壓著一堆未解的問題，迷失的感覺讓諾娃越發感到焦慮。她很想找愛德華談談，就算只是一兩句也可以。

但現在已經很晚了，還是明天再去？

望向窗外高掛的月亮，諾娃猜想愛德華也許差不多準備就寢，現在去打擾他好像不是太適合。但不知怎的，她的心裡總覺得忐忑不安，生怕再推遲便會有甚麼不好的事發生似的。她嘗試深呼吸冷靜，但靈魂還是躁動不安，不願安靜下來。

算了，還是去說兩句好了。

她伸了個懶腰，等了幾秒，慵懶的身體總算多了些可以行動的力量。但正當她要轉身起床時，卻看到門邊有一個黑色的身影。

「是誰？」

⚔

晚間的走廊，燈光昏暗，雖然牆上的火燈奮力地要驅走黑暗，但微弱的力量只能勉強照亮周圍。愛德華走著的同時望向身邊的諾娃，一如以往地對她展露微笑。

「找我有甚麼事嗎？」他問。

在二人的相處裡，常常是愛德華做主動，這次是諾娃有事要找愛德華商量，令他覺得有點新鮮。

「呃，不，就有些事想跟你談談。」

二人四目相投後，諾娃有些羞澀地別過頭去。雖然二人早就習慣單獨相處，但有時望向對方的臉時，還是會有點害羞的不習慣感。愛德華沒說甚麼，只是「嗯」的一聲，安靜地等待諾娃說下去。

「我想跟你聊聊『八劍之祭』的事。」過了一會，諾娃小聲地說。

「嗯？」愛德華對此有些驚訝。他本來就有打算在這兩天找個時間跟諾娃討論這個話題，沒想到她先找上門了。這算是心有靈犀嗎？他心想。

「剩下的時間不多了，你有甚麼打算嗎？」諾娃問。

諾娃的話令愛德華頓時想起他昨天和夏絲妲的對話。昨天是他問人，現在卻被別人問，這個因果循環挺有趣的。他直接答：「也沒有甚麼打算的，跟剩下的舞者來個了斷，沒有別的可以做。」

「路易斯呢？你會去找他嗎？」諾娃接著問。

這一問讓愛德華立刻想起對上一次見到路易斯的情景。路易斯當時抱著布倫希爾德敵視自己的表情，他不會忘記。這些年來，他看過無數個路易斯的表情，有囂張的，也有沮喪的，憤怒的表情也看過很多次，但像當天那樣怒氣沖沖，臉頰通紅，像是恨不得要把自己殺個千百次的表情卻是第一次。

他是真誠地從心中感到盛怒，因為愛德華令他的珍愛之人重傷瀕死。失去了父親，再失去布倫希爾德的話，他就真的甚麼都沒有了——愛德華是直至回到冬鈴城後，才得知路易斯家裡的事。

他現在還好嗎？還留在安凡琳嗎？不知怎的，愛德華心裡萌生出擔憂的心情，但過了不到兩秒便叫住了自己。

「他應該不會再主動前來吧，如果要找他決勝負，很大可能是要我前去威芬娜海姆，不過現在先觀察形勢吧。」在嘴上，愛德華還是一貫的平淡。為甚麼要擔心這種人啊？他自己也覺得奇怪。「他的身邊有精靈女王，她的實力我們都領教過，在未清楚情報的現在，不宜輕舉妄動。」

二人上次在安凡琳能夠全身而退，實屬僥倖。愛德華覺得要是現在自己輕舉妄動，前去找路易斯對決時發現康復後的布倫希爾德正在他身邊，屆時誓必會發展成一人與二人交戰的場面，他一定會必死無疑。

就算他身邊有諾娃，又或與夏絲妲一同前往，戰況未必會有太大的改變。夏絲妲的厲害之處在於劍術，在術式面前，「荒野薔薇」是不管用的。這大概是她一直沒有主動尋找布倫希爾德對決的原因之一吧，愛德華很早之前便猜想過。

所以，雖然剩下的時間不多，但一切都仍然要從長計議。一急，便會容易出錯，愛德華在心裡提醒自己。

「那麼其他人呢？例如奈特？」說完最大勁敵的路易斯，諾娃想知道愛德華對奈特會有甚麼準備。

愛德華半嘲諷半認真地回應道：「他的話，就算放著不管也會主動現身吧？」

「對了，說到奈特，有件事想問你，」正當愛德華以為諾娃會再問關於奈特的事時，她卻垂下頭，似是有些難以啟齒的事想問：「你怎麼看他身邊的人型劍鞘？」

「啊，莫諾……不，『黑白』嗎，怎麼這樣問？」愛德華有些驚奇。

在前往救出諾娃時，愛德華聽見過奈特稱呼「黑白」的方法，因此記得她的名字。他說到一半，覺得諾娃或者會不喜歡自己用跟奈特一樣的暱稱稱呼她，所以便中途改口。

每次二人要談及關於莫諾黑瓏的事，都會是愛德華主動提出，諾娃像是怕觸及記憶的傷口似的盡量避口不談，就算多記起了些過往也不會主動說出。怎麼今天突然有轉變了？愛德華心裡不解，但他不急於追問。

「她跟我本來是相像的姊妹，你會覺得我們分別很大嗎？」諾娃垂下頭，說的同時捏著裙擺，看起來感到有些焦慮，想知道答案，卻又害怕。

「我和她只見過幾次面，而且都沒甚麼交流，所以很難說……」對於諾娃的問題，愛德華感到有些奇怪，但仍然照著她的意思努力思考。「樣貌的確跟你有些分別，性格不太好說，算是比較黏人嗎？我見她好像從來都不會離開奈特的身邊……」

愛德華對莫諾黑瓏最大的印象，就是上一次二人來訪時，莫諾黑瓏無論發生甚麼事，都不會超出奈特三步之遙的地方。起初他以為她這個舉動是為了保護奈特，但觀察一段時間後，愛德華察覺與其說是保護，更準確的應該是她不想離開奈特身邊；敵視他人的眼神與其說是戒備，直覺告訴他，莫諾黑瓏像是害怕當自己一離開，奈特便會被他人搶走。

就這一點來看，兩姊妹在性格上也有很大差別，愛德華心想，但沒有把這句說出口。

「在以前，有很多人說『黑白』跟我有很大差別，更因為這樣而受到很多歧視，但其實她的本性不差的。」聽畢，諾娃說。

「你恢復了些記憶嗎？」見諾娃對莫諾黑瓏的評價一反常態，愛德華立刻察覺到有內情，問道。

「嗯，記起了一些往事。」諾娃輕輕點頭。「只是很零碎的片段，在這些日子的休息裡，我發現自己多記起了一些過去的片段。」

愛德華聽見時，心裡頓時雀躍起來。諾娃的記憶是調查「八劍之祭」的重要線索。回想起的記憶越多，就等於手上擁有可以拼湊出真相的碎片。他很想繼續問更多，但這時抬頭望見天色，便立刻改變主意。

要從記憶片段中抽出有用的資料需要不少時間和精神，我工作了一整天，腦袋需要休息，而就算諾娃整天躺在床上，現在時間已晚，她也應該開始感到累吧，愛德華心想。還是明天再問好了。

「關於這個，不如我們明天再……」

正當愛德華打算暫停討論，並表示想回到房間休息時，諾娃卻突然停下腳步，並從後拉著他的衣袖，一言不發。

「諾娃？」愛德華有些不解地回頭。

「我想問，如果……當初你得到的劍是『黑白』而不是『虛空』，你會覺得有落差嗎？」諾娃垂下頭，小聲地問道。

愛德華停下了腳步，沉默不語。諾娃眼神有些閃縮，她先是眼神別過一邊，爾後又忍不住往上看，想偷窺愛德華的表情變化。只見愛德華沒有表露出驚訝或其他明顯的表情，他只是單手托著下巴，認真地思考著。

「兩把劍都是單手劍，外型看起來也沒有太大差別。就算『黑白』的能力與『虛空』不同，只要花些時間習慣過後，在應用上應該不會有太大的表現差別。」沉思片刻後，愛德華以分析的方法回答。

「你會覺得『虛空』比較好嗎？」諾娃小心翼翼地問。

「我未試用過『黑白』，很難回……不，」說到一半，愛德華忽然察覺到甚麼，把本來要說的話都吞到肚中。他轉身，把雙手放到諾娃肩上，要她看著自己。

「這沒有誰好誰差的問題，我當天在山坡下遇上的是你，而之後我們互相選擇了對方，就只是這樣而已。」愛德華瞪著諾娃驚訝的紅瞳，視線沒有移開，語氣十分凝重。「無論發生甚麼事，我們之間的關係都不會改變。」

他不太理解為何諾娃今天顯得有些自卑和焦慮，彷彿回到離開木屋、回到阿娜理的時候，那副害怕自己的存在會傷害到愛德華的模樣。愛德華不清楚原因會否跟二人在安凡琳的戰鬥有關，但既然諾娃現在心神不穩，他便想再次讓她記住，他是絕對不會離開她的。

說完，他握緊諾娃的手。感受到傳來的溫暖，後者終於露出微笑，放鬆了一些。

「聽見你這樣說，那麼我就放心了。」諾娃抬頭，向愛德華一笑。愛德華心裡雖然輕微覺得有些異樣，但還是回以微笑。

二人繼續一同前進，快要走到諾娃居住的城堡右翼，也就代表二人差不多是時間要分道揚鑣，各自回去休息。諾娃稍微減慢了步速，似是未想分別。

「時間晚了，『八劍之祭』的事，不如我們明天再從長計議吧。」愛德華注意到諾娃的異樣，他也想再多談一會，但真的需要休息了，因此提議。

「還有一個人的事未問你……」諾娃低下頭，小聲呢喃。

「嗯？」愛德華聽得不太清楚，低下頭湊近。

「薔……不，夏絲妲，你打算怎樣處理和她的關係？」諾娃呼了一口氣，鼓起勇氣問出。

「昨天我跟她談過這個話題，決定現階段保持合作關係，之後的事就待她決定吧。」愛德華想了想，的確剛才討論舞者的事時，唯獨遺漏了夏絲妲未談。他沒想太多，直接將昨天自己在庭園裡跟夏絲妲的討論結果交待，說的時候因為回想起昨天談論時的情景，面上露出了些笑容。

但在下一刻，他被一下拉扯喚回現實。愛德華回過神來，只見諾娃拉著他的手，頭也不回地走進右邊的側翼走廊。他還未搞清楚發生甚麼事，便被拉進一間無人使用的房間，那裡連傢俱也沒有，只有銀白月光照亮的塵埃，以及他們二人。

「為甚麼要進來這裡談？」愛德華環顧四周，又是驚又是疑惑。

「我一直想問，你還喜歡她嗎？」諾娃抬頭，雙眼牢牢盯著愛德華問道。

「甚麼？」愛德華頓時嚇了一跳，他完全沒有準備。

「仍然對她有傾慕之心嗎？」諾娃沒有被愛德華的反應嚇退，而是繼續追問。

愛德華登時怔住。這個問題自從夏絲妲來到冬鈴城堡，以表姊弟相稱，並在和好和確定同伴關係之後便早已拋諸腦後。對於問題的答案，他早有準備，只是未曾嘗試過被諾娃直接質問，吃驚之餘，不知為何有些心虛。

不論是在木屋居住的時候，還是在離開木屋，回到老家之後，諾娃都未曾直接地問過他和夏絲妲之間的事。愛德華一直感覺到，諾娃一定有察覺到甚麼，但每次當她提起和夏絲妲的關係時，他含糊帶過，她都不曾為難。在未確定關係之前每次被問及此事，他都能表現淡定，但在已確立關係的現在被追問，明明自己光明正大，卻不知為何仍然感到有些罪惡感。

「我們只是合作關係而已，別想太多。」他深呼吸了一口，簡潔地安撫道。

「但我都看到了，」在愛德華的意料之外，諾娃聽畢後非但沒有就此打住，而是主動握著他的手，彷彿不想讓他逃走。「她還對你有意思，而你的心裡也仍然有她吧？」

說完，諾娃往前踏一步。

「不，你誤會了，我們才不是……」愛德華立刻後退一步，想著該如何解釋，但腦袋卻一片空白，找不到適合的詞彙組織句子。

「你已經有我了，一個人還不足夠嗎？是不是我有做得不足的？」諾娃再往前踏，她的聲線帶有哭腔，雙眼還開始有些濕潤。

「沒錯，我對夏絲妲是有一份憧憬，但那只是望著該前進的目標而抱有的的仰慕之情而已。心裡唯一的人，仍然是你。」愛德華一步一步被逼後退。他不明白諾娃是怎樣了，只顧努力地解釋，希望傳達到自己沒說謊的信息。

「就算你跟她關係有多好，到祭典的最後還是要對決的，到時二人只能留一人。你會失去她，但只有我，能夠伴你走到道路的最後。」但愛德華的話似乎沒有傳到諾娃的耳中。「既然你選擇了我，就只能相信我一人，心裡只能有我。」

她繼續往前走，愛德華很快被逼到牆邊，再沒有後退的路。

「諾娃？」諾娃仍然握緊愛德華的手，再往前一踏，整個人靠到他身上。愛德華第一次與諾娃如此緊密接觸，他嚇了一大跳，心跳得很快。

「你真的對她再沒有感情嗎？」諾娃抬頭，以一副可憐的模樣渴求答案。

「沒有。」愛德華堅定地回答。

「真的沒有騙我嗎？」諾娃再問。

「沒有。」愛德華頭也不搖，再次給予肯定。

「真的？」

「真的，你要我做甚麼才能相信我？」一而再、再而三地問，愛德華有些不耐煩了。

「再證明一次，」諾娃提出要求。

「甚麼？」

「像當天我們相遇時一樣，再一次立約，證明約定吧。」

說完，諾娃伸手握緊愛德華的另一隻手，等待他回應。

愛德華起初不明白諾娃的意思，但當他的心神從思緒中回來，眼內映照她的模樣，雙手感受她的體溫時，便頓時猜透了。他輕輕點頭，諾娃見到後破涕而笑，讀懂了他的意思，緩緩閉上眼睛。

空氣彷彿靜止，時間彷彿也在此刻停頓。閉上眼的諾娃，微微張開嘴唇，在黑暗中靜待，那份只屬於她的，愛的證明——

但下一刻，她卻感覺到有一道異樣的冰冷之物貼到她的頸項上。

她緩緩張開雙眼，視線小心地向下移，只見頸項的位置有一道銀白之光反射過來。就算因為月光的反射而看不清異物的全貌，單憑光線和頸項傳來的輕微刺痛感，她便已知道那是甚麼。

一把匕首。

「愛德華？」諾娃驚恐地沿著匕首的末端抬頭望去，看到的是那雙瞪視著自己，愛德華冷如冰的雙眼。

「你到底是誰？」愛德華握緊匕首，半步不移，語氣與其眼神一樣冰冷。

「我是諾娃啊，你怎麼樣了？」諾娃以一副不解和被懷疑的可疑神情望著愛德華。她想上前，但愛德華立刻往其頸項一壓，嚇得她留在原地一步不移。

「別再裝了，你不是諾娃。」愛德華的眼神不變，不受影響。

見愛德華一直不聽自己的解釋，諾娃焦急了：「你在說甚麼，我明明就是——」

「你的確模仿得很相像，但有一點搞錯了。諾娃的確會焦慮，會不安，但她從來都不會利用情感逼使我行她渴望的事，也不會要求我用行動證明心意真偽。」愛德華不想再浪費時間，簡單明瞭地挑明重點。「你似乎不是很懂自己親姊的性格呢，『黑白』。」

「甚麼『黑白』，我不懂……」

「放棄吧，」「諾娃」解釋到一半，便被愛德華的輕嘆打斷。「無論你多努力嘗試模仿，都是沒法成功的。對於已確認為事實的事，再詭辯下去也沒有意義。」

空間寂靜，二人都僵住，站在原地互相對峙，一動也不動。過了半分鐘，「諾娃」輕笑一聲打破僵局。她無視愛德華的威脅，沒有往右閃開，而是用頸項抵住刀刃的同時筆直後退了十步，退到刃尖之後，期間就算頸項被劃出一條血痕也毫不在意。愛德華嚇了一跳，立刻把匕首收回戒備，才一眨眼，眼前人原本的烏黑長髮漸漸縮短，前髮也慢慢透出異樣的雪白。她的衣著沒變，依然是諾娃平常愛穿的黑色荷葉邊長裙，雙眼也仍然如紅寶石一樣閃亮，但那些白髮，以及面上燦爛得讓人發冷的笑容，無言間宣示了其相違的身份。

「果然是你，『黑白』，或是我應該以『莫諾黑瓏』稱呼你？」愛德華對眼前的景象毫無反應，同樣的手法他早就看過不只一次了。他半步不移，詢問的同時也是試探。

莫諾黑瓏收起笑容，立刻冷冷地回應：「那個是奈特給我的名字，只有他才有資格這樣叫我，你別得寸進尺。」

「在這件事的取態上，又能看出你們兩姊妹的差別了。」諾娃才不會這麼執著於這麼小的事上，不會執意要維護自己的「唯一」，愛德華心想。

「你是在何時開始發現的？」莫諾黑瓏沒興趣跟愛德華再聊姊妹差別的話題，只想知道自己是從何時開始露餡的。

她的計劃本來是將愛德華引出書房，帶他到無人之處，並經由接吻將等同劇毒的術式埋進他體內，一切都很順利，但在最後一刻卻失敗了。

「從你扮成諾娃來書房找我時就已經察覺到了，之後的一切都是演戲。」說完，愛德華輕輕嘲笑一聲。

「胡說，剛才我追問你關於夏絲妲的事時，你的那個反應不是裝的，是真的在慌張。」但莫諾黑瓏卻不相信他的話。

就算她跟愛德華並不相熟，但她很肯定，剛剛她搬出夏絲妲名字時，愛德華那一瞬間的慌張是真實反應。她閱人無數，十分清楚男人的不同反應，這些小事沒法逃離到她的雙眼。

「那時候我未能完全肯定，但直到你要求我證明契約時，便很確定你並不是真正的諾娃。」被莫諾黑瓏點穿，愛德華沒法不承認，但仍然堅持自己一開始就已經在懷疑。

不久前，愛德華在書房閱讀書籍時，裝扮成諾娃的莫諾黑瓏主動前來，表示有事想談，希望他能出來走走。愛德華當時已經覺得奇怪，一來諾娃今天雖然已能下床，但仍然因為疲倦而長時間留在房間休息，怎麼會主動前來找他？二來就是諾娃平時很少會來書房請求他一同出外散步，有事找他時，她都會坐在書桌前一起談的。他早就起了疑心，但同時懷疑會否只是自己多疑，直到莫諾黑瓏把他拉進無人房間，施以情感上的勒索，愛德華便肯定了，眼前的人並不是諾娃。

而能夠惟妙惟肖地從外表到聲線都能近乎完美地扮演諾娃的，這個世界上只有一人。

愛德華問：「你是怎樣進來的？城堡四周明明設下了術式，阻止外人侵入的——」

「那種小技倆，我舉個手便能破解了。」未等愛德華說完，莫諾黑瓏便供出了事實。「而且就算是多麼慎密的術式，施術者狀態不穩，自然效力減半。這件事不用姊姊告訴你，也一定能明白吧？」

為了不讓類似波利亞理斯的黑狼入侵事件再次發生，愛德華請諾娃在冬鈴城堡設下了一個能阻截術式侵入，以及阻止術式識別不到的陌生人進入城堡範圍，沒想到仍然沒法防備奈特和莫諾黑瓏二人。莫諾黑瓏是用「黑白」劍鞘的消除能力化解術式的，就算諾娃狀態健全，她也依然可以不動聲色地將術式分解，但她當然不會將這個事實告訴愛德華。

「這些事無關重要，反正你都潛進來了。」愛德華心裡惱怒，但也明瞭現在不是對自己發怒的時候。

「告訴我，我剛才欠缺了甚麼？我無論在聲線、衣著、外表、舉手投足都模仿得一模一樣，是哪裡出錯了？」莫諾黑瓏想知道自己剛才的演技到底欠缺了甚麼。

她身上穿的漆黑長裙是特意在服裝店買回來，特意配合諾娃平時愛穿的風格。外表就不用說了，二人眼睛的紅是一模一樣的，只要莫諾黑瓏用術式變出一把烏黑長髮，那就完全是諾娃的倒影。至於聲線，生前已經有很多人說過二人的聲線一模一樣，而莫諾黑瓏也很擅長模仿諾娃的說話方式，每一個細節都不會遺漏，能夠媲美，不，是可以成為另一個諾娃，就連奈特也這樣覺得。她對自己的模仿一直很有自信，對自己對諾娃的認知很有信心，因此不明白，自己到底是哪裡出問題了？

「沒錯，你們無論在衣著、髮型、聲線上都十分相似，但先不論身材，你的眼神和行動模式都跟諾娃不一樣，」愛德華冷冷地道出事實。「而且，諾娃不會主動要求我在感情事上表態，或者該這樣說，她會問，但不會像你那麼態度強硬。」

「即使自己的心上人的心裡有另一個人，快要被人搶走，也依然不會追問嗎？」莫諾黑瓏有點驚訝。夏絲妲的事是她基於上次和愛德華等人一同前往堡壘時的觀察所猜測和拿來利用的。她不知道詳細，但女人的直覺告訴她，這二人的關係很不簡單。

見到自己的愛人心裡有別人，會質問，會要求一個解釋，對莫諾黑瓏來說是女性間很平常的事，沒想到自己居然栽在這一點上。

「我們之間的事並不是你想的那樣，而且她都理解。」三人之間的事一言難盡，愛德華疲於解釋，也沒有義務告訴莫諾黑瓏。

「哼，直到現在仍是這麼沒趣。」莫諾黑瓏鄙視地嘲笑了一聲。「相信他人必有善意、並總以善意待之，姊姊一直都是這樣呢，真愚蠢。」

「她的思想比你寬容許多，所以你沒法模仿她。」愛德華反駁。

「是嗎？」愛德華的話勾起了莫諾黑瓏的複雜思緒。她壓下聲線，用只有自己才能明白的心情慨嘆：「無論如何都沒法完全模仿她，不論是過去，還是現在，即使我花了多大的努力，都不會得到任何人認同。」

「既然你在，那麼奈特一定也潛進來了吧？他在哪裡？」莫諾黑瓏突如其來的感慨，愛德華聽不明白，但沒興趣跟她在這裡花時間了。想到莫諾黑瓏沒可能單獨前來，他立刻想起仍未現身的奈特。

「你覺得呢？」莫諾黑瓏頃刻收起憂傷的表情，立刻擺出一副意味深長的笑容。

莫諾黑瓏假冒諾娃引開我的主意，那麼真正的諾娃——糟糕！愛德華心裡驚呼。

這兩傢伙，居然抓準她身體虛弱的這個時間來襲！

「你們！」愛德華低吼，但沒有因為憤怒而放鬆防禦。「又要對她做甚麼？」

「現在這個時候，她應該已經死了吧？」莫諾黑瓏的笑容越來越開懷。望向愛德華緊繃的眉頭，心裡舒暢的她挑釁道：「被假冒的我的攻勢迷得神魂顛倒，結果失去了最重要的人，這個感覺怎麼樣啊？」

「切！」愛德華緊握匕首，不停說服自己別受莫諾黑瓏的言語影響同時，專注地戒備她的下一步動作。

「然後，下一個就會是你！」

話畢，莫諾黑瓏指向愛德華，後者一個箭步上前，匕首直指前者頸項——

匕首在距離她頸項前的數厘米被一道看不見的力量擋住，愛德華心知不妙，立刻收回匕首。他的速度雖快，但刀尖還是被化為灰燼，只剩四分之三的刀身。莫諾黑瓏只是對他輕輕一笑，爾後她默念一詞，其身邊立刻出現兩枝冰槍，飛快地向愛德華射去。

愛德華急忙後退，避開了冰槍的先後攻擊，正當他要後退第三步時，腳下傳來一些異樣感，他立刻跳起閃到一邊，及時避開要綁住他的綠藤。

「你似乎很有經驗呢。」莫諾黑瓏指的是愛德華感應到術式氣息的事。

「只是習慣了而已！」但愛德華指的是「荒野薔薇」藤鞭的攻擊模式。

雖然閃開了，但不代表藤鞭會就此消失。莫諾黑瓏驅使藤鞭不停刺向愛德華，後者在左右閃避的同時也嘗試用過匕首斬開綠藤，但效果並不顯著。他一步一步地往房間大門移動，打算藉著改變戰場來改變戰況。

就在他快要到達門框之時，一道陣風突然從其身後吹起。

「『Dystrio』（風切）！」

愛德華下意識地往右閃避，但左手臂還是被以風構成的無形彎刃割傷，上臂一半的衣袖被削掉，傷口也在流血。

「你以為我會讓你逃走嗎？」看見愛德華一如自己預料，受傷半跪在地上，莫諾黑瓏很是滿意。

「『Slacya』（綠藤）！」

「甚麼？」綠藤在前方刺向愛德華，他跳起來想往後退時，後方又有肉眼看不見的刀刃斬來。風刃出現的時候，綠藤並沒有消失，愛德華在兩者要攻擊到自己前的最後一刻急忙閃避到一邊，讓風刃和綠藤相互碰撞，並消滅。

沒想到愛德華居然用這個方法避過危機，莫諾黑瓏嚇了一跳。

「同時操控兩個術式？」與此同時，戒備著的愛德華驚呼。

在戰鬥期間運用多於一個術式，對愛德華來說並不陌生。諾娃也曾經做過類似的事，但她的情況是飛快地使出兩個術式，看起來好像是同時運用，但其實兩個術式的啟動和完結之間有微細的時間差，一個時間點上只會維持著一個術式。同時維持兩個術式的情景，愛德華是第一次遇見。

「雖然姊姊的術式天賦在我之上，但論戰場上的術式運用，我更有經驗！」莫諾黑瓏猜想愛德華的驚訝源自他沒見過諾娃做一樣的事，他的話對她來說如同稱讚。一想到自己終於有一方面能夠超越諾娃，莫諾黑瓏的心裡便更舒暢。

愛德華拿著匕首，正苦惱下一步該怎樣做。

他本來就沒對自己匕首的攻擊力有甚麼期望，但沒想到是連人都沒法碰到。刀尖消失的原理他不懂，但猜想那或許是莫諾黑瓏作為人型劍鞘的能力。

莫諾黑瓏是戰鬥的能手，愛德華在剛才的短時間裡已感受到這一點。雖然他手上有匕首，面對某些有形態的術式時還能抵擋一下，不算完全的手無寸鐵，但在術式，以及手腕純熟的術士面前，沒有

「虛空」的他猶如赤手空拳，只有捱打的份。他知道自己現在的當務之急，是前往諾娃的房間，確認她的狀況，查看她到底是否如莫諾黑瓏所說已經被殺，還是被奈特擄走，又或者甚麼事都沒有。還有最重要的一件事，就是取出「虛空」。

有「虛空」在手，他就能真正扭轉形勢，至少能夠跟奈特和莫諾黑瓏抗衡。

不能再在這個空間浪費時間了，自己只會越來越不利！愛德華在心裡催促自己。

「『Durikya』（風箭）！」

無型的箭隨著莫諾黑瓏的一聲令下，逐一射向愛德華。後者不停地曲折跑，讓箭無法擊中，但他還是被攻擊逼到牆角。

「沒路可走了吧，『Wagensis』（水劍）！」

愛德華的背撞到牆上，他只能眼睜睜看著透明的水要刺向自己。他手一按，下一刻，他所靠住的牆突然反轉到另一面，整個人就此不見蹤影。

「甚……！居然有暗門！」

水劍狠狠撞到牆上，化回普通的水掉落到地上。莫諾黑瓏氣急敗壞地推開暗門，進入旁邊的空房，卻看不見愛德華的身影。

「去哪裡了？」她四處張望，就在這時，眼角看見有一個黑影從不遠處的門外快速奔過，正是愛德華。

「你！」莫諾黑瓏急忙跑出房間，正要默念術式從後攻擊，但在踏出走廊時，愛德華早就消失蹤影，無從追蹤。

沒想到居然有暗門，就這樣被他逃了！我剛才只差一點便能取他性命了，就那一點！

莫諾黑瓏心裡咬牙切齒，捏緊裙擺，咒罵愛德華的計謀和自己的失策。

那傢伙，一定是想去姊姊那裡吧，絕對不行！奈特交帶過我要拖住這個人，等他殺死姊姊後再過來處理他的。我失敗的話，奈特會不喜歡我的！

然後我又會像以前一樣被拋棄……不行！不可以這樣！

我不能讓他去阻礙奈特，更不能讓他對我失望！

所以你這個麻煩的眼中釘，就請你乖乖去死吧。

莫諾黑瓏輕輕一笑，手上頓時多了一把冰製的長劍。她拔腿往走廊的盡頭跑去，卻留意不到自己身後正有一股氣息接近。

「你……！」

⚔

另一邊廂，成功用計逃過莫諾黑瓏攻擊的愛德華正在走廊上狂奔。

城堡每一所房間的規劃他都記得，大至房間大小，小至暗門、傢俱的位置，他都記得一清二楚。

剛才他是故意藉躲避攻擊走到房間的暗門前，趁莫諾黑瓏得意地乘勝追擊時，用藏在牆上的暗門逃到旁邊的空房間，並立刻躲到走廊外面，看準時間逃跑。這就是莫諾黑瓏經暗門進入房間時，第一時間找不到愛德華身影的原因。

這個計謀的成功實屬僥倖。要是當時莫諾黑瓏的反應更快，她有可能趕及在愛德華逃出房間之前發現他，屆時只會延續對愛德華的不利。而且暗門後的房間面積較小，愛德華沒甚麼地方可以躲避，要是在那裡開戰，他必死無疑。

說起來，為何莫諾黑瓏不用能夠將我的身體定住的術式，把我的動作封住再下手的話，不是更容易嗎？愛德華心裡疑惑。他記起，諾娃曾經用術式精準地定住「精靈髓液」的劍尖，既然莫諾黑瓏聲稱自己對戰場上的術式運用更有經驗，也可以同時操控兩個術式，照道理也能做到一樣的事才對。

回想起莫諾黑瓏剛才用過的術式，愛德華突然明白了。

看來比起精細和複雜度，莫諾黑瓏更擅長的是在戰場上更有效能的攻擊術式。她不是不選擇鎖住自己，而可能是不擅長這類型的術式，不懂得鎖住。

對了，她人呢？沒有追上來嗎？

愛德華逃跑時，他聽到莫諾黑瓏在後方有嘗試叫住他。二人相差的距離並不遠，就算她的跑速沒有愛德華的快，也應該可以用遠距離攻擊術式影響他的前進路線才是，為甚麼後方一點動靜也沒有？

不管了，現在首要的事是要找到諾娃！

從側翼走廊回到主翼走廊，愛德華二話不說，立刻轉到右翼的方向。他知道自己還需要穿越數個房間才能到達諾娃的睡房，不禁在心中咒罵大房子的壞處。

若然不需要在作為亞洛西斯眼線的僕人面前做個樣子，鬼才會選擇讓諾娃睡哪麼遠的地方！找個人而已，也要走那麼遠的路，這段時間已經足夠讓奈特把人帶走了！

每一秒對愛德華來說都是折磨，他的腦海閃過不同預想，有好也有壞，他都不願去看；左臂的傷口因為空氣的摩擦而隱隱作痛，但他毫不理會。
快點！雙腳要再移動快些！
「『Labrise』（護盾）！」
這時，不遠處傳來一句高呼。愛德華驚訝地抬起頭，頓時看見一個黑影在前方高速地要往他衝來。他立刻丟下匕首，雙手接住黑影，但衝擊力超乎他預期，他被推後幾步，好不容易停住後又因為一時腿軟而半跪在地。但他在快要跪下之際換手抱起懷中黑影，令她不至受傷。
「諾娃？」近距離四目相投後，愛德華才敢相信他接下的正是自己想尋覓之人。他沒有放開懷抱，眼裡滿是感激之情：「你沒有事嗎？太好了。」
「謝謝你，」身穿一身黑色睡袍的諾娃輕輕點頭，對愛德華的眼神感到有些疑惑和不習慣，但還是回以感謝。
要是剛才愛德華沒有及時接住諾娃，她大概會因為被打飛到地上而受皮肉之傷，可能會在重拾姿勢的期間被敵方有機可乘。而對諾娃來說最重要的是，愛德華的來臨，等於她當下面臨的困境會有所改變。
「我正想去找你……手臂怎麼受傷了？」諾娃問的同時打量愛德華的身體，驚訝地發現他左臂上的傷口。那傷口血流如注，表面的皮膚都被削去，實在不能說是普通擦傷。
「小事而已，被『黑白』打到的。」愛德華搖頭，有意圖地輕描淡寫，但其實左臂已經有些麻痺感，只是他壓下痛楚不表現出來而已。
「她真的也在……」諾娃對莫諾黑瓏的出現並不感到意外，反而覺得一切都變得合理了。但現在有更重要的事要做：「別動，我立刻幫你治好。」

「果然，莫諾黑瓏一人不足以拖住你呢。」正當諾娃在愛德華的左臂前舉起手，用術式癒合其傷口之際，一把熟悉的聲音在她身後響起。她怔住片刻，但很快便回過神來繼續。有愛德華在，她不用再擔心。

「愛德華・雷文，我確實應該先解決你的。」

愛德華抬頭一看，果不其然，這人是奈特。潔白的月光打在他的身上，讓其銀髮閃閃發光，從窗外吹進來的晚風讓其馬尾優美地飄逸。他全身的衣裝都是一貫的黑，只是沒有披上常見的那個斗篷。他低頭望著距離極近的愛德華和諾娃，忍不住皺起眉頭。

「哼，你也會有失策的一天呢，」見奈特懊惱的表情，愛德華忍不住嘲笑一句。「太看得起自己的人型劍鞘了吧。」

「掛了彩才能勉強逃過來的人，沒資格說這樣的話吧。」奈特不甘示弱。他用眼角描了一下地上的匕首，從消失的刀尖便大概猜到發生了甚麼事。

「你來到底是為了甚麼？哼，不用問也知道吧。」愛德華自問自答，發問這個動作只是做個樣子，真相早已顯明。

「對，不用花唇舌解釋了，」奈特也無意故弄玄虛。他用手上的「黑白」指向愛德華，冷冷地命令道：「把『虛空』交出來。」

「你知道我的答案的，」二人兩個多月前在森林相遇時，當時奈特說過一模一樣的話。這時，剛巧諾娃的治療結束，愛德華緩緩站起來，特意站在諾娃面前，向奈特回以那句自己在兩個月前也說過的話：「我拒絕。」

「是嗎，那麼就只有對決一途。」愛德華的回應，想當然在奈特的估算之中。他宣示道：「遵從『八劍之祭』的規條，勝者將得到他想要的，而敗者就只有死路一條。」

說完，奈特緩緩退後幾步，並架劍在身前，進入防備狀態。

「諾娃，」愛德華與奈特互相凝視數秒，確認後者不打算偷襲後，才轉身面向諾娃。「拜託你了。」

「這次也是在你未受致命傷前，甚麼都不要做嗎？」二人的距離近得皮膚能夠清楚地感覺到對方的呼吸。諾娃熟悉愛德華的心思，但以防萬一，要確認一下。

「對，沒錯，」愛德華點頭。「同時幫我從旁觀察『黑白』，它的能力還有很多未知數。」

「沒問題。」諾娃回以微笑，她正有此意。

「謝謝你。」

說完，愛德華托起諾娃的下巴，輕輕親了她。到他轉身面向奈特時，手上已經握著「虛空」。他把右手放到左邊，劍尖朝上指向奈特，一邊防備一邊後退，與奈特拉開距離的同時又一瞄身後，審視身後的空間大小。

「雙子劍之間的戰鬥，兩者終於是時候分個高下了。」奈特說，但愛德華沒有回應。

氣氛瞬間跌到冰點。二人互相對峙，緊握劍柄，靜待對方出手。

走廊空間始終有限，能夠左右移動的位置不多。愛德華知道在這個環境限制下，不論是他自己或是奈特，攻擊線路都會以直線為主。這樣固然容易猜測對手前進的方向，但同時也限制了自己的攻擊方式和防禦路線。

在左右翼的中間有一座大廳，那裡的空間比較大。愛德華想引奈特到那裡去，但問題是二人現在身處的位置和大廳之間有一段距離，愛德華不但要一直後退，而且中間要經過長長的走廊，對他來說是不利大於有益。而前方走廊的盡頭是白大廳，也就是愛德華和路易斯對決時所用大廳的前一個大廳，那裡的話空間一定充足，只是若然要前往白大廳，就必定要持續把奈特逼得後退，愛德華深知這樣並不容易。

要怎麼辦？他看了看右邊的房間們，心想也許像剛才與莫諾黑瓏一戰那樣在房間和走廊間穿插，也是一著，但跟先前的空房間不同，這些房間都有大小傢俱，空間不寬敞和多變的同時，傢俱是會影響到對決的不穩定因素。縱使如此，愛德華心裡仍然覺得此舉可以一試，只是一切都要因應對決開始後的形勢變化再作決定。

他在心裡盤算的同時轉換防守架式，戒備奈特的行動。奈特也不敢貿然出手，他也嘗試透過轉換防守架式引誘愛德華先出手，但有一樣想法的後者卻不為所動。

看來他不打算先攻，愛德華心想。一直在防守並沒有用，不能逃避的話，就去試探一下吧！

下定決心後，愛德華兩步移前，把劍旋轉一圈後，從上而下斬向奈特——

黑劍落下奈特身前，沒有斬中他。愛德華立刻退後，奈特見機上前揮斬，但白劍卻被精準地以橫擋擋下。愛德華立刻向上推劍，解開糾纏的同時往右側一踏，從側面斬向奈特。

奈特早料到會有此一著，左腳急忙往後一踏，勉強避開了斬擊，同時他提劍往前刺去，劍尖直指愛德華的左眼——

愛德華急忙側身躲避，但臉頰還是被劃出一條傷痕，同時他斬向奈特的腳，逼使後者避開並後退。二人再次回到對峙的狀態，互相猜想對方出手的時機。

他居然猜到我的第一下動作是佯攻，愛德華心裡有些不忿。

剛才他的第一下攻擊，是故意打不中奈特的，為的就是想引奈特上前，再防守還擊，沒想到奈特居然能夠避開攻擊的同時成功反擊。臉頰的傷口不是很深，但隱隱刺痛告訴他，這場對決將會打得難分難解。

愛德華和奈特先後往前微踏一步，見對方上前時又立刻後退，試探幾回後，奈特趁愛德華正要後退時，快速上前，並從左下而上砍向愛德華的前胸——

砍擊被愛德華不慌不忙擋下，但奈特也沒有嚇到，立刻抽劍改從右下往上斬去，一直維持。重複的攻擊雖然都被擋下，但愛德華也被逼得步步後退。再次正面擋下奈特的揮斬後，愛德華把劍收到頭側，再往前平砍。奈特見狀立刻低頭避開，並擋下愛德華緊接而來的側斬。不讓機會走失，愛德華立刻上前，連續左右兩邊斬向奈特，令後者退為守方。幾發的攻擊都如他所料被擋下後，愛德華突然一改劍路，大力把「黑白」擊開，再轉為正手握劍，一個前踏，直刺往奈特的臉——

奈特急忙側身並低頭避開，但右邊瀏海還是有少許被削掉，頰骨也多了一條血痕。他立刻從下往左斬，擊開「虛空」，不讓愛德華有追擊的機會。愛德華避開的同時閃到奈特的背後，奈特立刻機警地轉身並舉劍戒備。轉換了位置的二人再次退後防禦，心裡都在盤算要如何打破這勢均力敵的場面。

果然跟我的推測一樣，他是位攻守兼備的劍士。愛德華腦海裡重播奈特剛才用過的招式，分析他的習慣。

但有一點疑惑的是，為甚麼奈特不展示「黑白」的能力，用以打破平衡？他是忌諱著「虛空」的無效化能力，還是有別的理由？愛德華小心望向在奈特身後不遠處的諾娃，諾娃輕輕搖頭，看來她暫時未能觀察到任何關於「黑白」的有用情報。

那麼，就嘗試別的東西吧！

愛德華把手放往右邊，一個快步上前，連續刺向奈特的左右腰側。幾次攻擊都被奈特擋下，在第五下往右邊的刺擊也被奈特擊開後，奈特正要把劍往左揮，準備再次擊開要往左邊來的刺擊時，愛德華劍鋒一轉，把劍收後，再旋轉一圈，改為從右上斬向奈特的左肩膀。

奈特一見，急忙改變劍向，右腳往後踏的同時，用「黑白」架下「虛空」。雖然擋下了攻擊，但自己形勢不利，他立刻把劍往上推至劍尖，把愛德華推開後，再抽劍退後。見愛德華要踏出前腳，奈特主動上前，早他半拍，快速往愛德華的上下左右兩側連環斬去，穩定地握著主動權。愛德華一一擋下攻擊，並在接下斬向右肩的斬擊時大力從下往上揮開「黑白」，趁奈特未及回劍，他一個箭步上前，向奈特的胸前橫斬過去。奈特急忙仰後避開，但衣服還是被鋒利的劍尖劃到，上衣被俐落地開了一個口，前胸尬有一道溫熱的液體流過，許是被割傷流血了。

「哼，有你的。」奈特掩著傷口後退，說出了對決開始以來的第一句話。

「不愧是你，果然不差。」愛德華趁此機會退後。他仍然把劍架在身前，指向奈特，防禦沒有鬆懈。在調整呼吸的同時，他也在腦裡分析。

剛才奈特反擊的動作，愛德華再也熟悉不過了。他自已素來喜歡在雙劍交纏，形勢不利時把劍往上推至劍尖以解開糾纏，做法跟奈特剛才的有六七分相像，而這招式是師傅自基斯杜化。

愛德華想起一個多月前在家裡暫住時，跟父親練劍過後問過他的問題——除了他以外，有否收過其他學生授與劍術。愛德華當時是因為覺得基斯杜化跟自己對打時的劍法跟奈特有幾分像，懷疑奈特會否有跟基斯杜化學過劍術，因而問出此問題。基斯杜化當時的回答是沒有，愛德華也就以為只是自己多疑，沒有再問，也沒有再細想這件事，但剛才奈特的一技勾起了愛德華的回憶。在對決的當下重新審視關於奈特身份的事，他覺得事情似乎沒那麼單純。

這的確是重要的事，但愛德華很清楚，現在更重要的是當下的對決。「黑白」仍然指向自己的咽喉，隨時都會斬或刺來，現在與其花時間猜想奈特的身份，不如記住他的劍術跟自己相像，然後以此為基礎思考如何化解攻擊，這才是該做的事。

愛德華瞬間把關於身份的問題拋諸腦後。他緩緩後退，似乎有所佈局。

奈特留意到愛德華的動作，他猜得到愛德華並非單純地防禦。為了不讓他輕易得逞，也是為了試探和挑釁，愛德華後退多少步，奈特就以同樣的步數上前，但不攻擊。二人在前進後退的同時不忘不停轉換防守架式，互相引誘對方出手。

奈特上前，在愛德華身前稍微揮劍兩下，見愛德華沒有要上前攻擊的意思，便再踏前一步，從上而下，瞄準愛德華的臉頰斬去。

愛德華立刻往左方推劍，偏移了奈特的劍路，但反應時間遲了些許，「黑白」仍然處於可以攻擊到他的範圍。正當奈特壓下「虛空」，要刺向愛德華的臉頰之際，愛德華在這個時候居然收起了劍，側身避開時一個轉身，跑進旁邊的房間，失去了蹤影。

「這傢伙，居然！」奈特頃刻便猜到愛德華打著甚麼算盤，立刻衝進房間——諾娃的書房，但裡面漆黑一片，要依靠月光才能勉強看見物件的輪廓，更不要說看到人影了。

想藉轉換場地而獲得優勢嗎？休想！奈特心想之際，一道殺氣從他的左側飛快斬來——

響亮利落的「鏘」一聲傳遍房間後，空氣再次回到寂靜。藉著「黑白」純白劍身的反射，奈特清楚看到在劍光對面，愛德華那副略為驚訝的樣子。

「左手？」看見「虛空」被擋下的方法，愛德華忍不住微聲驚呼。他本來打算從左邊突襲，斬向奈特的左肩，見奈特在自己攻擊時沒有轉身，以為會成功，沒想到他居然在頃刻之間把「黑白」傳至左手，並橫架下斬擊。

「怎麼了，第一次遇到左手握劍的人嗎？」回應的同時，奈特轉正身子，正面面向愛德華。奈特抽劍，作勢要斬向愛德華的右肩，但到半路卻突然轉向，往其腳斬去——

愛德華早就察覺奈特的意圖，右腳往左滑開，同時劍身旋轉一圈，在奈特斬向自己的腳時往他的右肩斬去。奈特欲避開，但遲了一步，右肩被狠狠劃下一刀。他忍痛上前揮斬反擊，但只斬到空氣，愛德華又再消失在黑暗中。

「別太自豪！」黑暗中傳來愛德華的嘲諷。

到底是誰太自豪啊？似是感覺不到疼痛的奈特立刻往右側走去，走了幾步後，便不假思索地往前揮斬——

「鏘」一聲再次響遍房間。正如奈特所料，愛德華就在那裡。「黑白」被隱藏在黑暗裡的「虛空」擋下。奈特嘴角一笑，立刻抽劍，改由下往上揮斬。一道插進柔軟物並將之割開的手感，以及音量被壓下但仍能清晰聽見的呻吟，兩者告知奈特，他的攻擊成功了。

他大概料到愛德華現在的站姿，一個箭步上前要刺向他，補上一刀，但出乎他的意料之外，劍尖甚麼都沒有刺中。就在同一時間，前方傳來「吱呀」的聲音。

居然逃到鄰房了？奈特「切」了一聲，想也沒想，立刻伸手向前一推，推開木門，進到旁邊的房間，也就是諾娃的睡房。

愛德華會從哪邊攻來？奈特小心地提著劍，在黑暗中一步一步前進。不久前他潛進過諾娃的房間，所以對房間的傢俱，以至人能夠藏身的位置都一清二楚。

他腰上的傷不輕，應該不能逃太遠的，奈特心想。那麼人會在哪裡？門左邊的衣櫃，還是床沿……！

心聲說到一半，突然一陣冷風從左邊殺來。愛德華高速往奈特的左右肩和腰連續刺斬，奈特雖然反應迅速，接下了攻擊，但一直被壓制，右臂和左腳都在期間掛了彩。奈特好不容易抓準愛德華前刺的時機擊開「虛空」，並斜斬向他的右腳，愛德華居然趕及退後，奈特上前追擊，連續兩記斬擊都撲了個空。

你以為自己能逃嗎？似是猜到愛德華的行蹤，奈特立刻右轉，快步往諾娃睡床的方向跑去。他正要往前斬去，但愛德華早他半秒橫揮「虛空」，奈特急忙收腹躲避，但前腹還是捱了一刀，黑色的劍尖割開了皮膚，頓時流出鮮血。

奈特忍痛往前揮斬，逼走打算追擊的愛德華。愛德華躺到床上，飛快翻滾一圈，到床的另一邊防備。正當奈特要跳上床追去時，他的傷口這時傳來一陣劇痛，手頓時一軟，令劍差點掉落到地上。

「唔……『Stapika』（治癒）！」奈特掩著前腹，當機立斷，用了一直忍著不用的術式。

傷口立刻止血並癒合，但只是表面，只能充當一時的緩衝。當疼痛感散去些少，不礙活動後，奈特打算追上去，卻發現愛德華這時已經來到他身後不遠處，自己幾乎沒有可以躲避的地方。

「你果然很熟悉這裡的環境呢。」得知奈特原來懂得術式，愛德華不敢貿然上前，舉劍在身前戒備，並試探奈特的反應。

從奈特能快速地在黑暗中找到木門所在，以及進到諾娃睡房後似是有目標地前進的行為，愛德華察覺到奈特似乎對房間的環境相當熟悉。剛才他是故意走到床邊，因為他知道奈特一定會找到自己。

「別忘了我剛才潛進的是這所房間，當然熟悉。」奈特毫不客氣地反嘲。

「你三番四次為了『虛空』而現身，這麼執著到底是為了甚麼？」愛德華問道。

「原因很重要嗎？我搶走『虛空』的話，你便會失去能夠在祭典上使用的唯一武器，等同落敗，這樣我就少了一個敵人，就這樣。」奈特答得很不耐煩。

「如果只是這樣，你不一定要搶走『虛空』的啊？去搶『神龍王焰』不是更容易嗎？」愛德華並不相信奈特的解釋，提出懷疑。

「那又怎樣？原因甚麼的根本不重要。在祭典上的每個人都有自己的行動原因，但大家的目的都是想獲得勝利。知道這一點，就已經足夠了。」奈特沒有要正面回答的意思。他腦袋裡想的，只是如何能夠扭轉現時局面，並盡快取走愛德華的性命。

不欲浪費時間，奈特一個箭步上前，飛快地揮斬並刺向愛德華，以速度逼使他後退。接下數次的攻擊後，眼見快要被壓到牆邊，愛德華擋下「黑白」的斬擊下大力將之壓下，並捲劍往前刺去，奪回主導權。奈特側頭避開了刺擊，趁愛德華收劍時從下往左上揮斬，擊開「虛空」。愛德華急忙退後，

「黑白」在空中轉了半個圈後再向愛德華斬去。愛德華急忙橫擋下攻擊，但奈特依然擁有優勢，他把「虛空」壓下的同時往前刺去，在愛德華的右肩劃下一刀。

傷口雖然不是很深，但痛楚仍然會影響右手的活動。愛德華趁奈特收劍時往左邊轉身並後退，奈特立刻跟上，要斬向愛德華的前胸，沒想到愛德華居然成功架下攻擊，並在交纏中取得用力優勢。奈特一瞧，發現握著「虛空」的，是左手。

「呵，」連你也改用左手握劍了嗎，有趣！奈特心想。

愛德華取得優勢後立刻捲劍前刺，見奈特成功避開，便立刻收劍後退。不知是否顧慮著右肩的傷勢，愛德華沒有趁機進攻，而是選擇後退。奈特步步進逼，愛德華節節後退，在他快要退到門框之位時，奈特大力擊開「虛空」後正要前刺，沒想到愛德華居然仰後避開，並往奈特的腰踢一腳，把他踢後幾步。到奈特重拾姿勢跑到門邊一看，便看到愛德華站在離房門約十步之遙的地方，架劍戒備著，似是等候他上前來。

我知道你想引我到哪裡去……才不會讓你得逞！

奈特「切」了一聲，便回頭往房間走去，不見蹤影。愛德華有些驚訝，但很快便回過神來，沒有回到諾娃的睡房查探行蹤，而是直接往身後方的走廊跑去。

「奈特呢？」一直在後方，終於追上愛德華的諾娃問道，她不明白奈特此舉的原因。

「依我猜，他應該是利用你房間的暗門逃到鄰房去吧，」愛德華一邊跑一邊答。「他很熟悉城堡的環境，那麼應該是猜到我想引他到哪裡去，打算殺我一個措手不及，才有此下著吧。他未得到你之前，是不會逃走的，所以我要做的，就是比他先行到達白大廳，等他到來。」

二人跑到走廊盡頭，來到主樓和新翼之間的連接走廊。前方五十米就是莓新翼一樓第一個大廳——白大廳的入口，愛德華放慢腳步，以手勢指示諾娃待在自己後面，並小心翼翼地接近大廳門口。

來到大廳門口，放眼望去，幽暗的廳內一個人影也沒有，這時一道冷風從右邊飄來，愛德華頓時轉身，俐落地擋下要斬向自己的白劍。

「我就知道你打算經暗門來到這裡，」愛德華望向握著雙劍的奈特，自信地笑道。他早就料到奈特會比自己更早到達白大廳，並在門的右邊埋伏。

「料到又如何？」問的同時，奈特捲劍向上，朝愛德華的臉刺去——

察覺到奈特的意圖，愛德華把「黑白」卸往一邊後，立刻往前刺去。奈特往左一踏成功避開，愛德華見狀即時後退數步，不給奈特反攻的機會。

「這樣一來我更肯定，你很熟識城堡的構造，不只諾娃的房間，應該每一個角落都很熟悉吧。」防禦的同時，愛德華回答奈特剛才的問題。

但你卻沒有把自己所知的都告訴莫諾黑瓏，不然她一定會知道那個房間有暗門的，愛德華心裡補上一句，但故意不說出口。

奈特沒有口頭回答，而是以行動代答。他一個箭步上前斬去，被愛德華往前推劍擋下。奈特立刻抽劍換邊，從左邊斬去，也被愛德華橫架擋下。正當奈特想再次抽劍換邊往前攻擊，愛德華早他半秒往上抽劍，並一個滑步到右邊，斬向奈特的右前臂——

「奈特！」

突然，一把熟悉的女性尖叫傳出，奈特一時愣住，慢了反應，右前臂被狠狠割下一刀。他立刻掩著傷口後退，雖然傷口未深至骨，但也血流如注。奈特使用「快速治癒」術式治療傷口的同時，往左側，也就是聲音傳出的方向望去。

少女如雪般潔淨的白髮在銀光的照耀下清晰可見，她那雙如同寶石般閃耀的紅瞳在昏暗中更顯亮麗。她望向奈特的眼神既是焦急，又是楚楚可憐，奈特正好奇她為何沒有衝向自己，下一刻便看到她頸上那一道令人毛骨悚然的銀光。

「我建議你最好不要動，」一把女聲從莫諾黑瓏身後傳出，那聲音的語氣聽起來平淡，卻令人倍感冰冷。

不論是愛德華和奈特，以及不遠處的諾娃都定住動作，屏息靜待女士帶著莫諾黑瓏走到月光下。只見女士一頭閃亮的漆黑長髮隨風飄逸，雙瞳散發出的紫光在銀輝中顯得柔和而深邃。外披一件烏黑外衣，身穿雪白睡裙的她右手持著一把銀白長劍，架在莫諾黑瓏頸項上，而她的左手則把莫諾黑瓏的左手壓在背後，不讓後者能夠輕易反抗。

「『薔薇姬』？」

「夏絲妲？你怎會在這裡？」

愛德華和奈特同時驚呼。

「宅第發生了這麼大的事，我當然會留意到，」夏絲妲笑著回應愛德華。她的樣子看起來像平時一樣輕鬆，就算莫諾黑瓏欲掙扎，她也面不改色地不讓她動。「你忘了你和『黑白』小妹打鬥的地方，就是我房間的旁邊嗎？」

愛德華和莫諾黑瓏打起來的地方，正正就是夏絲妲起居所在的側翼。不久前愛德華經暗門逃往的房間隔壁，就是夏絲妲的客廳。夜深人靜，輕微的聲音已能穿透牆壁，更何況是打鬥的聲音。

「那時我正要梳洗就寢，突然聽到走廊傳來不尋常的動靜，以及一些金屬碰撞聲，就覺得不妥。我提著劍離開房間後，便在不遠處看到形單影隻的『黑白』小妹，就自然上前去問問發生甚麼事了。」夏絲妲解釋道。

她的解釋有八成是事實。實情是，當時夏絲妲正準備跟平常一樣偷溜到花園作晚間散步，她打算更換睡衣時聽到外面有動靜，所以才能那麼快作出反應，提著「荒野薔薇」來到走廊外，並從後悄悄接近打算追上愛德華的莫諾黑瓏。

沒料到後面有人的莫諾黑瓏在當時看見夏絲妲時十分驚訝，她退後一步的同時放出「水劍」術式攻擊，但被夏絲妲俐落擋開。二人就此開始了戰鬥，一方用術式，另一方用劍和藤鞭，從一樓的側翼一路沿著樓梯打至地面層。莫諾黑瓏在期間一直想辦法從夏絲妲手上逃離，與奈特會合，但夏絲妲哪會讓她得逞。她在莫諾黑瓏快要進入主翼走廊的範圍時以攻擊制止，逼使她跑到樓梯退守，不讓莫諾黑瓏有機會到達右翼。到達地面層後，二人繼續互有攻防，夏絲妲主要以速度和經驗制勝，而莫諾黑瓏則以術式的類型和攻擊方向取得優勢，期間夏絲妲有被術式擊中，而莫諾黑瓏也有掛彩。二人互不相讓，爭持之際，莫諾黑瓏因一時鬆懈，被夏絲妲設下的藤鞭綁住，而在同一時候，對戰期間經由藤鞭流進她身體的「荒野薔薇」的毒發作，令她無法動彈。夏絲妲抓住機會，立刻上前用劍架住莫諾黑瓏的頸，不讓她有機會逃走或反擊，並把她帶到白大廳來。因為她猜到，要是愛德華和奈特在諾娃房間附近打起來，前者一定會想辦法將奈特引到白大廳，或者後面的翠綠大廳去。

二人經由新翼的樓梯再次回到一樓，一來到白大廳的入口，便看到愛德華正要斬向奈特。莫諾黑瓏的高呼是驚呼，也是求救，卻沒想到這樣會令奈特分心，因而中了愛德華的斬擊。

「你果然選擇來了，」這時，夏絲妲望向奈特。

「甚麼意思？」奈特掩著傷口，冷冷問道。他用術式治療傷口後，大致上全好了，但仍然隱約有些痛楚，額上仍流著冷汗。

「我不是警告過你不要來的嗎？」夏絲妲微笑地問道。

「你說的話我就得聽的嗎？以為自己是誰？」奈特不客氣地回應。

「夏絲妲，你說的是甚麼事？」愛德華一臉疑惑，完全聽不明白夏絲妲在說甚麼。

「昨晚我在花園散步的時候遇見奈特，跟他談了幾句，在言語間我得知他今天的潛入計劃，並警告過他要小心考慮，沒想到今天還是見到人了。」夏絲妲沒打算隱瞞，她早就決定好，當愛德華問及此事時會和盤托出，但她不會在事前主動向他透露半句，因此愛德華一直不知道奈特曾經潛入過。

愛德華面露驚訝，心裡既是驚訝又有些憤怒。夏絲妲留意到他的表情但沒有理會，她先是把視線投向奈特，再轉頭望向諾娃，若有所思地嘆了口氣後，回頭望向奈特問道：「現在看來，你的想法改變了？」

「對啊，為甚麼你沒有殺掉姊姊？」莫諾黑瓏讀出夏絲妲所指之事，也激動地追問。她欲衝向奈特，但才踏出半步，夏絲妲便「貼心」地用「荒野薔薇」輕輕地拍了拍她的頸項，加上一個微笑，著她不要動。「你明明說過無論如何都會取她性命的！」

「事情比想像中棘手，不得不改變做法。」奈特簡單地解釋。

「是嗎？我倒是想知道會有多棘手。」夏絲妲輕笑一聲，看穿奈特有所隱瞞。

聽到這裡，諾娃心裡滿是疑惑。

她知道的是，不久前自己正要離開房間尋找愛德華時，看見站在門邊的奈特。起初奈特是在黑影之中，沒法仔細看見其身影，但到他現身在月光下之時，卻突然卸去了某種術式，回到銀髮的模樣。

當時奈特提著劍接近諾娃，一副要殺她的模樣，但當他快要把劍插向諾娃之際，又頓住了動作。回復到冷靜的奈特，認真地請求諾娃跟他走，拋棄愛德華，期間說了些繼續參加「八劍之祭」只會害她性命之類的說話。諾娃嚴詞拒絕，表明自己只會留在愛德華身邊，依契約與他一起走到最後。似是明白說服無效的奈特硬下心腸，決定強行帶諾娃離開，諾娃不依，二人打了起來。諾娃用術式作攻擊手段，而奈特除了用「黑白」抵擋，也有用跟諾娃所用相似的術式反擊，期間諾娃使用「護盾」術式防禦時被擊開，被同在走廊上的愛德華接住，這就是三人碰頭的緣由。

諾娃感到疑惑的是，若果奈特真心想殺她，她不會有反擊之力，但為甚麼他一次又一次地轉換心意？而且如果他要的是自己的性命，那麼為甚麼那天要在波利亞理斯手上救起自己？

「但……」

「倒是你，不是說過不會插手的嗎？」諾娃正要開口，奈特似是察覺到甚麼似的，立刻插口轉移話題。「不插手，但現在又綁住莫諾黑瓏，這是甚麼意思？」

「我的確表示不會插手你的計劃，但沒有說過不會湊熱鬧啊？」面對奈特一次又一次的質疑，夏絲姐每次都答得很坦然。「你跟諾娃和愛德華的事，我沒有干預，但既然『黑白』小妹來到我房間外面，那我去測試一下她的能耐，也很正常吧？」

「你……」

「我從來只會依照自己的意思行事，不會站在任何人的一邊，不受任何人束縛，這一點你應該很清楚吧？」奈特正氣結著，在想該說甚麼回應，夏絲妲立刻加上一句，令他更說不出話來。

「那你現在把莫諾黑瓏綁過來，是想怎樣？威脅嗎？」奈特好不容易才下了氣，問另一件事。

「只是把人帶過來而已，你想搶也可以，想繼續跟愛德華打也一樣可以，只是，」夏絲妲說完，緩緩把劍轉而指向奈特，掛著微笑冷冷地說：「要是想搶的話，就會多一個對手，這樣很清楚吧？」

「你別想妨礙奈特！」趁「荒野薔薇」不再架在頸上，莫諾黑瓏立刻用術式掙脫藤鞭，脫離夏絲妲的束縛。

夏絲妲只是恍然大悟地一笑：「我之前便說過，你其實有能力自行解開綑綁的，果然如此呢。」沒想到自己的反抗正中夏絲妲下懷，莫諾黑瓏偷瞄身後不遠處的奈特，有些慌張：「這……只是湊巧而已！」

在奈特面前，我要是一個順服聽話的女生，不能被眼前這個人毀掉自己的努力！莫諾黑瓏心裡對自己說。

「湊巧的話，就不會一直裝著中毒不動吧。」面對莫諾黑瓏瞪著自己，雙眼似是有火的眼神，夏絲妲心裡毫無波瀾，再加上一句。

「我沒有裝！剛才的確是動不了，只是身體慢慢中和了毒素而已！」莫諾黑瓏急忙解釋。

「但你的姊姊，可是從來都不會中這把劍鞘的毒啊？」夏絲妲故意點出。

「姊姊又不是我，怎會一樣？」莫諾黑瓏繼續沒好氣地駁斥。她深了一口呼吸，眼神變得冰冷：

「你這個人，果然不能——」

「夠了！」就在這時，奈特的一句高呼打斷了兩位女士的對話。他的語氣聽起來很煩躁，一刻都不願再等：「總之今天我一定要奪走『虛空』，不論任何代價！」

說完，他立刻踏前，以左手握劍，趁愛德華未及反應之時斬向他——

「會這麼容易讓你得逞嗎？」出乎奈特意料之外，愛德華正面接下他的攻擊。他立刻把「黑白」往左邊壓下，並一步踏前，快速刺向奈特的臉頰。

糟糕——！

奈特立刻往左邊閃開，但慢了一步。「虛空」的劍刃在他的耳骨對上位置擦過，劃破了些頭髮，也劃破了其眼罩的綁繩。

「奈特！」

奈特急忙往愛德華的腰下橫揮，令後者受了些傷，但左手握劍的他沒法阻止自己的眼罩隨風飄落到地上。就在莫諾黑瓏急忙回頭之際，奈特那無人見過的左眼漸漸暴露在銀光之中。那是跟其右眼一樣漆黑如夜的黑瞳，但不同的是，左眼似是無神，另外有一條長長的傷疤由其眼眉延伸至眼袋。

「這……」

奈特立刻掩眼後退，但一切已經太遲了。縱使左眼上有傷疤，但那一瞬間眾人所看到的雙眼，無論從眼神到眼角都十分相像，沒法掩飾。銀髮飄逸，彷彿是漆黑染上銀後的形成之態，就算是多麼冒失的人，都不難看得出二人相貌的相似之處。

夏絲妲回想起，某天她曾經跟愛德華開過玩笑，說假若用術式把他的頭髮染為其他顏色的話會怎麼樣。當時她捉弄地提出過，若是愛德華留長髮的話一定會好看，現在她終於明白，那會是如何模樣。

原來昨晚她那瘋狂的猜想果然沒錯。不，在森林裡第一次對決的那天，她已經隱約地感覺到大概。那氣息，那劍術，何其相似。

她忍不住笑了出聲。原來真的是那麼荒唐！

「奈特你……」愛德華目瞪口呆，看著奈特，久久才能回神：「難道是？」

第二十二迴－Zweiundzwanzig－

破露－REVEAL－

1

「愛德華・基斯杜化・雷文。」

一把渾厚的聲音正在呼喚我的名字。

是誰？是皇帝嗎？

拖著傷痕累累的身體，我的痛覺早已麻木，血液彷彿都已流乾；我感覺不到自己的四肢；身體輕飄飄的，靈魂感覺飄浮在雲上，遠離了名為軀殼的牢籠。腦袋一片空白，整個人混混噩噩，眼前像有一層霧一樣，一切都模糊一片，唯獨手上那把漆黑如夜的黑劍清晰可見。

一滴，兩滴，晶瑩的、仍有生氣的鮮血緩緩從劍身滑落，從劍尖滴落地板。

節奏穩定的滴落聲慢慢喚醒我，我記起來了，這些都是別人的血，是我把劍刺穿她的胸膛，所流下的鮮血。

我殺了她，為了實現願望，而殺死這位曾經珍重的人。

這樣一來，祭典便劃上句號，我終於可以得到渴望以久的勝利了。

接下來只要向神許願，一切便可以完結吧。

「愛德華・基斯杜化・雷文，抬起頭來。」

聲音再一次呼喚我。我緩緩抬起頭，本來以為會看見亞洛西斯，但身前一個人也沒有。我向天望去，眼前所見的，完全出乎我的意料——

剛才仍晴天萬里的藍天，不知何時變得烏雲密佈；天上雷聲大作，紫雷猛閃，一條巨大的白蛇正在天空盤繞。牠的身軀彷彿能夠遮著整個天空，全身若隱若現，在紫雷落下時才能得見其身軀。牠亮如寶石的血紅雙眼正俯視地上萬物，見我抬頭，立刻把頭往我伸來，與我對上視線。

「你是……」

「跪下，人之子，」牠沒有張開口，但那把渾厚的聲音再一次傳出，此刻多了幾分令人震懾的威嚴。「吾乃汝等稱之為神的存在。」

「神？這就是您的模樣嗎？」在我身旁的諾娃驚呼。

「吾之忠僕，汝應清楚此非吾之真身，只是汝等眼中所能理解之形象。」自稱為神的白蛇慢慢地吐出一字一句。

「身為神祇，理應不輕易干涉人界的，那是對神性的動搖！」諾娃激動地提出質疑。

「神性為何，公正之義，一切皆由吾決定，非汝等所能影響，」神輕描淡寫地否定她的話。祂無視諾娃，緩緩轉過頭去，把視線投向坐在台階下的亞洛西斯，以及眾多來觀戰的安納黎國民。

「本屆『八劍之祭』經已完結，吾與康茜緹塔一族之契約將繼續維持，並依照盟約，為勝利之舞者賜予一個許願機會！」

台下的國民聽畢，頓時大聲歡呼，歡呼聲洪亮得彷彿像巨浪般要把人淹沒。觀看著一切的神沒有表示喜悅，祂只是冷眼注視一切，彷彿這些都不能滿足祂。

「在劍之祭典存活之舞者，恭喜汝，吾對汝等舞蹈感到非常滿足。」

待歡呼聲散去，祂把頭轉向我，用鮮紅的雙眼牢牢瞪著我的雙眼。

「現在，把汝之願望告知吧。」

「愛德華？」

愛德華未說完，莫諾黑瓏便先他一步吐出話來。她此話一出，在場所有人都無不吃驚，紛紛把目光聚集在奈特身上。

「不會的……不會是這樣的……」莫諾黑瓏不停呢喃。剛才一語驚人的話明明出自自己的口，但她只是因為一時驚訝才衝口而出，並不想相信那番話。「只是剛巧樣子相似罷了！」

就算瞳色相似、樣貌相似、身高相似，那又如何？世上樣貌相似的人何其多，不能用這幾點就輕易妄下結論。

那是她的奈特，才不會是別的人！

莫諾黑瓏站到奈特面前，背對著他，與眾人怒目而視。愛德華和諾娃的面上雖有驚呆，但二人看到莫諾黑瓏那副彷彿說著「再敢接近便殺了你」的兇狠眼神，都不得不退後，把錯愕的心情壓下。

怎麼可能？愛德華心裡不敢相信。

奈特在眼罩綁繩斷掉的位置打結後，重新戴上眼罩，並拾起「黑白」，緩緩地站起來。他沉靜不作聲，但這些舉動在無言之中都表達了否定，以及要在場眾人閉嘴的意思。

雖然奈特回復到為人熟悉的單眼樣子，但不久前所看到的雙眼模樣依舊在愛德華的腦海中揮之不去。

眼前這個三番四次想要奪走諾娃，以及殺害自己的人，居然是自己？他心裡滿是疑惑。不可能的，現在時間已近午夜，剛才又進行了長時間的戰鬥，只是一時太疲累而胡思亂想罷了吧？正如「黑白」的劍鞘所說，可能不過是樣子相似而已。

但如果只是樣子相似，那麼數月以來發生的種種事情，那巧合的程度實在解釋不過去。

一個多月前，他離開夏絲妲的木屋後，奈特在森林攔下他和諾娃。奈特不只得知他的藏身地點，而且出現的時間還十分精準，彷彿早就得知自己何時會離開木屋。幾星期前，諾娃被波利亞理斯擄走後，自己從威芬娜海姆回到冬鈴城堡當天，奈特便主動登門拜訪。他到訪的時間不是自己回家的幾小時後，而是三十分鐘內的事，時間精準得可怕，彷彿一早就知道自己去了威芬娜海姆，會在何時會回來，然後一直待在冬鈴城堡門口，待人回家後便立刻現身似的。而且不論往事，只論今天，奈特非常熟悉冬鈴城堡每一所房間的位置和構造，連暗門的位置都一清二楚，這實在可疑。

愛德華當初住進城堡後，花了約一星期的時間摸清城堡的構造，並繪畫了一張新的城堡地圖，加入了那些沒有畫在城堡本來的平面圖上的暗門。他剛才想過，奈特會否是在前幾個星期，趁自己人在安凡琳時偷偷潛入，取走新平面圖查看，但那平面圖一直放在一個上鎖的抽屜裡，鎖匙一直隨身攜帶著，而且匙孔有埋下諾娃設下的術式，要是抽屜有被打開過，一定會留下印記，所以他敢肯定，奈特熟悉城堡構造，跟平面圖沒有任何關係。

而所有事之中最重要的，是奈特十分清楚「虛空」的特性。

在這個世界上，最熟悉此事的就只有愛德華自己和諾娃，從各地傳聞、資料等認識「虛空」的夏絲妲，也是在跟愛德華交手，並一起生活後，才真正知道「虛空」的面貌。奈特和愛德華在今天之前未曾正式交過手，那麼他到底是從何處得知這些只寫在愛德華腦內的資料？

如果奈特是他本人，那麼當然會知道。

沒可能是這樣的，世上怎會有這麼荒唐的事？

愛德華正在沉思時，奈特抓緊機會，兩步上前，穿過莫諾黑瓏的身邊，把「黑白」轉了一圈，猛力斜斬向愛德華的左肩——

眼角瞄到劍光，愛德華立刻回過神來，向左擊開「黑白」，但慢了一步。雖然「虛空」架下了「黑白」，但未能將之完全擊開。奈特立刻迅速往前刺去，直取愛德華的左眼——

愛德華急忙往右避開，眼是保住了，但耳骨對上的位置傳來一陣冷涼，看來是被割到了。他不滿地「切」了一聲，見奈特後退，便也退後，不打算中奈特的計。

「你到底是誰？」愛德華問。

「我是誰，很重要嗎？」奈特反問。

「左眼的傷疤，是怎樣弄成的？」見奈特不回答，愛德華故意改問另一條問題。關於奈特的身份猜測，唯獨是傷疤一事他沒法想出解釋。

「在戰鬥中還有時間多管閒事嗎？」奈特只是以反嘲回應。不給愛德華反駁的機會，他立刻上前飛快一斬，逼愛德華把注意力放回到刀劍上。

2

「虛空」和「黑白」相碰時的鏗鏘聲，除了宣告愛德華和奈特的對決重啟，也擊散了諾娃等人腦內的驚訝，讓她們的思緒回到現實。

夏絲妲緊握「荒野薔薇」，瞪著莫諾黑瓏的同時緩慢地前進。她知道，莫諾黑瓏不會甘於站在一旁，靜心等待愛德華和奈特分出高下。

果不其然，見愛德華和奈特又再打了起來，莫諾黑瓏轉頭望向諾娃，眼神滿是怒火。

「是你……一切都是因你而發生的……」莫諾黑瓏低聲呢喃道，她把奈特身份被懷疑，令自己心情動搖的一事遷怒於諾娃。

「奈特失了手，殺不了你，但不要緊，我補上就是！」

莫諾黑瓏一揮手，一唸咒，手上頓時多了一把冰造的劍。她提著劍，筆直衝向諾娃，並往她斬去——

下一刻，清脆的金屬撞擊聲在莫諾黑瓏身前傳出。望向那道熟悉得討厭的銀與紅，以及那令人火大的微笑，莫諾黑瓏眉頭緊皺，收劍後再從右下往左上揮斬，但都一樣被銀劍俐落擋下。

「別擋住我！」見「荒野薔薇」要壓下自己的冰劍往前刺，莫諾黑瓏立刻收劍退後，並對夏絲妲高呼，要她讓開。

「果然，你剛才只是裝作中毒的，」夏絲妲完全沒有要依從的意思。她掛著微笑，再一次道出自己的觀察，測試莫諾黑瓏的反應。「又或者真的中過毒，但很快便消化了？」

「那又怎樣？很重要嗎？」已經解釋過一次的事，莫諾黑瓏不想再說同一遍。反駁的同時，她唸出「風箭」的咒語，數枝無形的箭飛快地往諾娃射去，但大多都被夏絲妲擊碎，而唯一一枝漏網之魚，也被諾娃以「消散」術式抵消。

「主人跟契約者果然很像，都說一樣的話呢。」擊碎最後一枝無形箭後，夏絲妲輕笑地說。

「甚……」莫諾黑瓏怔住，有些愕然。

「我想知道，你為何要對奈特那麼執著？」夏絲妲再一笑，莫諾黑瓏的反應正正就是她想見到的。

「契約者對主人執著，很正常吧？」原來又是試探，莫諾黑瓏立刻收起表情，不讓夏絲妲有機可乘。

「但你現在的態度，與其說是執著，更像是對事實視而不見吧？」夏絲妲面上的笑容依舊。莫諾黑瓏收起表情的舉動正正中了她的下懷，她就是要讓莫諾黑瓏自己證明，自己的激動反應，其實是在迴避某些事。

「你覺得單憑一兩句說話，便能動搖到我們之間的關係嗎？」莫諾黑瓏的心如被針刺痛，但不過一秒，她便把那動搖拋諸腦後。

我相信的事情都不會有錯，莫諾黑瓏不停在心裡默念。

我不能懷疑，只要一懷疑，那麼自己一直以來所相信的事都將消散瓦解。

奈特是對的，其他人都只是因為與他為敵，才執意懷疑。

沒錯，就是這樣。

「我只是覺得，執著是好，但也應該要看清事實。」在莫諾黑瓏自我調節的同時，夏絲妲繼續回應。她的話像是故意挑撥，但也似是認真的勸告。
「事實就是你想挑撥離間，有甚麼不清楚的？」莫諾黑瓏反問。
見莫諾黑瓏無論怎樣勸說也不願意聽，夏絲妲嘆了一口氣：「剛才奈特的樣貌，你看得很清楚吧？」
「人有相似而已，很正常吧？」莫諾黑瓏以不久前說過的話反駁。
「不，」這時，一直站在夏絲妲身後不作聲的諾娃出言質疑：「未必會那麼簡單吧。」
從剛才開始，諾娃的心情一直起伏不定，腦海裡太多資訊在流轉，相互碰撞，以致她說不出話來。
她一直以來都對奈特的身份感到懷疑，想過很多可能性，但現在眼前所發生的似乎在告訴她，答案其實並不難找，而且顯而易見。
當日奈特在堡壘裡能夠成功取出「虛空」、他在堡壘裡以「諾娃」而不是「虛空」稱呼她、她在他潛進睡房時她感應不到來者是陌生人，以及他在最後關頭對自己下不了殺手，這一切謎團，如果用那張臉串連起來的話，似乎便能得到解釋。
她的心情十分複雜，腦海一片混亂。奈特真的是愛德華嗎？她不敢，也不想相信，只是事實看來不容得她否定。
「你閉嘴！」聽見諾娃質疑自己，莫諾黑瓏頓時怒火中燒。「一次又一次要奪走屬於我的東西，這次也是嗎？」
「這……」諾娃頓時怔住。她仍未能記起很多跟莫諾黑瓏有關的往事，對她的指控有些遲疑，一時沒法回應。「但真的，你去看一下……」

「夠了！你們都說夠了沒有？」未等諾娃說完，莫諾黑瓏立刻截住她的話，激動地阻止她。不要再說了，不許奪走屬於我的東西！

殺了她們吧。

突然，一把聲音突然閃過她的腦海。
她以憤怒的目光抬頭瞪著二人，聲音沒有消失，而是在她的耳邊不停重複。
對了，只要我殺了姊姊和眼前這個女人，而奈特把愛德華殺死後，就再沒有人能夠懷疑奈特的身份了。在聲音的誘導下，莫諾黑瓏想到。
奈特依然會是那個我發誓所愛，也會無條件愛我的人，甚麼真相、可疑的事情都不會再存在。一切都會回到本來的樣子，會回到那個我掏出心肺相信的、美滿的事實。
我想要的，從來都是愛而已。
只要是任何會動搖我所相信事物的人們，我都會除去，這樣一來，就可以得到自己想要的事物。
不論是生前，或是現在，我一直都是這樣走來的。
為了目標，為了心中所愛，我甚麼都能做。

殺了她們吧。
除去一切障礙，回到安寧，世界便能回到正軌。

莫諾黑瓏的目光閃過一道冰冷，眼神變得堅定，思想不再動搖。她呼了一口氣，握緊手上的冰劍，筆直往夏絲妲的方向衝去，瞄準她的胸口斬去。

夏絲妲步伐如風，一個架步上前，俐落地橫架下冰劍。她正要推開它之際，莫諾黑瓏這時收劍後退，同時唸出「綠藤」的術式，從地上變出墨綠帶刺的藤鞭，要刺向夏絲妲和諾娃。

「『Elens』（消散）！」

夏絲妲正要把藤鞭切成碎片，諾娃已搶先一步令藤鞭灰飛煙滅。不浪費一分一秒，夏絲妲一個箭步上前，飛快地向莫諾黑瓏斬去。銀劍在莫諾黑瓏身前落下，沒有斬到她。正當莫諾黑瓏以為夏絲妲大意失算，心裡嘲笑的同時上前刺向她，沒想到冰劍劍尖快要刺到夏絲妲的肩膀時，自己的腹腔卻捱了一拳。

莫諾黑瓏被夏絲妲狠狠打飛，被逼後退幾步，痛苦地掩著腰腹半跪。

「你！」沒想到夏絲妲居然會出拳，莫諾黑瓏很是憤怒。

眼見夏絲妲要上前補上一擊，莫諾黑瓏舉起左手，向她射向幾枚冰錐。夏絲妲正要用「荒野薔薇」擋下，沒想到冰錐居然繞過她，筆直往諾娃的方向飛去——

「諾娃！」

夏絲妲立刻轉身想要截擊，但冰錐在快要觸及諾娃時，突然全數憑空消失，彷彿被某種無形的力量抵消。

「切！」莫諾黑瓏趁這個空檔站起來，一臉不忿。她早已知道「虛空」的無效化能力，但親眼見到攻擊完全沒有用，還是感到不滿。

夏絲妲則是滿意一笑。不久前和莫諾黑瓏單獨對打時，夏絲妲已經領教過莫諾黑瓏那能夠把無機物化為灰燼的特殊能力。她知道只要藤鞭、術式等接近莫諾黑瓏身邊的一定範圍，它們都會憑空消散，猶如被分解，所以剛才她才會用拳頭攻擊，因為那是莫諾黑瓏能力唯一所不能防禦的。

她一個人面對莫諾黑瓏的話，實在是不利，但現在諾娃在旁，她有無效化能力，而且是天才術士，二人合作的話，要贏，便容易得多了。

「諾娃，」夏絲妲把諾娃叫上前來，在她耳邊細語。「你可以與她戰鬥嗎？」

她留意到，諾娃從剛才到現在，行動一直比較保守，似是對與莫諾黑瓏對戰一事帶有猶豫。

「我不肯定，」諾娃坦誠自己的遲疑。「總覺得有哪裡不對。」

她清楚感受得到莫諾黑瓏的敵意，知道自己理應擺出一樣的態度應對，但當她與莫諾黑瓏目光對上時，卻無法如願地展現敵意。

「別胡思亂想。她現在想要的是你的性命，這一點是無庸置疑的。」無暇問及原因，夏絲妲只說出當下諾娃最需要聽到的話。

管她有甚麼難處，既然對面的人要取你的性命，那麼你要做的事就只有一件——拾起武器，不讓她得逞。

「……你說得對，」雖然心仍有疑惑，但夏絲妲的話讓她的心堅定了些許。諾娃吞了一口口水，逼使自己提起精神，但很快她又有另一疑惑：「但我跟她不一樣，不擅長攻擊的術式……」

「不要緊，你輔助我便行了。」夏絲妲沒有被諾娃的話打亂陣腳，相反，她立刻提出建議，好像早就預備了屬於諾娃的位置和職分。

從夏絲妲的笑容裡，諾娃察覺到她的有備而來。「你有甚麼想法嗎？」

「我有東西想嘗試，」夏絲妲點了點頭，在諾娃的耳邊低聲細語。

「你們無論計劃甚麼，都沒有——」

「『Elensequse』（塵矛）！」

莫諾黑瓏想要嘲笑之際，出乎她的意料之外，諾娃居然向她射向無形之矛。近十枝要把她化為塵埃的長矛從天而降，莫諾黑瓏左右閃避，半數的矛被她用手上的冰劍擊落，剩餘的半數則被其他的「消散」能力消解。

最後一枝長矛被消解的同時，夏絲妲一個箭步上前，往莫諾黑瓏胸前就是一斬。莫諾黑瓏立刻揮劍擋下，劍刃快要碰到「荒野薔薇」時，它突然劍鋒一轉，向下切出一條美麗的孤線。莫諾黑瓏閃避不及，小腿被劃下一道血痕。

「切！」莫諾黑瓏咬著牙關，忍痛向夏絲妲射向兩個水球，可惜水球都被諾娃的「消散」術式瓦解。不給莫諾黑瓏喘息的機會，夏絲妲一揮手，綠藤立刻纏上莫諾黑瓏的冰劍，藤鞭在下一秒化為塵消失，但這時「荒野薔薇」的銀光突然在莫諾黑瓏眼前出現，往她的頭顱就是一刺——

莫諾黑瓏側頭避開，但臉頰還是捱了一刀。鮮紅的血從她雪白的肌膚流下，染紅了其衣領。

「果然，你的劍鞘能力跟『虛空』一樣，一次只能指定一個特定目標。」夏絲妲低頭望向比她矮的莫諾黑瓏，留意到她身上的傷不過一分鐘便消失無蹤。自己的攻擊看起來沒有做成任何損傷，但從莫諾黑瓏面上的不忿眼神看來，也不是毫無作用，起碼在精神層面的打擊十分有效。

「你一早就知道了吧？」莫諾黑瓏想上前反擊，但一看到夏絲妲舉在身前的「荒野薔薇」，便急忙剎停。

「剛才終於得到實證。」夏絲妲一如以往，回答得輕鬆。

「哼，要靠一個術士才能與我抗衡，大名鼎鼎的『薔薇姬』也不過如此。」不能輕舉妄動，但起碼可以動動嘴皮，莫諾黑瓏嘲笑刺激夏絲妲，逼使她主動出手。

「戰鬥本來就是不公平，相信你也很清楚吧，」但夏絲妲卻不為所動，並回駁一句。

「甚麼意思？」莫諾黑瓏頓時嚇了一驚。

「你是身體習慣了戰鬥的人吧，觀察你的動作，便顯而易見，那麼你不可能不懂得這個道理。」說的同時，夏絲妲故意後退兩步，諾娃緊隨其後，一同引莫諾黑瓏上前。

見莫諾黑瓏不為所動，夏絲妲踏前半步，試探地把「荒野薔薇」轉了一圈，作勢要斬向她。果不其然，劍鋒仍未碰到莫諾黑瓏，她已立刻退後避開，並立刻使出冰槍和火球，從左右兩邊同時攻向夏絲妲。

「『Elens Stressa』（強力消散）！」

夏絲妲沒有要閃避的意思，冰槍和火球快要擊中她時，諾娃以一個術式將兩者分解。在同一時間，夏絲妲踏前，一下揮手，兩條幼藤急速往莫諾黑瓏的腰刺去，幼藤的末端還未碰到莫諾黑瓏的衣衫，就已經被分解得無影無蹤。莫諾黑瓏抬頭，「荒野薔薇」的銀光在她眼前閃現，她急忙以冰劍擋下，並捲劍反擊，但下一刻，右邊腰側突然被異物刺穿。劇痛使她全身麻痺，她想要揮下冰劍，但銀光快如閃電，一眨眼，左肩便傳來冰涼的異樣感。

不給莫諾黑瓏回復的時間，夏絲妲緊追上前，把莫諾黑瓏的冰劍狠狠擊開，正當莫諾黑瓏以為夏絲妲會乘勝斬向自己的胸口時，身後突然出現兩道風刃，同時擊中其背部。莫諾黑瓏整個人往前衝，下一刻被夏絲妲踢中前腰，大力撞到身後不遠處的牆上。

「你的確習慣了戰鬥，但目的太明顯了，以至於動作過於單一。」夏絲妲上前的同時，為自己剛才的話補上下半句。低頭望著一臉狼狽地爬起來的莫諾黑瓏，她想起諾娃告訴過她的事：「異教審判者，你的工作是處決異教者。比起戰鬥，更擅長的是拷問和殺害目標吧？」

「你……不知道就別在那邊說出那個名號！」莫諾黑瓏一聽，立刻激動地舉劍斬向夏絲妲，但被後者輕鬆擋下。

「你既然已經不是那個身份，那麼還害怕甚麼呢？」夏絲妲故意沒有解除交纏，試探地問道。

莫諾黑瓏偷偷瞄了一眼不遠處的奈特，見他正專心地跟愛德華對決，便收起表情，裝作沒事：「別說笑了，我會怕甚麼？」

「你怕他知道吧，」莫諾黑瓏的表情轉換只是在一秒間發生的事，但一切都逃不出夏絲妲的雙眼。她嘴角上揚，加了一句：「那個真正的你。」

「你這是甚麼意思？」莫諾黑瓏心感不妙，她立刻要刺向夏絲妲，但未前刺便已被「荒野薔薇」擊開，夏絲妲乘勝往前一斬，卻被莫諾黑瓏及時退後避開。

「在森林的時候，你明明可以自行掙脫藤鞭，但你沒有；不久前你的身體已經自行排毒，但你知道我要帶你去奈特所在的地方，所以裝作順從。」不給莫諾黑瓏喘息的機會，夏絲妲快速往她的腰側、前腰、胸前使出刺、斬等不同招式。「荒野薔薇」的劍速快如閃電，莫諾黑瓏反應不及，無法及時指定目標並將之消散，因而被劃出了幾記傷痕。

「你是不想在奈特現出強悍的一面，不，你是想讓奈特覺得，自己需要依賴他，以柔弱換取他的關——」

「你給我閉嘴！」不等夏絲妲說完，莫諾黑瓏便已怒火中燒，兇狠地畢直斬向她。

面對破綻百出的攻擊，夏絲妲不費吹灰之力便輕易擋下。她把冰劍壓到一邊後刺向莫諾黑瓏，同時問道：「奈特對你來說是甚麼？值得你這樣做嗎？」

「你懂甚麼……」莫諾黑瓏急忙側頭避開，並把劍從下往上揮，逼使夏絲妲退後幾步。她激動地往夏絲妲的兩邊肩膀和頸項斬刺，質問：「你這個總是以玩弄他人為樂的人，會明白某人是自己一切的感覺到底如何嗎？」

這傢伙真敢說呢，夏絲妲心裡頓時有些惱火，但表情依然鎮定。她退後防禦，悉數擋和避開冰劍的攻擊，同時不忘提問：「但當所謂的一切只是幻覺，那又該如何？」

「甚麼？」莫諾黑瓏一驚，動作一瞬間慢了下來。

「當你知道自己所相信的只是一廂情願，那麼所謂的事實仍是真確嗎？」夏絲妲意有所指地加上一句。

「『薔薇姬』！」接二連三的打擊，莫諾黑瓏再忍無可忍。她大聲低吼，同時衝向夏絲妲，往她的頭顱大力一斬。夏絲妲不為所動，「荒野薔薇」俐落地擋下冰劍，發出響亮的「鏘」一聲。她立刻把劍往上一推，接著捲劍向下，斬向莫諾黑瓏的肩膀——

莫諾黑瓏急忙退後並提劍擋下，沒想到「荒野薔薇」在斬來之時突然改變方向，刺穿她的左腰。

劇烈的疼痛使她整個人痲痺不能動彈，下一刻，那道熟悉的鮮紅在她面前閃過，到她再回過神來，人已經撞到牆上，腰腹傳來陣陣被打中而生的陣痛，而左腰的傷口仍未癒合。她抬頭，模糊間看到頸項附近有一道冰冷的銀光，再往上看，那雙從心底感到討厭的紫瞳正冷冷地看著自己，彷彿在嘲笑自己的不自量力。

「你是知道的，只是不願承認而已。」夏絲妲用「荒野薔薇」架在莫諾黑瓏頸項旁，不許她輕舉妄動。

她淡然地道出事實，以武力和言語逼使莫諾黑瓏面對。

「你……」

「」。

莫諾黑瓏正要反駁，不遠處突然傳來巨響，打斷了她的話。她心感不妙，轉頭一看，驚見奈特倒在牆邊，「黑白」躺在離他幾步遠的地上。那令人厭惡的「虛空」要從上斬向奈特，他要爬起來，拾劍反擊——

「算了吧，勝負已分了。」

3

「你這麼執著於『虛空』……不，執著的是諾娃吧，到底為了甚麼？」

在莫諾黑瓏和夏絲妲等人打起來的同時，奈特和愛德華繼續未完的對決。

「要不是你沒有好好保護她，我還需要執著嗎？」奈特不滿地反駁。

「黑白」雖然有複製元素的能力，但面對能夠將一切無效化的「虛空」，就算將對方的無效化能力複製並與之對抗，能力也只會再一次被「虛空」中和抵消而已。因此不論是愛德華和奈特，都沒法因為劍的能力而獲得多少優勢，只能以最純粹的方式，以劍技對決，而這正中二人下懷。

不依靠外來力量，單純地以劍技分勝負，以自己的實力奪去對方性命，雙方都抱有一樣的想法。而愛德華這刻抱有多一個想法——他要從奈特身上找出那些跟他有關的謎團真相，要令奈特親口說出其真正身份。

「你答我，是怎樣知道我藏身在蘭弗利附近的山上的！」愛德華接連快速斬向奈特，同時質問。

「稍微調查一下自然會知道，別以為自己藏得很好！」奈特反駁的同時悉數擋下攻擊。鏗鏘聲連續不斷，二人互有攻防，沒有人中招。

「我幾乎一個月沒有離開過山上，只有一天到過蘭弗利，就假設你在蘭弗利看到並認出我了，那你又是如何估計我何時離開藏身處的？」向奈特連續前斬和撩斬的同時，愛德華繼續追問他。他要在刀劍上勝過奈特，同時也打算藉質問逼他露出破綻。

「哼，跟蹤你便可以了，有多難嗎？」奈特全數擋下愛德華的攻擊，並有幾次反擊，只是都被愛德華擋下。

「那個森林一個人也沒有，要是你跟蹤埋伏的話，我們沒可能察覺不到！」擋下奈特的劍後，愛德華立刻把「虛空」往上推，打算解開交纏後再往前斬，但他這時看到奈特收劍後退，登時心生一計。

「虛空」飛快向下斬向奈特的肩膀，正當奈特要推劍架下時，愛德華突然劍鋒一轉，往右滑步的同時快速往奈特的腰刺去。奈特立刻想推開「虛空」，但晚了一步，前腰被「虛空」刺出一個小傷口。他馬上往前斬，直取愛德華的肩膀，後者立刻退後拉開距離，讓他沒法得逞。

「就算我沒留意到，也一定沒法逃出夏絲妲的法眼！」重新架劍在身前，愛德華補上一句。

「可能是『薔薇姬』知道，卻故意不告訴你而已！」奈特嘗試挑撥離間。

哼，才不是這樣，愛德華立刻嘲笑一聲。

撫心自問，他並非沒有懷疑過夏絲妲，尤其不久前她那一副跟奈特說過悄悄話又故意不告知內容的態度，實在令人懷疑，但他肯定，夏絲妲沒有知情不報。如果她真的一早留意到奈特跟蹤而故意撒手不理，大可以任由自己在森林被奈特殺死，不用衝出來救人。愛德華知道夏絲妲是信任、看重自己的，她那天衝到奈特面前，是救人，沒有別的理由，這一點他已經跟夏絲妲本人確認。

所以奈特的話，他不會相信。

見無法動搖愛德華，奈特架劍上前，從下往上撩斬。「黑白」的劍鋒故意沒有斬中愛德華，只在他身前擦過，見愛德華沒有要上前的意思，奈特再上前半步，直接斬向愛德華的左肩——

愛德華立刻伸劍擋下，並將「黑白」壓到左邊。奈特知道愛德華把劍壓下後接著打算舉劍前刺，便奮力不讓他把「黑白」壓下。見形勢不如預期，愛德華立刻把劍抽回並退後，在奈特把劍回架身前時把「虛空」高舉，往下指向其前胸，牽制著他的下一步，不讓其輕舉妄動。

對峙幾秒後，奈特快速上前，往愛德華的面部一刺，後者立刻往左側方一踏，同時把「虛空」轉了一圈再往前斬，俐落地擊開「黑白」。奈特見狀，乘著「黑白」在下方的形勢，飛快地從左右兩邊往上撩斬，逼使愛德華退後。見一切順利，他接連往愛德華的右腰連刺兩下，並看準愛德華移到右邊時，改往同一方向刺去——

「會那麼容易嗎！」

愛德華就知道奈特的真正目標是其左腰，閃往右邊的同時，要把刺來的「黑白」從下擊飛。怎知奈特居然在電光火石間改變劍路，往愛德華的頸側刺去。愛德華嚇了一跳，側身避開的同時大力擊開「黑白」。

被擊開後，奈特沒過數秒，又再便舉劍上前，施以一斬。「虛空」把「黑白」擋住並壓下，並捲劍前刺之際，奈特居然一舉把「黑白」推上，用護手撞開「虛空」，並趁愛德華的右手高舉之時，畢直刺向其面部——

愛德華立刻側身躲避，同時往下揮劍要斬中奈特，但無奈後者的動作更快，他的臉頰被劃下一條長血痕。奈特抓緊這機會，收劍後很快再攻上前，對愛德華的上下兩方連續斬刺，逼使對方再露出破綻。

在快如閃電的劍擊面前，愛德華只能處於被動，全副心神都集中在擋下攻擊。他好不容易架下奈特的砍斬並抽劍前刺，後者卻快速閃到一旁，令刺擊落空。面上的傷口血流如注，愛德華喘著氣，緊盯著奈特，知道他很快會再上前，而接下來的每一下攻擊都隨時都可以要了自己的性命。

果不其然，奈特並不給愛德華有休息的時間，馬上再一次上前，「黑白」輕碰「虛空」的劍尖一下後，見愛德華沒有反應，便斬向愛德華的右肩，沒想到後者先他半步出手，一個箭步上前，用同樣的手法斬向其右肩。奈特急忙舉劍擋下，但遲了一步，黑劍乘著速度牢牢壓住白劍。奈特想要把劍推開，但手在這時突然一軟，結果右胸被愛德華狠狠劃下一刀。

「『Stapika』（治癒）！」奈特用左手掩著傷口，後退的同時施予治療術式。

以他現在僅有的精神力，只能以「治癒」術式勉強止血，無法使用更有效的術式。他感覺到身體開始發冷，舉劍的手臂在微震，而胸膛也隱隱作痛，似乎無法再支撐太久。

他半跪到地上，腦袋浮現自己跪在神前的模樣。

可惡，到極限了嗎？奈特在心裡問道。

他抬頭，那雙無情的鮮紅雙眼彷彿正在他面前。

不，還沒有！

奈特咬緊牙關，用盡全力握緊「黑白」，搖晃地站了起來。他輕碰兩下「虛空」的劍尖，見愛德華沒有反擊，便急步上前，要大力把「虛空」壓到一旁，再捲劍前刺。正當他把「虛空」壓到右邊，並捲劍要刺向愛德華的胸膛時，右手突然顫抖了一下，沒了力氣。

不，我絕不會在這裡倒下！

他使力握緊「黑白」，逼出身體剩餘的力氣，不顧「虛空」正要反壓，繼續刺向愛德華的胸膛，但未等奈特把「黑白」送入愛德華的胸口，「虛空」經已在他的大腿劃下一刀。

「唔！」奈特痛得呻吟了一聲。他立刻後退，舉劍防禦的同時再一次為自己施予治療術式。朝著「黑白」的劍尖望去，他看到愛德華正認真地瞪著自己。明明那眼神理應跟現在的自己一樣，但他卻從愛德華的眼神裡看到一份自信之光，令他倍感被嘲。

花費了數月時間，準備了那麼多，無數次在痛苦和失落中徘徊，好不容易到達這一步，難道要在成功之際倒下嗎？別說笑了！

奈特呼了一口氣後，上前快速攻向愛德華的頭、胸、腰等部位。每當愛德華接下攻擊，奈特接下來的攻勢便會更快。奈特的動作沒有停下，他眼前的是如閃電般的黑白劍光，耳邊傳來的是鏗鏘之聲，但映照在眼中的，是那道夢見了無數次的夢魘。

「甚麼？　要收走『虛空』？」

我正要開口說出願望，神卻把我叫住。

「是也，『虛空』乃吾之物，乃吾製作，引導契約者前往勝利台階之劍。吾在其身上刻下規條，其契約者必成為『八劍之祭』的舞者，當引導完成之時，吾便將之回收。」祂解釋。

諾娃曾說，與她立約後會跟「八劍之祭」拉上關係，原來不是空穴來風。「收走了……那麼諾娃會怎樣？」

「劍與劍鞘都將再次被鍛造，成為下一件引導物的基石。」神回答。

我心裡登時閃過一個不祥的預感：「鍛……造？這豈不是……」

「正解，一切終回歸起點，再重新構築。」

祂話音一落，頓時一陣地動天搖，天地彷彿要被撕裂開去。台階盡頭的地面突然悉數崩裂，露出地面下那熊熊燃燒的火焰。火焰像是活著的，像水一樣，時而緩慢移動，時而沸騰，濺出的火焰能瞬間把木化為灰燼。它就像鑄劍的熔爐，是能夠把一切都吞噬的火湖。

「『虛空』，吾之長劍啊，聽吾之令，回歸懷抱吧。」神向諾娃宣告。

「……遵命。」

在神的命令下，諾娃遲疑地點了點頭，站了起來，往火湖走去。

「慢著！」我立刻握著諾娃的手，不讓她前進一步。「她是我的劍，我們立了契約，會一同走到最後。現在我在祭典勝出了，那麼接下來的路還長著，此刻並不是『最後』，那麼她應該要繼續在我身旁才是！」

「舞者啊，確實汝仍有繁星般輝煌的前路，但與『虛空』的路就到此為止。」神沒有理會我的申辯，堅持祂的原判。

「我立約時並不知道此事，這樣不合情理！」我反駁，用盡一切能想到的方法要阻止祂把諾娃帶走。

「在單線上行走的人類確實難以明理輪迴間之天機，此乃吾之旨意，無法變更。」

說完，祂注視諾娃，一言不發。諾娃遲疑了一陣，正要前進時，我一把拉住她，不讓她走。

「諾娃！」我緊抓她的手臂，用呼聲請她回頭。

「愛德華……」諾娃回頭望向我，眼泛淚光，眼神裡充滿不捨。

她想要伸手回握，但這時一陣狂風吹向我們，一陣無形的力量綁住她的四肢，把她往火湖拉去。

「不！」

我用盡全身的力氣抓住諾娃的手臂，不讓她走，但先是手臂，然後是手掌、手指，無論我用多少力氣挽留，都無法阻止她慢慢地在我的手心流走。

「不！不要去！」

如同尖叫一樣的尖銳金屬聲喚回奈特的思緒，「黑白」正橫架著向前斬來的「虛空」，奈特想把「虛空」壓到自己右邊，但手臂卻使不上力，只能拼命不讓「虛空」斬到自己。

「你這麼執著於『虛空』……不，執著的是諾娃吧，到底為了甚麼？」愛德華趁兩劍交纏，將自己不久前在走廊上問過的問題再質問一遍，只是這次稍微更換了內容。

「要不是你沒有好好保護她，我還需要執著嗎？」

見愛德華要捲劍前刺，奈特一怒之下抽劍後退，把「虛空」擊開，逼使愛德華退後數步。

「甚麼？」愛德華對奈特的說話感到惱火。

「你三番四次沒有保護好她，結果讓她一次又一次陷入危機！」責備的同時，奈特快速上前一斬。

「你這是甚麼意思？」雪白劍光要砍到愛德華肩膀時，他居然往側邊避開，並橫斬向奈特的前腹。奈特急忙閃避，但仍然被「虛空」在腰側劃下一刀。

「你自己最清楚！」奈特沒有後退，反而一個箭步上前，以迅雷不及掩耳的速度斬向愛德華的頸項。愛德華急忙抵住「黑白」，正要壓劍前刺之際，沒想到奈特居然收劍，看準愛德華壓劍的空隙，把劍轉了一圈後猛斬過來，把愛德華的肩膀斬出一道深長傷口。

「就因為你的軟弱，以及那無謂的理想，甚麼都不知道便妄然前進，結果連累到他人也不自知！」奈特憤怒地吶喊。

「說得你甚麼都很清楚的樣子！」傷口深得幾乎見骨，鮮血不停從愛德華的指縫間流出，劇痛使他感到一陣暈眩，但憤怒使他保持清醒。他激動地問：「那麼你呢？你就能夠做到嗎？」

無論如何，我都要把她奪回來！
我拔腿就跑，但雙腳像是被凍結了一樣，完全不能動彈。
別擋住我！
我想要從無形的力量裡把腳拔出，但無論我如何努力，都無法往前移一步，只能眼睜睜看著諾娃一步一步接近火湖。
真的再沒有方法了嗎？
我就只能站在這裡，甚麼都不能做嗎？
「慢著！」
就在諾娃要被拉進深不見底的火湖的前一刻，我靈機一動，瞪著神高呼，把一切都剎停。
「你剛才說過，甚麼願望都可以達成，對吧？」
「當然！」奈特狠口切齒地答。見愛德華半跪，他見機上前，瞄準愛德華的頭顱斬去。感知到殺氣，愛德華立刻往側翻滾，閃開奈特的攻擊後用「虛空」作支撐站起來。「黑白」再次從上襲來，這次筆直揮向頭——
愛德華的左手往上一揮，俐落架下「黑白」，他立刻扭轉手腕，乘勢向下刺去。奈特在千鈞一髮之間後退半步，並架下「虛空」，接著，他猛力一揮，把愛德華狠狠擊後。
「不會跟你一樣！」奈特狠嗆。

「是也，只要是吾所能及之範圍，一切皆能實現。」神回答。

「那我許願，把諾娃還給我！」我立刻說。

伴隨著心裡熾熱焚燒的怒火，奈特再次提劍，如風般斬向愛德華的胸口，沒想到被後者輕易架下。黑劍漸漸反壓下白劍，奈特眼睜睜看著黑劍劍尖轉過來，刺眼的黑光朝著自己接近——

沒那麼容易！

奈特急中生智，用左手抵住「黑白」，雙手合力把愛德華推開，再一腳把他踢倒在地。

「此願望，不行。」神輕輕眨眼，否定了我的許願。

「為甚麼？你不是全知全能嗎？這麼一個簡單的願望，為甚麼不可以實現？」我急忙追問。不是說成為祭典的贏家後，就可以任意許一個願望嗎？我現在希冀的只有一件事，就是想諾娃回到我身邊。

那你把她還給我吧！全知全能，公正的神！

「吾已決定之旨意，無法變更。」神緩緩解釋。

「砰」。

一道鈍痛讓奈特醒過來，他似乎有一瞬間失去了意識，自己現在正半跪在地上，大口地喘氣。耳邊擦過「噹」、「嗒」兩聲，心感不妙的他立刻站起來，提劍就往前擋。

劍是抵住了，但遲了一步。他只能阻止「虛空」不能斬出更深的傷口，但改變不到左肩被劍刃無情地穿透的命運。

「為甚麼？既然是你決定的事，為甚麼不能改？」我追問。

「神意乃世間之律，不能扭轉，」神說，言下之意，只要是祂決定了的事，即使是雞毛蒜皮的小事，都是律法。祂補上一句：「肆意動搖，世間將會崩坍。」

「哪有這樣的！」哪有這樣荒謬的說法！不過是一把劍，哪能跟世界的律法相比？我反駁，但神沒有理會我，只是重複同一句話。

對，規則是祂定的，而祂是位分更高的存在，區區一個渺小的人類，可以改變些甚麼。

「雖然汝無法改變現狀，但如果將過去變更，便可導向不同的未來。」像是要為我的煩惱帶來解答，神在這時說道。

……甚麼？

改變過去？

我怎麼沒想到這個！

諾娃要死，是因為我在祭典勝出，她成功把我導向『最後』而生的結果。現在眼前的是失敗的結果，只要所有事重來一次，我重新再選擇，那就可以改變現況，讓她可以留下來！

像是看準了時機，神再問一遍：「吾再給汝一次機會，汝的願望為何？」

見愛德華收劍後退，奈特毫不思索便衝上前進攻。他不停地往前揮斬，動作俐落，但其腦海幾近一片空白，只剩那猶如夢魘的回憶，以及那份要贏的決心。

連續從左右上下揮斬過後，抓到空隙，奈特立刻改往前刺。沒想到「虛空」居然把「黑白」狠狠擊開，愛德華乘勝追擊，刺中奈特的右肩。

「切！」奈特忍不住叫了一聲。愛德華再一次瞄準奈特揮斬過來，後者勉強擋下，在肩膀快要被刺穿前抵住一劍。

「可以改變過去對吧，」我咬緊牙關，滿腦子只充斥著一個想法──拯救諾娃。「那麼你聽好了，我要回到過去，再一次參加『八劍之祭』！」

「哈哈，哈哈哈哈！出色，實在太出色了！汝之勇氣實在無與倫比！」神聽畢，洪亮地大笑了幾聲，似是十分滿意這願望。我從祂的笑聲裡感到幾分不對勁，但沒想太多，只想盡快實現願望。

笑完後，祂望向我，粉紅的長舌頭晃了兩晃。「那麼，吾就實現汝之願望吧。」

「不！」奈特以喊叫發洩心中的忿怒。乘著憤怒，他飛快上前，橫斬向愛德華的頸項。愛德華立刻閃後避開，奈特不加思索，一步上前，氣勢凌厲地從上斬向愛德華的肩膀──

那是惡夢，是因自己的錯而失去最愛之人的惡夢。

我不會失敗！誓死不會再犯同樣的錯誤！

「虛空」俐落地擋下「黑白」，下一刻，愛德華抽劍換邊，斬向奈特的前臂。奈特急忙閃開，但還是被劍尖劃破了皮膚，忍不住慘叫了一聲。

我跟她許下過約定，性命永隨她旁，要一起走到道路的最後。

上一次，我沒法履行承諾，辜負了她，這次不會了！

奈特後退之時，愛德華一個箭步追上，從下而上劃出一道銀白色的弧線。奈特無法抵擋，只能眼睜睜看著「黑白」被輕易擊開，手臂高舉，中門大開，漆黑的劍光為他的前胸再添一道血痕。

就算形勢有多不利，也不等於絕望。只要我殺了愛德華，那就可以取得諾娃，問題一樣會得到解決！

彷彿感覺不到疼痛，奈特收劍後不過兩秒又再上前，接連刺向愛德華的左右腰側，但在第三下攻擊突然一改劍路，正面斬向愛德華。用盡全身力氣的一擊被「虛空」擋下，奈特突然感到一陣暈眩，抓住這瞬間，愛德華猛然把劍往上推，推開「黑白」後再從上往下斬來，把奈特的眼罩一分為二，為他左眼的傷疤添上新傷。

「啊！」奈特呻吟了一聲。

但這還不是完結。愛德華再踏前一步，用「虛空」壓住「黑白」，並一把抓住奈特的手腕，大力一扭，硬生生搶走「黑白」。奈特只感到一陣劇痛，到他回過神來時，自己已經被一腳踹到牆邊。「黑白」就在他位置的不遠處，而他眼前的，是「虛空」那猶如黑夜的閃亮黑光。

哼，這不是對路易斯用過的招數嗎，奈特心裡一笑，認出這似曾相識的場景，感到有些諷刺。

當天被擊倒在地上的是路易斯，現在居然輪到自己了。奈特這刻才知道，原來低頭看著「虛空」的黑光是怎麼樣的感覺。

但這又怎樣，一切還未完結！管他的眼罩，管他的甚麼都好，只要身體還能動，我都不能放棄！不顧「虛空」隨時都能刺穿自己的頸項，奈特要站起來，打算奔去拾起「黑白」再戰——

「算了吧，勝負已分了。」

4

就在這時，一句勸退的說話在不遠處傳出。

奈特仍未回過神來，他的小腿就被不知名的異物刺穿，逼使他重重跌坐地上，無法動彈。他望向遠處，只見夏絲妲正望向他，輕輕搖頭。

「已經無法挽回了，」夏絲妲補上一句，其語氣盡是唏噓。

奈特遠遠望向夏絲妲，正打算開口反駁，但當他看到夏絲妲身旁的諾娃正睜大雙眼看著他，這時才醒覺大廳所有人的視線都定在自己身上。一陣冷風從窗外吹進來，吹起他那染上不少血污的凌亂銀髮，瀏海擦過臉頰，一陣陌生的痕癢感，以及一道冰涼的刺痛從左臉傳來，奈特這才記起一直掩護自己身份的眼罩早已脫落，眾人注視的不只是他，更是他的面容。

奈特想拾起眼罩重新戴上，下一刻便意識到太遲了。眼罩早已被一分為二，無法再用，他的容貌早在月光下清楚袒露，被眾人看得清清楚楚，就算現在再用甚麼把左眼遮住，不會有任何得著之餘，反而顯得心虛。

看見夏絲妲正用「荒野薔薇」指著莫諾黑瓏的頸項，奈特突然想到，自己不久前和愛德華的對話也許都被她們聽見了。雖然在對話裡他沒有承認甚麼，但也能夠從中找得出端倪。而且就算沒有人聽到那一番對話，沒有人看過自己的完全容貌，他受了重傷，佩劍脫手，愛德華只要稍動一下便能取自己性命，就連自己的唯一同伴也正被夏絲妲牽制著，難以反轉局面。

正如夏絲妲所說的，真的勝負已分。

他再一次失敗，敗得一塌糊塗。

「所以你真的是……」瞪著奈特的面容，那瞳孔的顏色、眼尾的角度、五官的樣貌，愛德華覺得眼前人的模樣跟自己平時照鏡子看倒映時所見的幾乎一模一樣。要是銀髮換成黑髮，左眼沒有那條傷疤，他就真的像看著一個自己的倒模，而且是一個會動的倒模。「真的是我嗎？」

當愛德華正要上前仔細察看時，頓時肩膀一麻，眼前一黑，回過神來才發現諾娃扶起了差點倒在地上的自己。諾娃知道愛德華要牽制奈特，所以沒有扶他到一邊坐下，而是攙扶他站著，並施以術式治療傷口。
俯視奈特，她的心情十分複雜，腦海一片混亂。
「這是……真的嗎？」諾娃深了一口呼吸，好不容易才擠出一句問題問道。「那天你之所以能取出『虛空』，是因為這個原因嗎？」
奈特沒有回應。
「你在堡壘裡呼喚的，是我的名字，而不是『虛空』，是因為名字是你起的？」諾娃再問。
奈特咬緊嘴唇，似是有話想說，卻說不出口。
「你不久前潛進我的房間，我拒絕跟你離開時，你說了一句『要是遵從契約的話，那可以請你跟我走嗎？』你指的契約，就是『虛空』的主從契約嗎？」諾娃問的時候，心裡絞痛。
她不願相信眼前所發生的事，也不忍心揭開傷疤，但她知道，自己必須要問。
奈特輕輕張嘴，但在正要開聲時又把說話吞回肚去。
「告訴我吧，奈特，你真的……真的是愛德華嗎？」諾娃一手捏緊裙擺，內心掙扎許久，才戰戰兢兢地問出。
大廳陷入死寂，所有人都不敢發出聲響。諾娃一直注視著奈特，等待他的回應。奈特不知道該如何回應，他想否認，但在諾娃那副又驚又怕，但又真誠求解的眼神面前，奈特對說謊一事心存愧疚。心裡交戰了許久，他別過頭去，輕輕「嗯」了一聲，並點了點頭，認同她的猜測。
諾娃頓時倒抽一口涼氣，不敢置信地重問：「真、真的嗎？」
奈特再次輕輕點頭，神情沮喪，完全失去了自信。

諾娃頓時感嘆地嘆了一口氣。奈特的回應，令一直以來的許多謎團都得到一個合理的答案，但也因為得到了答案，而再掀出更多令人難解的難題。

「奈特，你……」

「這不可能！沒可能的！」正當愛德華要開口說話時，不遠處傳來莫諾黑瓏激動的否認，打斷了他。「絕對不可能是這樣！」

自己的契約者，自己深愛之人，居然跟那個可恨的姊姊的契約者是同一人？

莫諾黑瓏一直以來都相信奈特，不論他有多神秘，來歷不明，動機也不明不白，她都沒有介意過。就算夏絲妲著她三思，諾娃提出質疑，她都依然對奈特投以信心，堅定不移。

但真相居然是這樣？

她一直覺得自己找到一個比愛德華好一百倍的契約者，因此在心中認為自己比姊姊優越，但最後居然這兩個人是同一個人？

不會是這樣的！一定不會！

「奈特你告訴我，快點告訴我，這一切都是假的！」莫諾黑瓏對著奈特吶喊。「一切都只是這些人的無理胡扯！」

奈特與她四目相投，只是面有難色地別過頭去，抿上嘴巴不作聲。

「怎會這樣……」看到奈特的反應，莫諾黑瓏頓時全身沒了力氣。現在無論她如何否定，事實擺在眼前，不由她不相信。

她覺得眼前一切都是天大的笑話，不管是奈特的身份，還是自己自身。

自己掏出心肺相信的人、全心全意相信的事實，原來都是假的。

不久前她還在「薔薇姬」面前大肆反駁其勸告，相信夏絲妲和諾娃只是因為與奈特為敵而故意胡說擾亂自己，但原來看得通透的，是夏絲妲，而不是自己。

莫諾黑瓏回想起不久前看到奈特模樣時的驚訝心情。自己當時曾經有所懷疑，但選擇了相信奈特，並以行動表達，但結果，這份信任全化為泡湯。

到頭來愚蠢的，一無所有的，原來是自己啊。

「哈、哈哈、哈哈哈哈……」莫諾黑瓏忍不住托頭笑了起來，她心中的自尊一瞬間化為碎片，想哭，但那份心情卻化為笑聲發洩出來。

「唉，果然如此啊。」在眾人的驚訝、沮喪之中，唯獨夏絲妲神色淡定，輕聲感嘆了一句。她的說話打破了瀰漫在大廳的尷尬氣氛。奈特抬頭一看，只見夏絲妲寸步不移，望向自己，露出意味深長而看不懂的微笑說道：「果然如我所料般有趣呢，小鬼。」

她故意搬出最初稱呼愛德華的方法來稱呼奈特。

「你一早就猜到了吧，『薔薇姬』，不，夏絲妲。」奈特沒有回過頭來，不與夏絲妲視線對上。既然自身的謊言已被識破，他就沒有需要再故意以較陌生的別稱來稱呼夏絲妲。

「之前只是有過模糊的想像，並不肯定是對是錯，是你昨晚的出現，為我的推測帶來最後一片拼圖的。」說完，留意到奈特正悄悄地望著自己，夏絲妲對他輕輕點頭一笑。笑容彷彿是在道謝，但在奈特眼中，何其諷刺。

「你是怎樣知道的？」現在詢問為時已晚，奈特十分清楚，但他還是想知道到底自己栽在哪裡，是哪一步的計算出了錯。

「從你的劍術，以及氣息。」夏絲妲不假思索，直接回答。

「甚麼？」奈特一驚，感到十分意外。

「在第一次交手的時候我已經留意到，我是認識你的劍術的。」夏絲妲沒有被奈特的驚訝嚇著，她左手比出「一」的手勢，充滿自信地說出自己在這些日子觀察所得的結果。「攻守兼備、但整體偏向防備的攻擊模式，以及一些動作習慣，例如斬擊和捲劍，都跟愛德華平時愛用的動作相似。雖然在一些動作的小細節和熟練程度上，你們兩者有差別——例如你在森林出現的時候，左手握劍的能力跟當時的愛德華相比更為熟練，但大體上是能夠看得出相似之處。」

夏絲妲很記得，在森林與奈特刀劍交鋒的時候，愛德華才剛開始學習用左手握劍不久。當時她與奈特交戰時就有想過，要是愛德華熟習了左右開弓，或許劍法會跟奈特的有相似之處吧。她本以為愛德華需要更長時間習慣並純熟地用左手揮劍，沒想到一個半月後的今天，他已經能夠運用自如，而且更用此壓制奈特。想到這裡，夏絲妲不禁為愛德華在這些日子裡所付出的努力而感到佩服。

「另外一點是，你熟知『荒野薔薇』劍鞘有毒的特性，清楚知道我在與人對決時會利用劍鞘令對手中毒的習慣，以及毒發的時間。要知道，能夠知悉這些事的，就只有那些能夠在我的劍下存活的人。這些人在世上不多於十位，我一一記得他們的身份，就只有你，我是不認識的。你的某些步法跟我的習慣有相似之處，若不是巧合，就是曾經與我交過手，甚至是學習過我的劍技。」見奈特沒有反應，夏絲妲比出「二」的手勢，繼續說下去。

她提及的相似步法，其一是她不時會用的滑步。這滑步步法並不是甚麼獨門秘技，不少劍士都有類似習慣，但奈特的滑步，不論是起步、速度和使用時機都跟她有相似之處，那就另當別論了。

夏絲妲沒有說的是，她直到現在只曾對一個人教授過劍技——更正確應該說是指導劍技，那人就是愛德華。

「還有，昨晚你潛進城堡時，我居然在感應到氣息的當下把對象，也就是你，錯認為愛德華。」夏絲妲說出讓她識破奈特身份的最大契機。說到「你」時，她特意指向奈特，不許他視而不見。「我從來都不會認錯人的氣息，但居然在你身上搞錯了，這實在太奇怪，也太稀有了。」

「氣息嗎？那麼抽象的東西，」奈特輕笑一聲，似是想在夏絲妲幾近無瑕的論點重壓下嘗試稍微反抗一下。「就算劍術相似，氣息幾近一樣，也不一定完全代表我倆……我和他是同一個人吧？」

提到愛德華時，奈特有意要和他分別開去，不想拉上關係。

夏絲妲輕輕搖頭，解釋道：「只要是見過一次的人，我都會記得其氣息，就算有多相似之人的氣息都會有微細差別。在第一次與你交手時，我已經隱約感到奇怪，覺得眼前人的氣息熟悉，似乎是見過面的，但不敢貿然肯定。昨晚的出錯，令我頓時明白那不是一般的巧合。既然我不會出錯，那麼原因就應該在你身上。這個錯誤，加上以上種種跟你有關的疑點，我能夠想到的解釋理由就只有一個，就是你跟愛德華是同一個人。」

而這個理由也在剛才得到實證了，夏絲妲不忘補上一句。

夏絲妲覺得要不是昨晚自己喝了些酒，腦袋輕飄飄的，不然應該不能那麼快速地在腦海裡組合到那些看似無關的疑點碎片，並得出奈特和愛德華是同一人的瘋狂推論。不，要不是昨晚她突然有了喝酒的興致，偷偷溜到庭園裡去，就不會發現奈特，也就不會找到推論的最後一片拼圖，現在眼下的質問局面更不會發生。

要是她沒有到庭園去，可能現在奈特已經成功殺死愛德華，並帶走諾娃了吧？夏絲妲心想。

不，下一刻她卻立刻否定這想法。

若果她昨晚沒有遇上奈特，得不到其身份的最後一塊拼圖，那麼今天應該會在察覺到宅第有人潛入時便已經立刻警戒起來並侍機出手，又或立刻前去通知愛德華，令潛入的事更早曝光。若她去了找愛德華，依照剛才莫諾黑瓏裝扮成諾娃一事推斷，夏絲妲猜想她出手的第一對象應該仍然會是莫諾黑瓏吧，但也有可能她在察覺到不妥後直接去追尋氣息來源，然後跟奈特打起來也不定。沒了湊熱鬧的心，自己屆時下手必定會更重，或許不會留莫諾黑瓏一條命，面對奈特時也不會再放他走，會認真地以自己的方式與他一決勝負。如果奈特對上的人是愛德華，那麼過程和結果應該會跟現在一模一樣，奈特依然會落敗，身份還是會曝光。

夏絲妲再細想了幾個因素改變後可能會出現的結局，而每一個推測都以奈特的失敗告終。她不禁問自己，就不會有一個奈特能勝出的結局嗎？

會有的，她頃刻想到。前提是，自己不能在場。

如果只有愛德華和諾娃面對奈特和莫諾黑瓏，愛德華要一人被兩個戰鬥能手追殺，還要分神保護諾娃，他的勝算並不會高；但有夏絲妲在，形勢就大有不同了。只要她在冬鈴城堡，又或愛德華身邊，就一定會加入到戰鬥當中。而只要有她在，不論因素如何變改，事件發生的先後次序如何，奈特都很有機會落敗。

也就是說，奈特這個潛入計劃的結果在未開始之前就已經塵埃落定，注定會失敗。

唉，這也太可悲了。夏絲妲不禁嘆了一口氣，心裡感到些唏噓。

「劍術、『荒野薔薇』的特性、氣息，你說的這些都源於你的觀察和理解，只是片面之詞，沒有絕對準確的確證，用來判斷不會太輕率嗎？」奈特還是不服氣。

「還有一點。有一個小習慣也能證明你和愛德華的關係，」面對奈特的質疑，夏絲妲沒有絲毫動搖。她只是輕輕一笑，並搬出藏著的另一著。「你想要逃避，對某些事不回應時，都會別過頭去的。」

說話一出，奈特立刻瞪大雙眼。他似乎察覺到甚麼，但一眨眼又回復冷淡：「我哪裡有？」

「還記得那天我們坐著馬車前往堡壘時，我問你在意『虛空』的原因嗎？你當時約略敷衍回答後便別過頭去，擺出一副不理睬的樣子阻止我繼續問下去。平時我問愛德華一些他不想回答的問題時，他也是這樣反應的。」說完，夏絲妲得意地望向愛德華，一副「我說中了吧？」的意思。

愛德華想張口反駁，卻沒力氣，只能以微弱的回瞪反抗。他的傷口都已經被術式初步治好，皮外傷都好了，但皮下的則需要時間復元。術式不能回復流失的血量和力氣，所以他依然虛弱，需要諾娃的攙扶才能站著。

「說到這一點，也有一件事能反證你的身份。你剛來訪城堡時，便已經知道雪妮·懷絲拉比是『薔薇姬』夏絲妲的偽裝。這個秘密在整個世界上就只有愛德華和諾娃二人知曉，連我的貼身女僕，或者管家休斯，都絲毫察覺不到。」望向愛德華和諾娃時，夏絲妲突然想到多一個令人生疑的地方。「當時我沒有手持『荒野薔薇』，你卻能夠準確地點出我的身份。你要得知此事，要不是一直跟蹤著我——但我沒可能不發現，就是你本來就知情。」

要是你在來訪城堡時沒有點出我的身份，直到到達堡壘後見我亮出「荒野薔薇」時才表露驚訝，我或者不會那麼容易起疑心，夏絲妲加上一句。

奈特聽畢，只是嘆了一口氣。他想別過頭去，但夏絲妲剛剛說過的話頓時在他耳邊響起，頃刻在中途頓住動作，感到很尷尬。

「怎樣了，還有哪裡想反駁嗎？」見奈特整個人僵硬，沒有反應，夏絲妲故意追問。

敗了，敗得一塌糊塗。奈特沒法再搬出否認的語句，只能以沉默代表承認。

夏絲妲的話令他明瞭了許多事。他終於明白，在森林裡和夏絲妲的對決，夏絲妲為何會在自己有明顯優勢的情況下放他走。他依然記得，夏絲妲當時說了句「繼續觀察下去的話，也許會有有趣的事情發生」，原來那時候的她已經隱約地感覺到不妥。

他也明白了昨晚潛進城堡被夏絲妲發現時，她為何不第一時間告發他，又或以武力趕他離開，而是與他主動聊天，並同意不干預自己的行動。因為她已經猜到自己的身份，並預知到接下來會發生甚麼事。

奈特早就知道自己的劍術有機會暴露身份，所以在揮劍時經常提醒自己要跟以前有所不同，例如更進取地進攻、防禦時少用某些動作等，沒想到仍然能夠被辨別出來。

至於「荒野薔薇」的毒，在很早之前他就已經思考過若果面對「荒野薔薇」，他該如何應對。要不暴露身份的話，裝作甚麼都不知道，任由自己中毒是最合理的做法，但他現在的身體就是會快速消化毒素，沒法中毒，既然如此，不如就在理應毒發的那一刻裝作中毒倒地，然後反擊，殺她一個措手不及吧？奈特記得，在森林裡跟夏絲妲對決時，毒發的那一瞬間，他確實是因為感到麻痺而倒下，只是身體很快消化了毒素，所以可以在夏絲妲接近時成功攻擊她。奈特早就知道夏絲妲一定會就此起疑心，所以當她說出來時，他不感到意外。

但氣息，就真的不是他能控制的範圍了。他自問對氣息敏感，就連有人在二百米外瞪著自己也能隱約感應到，卻不能像夏絲妲那樣以氣息辨別來者身份。而那個小動作，他一直都沒有留意，沒想到夏絲妲把這麼細微的事都看在眼內，並牢記清楚。

奈特自以為自己隱藏得很好，但其實夏絲妲一早便把一切都看得通透。他再次佩服她敏銳的直覺和觀察力，同時也慨嘆自己的錯失和失敗。

自己一直以來都沒有變，總是會在重重的慎密間遺漏一點空隙，而這個空隙往往是令成功變成失敗的契機。他已經犯了一次大錯，一直不斷提醒自己不能再錯第二次，但倒頭來還是錯了，而且錯得一塌糊塗。

奈特重重地嘆了一口氣，不想再說任何話。

「就是因為這樣，我才警告你，叫你不要來的。」見奈特的反應，夏絲妲解釋道。她不是想加重他的心理壓力，只是想他明白，自己昨晚的警告是真誠為他好。

她當然想看到事情往有趣的方向發展，同時也不希望事情發展到最糟糕的地步。當時，猜出奈特是愛德華後，她心裡就放不下心來，希望他能夠聽從自己的說話，不要實行潛入的計劃。但既然奈特選擇了這條路，她也沒甚麼可說的。

「但……到底是怎樣做到的？怎會在同一時間有兩個一樣的人？」這時，諾娃插嘴問道。

雖然有點困難，但她總算接受到奈特跟愛德華是同一個人了，但這樣一來她便想不明白，如果二人是同一個人，怎能同時出現，而他們的外貌也有差別？

她最想不明白的是，奈特左眼的傷疤是怎樣來的？愛德華可沒有傷過左眼啊？

她的腦海裡有一個朦朧的想法，但它太模糊了，連她自己也解不清楚內容。

「奈特，你是從未來而來的吧？」正當諾娃一頭霧水地想要想辦法嘗試解釋腦海那朦朧想法，奈特正思索該如何回答之際，夏絲妲搶先一步開口，說出那個昨晚因酒勁而想到的荒謬猜測。

「甚麼？」話音一落，在場眾人無不震驚。愛德華驚訝得差點重心不穩跌倒；莫諾黑瓏也嚇得頃刻抬頭，驚呼了一聲；諾娃一臉驚愕地望向夏絲妲，一樣有話說不出。至於奈特，他則驚訝地瞪著夏絲妲，微微張嘴，說不出話來，那副眼神像是在說「你為何會知道的」。

瞧見奈特的反應，夏絲妲頓時猜出含意。她心裡也感到很驚訝，沒想到自己會猜中，但這些都沒有在表情上展露出來。

「看來我說得對吧？」她故意再一次向奈特投以一個微笑，要他出口確認。

「你憑甚麼覺得是這樣？」奈特選擇不正面回答，而是反問。

「你知悉我的劍術，又有我劍術的影子，而且在很多事上，你都能精準預判發生的時間和地點，彷彿一早就知道事情會如何發生、如何終結。既然你跟愛德華是同一人，要認識我的劍術和『荒野薔薇』特性，就一定是跟我對決過。但你熟習左右開弓，而且比愛德華更熟練，這就很奇怪了。」夏絲妲嘗試解釋令她想到奈特是從未來而來的原因。「這只是我的直覺，沒有太多根據，但我覺得你就像是已經經歷過一次這些事情，並重新再來一次。」

說完，夏絲妲望向愛德華，後者思索幾秒後遲疑地同意點頭。

愛德華腦海裡想到的原因，跟夏絲妲的差不多。他也覺得眼前的這個自己好像甚麼都知道一樣，連一些自己不清楚的私人事也瞭如指掌，這太奇怪了。而且奈特責罵自己的行事方式，仔細思考一下，他的用字像是長大後的自己回來棒打不成器的過去自我時會用的字眼。夏絲妲的猜想，愛德華不是沒有考慮過，只是覺得太荒唐，所以沒有當作一回事。

「但這有點難辦到吧……」不同於夏絲妲和愛德華，諾娃的反應是質疑。

「怎麼說？」夏絲妲問道。

「這個推論聽起來像是合理，但要做到這一點，就需要時間相關的術式。」諾娃解釋道。在直覺上，她覺得夏絲妲的想法是有道理的，但身為懂得術式之人，諾娃下一秒考慮到的是術式方面上的可行性。

「時間是屬於神的領域，是不能觸碰的禁忌。而且一般人類，像愛……」諾娃嘗試繼續解釋。說到一半，她想說出愛德華的名字，但這時其視線飄到奈特身上，頓時語塞，一時困惑，不知道該如何稱呼，遲疑了一會才繼續說下去：「像愛德華般的普通人，不懂得任何術式，要如何干涉時間——啊。」

諾娃登時想到一個答案，感嘆了一聲，頓時恍然大悟，立刻望向夏絲妲。

「看來你想到了吧，有一個可能。」夏絲妲對諾娃滿意地一笑。「似乎只有這個可能，可以解釋我們三人剛才提出過的所有謎團。」

「『八劍之祭』。」夏絲妲話音剛落，愛德華的低聲呢喃，說出眾人心裡抱有的共同答案。「勝出舞者能夠得到的禮物，那一個願望。」

「對，」夏絲妲滿意地點頭，愛德華的快速思考速度從沒令她失望過。「『八劍之祭』的勝出者能夠從神手上取得一份禮物——一個願望。那個願望據說甚麼都可以，不受限制。若果事實真的是這樣，那麼就算是多麼荒誕的願望，例如回到過去，相信也一定能夠得到實現吧？」

說完，夏絲妲把視線投向奈特，向他施予壓力，要他回應。

愛德華雖然沒有作聲，但他在心裡給予同意。他覺得這個是最好的解釋了。奈特的樣貌跟他幾乎一樣年輕，看來歲數跟現在的自己沒有相差太遠，而要做到同一時間有兩個自己甚麼的，大概只有神能做到，而他的人生裡能夠接觸到神的機會，最可能的大概只有「八劍之祭」。

諾娃也認同夏絲妲的想法，但她心裡有別的疑慮。

為了達成人的願望而扭轉世間時間法則，這樣不算是干涉人界嗎？那麼不就違反了絕對公正公義的神性嗎？

諾娃頓時想起生前自己調查「八劍之祭」的背後時抱有的疑惑——她當時就是懷疑神在祭典背後有不為人知的盤算，當中包括神有否為了某些目的而直接干涉人界。她感覺到記憶深處有碎片要浮現，但當她嘗試觸碰時，大腦突然傳來一陣難忍的刺痛，彷彿是有一股阻力不讓她取回這段重要的記憶。

她強行把刺痛壓下，暫時不再細想，不想在此時節外生枝。

「奈特？」見奈特一直低頭不回應，夏絲妲喚了他一聲，要他給出答覆。

「哼，你的直覺總是那麼敏銳，敏銳得令人討厭。」良久，奈特壓下聲線，小聲不滿地抱怨。

「所以？」夏絲妲一笑，故意追問。

「事到如今，我還能否認嗎？」奈特狠狠瞪了夏絲妲一眼，似是想說甚麼反駁或是發火，但沒過幾秒眼神便垂了下來，並重重地嘆了一口氣。「你說的都沒有錯。」

奈特承認的一刻，莫諾黑瓏感到自己的心沉了下去。

莫諾黑瓏在很早以前就覺得，奈特神通廣大得令人起疑。奈特對很多理應難以得知的小事都瞭如指掌，例如路易斯兩位兄長的事、齊格飛三兄弟的關係，又或「虛空」的能力、夏絲妲的戰鬥風格等，這些都不是想知道便能輕易得知的事情。每次她問這些消息的來源，奈特都以緣分、到處打聽回等理由來解釋，理由聽上去是合理的，只是總是覺得有些奇怪。

除此以外，奈特對自己要去的目的地們都十分清楚，而且時機往往抓得非常準確。例如她跟奈特訂立契約後不久，奈特便立刻到北方去，趁蓉希郡的斯福尼亞舉行豐收節時殺害時任領主，並從其金庫奪走金錢。奈特當時說過，自己奪取金錢是為了「八劍之祭」作準備，但當時沒有人知道「八劍之祭」的舉行日期，奈特卻像是預計到一切似的，早有計策。他在之後一直待在北方，卻在祭典開始的三星期前某天突然說要南下到阿娜理，沒有解釋理由，而二人就在南下的途中遇上皇帝的信使，從他手上收到祭典的邀請函。當時莫諾黑瓏想過，居然會那麼湊巧，在馬車轉乘站休息時遇上皇帝的信使，並收到信件？現在回想，可能這些都在奈特的計算之內。

不只如此，奈特決定到路易斯家去、某天突然離開，並到蘭弗利附近的山上去找愛德華時也如是。他似乎十分清楚路易斯甚麼時候會從安凡琳回來，也清楚要準時到達蘭弗利的話，甚麼時候要離開威芬娜海姆。他的每一步都計劃周詳，甚至有時過於詳盡。莫諾黑瓏是覺得奇怪的，但她選擇相信是奈特的強大直覺和縝密計謀令一切成事，但現在她明白，自己是被狠狠騙了。

不論是自己的身份，他和諾娃的關係，甚至是自己由未來而來一事，奈特一丁點都沒有告訴過莫諾黑瓏。莫諾黑瓏此刻再一次覺得被奈特完全背叛。她真心待他，甘願成為他的一切，但他對自己一直隱瞞、一直欺騙，明明下了絕不說謊的承諾，但卻一而再，再而三地違背諾言。

莫諾黑瓏不是沒有看到端倪，只是每一次她都選擇相信奈特。因為相信他，因為愛他，所以選擇視而不見。但他，狠狠地背叛了她。背叛了她的感情，背叛了她的信任。

我到底是你的甚麼？只是一個甘心奉獻的聽話道具嗎？

也許你的心，從一開始就沒有我。

莫諾黑瓏的心如被千針刺穿，覺得痛入心扉，但她望向奈特時，眼神是空洞，心是麻木，沒有感覺的。

「果然是這樣……」聽畢奈特的坦白，愛德華忍不住感嘆。

「慢著，既然愛……奈特是真的靠著祭典的願望回到過去，不就預言愛德華將會是『八劍之祭』的勝利者嗎？」這時，諾娃突然想到。稱呼奈特時她遲疑了一瞬間，

「甚麼？」愛德華登時嚇了一跳。吐出驚訝之聲的同時，他的腦袋一瞬間整合起資訊，告訴他這是絕對合邏輯的。他心知這猜測合理，但縱使認知了合理性，驚訝之心依然沒有散去。

真的是……不，怎麼會？

「有甚麼好意外的？」夏絲妲倒是表現得很平靜，她反而對愛德華的大反應感到不解。「我覺得非常合理。」

「為甚麼？」這裡的所有人，不，所有舞者裡最有機會勝出的，明明是你啊！愛德華心想。

「我本來就覺得你有機會勝出啊。」夏絲妲很率直地說出口。不然也不會在對決時放過你一命，讓你活到現在吧，她心裡補上一句，但故意不說出口。「對自己有多一點信心，我不是對你說過了嗎？」

「這……」愛德華頓時想起他昨天和夏絲妲的對話，當時夏絲妲要他多著眼於自己付出過的努力和成果，多相信自己是獨當一面，是能夠被他人信任的。道理他都明白了，但要他相信自己強大得能夠在「八劍之祭」之中勝出，甚至能夠勝過夏絲妲，愛德華還是不敢。

「這樣我卻不明白了，」正當愛德華沉默不語，氣氛尷尬之時，諾娃的一句話令大家的集中力回到奈特的謎團上去。她沉思片刻，問道：「既然愛德華已經在祭典裡勝出，為甚麼要特意回來重新再參加一次『八劍之祭』？」

「我想，關鍵是在你身上吧，諾娃。」打斷諾娃思考的，是夏絲妲。說時，夏絲妲指著諾娃，見諾娃轉頭望向自己，她加了一句：「也許是未來的你出了甚麼事，他才那麼執著要重來一次，而且那麼執著於你一個人。」

夏絲妲的想法跟諾娃差不多。奈特若果是單純想重新再在祭典中勝出，即使對諾娃有情，也不需要如此執著要得到她。但他的一連串行為很清楚地表明，比起祭典的勝負，他更著緊的，是諾娃。有甚麼事需要令奈特如此在意，重要得要用許願回到過去重來一遍？一定是甚麼不好的事要發生在諾娃身上，例如身亡。

「對，確實如此。」就在二人要望向奈特之際，也許是認命不反抗了吧，奈特率先開口，並點頭，肯定了夏絲妲的猜想。「我回到過去，重新再參加一次『八劍之祭』，為的只是想改變一個命運

——諾娃會死的命運。」

奈特此言一出，再一次在眾人心中投下震撼彈。

「會死？是甚麼意思？」最先緊張起來的，是愛德華。他頃刻上前，有些激動地追問。

「不會是搞錯甚麼吧？」夏絲妲頓時也緊張起來。她雖然沒有移動，繼續用劍指著莫諾黑瓏，但視線和心神都投向奈特那邊，對他的話感到不可置信。

「那是發生在我眼前的事，我當然不會搞錯。」奈特明白夏絲妲是因為被他的話嚇到，一時反應不過來才問出那句，但還是覺得有些無奈。他轉而望向愛德華，盡努力平靜地坦白：「我，又或者你吧，參加了『八劍之祭』，並且勝出。就是因為勝出了，所以諾娃才會死的。」

說出「死」一字時，奈特的心感到一陣扎痛，聲線也沉了下去。

「祭典的勝負，跟諾娃怎麼會有關係？」愛德華想不明白，就當自己真的會在祭典中勝出好了，贏的是他，諾娃是「虛空」的人型劍鞘，只是間接地跟勝負有關係，為甚麼她要因為勝負結果而死？因為自己贏了，所以被遷怒嗎？

而且不對，諾娃已經不再是人，就算被他人刺穿胸膛，傷口過一段時間便會回復，不會死的。所以到底有甚麼關係？

「我問你，你知道『虛空』是神所鍛造的劍吧？」奈特沒有正面回答愛德華的問題，而是轉而問他關於「虛空」的事。

「大概能猜到。」愛德華在之前曾經根據諾娃記起的回憶片段，推測過「虛空」跟神有關係，他沒想到居然是真的。

「也知道只要得到『虛空』，就會跟『八劍之祭』拉上關係吧？」奈特再問。

「……嗯。」經奈特一問，愛德華這才記起他和諾娃相遇後不久，她曾經說過，他遇上了她，便大概會跟「八劍之祭」扯上關係。他一直沒怎樣在意這句說話，直到現在奈特提起後，才察覺到不對勁。

「你現在大概在想，為甚麼得到一把劍會跟『八劍之祭』的參加資格有關係吧？」一見愛德華眼神垂下，奈特便知道他在思考，並敏銳地猜出內容。未等愛德華出口，奈特便補上一句不知算不算是安慰的說話：「現在才發現不妥不要緊，我也是直到祭典完結才得知『虛空』和『八劍之祭』的關係。」

「那到底是甚麼？」被自己看穿自己的思考，雖然是情理之中，但總有種莫名的尷尬。愛德華有些惱火地問，因為體力下降，他愈發感到頭痛，所以希望奈特能夠快點把話說清楚，別再拐彎抹角。

「諾娃生前是因為調查『八劍之祭』真相而被滅口，這個你一定知道吧？」奈特凝重地問。

愛德華點頭。他吞了一口口水，知道這個自己準備交待重點了。

「她死後，神用她的身體製成『虛空』的劍鞘，並且在她身上埋下一個規條：凡是得到『虛空』的人，都會得到參加『八劍之祭』的資格；要是那人成功在祭典中勝出，『虛空』完成契約裡所指的『引導』後，便會被祂回收，等同死亡。」奈特深了一口氣，將自己所知的真相說出。

「這……特意為『八劍之祭』鍛造一把劍，然後又毀掉它？我不明白，這個邏輯錯了吧？」愛德華越聽越不明白。

照奈特的說法，「虛空」是特意為「八劍之祭」而製的劍。先不說為甚麼要特意為祭典做一把蘊含禁忌術式的劍，為甚麼當那把稀有的劍帶領某人勝出祭典後，就要把劍回收——或者是重鑄？這個怎麼說都不合理吧？

「聽上去很荒誕對吧？但這確是事實，沒有錯誤。」奈特嘆了口氣。愛德華的疑惑，他何嘗未有過。「不是所有事都能夠找到合理的解釋的。神的奇想，可不輪到我們猜測緣由。」

「所以……因為你贏了，諾娃就被神收去，所以你想重來一次，改變這個結局？」愛德華想了想，問。

「嗯，就是這樣。」奈特點頭承認。

這樣一來，所有事情都說得通了。不論是愛德華，或是夏絲妲，心裡既是恍然大悟，又是感慨。

愛德華的心情百感交集。他明白奈特的想法，要是現在的自己親眼目睹諾娃要死，想必也一定會用盡一切方法扭轉局面吧。但他所選擇的行動會不惜一切得如奈特一樣嗎？明明就是自己，但愛德華卻不太明白奈特那份執著。

為了完成一個目標，他會想盡一切辦法，愛德華很清楚自己的性格，但他不會毫無保留地行動，而是每一個行動都深思熟慮而後行，盡可能不感情用事，而且不行骯髒手段；但奈特的行動，不論是目標，或是行動方式，都令他感到很陌生。

既然他這些日子以來所做的一切都是為了諾娃，那麼「黑白」呢？愛德華用眼角餘光斜睨一眼垂下頭，一臉落寞的莫諾黑瓏，心情變得更為複雜。

為了目的而不擇手段，就算是把他人當作棋子、利用他人的感情也不為過——這些曾經被他界定為「不齒」的行為，奈特看來都做了。愛德華頓時想起肯尼斯，那個為了達到自身目的，就算是不見得光的手段也會毫不猶豫使用的爺爺。他覺得奈特就像是取走了心中枷鎖後的自己，放棄了自己一直保有的堅持和原則，不擇手段，只為完成一個目標。

愛德華沒法形容自己的心情，既有失望，也有唏噓。他想像不到自己會有這樣的一天，有點接受不到，但奈特的存在就是確確實實的肯定答案，不由得他否認。

「為甚麼……要做到這個地步……」諾娃捏緊裙擺，問的聲音在顫抖。

奈特剛才所說，關於「虛空」的事情經已令她負荷不過來，更不要說有關她要死亡的未來。她仍然未能完全理解事情的來龍去脈，但更甚的，是她沒法理解奈特對她的那份情。

為了自己而不惜用掉神所賜予的願望，不惜冒險再參加一次「八劍之祭」，而且三番四次想帶自己走——是為了免自己於將要到來的危難吧，得知真相後，這些事實頃刻化為石頭壓在諾娃的肩上，她覺得很沉重。

跟愛德華一樣，她對奈特有種陌生的感覺。她認識的愛德華不是這個樣子的，她也未曾要求過他為自己做到這個地步。這是不對的，是哪裡錯了，諾娃很想說出口，但她卻不敢。要是否定奈特的話，也就等同否定愛德華，她十分猶豫，也不肯定自己的思想是否正確。

「那是我的錯……」奈特垂頭呢喃，不敢望向諾娃：「全部都是我的錯……」

「為甚麼？」諾娃問。

「要是……我早一點發現到你跟『八劍之祭』的關係，要是我一早知道在祭典勝出後會為你帶來死亡，就不會發生那樣的事！」奈特握緊拳頭，說的時候還打了自己的大腿兩下。

要是我一早知道，就不會繼續參加祭典，或者想辦法輸了就算！奈特想把這句也說出口，但轉頭又想到若果故意輸掉，意思不就是主動送死嗎？這話說出口也太不合邏輯，夏絲妲也一定不會喜歡吧，所以便把說話生硬吞回肚裡。

「這不是你的錯，誰能夠知道呢？」諾娃嘗試擠出說話安慰。

她不明白，為甚麼奈特要把所有責任都歸到自己身上？愛德華每逢犯錯，都會傾向先怪責自己，這一點諾娃十分清楚。但她要被神處死一事是無人能預計到的，為何要背負起這份罪孽，說是自己的錯？

「都是我的錯！要不是我那個無聊的願望在作祟，根本就不會發生這樣的事！」奈特似乎沒聽進諾娃的話，繼續責怪自己。愛德華聽得出，「無聊的願望」應該是指自己想變得強大一事，他頓時被覺得心頭插了一箭。「……不，要是我沒有跟你訂立契約，這一連串的事就不會發生。是我辜負了你，沒有履行要一起走到道路的最後的承諾，所以無論如何都要挽回過錯！」

「這……」

沒想到那個「要一起走到最後」的諾言在奈特心中如此重要，諾娃頓時語塞，沒法回應。

莫諾黑瓏在一旁靜聽著奈特和愛德華等人的對話，一直不發一聲，只見她把頭低垂，一動也不動，整個人看起來像是沒了反應，其實心裡正想著許多事。

果然，我終究沒法得到愛。她不知道自己是在嘆氣，還是嗤笑。

奈特剛才說的每一句話，都深深扎痛她的心。莫諾黑瓏明白了，從一開始自己就是被利用的，不論是身，還是心。

為甚麼她去到哪裡都會被如此對待？莫諾黑瓏在心裡問道。

生前沒有人愛她，她相信過的每一個人都待她如用完即棄的工具，就連唯一相信的神也哄騙她、利用她，並把她弄成劍鞘；想著成為非人後終於遇上一個能夠信任的對象，結果他只把自己當作一枚棋子。她奉上了身與心，但結果呢？

去到哪裡都是這樣，不論她如何付出自己，如何努力以他人眼中所希冀、喜愛的形象活著，到頭來大家都會離她而去。

她完美地扮演了姊姊，但愛德華說了，你們並不一樣。

她全心全意地為奈特付出了愛，但奈特剛才說了，他的心從來都不在她身上。

每一個說愛她的人，終究都會背叛她，終究會背叛她給他們的愛。沒有人的心裡有她，她只是即棄的道具，利用完過後便會被丟到一旁。

莫諾黑瓏再一次抬頭望向奈特，他銀髮上反射的月光，就像在照出她心深處的罪惡。看著所愛之人的面容時，她心裡依然有一份愛意浮現，但奈特的眼神卻不在自己身上，她頓時清醒過來，忍不住在心中輕笑了一聲。

我一直相信自己只要努力，總會能夠得到愛，但看來被詛咒的人真的沒有資格得到幸福。

愛我的人，我會用盡一切力量回報；背叛我的人，我會用盡一切方法報復。

第一次背叛，我忍耐；第二次，我也忍耐；到了第三次，我願意再騙自己，再相信一次，但現在，我夠了。

既然得不到，那就把一切都毀掉吧。

毀掉一切背叛自己的事物。

讓世界回到應有的安寧。

莫諾黑瓏垂頭，定睛望向自己的雙手。

她一笑，把右手臂拉近自己，再往手腕一口咬下去。

5

「但這樣不就是……」

「喂，你在做甚麼？」

正當奈特仍在跟諾娃爭論，另一邊廂，夏絲妲察覺到不妥，立刻回頭望向莫諾黑瓏，看到後者鬆開口，手腕鮮血流淌的一幕。

莫諾黑瓏似乎感覺不到痛楚，她只是笑著，任由鮮血流到地上，並緩緩站起來。夏絲妲剛隱約看到莫諾黑瓏垂下的右手好像有個黑影，正在疑惑之際，突然一陣驚慄閃過她全身。她本能地往後一跳，下一刻，響亮的「鏘」聲響起，回過神來時，發現手已經逕自動起來，擋下要從下方斬來的黑光。

是劍！但到底是——！

夏絲妲正想看清黑光的本體，沒想到它在一瞬間就被收回，並改往前刺來。她立刻往側擊開黑光，正打算把劍轉一圈後往前斬之際，一道冰涼在她腳踝後閃現。猜到是術式的她正要把後腳往側移開，沒想到黑光這時抓住時機飛快往前刺來，正中她的腰側。

「你！」夏絲妲痛得要命，她掩著傷口，撐住站著不倒。她正準備防範莫諾黑瓏的下一道攻擊時，沒想到後者居然沒有上前追擊，只是拋下一記冷眼，然後轉身往愛德華等人的方向奔去。

「諾娃！」夏絲妲頓時大喊。「危險！」

呼喊傳出的同時，莫諾黑瓏已經來到諾娃身後，想也沒想便狠狠地斬下去，怎知下一刻後者卻沒了身影。她驚訝一瞧，發現自己前方的東西換成了一道亮麗的黑。

擋下黑劍的，不是他人，正是愛德華。剛才從不遠處傳出的金屬碰撞聲已令他警覺起來，莫諾黑瓏閃到諾娃身後時，他在千鈞一髮之間把諾娃拉到自己後方，並伸劍擋下攻擊。

殺氣所帶來的緊張令愛德華頓時精神起來，剛才為止的頭痛和瞬間消逝。他立刻把劍擊開，從「虛空」傳來的手感感覺到，莫諾黑瓏手上的不是她之前愛用的冰劍，而是確實，鋼造的長劍。

她在哪裡那麼快得到一把劍？

愛德華正要細看，莫諾黑瓏已經衝了上來，一來便是前刺。他俐落地把莫諾黑瓏往上推開，這時他從雙眼餘光看到，莫諾黑瓏的劍是一把黑劍，劍身漆黑如夜，跟「虛空」十分相像。

這……到底是！

愛德華立刻望向奈特，看見雪白的「黑白」仍在距離他不遠處的地上。就在這時，一道冷光從側邊閃來，愛德華本能地擋下攻擊，把黑劍推開時，他總算看到劍的全貌了。

那把劍的外型跟「黑白」幾乎一樣，有一個半月型的護手，劍柄跟「黑白」一樣在柄頭有一顆鑽石，但不同之處在於，這把劍的劍身全是黑色，血槽則是雪白。他再細看，看見莫諾黑瓏手握的劍柄是純白的，而柄頭的鑽石則是一顆閃亮的黑鑽。

這一把劍，猶如「黑白」的顏色翻轉版本。

愛德華的心裡有許多疑問，但莫諾黑瓏的快速攻擊不給予他思考的時間。她不停飛快地往他斬刺，每當攻擊被擋下便立刻後退再上前，動作沒有一絲猶豫，速度也比不久前對戰時快了不少，彷彿跟之前判若兩人。

「莫諾黑瓏，停手！你在做甚麼？」在一旁的奈特大喊，想阻止莫諾黑瓏。

「你跟我閉嘴，別再輕易叫這傢伙的名字！」一反平時的乖巧，莫諾黑瓏以怒吼回應。

抓住莫諾黑瓏回應的空檔，愛德華一個箭步上前斬去。莫諾黑瓏立刻回神並舉劍抵擋，沒想到愛德華在劍往前斬的瞬間突然一改方向，從肩膀改為斬往腰側。莫諾黑瓏立刻縮腰避開，但遲了一步，沒法阻止自己被「虛空」劃下一刀。

「你還沒放棄嗎？」愛德華問道。縱使整個人精神得很，但他感覺到體力剩下不多，但他依然緊握「虛空」，沒有要示弱的意思。

「放棄？哼。」明明掛了彩，但莫諾黑瓏卻沒有感到沮喪，她的嘴角依舊上揚，只是輕笑一聲，沒有回應。「你在說甚麼呢？」

彷彿感覺不到身體的疼痛，莫諾黑瓏再次飛快上前。她飛快地往愛德華的左右上下兩方斬刺，所有攻擊都被他悉數擋下。正當愛德華擊開莫諾黑瓏的一記側斬，正要往下揮斬之際，她的身影突然化為黑煙，理應碰撞到的黑劍也頓時不見蹤影。

是幻影……糟糕！

愛德華意識到不妙，正要後退，但一眨眼，腹腔便傳來被刺穿的劇痛。只見黑劍筆直刺穿他的左腰側，然後飛快拔出。他才剛把仰後的身子調整，人還未站直，莫諾黑瓏又再出現在他眼前，胸膛緊接傳來要被撕裂、一分為二的劇痛。
愛德華低頭一看，看見黑劍畢直刺進他的胸膛。冰冷、溫熱、灼痛，他的知覺瞬間被巨大的痛楚淹沒，是黑劍拔出時的異樣冰冷稍微喚回他的意識。
「愛德華！」諾娃同夏絲妲幾乎在同一時間驚呼，諾娃快了半秒。
「放棄的應是你吧，可恨的背叛者。」俯視跌到地上，只憑一口氣跪著，雙眼逐漸無光的愛德華，莫諾黑瓏雙眼的紅光閃爍著憤怒和歡喜。
「一切的起因都在你，殺了你，我才能活下去！」
說完，她舉起黑劍，瞄準愛德華的心臟，從上往下刺——
「停手！」
黑劍劍尖快要碰到衣服時，一股無形但強大的力量撞開了黑劍，令它偏離軌道，刺不中愛德華。莫諾黑瓏一怒，正要再刺一次之際，突然有一道尖刺從後刺穿她的側腹。她才剛回頭，幾條藤鞭便纏上黑劍，似是想要封住它，但藤鞭都在一瞬間消失殆盡，彷彿有甚麼力量從劍上發出，把它們都切斷。
「想把劍綁住，阻止我的行動嗎？」莫諾黑瓏把頭後仰，倒著頭望向身後的夏絲妲，眼神冷漠如冰。「想法不錯，但你太天真了，『薔薇姬』。」
「消除的能力……原來不只是劍鞘，連劍本身都備有這份力量嗎，『黑白』？」夏絲妲單手掩著腰部的傷口，略為彎腰地站著。她先前已經用術式作簡單止血，但皮膚下的部分仍未有治好，依然會痛。她仔細打量莫諾黑瓏手上的黑劍，語意深長地問，似乎猜到甚麼。
「哼，看來還是有丁點能耐呢，」莫諾黑瓏轉過身來，不屑地一笑。她的動作輕盈得像是感覺不到痛楚，夏絲妲一瞧，發現那個側腹的傷口早已復元。

諾娃因為有無效化的能力，所以傷口可以自動復元，那麼莫諾黑瓏呢？夏絲妲思索著。用消除的能力治癒傷口嗎？不，這說不通，那麼到底是？

「這一把劍，也是『黑白』吧？」夏絲妲試探地問道。

「你覺得呢？」莫諾黑瓏沒有回答，只是把問題彈回給夏絲妲。

「『黑白』？莫諾黑瓏，你手上的到底是……唔！」這時，在一旁的奈特驚訝地插入對話。剛才看到莫諾黑瓏亮出手上的劍時，他十分驚訝，皆因他從未見過它。他正想站起來，突然全身閃過一道痲痺，雙腳頃刻沒了力氣，不受控制到軟倒在地上。他的全身都在發冷，打著顫抖，奈特知道自己難以再忍受自癒能力帶來的副作用影響，隨時都會昏倒，但他仍然用盡力氣撐起上半身，不讓意識昏倒過去。

「我不是叫你別再叫這傢伙的名字嗎？」莫諾黑瓏跟平時不一樣，沒有要扶起奈特的意思。她只是冷冷地用劍指著他，其雙眼的鮮紅流淌著厭惡和怒火。「你這種人根本不配知道！」

「你到底是誰？」奈特問道。此刻的莫諾黑瓏不論是用字，還是態度，都跟平時的她判若兩人，不，簡直就像是另一個人。

莫諾黑瓏對奈特露出一向的笑容，只是眼神冷如冰：「我？就是被你一直當作棋子般隨意利用的『天真』劍鞘啊。」

說「天真」二字時，她特意加重語氣強調。

「不，你不是莫諾黑瓏，你到底是誰？」經剛才一句，奈特更為確信自己的猜測。他看了一眼冷眼俯視自己，掛著莫諾黑瓏外貌的陌生人，再看了看她的黑劍，想要尋求答案：「還有你手上的劍，真的也是『黑白』嗎？」

莫諾黑瓏不屑地一睨：「沒有『真是』，它本來就是『黑白』……」

「愛德華！你醒醒！」莫諾黑瓏說到一半，諾娃的呼喊聲突然插入，打斷了她要說的話。

莫諾黑瓏不滿地回頭望去，只見諾娃正把左手放在愛德華胸膛的傷口上。她滿頭大汗，用盡全身的力量進行治療，樣子十分焦急，眼泛淚光，像是快要哭出來。

愛德華的頭依偎在諾娃的右肩上，早已不省人事。他的面色蒼白如紙，嘴唇也白如無色，雙眼緊閉，對諾娃的呼喊完全沒有反應。儘管諾娃已經每秒不停在他的傷口施予治療術式，但似乎沒太大功效。愛德華左腰的刺傷算是勉強癒合了，但他胸膛的傷口卻仍然未完全止血，流出的鮮紅染在其襯衫上，胸前的紅花正緩慢地張開其花瓣。

愛德華氣若游絲，呼吸弱得幾近感覺不到。他重傷昏倒的場面，諾娃並不是第一次遇上，但只有今次最為焦急和焦慮。前幾次重傷時，諾娃雖然會憂慮，但她確信自己有能力治好愛德華，但這次卻不同，不論她如何催谷體內力量，使用多麼強力的術式，也嘗試過經由接吻把體內自我痊癒的力量傳送給他，效果就是不明顯。

此情此景，不禁令諾娃回想起她在精靈之森治療愛德華傷勢時所遇到的阻礙。莫諾黑瓏手上的黑劍應該擁有跟精靈女王相似的力量吧，她猜想，但無暇思考太多。她明確地感覺到愛德華的生命正一點一點地流走，可能下一刻便會斷氣。死亡就在一線之隔，她不能讓這件事發生，所以要繼續集中，用盡一切方法治療。

奈特仍健在，那麼等於愛德華不會有事？諾娃看了一眼奈特，有一刻放鬆了，但下一刻立刻回過神來，還在心中賞了自己一巴掌。

不，別胡亂猜想，現在要專心！

她立刻繼續唸咒，催谷術式，可是心神依然混亂。愛德華胸膛被刺穿的一幕不停在她腦海裡重播，黑劍每一次插進胸膛，她的心便會震一下。那被刺穿的痛楚、直面死亡的感覺很是真實，猶如是她被黑劍刺中。諾娃起初不明瞭理由，是身體告訴她，她感到熟悉，不只是因為共感，更因為是曾經親身經歷。

對，我生前也是這樣被莫諾黑瓏奪去性命的。

諾娃在記憶的碎片裡再一次看到了，那個曾經用劍刺穿自己胸膛的人。

上一次奪走的是她自己，而這一次要被莫諾黑瓏奪走的，是她最珍重的人嗎？不可以！

她繼續施放術式，並苦苦思索可以救治的更好辦法。

沒有時間了……有甚麼方法可以治好愛德華？

思考，思考啊！

我沒可能不知道的，我是知道的！為何偏偏在這個時候記不起？

彷彿在呼應諾娃的詢問，許多雜聲和片段如洪水般從她的腦海深處湧出。它們都模糊一片，一閃即逝，但就算諾娃沒有細看，也依舊有一見如故的感覺。這些片段就像是要回到拼圖的碎片，一片、一塊，逐漸把缺失的最後一角還回原狀。

沒錯，我是知道的。諾娃的心頭感到飽滿。她不再焦慮，只是一笑。

一直都知道的。

「哈，看來不太行了吧。」見諾娃垂下手，莫諾黑瓏滿意地嘲笑了一聲。她舉起劍，打算往諾娃刺去。

「『Stapika Illustyus』（祝聖治癒）。」怎知這時，諾娃卻唸出一個術式。一道薄弱的白光頓時出現在她的左手，她用此輕輕一碰愛德華的胸膛，未幾，當光芒散去，一直流血未止的胸膛終於止血，紅花再沒有綻放。雖然愛德華依然昏迷不醒，但從他的雙唇抖動可以看出，其呼吸變粗了一點，算是勉強脫離了死亡之線。

「甚麼？這到底是甚麼？」一心以為眼前可恨的人將要死去，沒想到他居然活下來了。莫諾黑瓏從未聽過剛才那個術式，她頃刻感到恐懼。

「……莫蘭娜。」諾娃沒有抬頭，低聲呢喃一個名字。

「甚麼？」莫諾黑瓏聽不清楚諾娃的說話，但有不祥的預感。

「為甚麼你要做這種事，莫蘭娜？」說完，諾娃抬頭望向莫諾黑瓏，鮮紅雙眼裡有的是堅定，以及憤怒。

「哈！總算取回記憶了嗎？」莫諾黑瓏先是一怔，爾後高聲笑了起來。她把手放在唇邊，注視著諾娃，語意深長地一笑：「諾璃娜姊姊。」

諾娃沒有反應，她只是再施予一個「高級治癒」術式，確定愛德華的狀況較為穩定一點後，輕輕把他放到地上，並助他平躺，確保不影響傷勢。完成後，她便轉身，緩緩地站起來，直面莫諾黑瓏和她的黑劍，毫不畏懼。

「終於記起來了。可能是因為死亡的恐懼令我一直都記不起你的名字，但現在終於所有事都記起來了。」諾娃的語氣雖然依然柔和，但言語間流露的堅定和凝重，跟以往她的形象大相逕庭。

「諾璃娜……是你本來的名字嗎？」奈特很是驚訝。在他所經歷的數個月裡，諾娃未曾記起過自己的真實名字，所以一直都無從得知。

諾娃向奈特投向一個微笑，並點頭。

無視黑劍的潛在威脅，諾娃在三人的注視下，走到夏絲妲身邊。她把手放到夏絲妲腰部的傷口，輕聲唸出「高級治癒」，瞬間傷口不再疼痛，似是全好了。

「這就是本來的你？」夏絲妲有些驚訝。她不是未曾見識過諾娃的天才術士能力，但這一刻諾娃所展現的能力，比她以往認識的更為厲害。

在疲憊狀態下仍然能夠連續使出三個高級術式，數百年前的「被祝福的神官」的完全實力原來是這樣嗎？頃刻，夏絲妲覺得眼前的諾娃有些陌生。

「我依然是本來的那個我啊。」彷彿感知到夏絲妲的心思，諾娃如此回應，說完後還附上一個微笑。感受到諾娃的用心，夏絲妲笑了。

雖然多加了一份成熟，但這份體貼，是本來的她啊。

「剛才的那個術式，到底是甚麼？我怎麼沒聽過的？」治好夏絲妲後，諾娃便轉身，朝向莫諾黑瓏。莫諾黑瓏毫無退讓的意思，她先拋出問題，想要得知那個自己未曾聽說過，居然可以抵消「消除」效果的治療術式到底是甚麼。

「那是一個記載在古老術式書上的術式，那本書只有高級神官才有資格翻閱，」諾娃徐徐回答。

「以光為引，將屬於神的力量化為祝福，注入被施術者的身體裡……以前的我只是普通人，難以理解所謂『神的力量』，所以一直沒法使出這術式；現在靠著『虛空』的力量，居然便成功了，心情真是一言難盡。」

諾娃沒有說的是，懂得「祝聖治癒」的，在世上就只有在上任時受到神祝福的宮廷祭司長。她生前差一點就能夠到達那位置，已經被允許學習術式，只差獲得神的祝福；結果祝福還沒取到手，就因為翻出神一直隱瞞的真相而被祂處死，並被改造。此事確實唏噓，但既然術式能夠救回愛德華，諾娃便覺得甚麼都沒所謂了。

「甚麼啊，居然是類似的力量互相抵消，那有這麼狡猾的。」莫諾黑瓏「切」了一聲，很不服氣。永遠都是這樣，一而再，再而三地，敗給自己無論如何伸手都沒法觸及的事物。只有高級神官才有資格得知的術式，這個事實扎痛莫諾黑瓏的心。這個位置是她絕對不可能觸碰到的，不論生前，還是現在，她和諾娃之間的距離並沒有收窄，她不服氣，同時心生厭惡。

「莫蘭娜。」這時，諾娃以其本名呼喚莫諾黑瓏，問道：「你是莫蘭娜嗎？還是其他人？」

「我一直都是我啊。」莫諾黑瓏立刻回應。「從幾百年前，到現在這一刻，沒有改變過。」

「但這……！」奈特想提出反駁，但才剛開口，激動起來，他的全身又再被疼痛淹沒。

「你所認識的莫諾黑瓏，只是我裝出來騙你的假象而已。」一聽見奈特的聲音，莫諾黑瓏立刻換了個眼神，冷眼輕蔑。「怎樣，一直以為只有自己在騙人，到頭來發現自己才是被騙的那個，感覺如何？」

「原來如此，原理跟『黑白』差不多呢。」就在莫諾黑瓏準備好要跟奈特爭吵之時，夏絲妲一句平淡的插話，打斷了莫諾黑瓏的念想。

「甚麼？」莫諾黑瓏表面煩躁，實則心裡有點不安。傷口幾乎全好的夏絲妲再次展現她一貫的自信，站直解釋：「你說莫諾黑瓏一直都是你，這才是騙人的。我猜，真相或許跟『黑白』有兩把的原理一樣，這個『你』也有兩個吧。」

「看見有兩把『黑白』便胡亂作此猜測，『薔薇姬』的所謂才智看來是靠臆想為多呢。」莫諾黑瓏反駁時故意露出一個輕蔑的眼神，但夏絲妲留意到她稍微握緊了劍柄，似是有些害怕。

「這並不是臆想啊，而是有根據的。」夏絲妲沒有被莫諾黑瓏的話激怒，她轉頭望向奈特，問：「奈特，你還記得我曾經說過，曾在不同地方打聽過『虛空』和『黑白』兩把劍的事吧？」

「……嗯，有印象。」奈特想了想，遲疑地點頭。

「我聽說過很多個版本。不同人口中對『黑白』各有差異，不盡相同，但這些描述都有一個共通點，就是說『黑白』是一把『黑白相間』的劍。」夏絲妲走往不遠處，拾起雪白的「黑白」。「但我在起始儀式第一眼看見『黑白』時，心想，這哪裡是『黑白相間』了？劍身是雪白的，血槽是黑色的，跟我聽說回來的版本完全不一樣。」

「那不就證明，你得到的所謂傳言都是錯的。」莫諾黑瓏嘲諷一笑。

「不，傳言並沒有錯，」夏絲妲微笑著搖頭。她舉起手上的「黑白」，再望向莫諾黑瓏：「這裡不就有了嗎？『黑白相間』──兩把『黑白』。」

「這……那跟我又有甚麼關係了？」莫諾黑瓏頓時語塞，她搖頭一想，發現奇怪之處，立刻抓住並質疑。

「正如『黑白』有兩把，這裡眾人認識的莫諾黑瓏並不是你做出來的假象，只是你的另一半而已。」夏絲妲「一個本體，兩個人格，這就是你吧，前異教審判者莫蘭娜。」

「別裝熟似的叫我的名字，還有要是你敢再提一次那個職位，我就宰了你。」說的時候，莫諾黑瓏眼神銳利地瞪著夏絲妲。

她是認真的。

但夏絲妲卻毫不害怕。她只是聳聳肩，面上一笑：「隨便，你知道我會說甚麼的。」

「你憑甚麼覺得那傢伙不是假象？」莫諾黑瓏問道。

「就是『這傢伙』三字。」夏絲妲簡潔回應。

「嗄？」

「若果是假象，你剛才就不會對奈特說『別叫這傢伙的名字』，而會直接說『別再輕易叫我的名字』吧。」說完，夏絲妲突然想到甚麼似的，用劍頭托著下巴想了一會後，再說：「說來有趣，莫諾黑瓏這個名字是奈特取的，你恨他，卻又認同那是自己的名字。這情感真複雜呢。」

「……不懂就別在那邊裝懂胡說！」莫諾黑瓏登時發怒。她本來想反駁，說那不過是不暴露本名而取的折衷法，但當話要出口時卻突然想到一些事，頓住，說不出話。

沒錯，她恨奈特，恨他的一切，恨之入骨。但為何會恨？因為愛之深切啊。

從自己的下意識舉動明瞭自己的心聲，莫諾黑瓏只能緊握劍柄，捏緊嘴巴，一句話都說不出。

「真的嗎？」這時，在一旁的奈特插入對話。

莫諾黑瓏登時不耐煩：「甚麼事？」

「你一直都在騙我嗎？」奈特問，他也知道這條問題出自自己嘴巴，到底有多荒唐。
「到現在才發現，真是愚蠢呢，」莫諾黑瓏眼神冰冷，再一次肯定事實。
「由我們訂立契約的時候，你就已經知道我並不是真心了嗎？」奈特再問。
「你得到的『黑白』是甚麼顏色的，就已經說明了答案。」莫諾黑瓏一睨雪白的「黑白」，冷冷地道出另一個自己一直隱藏的事實：「這傢伙在跟你訂立契約時，早就發現到你跟『虛空』有關係。她無視了此事，給過你幾次機會，只是你都浪費了。」
「甚麼啊……」聽畢，奈特垂下頭，眼內盡是沮喪。「原來從一開始便已經錯了……」
不管是諾娃的事，或是莫諾黑瓏的事，他從一開始便錯了，注定了失敗。
奈特雙眼逐漸無神，聲音越來越微弱，頭也越垂越低。沒過幾秒，整個人便倒在地上。
「奈特？」諾娃嚇了一跳，急忙上前一看，發現奈特面色蒼白，整個人昏倒過去，沒了反應。
「說起來，好像過了毒發時間呢，完全忘了。」夏絲妲低頭一瞧腳邊的藤鞭，看見藤上盛開的花蕾，才想起不久前自己曾經用藤鞭刺傷過奈特，而現在就是毒發的時間。
短時間內發生太多事，混亂得連我也難得地忘了數算毒發的時間呢，夏絲妲心想。
雖然她覺得奈特昏倒的原因應該不只是因為中了「荒野薔薇」的毒——他不是不會中毒的嗎，但沒關係，等他醒來了再問便是。
「諾娃，我們先把二人搬回房間安頓吧。雖然還有很多謎團未解決，但現在事情變成這樣模樣，看來要打斷一會了。」夏絲妲想了想，決定了現在最優先要做的事。
她想談下去的，但這裡的每個人，包括她，都受了傷，而且消耗了許多體力。現在最重要的是要休息，真相，可以等之後再發掘。

而且其中一個最需要知道這一連串事件真相的人，仍然昏迷沒意識呢。

「你，別打算走。」正當夏絲妲要上前時，她眼角看見莫諾黑瓏有所動作，立刻揮劍，在後者的頸項前幾公分停下，不許她有所動作。「有太多的事要問你了，別覺得單靠一人的力量可以逃出這裡，你清楚的吧？」

語末，夏絲妲語氣一沉，冷眼瞪著莫諾黑瓏，威脅道。

「哼，我本來就沒有打算要走。」面對威脅，莫諾黑瓏不以為然。她寸步不移，冷冷地回應道。

「難得的順從呢。」夏絲妲打量一下莫諾黑瓏，見她似乎沒在說謊，一笑，左手一揮，藤鞭便變回劍鞘，綁住她的腰。她把劍收起後便上前，雙手抱起奈特，把抬愛德華回房間的差事留給諾娃。

「等他們都醒來後，是時候弄清一切了，莫蘭娜。」抱起愛德華後，諾娃經過莫諾黑瓏身邊時，凝重地留下一句。

「我們之間的事，以及『八劍之祭』的真相。」

第二十三迴－Dreiundzwanzig－

血咒－CURSE－

1

自那漫長的一晚，兩天過去了。

那一晚，夏絲妲和諾娃先把傷勢最重的愛德華帶回他的睡房安頓。他全身都是大小傷口，光是清理其身上的血污、包紮、敷藥和更衣，便花了不少時間。期間愛德華有短暫醒過來，但他的意識迷糊，沒過一分鐘便又回到沉睡。安頓好愛德華後，二人便著手安頓同樣昏迷不醒的奈特，以及決定關禁莫諾黑瓏的地方。

二人本來想令奈特也能在床上休息，但因為時值午夜，大宅的僕人都去睡了，一時間沒法找到人張羅床舖，又不想把他放到跟愛德華房間距離遙遠的客房，難以照料，思索過後，最後讓他躺在愛德華私人客廳的大沙發上。那沙發大得跟一張單人床差不多，睡起來跟普通的床沒有兩樣。

至於莫諾黑瓏，她表示不會逃走，也表明不會對愛德華和奈特做甚麼手腳，但以防她在無人留意時突然發瘋，偷襲二人，夏絲妲建議把她鎖起來。她最初提議把莫諾黑瓏鎖在城堡地下室，一個歷史悠久的牢房，但一來諾娃反對把莫諾黑瓏關在牢中，二來關在牢房的話會難以看管，最後決定把莫諾黑瓏關在愛德華的更衣房。

因為莫諾黑瓏擁有「消除」的能力，以防她逃走，更衣房的大門除了上鎖，諾娃還在門鎖上滴下自己的血。她說，「虛空」劍鞘的無效化能力存在於她身體的每一部分，包括血液，她可以藉由滴血的方式把無效化的能力施予體外的特定地方。這樣一來，莫諾黑瓏就算想用術式解開門鎖，也因為「消除」和「無效化」相互抵消，而無從入手。

處理完這一大堆事情後，夏絲妲看了一下時鐘，驚覺已經是清晨四時。她把想守在愛德華床邊的諾娃趕回房間睡覺後，自己便回到房間，把「荒野薔薇」收好，換上偽裝的模樣後，便快快休息。

她知道，幾小時後的早上，會迎來另一場戰鬥。

冬鈴城堡的僕人休息室在新樓的地下室，而昨晚眾人主要在主樓對決，兩個地方有一段距離，可能因為這樣，所以沒有一個僕人留意到昨晚的動靜。當他們清晨起來，準備清潔城堡時，不管是其他僕人，還是管家休斯，都被走廊上的血跡，一些房間的凌亂，以及白大廳遍地血污的景況嚇了一大跳。

諾娃在休息，愛德華仍未醒來，那麼就只剩下夏絲妲一人能解釋情況和指揮處理。她向休斯解釋，奈特和莫諾黑瓏昨晚潛進城堡，與愛德華打了起來，過程中愛德華受了重傷，需要休養；諾娃因為奮力治療，體力幾乎透支而需要休息。因為仍有一些事要過問，所以本是襲擊者的奈特和莫諾黑瓏被留在宅第裡。夏絲妲吩咐休斯，要把奈特當作客人招待，把她房間附近的一個空房間稍作收拾，放一張床在那裡，讓奈特在那邊休息。至於莫諾黑瓏則不需理會，絕對不能打開更衣房的門，其他的事一切交由她處理便可。

休斯不是沒有起疑，他問過為何夏絲妲會知道昨晚的事，她解釋自己目睹了一部分過程，而愛德華在睡前拜託過自己幫忙處理之後的事，所以現在她只是幫忙轉達而已。休斯的樣子表明他不太相信這說辭，他想提出質疑，卻似是想不出該從哪裡開始問，所以最後還是老實地依照夏絲妲的話，打點好宅第的事。

夏絲妲很早之前便已經從愛德華的口中得知休斯應該是亞洛西斯的眼線，他每一句對對決一事的過問，都應該會上報給亞洛西斯知道。她解釋的時候十分小心，把自己牽涉其中的痕跡盡可能抹去，不讓休斯有猜到自己身份的機會。就結果看來，雖然休斯確實有起疑，但他沒怎樣懷疑夏絲妲的身份，所以一切安全，沒有引起別的事端。

其實夏絲妲自己也很疲累，體力未回復，身上的傷口未好，而且睡眠不足，指揮僕人們做事時，她其實一直在頭痛。她不是沒試過熬夜，以前在外旅行時，為了逃命，連續幾天只睡幾小時的日子也經歷過，所以頭痛對她來說並不是甚麼問題。承受那些痛苦，都是為了自己，所以她並不在意；但她現在所受的疲累，都是為了他人，這一點對她來說有點新鮮。

換著是以前，夏絲妲大概甚麼都不會理會，我行我素地選擇休息，任由事情演變；但現在，她選擇了接受自己偽裝身份所附帶的責任，選擇了為了與自己有所連繫的他人而付出。

也算是一種改變吧，夏絲妲心裡輕輕一笑。

確保所有事都處理妥當，沒有漏掉任何可以追溯的盲點後，她便回到房間休息。

而在第二天的清晨，奈特醒來了。

2

「我要回到過去，再一次參加『八劍之祭』！」

夾雜著怒氣和絕望，我許下了這個改變自己一生的願望。

一耳邊響起洪亮的笑聲，正當我在想願望會以何種方式實現，全身突然被一種巨大的力量鉗制，一陣強烈的暈眩快要把我的意識抹去。我不太記得發生甚麼事，只記得彷彿要被擠塞成碎片的劇痛，以及漆黑一片的四周，到意識再次回來時，便發現自己被一片茂密的樹林包圍。

雖然天色略為陰暗，灰雲滿佈天空，但光線明亮，不見雷鳴之跡；微風在樹林間輕輕擦過，傳出沙沙的聲響；空中偶有鴉聲傳來，為寂靜帶來一絲點綴。

四周是多麼的寧靜和平，剛才為止的火海、慘叫都消失殆盡，毫無痕跡，彷彿它們都只存在夢中，從未發生過。

回到過去了嗎？

我對眼前的景象一頭霧水，想要站起來查看，這時發現全身感覺輕盈，身上的劍傷都消失無蹤。這、為甚麼會這樣的？

「愛德華‧基斯杜化‧雷文，」這時，一把熟悉的渾厚聲音頓時響起，呼喚著我的名字。「汝之願望經已得以實現。」

「真的回到過去了嗎？這裡是哪裡，現在是何時？」我問道，同時打量周圍，半透明的白蛇不在天上，也不在四周，這裡的景色很陌生，應該從沒來過。

「甘菊月一日。」神緩緩回答。

「甘菊月……這不是祭典開始前的一個半月嗎？」我頓時一驚。

我不是說了想回到過去，再一次參加祭典嗎？怎麼不是回到與諾娃相遇的紫菫月一日，又或「八劍之祭」開始的紫菫月十六日，而是更早的，丁點「八劍之祭」的跡象都未有的甘菊月一日？

「此乃吾給予汝之時間，」神解釋。「吾已在『八劍之祭』為汝預留一位置，汝可在這段時間為勝利而籌備，也可選擇放棄，逃到世界末端。要導向何種前路，一切由汝決定。」

「哼，我才不會放棄的……慢著，」我訕笑，但下一刻突然靈機一動，想到不對勁的地方。「甘菊月一日的這個時間，我應該正在學院上課才對，不應該在這裡的！」

那天是一個普通的星期三，我整天都在學院上課，怎會來了這個不知何處的森林的？難道祂騙了我嗎？騙我說回到了過去，但其實是未來，又或現在不是甄珮莉娜曆四百年的甘菊月一日，而是更早年份的甘菊月一日？

「汝的確如願回到過去，回到甄珮莉娜曆四百年甘菊月一日，」神彷彿讀穿我的心思，特意道出年份說明。「但汝非回到過去之汝身。汝回到過去，取代本來的自我，乃違反世界常律之舉。此刻之汝，於靈魂、精神、肉身，皆與過去之汝再無關係。」

這是甚麼意思？

就在這時，一陣狂風吹過，我眼角瞄向一邊，一把隨微風飄逸的閃亮銀髮頓時映入眼簾。

甚麼，這是……！

我立刻抓住那把銀髮，狠狠一扯，發現它是屬於我的，心裡登時大吃一驚。我急忙四處張望，聽到樹林裡傳出一絲水聲，便立刻拔腿跑去。在那條小河流旁，藉著微弱的光線，我看到自己的漆黑短髮被換成了一頭灰銀長髮，慶幸的是黑瞳仍在，五官也依然是本來的樣子。

「世間不可存在兩個同樣之人，因此汝必須改變容貌，」就在我震驚的同時，神的聲音再一次在耳邊出現，祂淡然的語氣在此刻多了幾番嘲諷的意味。「汝本留有一把如夜空般的頭髮，因此吾特意送上銀月的祝福，就讓銀月之光帶領汝在黑暗中前進吧。」

這哪裡是祝福，根本是詛咒！

我只是想回到過去，改變未來而已，沒想到不能直接取代本來的自己，而是以一個不論是身份或是容貌上都截然不同的個體行動。神一定是故意的，一切都是祂說了算，祂一定是想看好戲吧，看看我這個甘願為了一個劍鞘而再次賭上性命的人到底可以堅持到甚麼地步。

哼，樣貌被改變又如何，不再是自己又如何，我依然是我。這樣搞不好更好，那個軟弱而無用的自己，我不需要。

只要能夠改變命運，其他事都在所不惜。

「汝即管往前進發，」像是聽見我的心聲，神滿意似的笑了一聲。「吾期待再一次在勝利台階上欣賞汝之劍舞。」

話音一落，神的聲音便消失了。茂林裡只剩下我一人，我緩緩站起來，向著光線的方向前進，心裡已經有了計劃。

我是贏了，但也是因為如此，才會失去最愛之人。

這是我的過錯，我的軟弱。溫柔果然是軟弱，強大果然是虛無縹緲的妄想，只有捨棄軟弱，一心向目標進發，才是最實在的。

自己的過錯，由自己承擔。

我要拯救諾娃，讓她脫離死的命運。

我不會再犯錯，直到成功為止，都不會停下腳步。

⚔

時間剛過破曉，房間光線昏暗，只有微弱的光從窗外灑進房間。窗外傳來微弱的沙沙風聲，想起夢裡也聽到過同樣的風聲，躺在床上的奈特忍不住感慨地嘆了一口氣。

兜兜轉轉，又再回到這裡了呢。

不論是城堡，還是現在映照在眼前的一切，明明都是熟悉的物品，但現在卻又那麼的陌生。

柔軟舒適的床鋪、華麗且美輪美奐的傢俱裝飾，不過幾個月前，這些東西都是奈特每天起居生活時會看見的物品，但現在看著它們，他卻會覺得違和。

可能是睡了幾個月旅館的床鋪，習慣了市井的生活，待在光鮮亮麗的環境時，反而會不習慣，但他再思索一會後，便發覺之所以會有那個違和感，原因在於自己。

熟悉的家，熟悉的一切，一切都一如往昔，而改變的了，就只有他自己。

奈特嘆了一口氣。他伸手摸了摸左眼，上面的疤痕仍在，它與周遭的皮膚格格不入，稍微凸出了些。

沒有改變，感受著從手傳來的觸感，奈特心裡感嘆。

果然，正如神所說，我已經跟過去的自己再無關係，就算愛德華的過去被改變了，結果也不會反映在我身上。

他繼續用手觸摸疤痕，思緒不其然飄到那段跟左眼疤痕有關的過去。

他清楚記得，當時自己帶著諾娃，一同前往路易斯的訂婚典禮，而諾娃就在典禮的晚上被波利亞理斯擄走。他遍尋諾娃不果，急忙回到冬鈴城堡跟夏絲妲相討對策。二人根據夏絲妲從情報探子打聽回來，波利亞理斯或許身在歌莎郡的消息到處打探，花了幾天時間，終於找到波利亞理斯藏身的堡壘。夏絲妲負責在堡壘外當黑狼們的對手，而奈特則跑進堡壘救人。他到達的時候，看見波利亞理斯剛強吻完諾娃，正打算嘗試伸手取出「虛空」，登時怒不可遏，上前阻止，並與波利亞理斯打了起來。

本來奈特佔上風，沒想到波利亞理斯突然施放術式，令房間滿是黑煙，隱藏自己身影，一下扭轉局勢。當時奈特手上的只是普通的銀劍，沒法抵消黑煙，他奮力防守，憑直覺和速度悉數擋下攻擊，但就在某次擊開波利亞理斯的佩劍「烏霧」後，後者的身影突然消失，並瞬間出現在奈特左前方。奈特反應不及，結果左眼便被斬下一刀。

對決當然是以波利亞理斯的敗北告終。諾娃事後立刻替奈特治療傷口，但或許是「烏霧」劍身埋有甚麼不為人知的術式，就算動用到「虛空」的力量，左眼的傷口沒法完全治癒，眼球是治好了，但就在眼睛對上的位置留下一條疤痕。奈特一直不覺得甚麼，直到重回過去，他思慮這條疤痕或許會惹來不必要的注意，戴上一個眼罩會較容易隱藏身份，所以便一直戴著眼罩，直到現在。

奈特重回過去後，因為他先愛德華一步找到波利亞理斯並打敗他，愛德華沒有被波利亞理斯斬傷眼睛，也沒有被其他人傷及左眼。過去是改變了，但其結果並沒有反映在奈特身上。

果然我是脫序了，奈特自嘲地一笑。

他早就知道原因，也早就接受了，只是再一次實感到即使改變了過去，一切與自己不會再有關係的時候，還是有些感慨。

「怎麼了？在想些甚麼？」就在這時，一把聲音打斷了奈特的思緒。

奈特往聲音方向一看，先是怔住，然後急忙把手收起，裝作沒事發生過：「呃……是你啊。」

「剛剛醒來的嗎？」來者不是別人，正是夏絲妲。

她身穿華麗長裙，頭上的黑髮以髮髻束起，以雪妮的形象出現在奈特的眼前。奈特碰上夏絲妲的視線時，身體愣住一陣子，之後才慢慢放鬆，不習慣自己本來的面貌被瞪著看。

「沒有，大概天剛亮的時候醒來的。」奈特知道夏絲妲是想打探他醒來的時間，他直接回應，沒有要隱瞞的意思。

見奈特如此老實交待，夏絲妲露出滿意的笑容：「早知道你醒了，我便吩咐僕人為你準備早餐。」

「不用了，我沒甚麼胃口。」奈特搖頭。他現在沒有甚麼心情進食。

「話說你既然那麼早醒來了，怎麼不到處走走，就只躺在床上？」夏絲妲關心地問。

「我只要一離開房間，你必定會察覺到吧。」奈特一臉無奈，一眼便看出她的所謂關心，其實是想試探自己有否離開過房間。他直接點出事實：「把我安排在你的鄰房，不就是為了看守監視嗎？」

「不愧是你，看得通透。」哼，那麼快便看出自己身處的位置，不愧是這裡的主人，夏絲妲為奈特的敏銳感到滿意。她看了看奈特，問：「傷口都好了嗎？」

「我還未仔細檢查，但看起來應該已經好得七七八八了。」奈特這才想起，自己未檢查身上的傷口，看看自癒能力減低到哪一個程度。他動了動手腳，身體沒有傳來甚麼疼痛，那麼應該是幾近全好了。「好得比我想像中快呢，諾娃……有幫忙治療嗎？」

說到諾娃的名字時，奈特忍不住別過頭去，心裡滿是愧疚。

夏絲妲輕輕地點了點頭，收起了笑容：「但她只是施予幾個簡單的術式而已，她要把精力都集中在治療愛德華身上。」

「……對，也是呢。」奈特一時不懂得回應。「當然應該是這樣。」

對，對現在的諾娃，又或夏絲妲來說，自己只是個外人。這是他一直樹立的形象，也的確是事實，那麼還胡亂奢望甚麼呢？

奈特沉默下來，夏絲妲也沒有接下去，空氣頓時變得安靜，靜得有點可怕。

「重回舊地，覺得一切熟悉嗎？」過了一會，夏絲妲一問，打破僵局。

「跟我所認識的都一樣，只是看的角度不同了。」奈特頓時回想起不久前自己獨處時，他所感觸的心聲。「這個感覺有點意外。」

「我以為你早有預料會這樣，」夏絲妲沒想到奈特會這樣回應。

「潛入的事是預料之中，但我從沒想過事後會住下來。現在待在這裡是計劃以外的事，」奈特坦誠地解釋。他本來的計劃是帶走諾娃，殺死愛德華，從此與「八劍之祭」斷絕關係，完全沒想到自己會再次在冬鈴城堡住下。「不過即使所有事都失敗了，卻保住了性命，算是意料之外的好事吧。」

「感覺有些奇怪，明明你也是愛德華，但跟你對話時，總覺得眼前的是別的人。」夏絲妲盯著奈特看了看，那豁達的樣子，她從未在愛德華身上見過。不只是現在，早在她猜出奈特是愛德華時，就已經感覺到那種違和。

面對自己所犯下的錯誤當下，奈特那沮喪的反應，跟愛德華如出一徹；但換著是愛德華，他應該會在醒來後心情低落，一直怪責自己，要一些時間和得到別人開解才會漸漸釋懷。那麼快便懂得自我消化情緒和改變思考角度，這不是夏絲妲所認識的愛德華，但她同時覺得，奈特所展現的性格差別，就是愛德華會成長的證明。

「你是對的，我已經不是以前的那個愛德華，沒有關係的了。」奈特輕輕一笑，笑容看起來像自嘲，但又似是隱含了別的意思。

夏絲妲一聽，頓時皺起眉頭：「我說你呢……」

「是真的，」奈特知道夏絲妲想說甚麼，他輕輕搖頭，表明他並非像兩天前那樣在自我否定，而是有別的意思。「真的脫離了關係，這道傷痕就是最好的證明。」

「為甚麼？」夏絲妲不解。

「待會再說吧，」奈特沒有直接回答，轉而問道：「你來找我一定是有事吧？」

「嗯，對，」突如其來的轉變話題，夏絲妲怔住幾秒才反應過來，想起她前來的主要目的。「愛德華在不久前醒來了。」

「啊，醒來了嗎，還挺快的。」奈特的聲線沉了下去。他就猜到，夏絲妲的來意一定跟愛德華有關。

胸口中了一劍，還有全身上下各種傷痕，傷得那麼重，還能在兩天後醒來，這傢伙的命還真硬。腦海彈出這一句心聲時，就連奈特自己也覺得好笑。

「他精神還可以，所以我想，是時候來搞清楚一切了。」既然打開了話題，夏絲妲不打算浪費時間，立刻說明自己的用意。說完，她望向奈特，面上雖然掛著微笑，但眼神卻很銳利：「不由得你選擇，就算你不想去，還得去。」

「不，我會去的。」夏絲妲準備好要強行把奈特拉走，沒想到他居然不反抗，連反駁的意思也沒有。「會將一切知道的都說出來。」

「難得地順服不抵抗呢。」夏絲妲有些微驚訝。

奈特只是無奈地一笑：「因為已經無力再改變甚麼了。」

3

二人一同往愛德華的起居房間走去，一進到睡房，奈特首先看到的，是坐在床邊的諾娃。

她打扮整齊，穿著端莊的黑色長裙，頭髮梳理整齊，並以髮髻束起，乍看十分精神，但當二人四目交投時，奈特發現她那閃亮的紅瞳沒甚麼生氣，眼神盡顯疲倦，而且雙眼下有著明顯的黑眼圈。看著坐得端正但眼神有些空洞的她，奈特有一瞬間覺得自己正在看著一個人偶，此景令他回想起初遇諾娃時，她那安靜不說話，如人偶般的美麗身影。

在那段回憶裡，諾娃注視他的眼神有一種距離感——她不認識眼前人，看不透他的心，心裡戒備，卻又忍不住想要留意。那時的眼神跟現在的她有幾分相似，奈特立刻把視線移走，以免尷尬。

對，他確實是一個陌生人，奈特心裡扎痛。

他把視線移到在床上的愛德華身上。披著外套的愛德華面色蒼白，雙眼雖有神，但眼皮有些垂下，整個人散發出來的氣息十分虛弱。奈特覺得，這刻的愛德華要是下一刻突然倒下睡著，也完全不奇怪。

這那裡是有精神了？奈特在心裡挖苦夏絲妲。

「哼，睡了兩天還是這麼疲累，看著這個蠢樣真是受不了。」奈特挖苦愛德華。他知道自己不應該這樣說，但一看到愛德華，心裡就會煩燥，忍不住心裡的那道氣，無論如何都想發洩出來。

愛德華瞪著奈特，似是想要反駁甚麼，但奈何沒有力氣，最後只是鬆開緊皺的眉頭，沒有回應。

「莫諾黑瓏呢？」諾娃和夏絲妲也沒有作聲，奈特看了看周圍，想起自己醒來後，一直沒有人向他提及過莫諾黑瓏的下落。

「她在……」夏絲妲正要說，突然不遠處傳來「啪」一聲巨響，打斷了她的話。眾人都嚇了一跳，奈特立刻循著聲音的方向望去，發現巨響是從更衣房傳出的。

「沒錯，她在更衣房裡。」見更衣房再沒有聲音傳出，夏絲妲便繼續說下去。她的視線稍微投向更衣房，微微點頭。

更衣房再傳出一聲較弱的「啪」，聽得出是莫諾黑瓏一拳打在大門上的聲音，像是在說：「對，我就在這裡」。

「你想出來嗎？我們接下來要說的事，你應該會想聽吧。」夏絲妲提高聲線，向莫諾黑瓏投話。

「不，我留在這裡便好。」莫諾黑瓏冷淡地拒絕。

「你肯定？不用再被關住啊？」夏絲妲問。

「我知道你們要談甚麼，屆時聽著內容，看著你們的嘴臉，我一定會憤怒不能自我，忍不住把所有人都殺死吧。」沒有人能看見莫諾黑瓏此刻的表情，但奈特想像到，她定是抿緊嘴角，雙手捏緊裙擺，抑壓著憤怒說出這些話。「所以讓我留在這裡，我在這裡聽，不想見到任何人。」

「現在的『你』是哪一個你？」夏絲妲問。

「是誰，都跟你沒有關係吧。」莫諾黑瓏冷淡地回應。

夏絲妲想知道的是，那一夜後，這裡眾人熟知的莫諾黑瓏有否回來，也想確認接下來她們應對的是哪一個她。聽見莫諾黑瓏的回答，她輕笑了一聲。

嗯，是熟悉的她，她「回來」了。

奈特沒有作聲，他只是走到床邊，把本來預留給他的椅子搬到牆角，並在那裡坐下。他跟愛德華等人拉開距離，這是他保護自己心靈的最後小方法。

見所有人都坐下，奈特知道交待的時候終於來臨了。他深了一口呼吸，閉眼，再睜眼，把心情冷靜下來。

「我相信你們首先想知道的，是我經歷過的『八劍之祭』是甚麼模樣吧？」他問。

「我想知道，你的位置本來屬於哪位舞者的？」夏絲妲率先回問。「是貴族嗎？」

「不，本來位置是屬於一位名叫許珀里翁的平民劍士，他是位中年男性，不過在祭典開始後不過兩個月便落敗了，」奈特回答。他望向夏絲妲，說：「是敗在你劍下的。」

「我嗎？」聽見自己的名字，夏絲妲有點驚訝，但她思考了兩秒，又覺得事情合理得很。對方要是劍士，她找對方對決，又或對方主動找上門，都不是甚麼奇怪事。她攤了攤手，一臉無趣地說：「那麼快死在我手上了，這樣聽來，應該只是個實力一般的劍士吧。」

「我沒跟他交手過，所以不清楚，但當時你對我說過，那人有點難纏，就算毒發後也有活動能力，花了點心機才奪去他的性命。」奈特搖頭，轉述他所認識的夏絲妲曾經告知的說話。

「是嗎，那還有點意思的，但都沒關係了，」居然是一個可以抵抗毒素的人嗎，夏絲妲頓時感到有點可惜，想與那人交手一次。但她轉頭一想，既然現在沒法找到許珀里翁，而結果證明了他會敗在自己劍下，那麼找到人與否又好像沒甚麼意思了。「除了那人，其他人呢？你那時候的事情發生經過跟現在重來後的一模一樣嗎？」

「差不多，路易斯依然跟布倫……精靈女王訂了婚，我跟你對決過後住進木屋，搬走後便當上冬鈴伯爵，千鶴依然在跟你對決後離奇死亡，那個煩人又變態的教授依舊在路易斯的訂婚舞會上擄走諾娃，我和諾娃也曾經潛入過精靈之森，經歷大致上跟這傢伙的差不多，」奈特看著夏絲妲說，提及愛德華時以手指指著他，堅持不說名字。「不同的地方，大概就是從波利亞理斯手上救出諾娃的過程沒重來時那麼順暢，以及路易斯沒有在我來到冬鈴城之後便立刻前來提出對決吧。」

「我在冬鈴城的事，是你告訴他的吧？」愛德華立刻抓住機會問。「也是你把『虛空』的特性告訴他的吧？」

「沒錯，都是我說的，」奈特回答的瞬間，他聽到愛德華長嘆了一口氣。「順帶一提，他的劍術之所以有進步，也是因為我作了一些指導。」

「甚麼？」愛德華想起夏絲妲曾經推測過，奈特可能去了找路易斯當同盟，沒想到居然是真的。他驚呼，還因為一下子太激動，扯到傷口而咳嗽了數聲，花了些時間才調順呼吸。「你為甚麼要這樣做？」

「我本來利用他來打敗你，但後來還是覺得自己出手比較安全，」奈特毫不掩飾地說出自己當時找路易斯結盟的真正原因。「還有……算是虧欠吧，覺得自己以前不應該那樣對待他，所以出手幫助一下。路易斯其實不壞的，他也有自己的苦衷，需要的只是一個人的支持和提點。」

「不會吧？」愛德華沒法理解，自己怎會去幫助路易斯。

「現在的你應該還未能理解吧，不，其實你是明白的，只是不想承認而已。」說到後半，奈特望向愛德華，露出有深意的一笑。他當然猜到愛德華在想甚麼，那可是自己經歷過的過去。

「那麼祭典的最後，剩下的是誰？」要是繼續在路易斯的話題上聊，那會沒完沒了。夏絲妲打斷二人的交談，單刀直入問出其中一條最重要的問題。「你贏了，那麼你的對手呢？是誰？」

「你們真的想知道嗎？」奈特正要回答，但他突然想到這個答案會帶來的衝擊。他吞下想說的話，望向夏絲妲等人，凝重地問。

夏絲妲首先點頭，愛德華想了想，也遲疑地微微點頭。

「是你。」奈特深了一口呼吸，望向夏絲妲。

此話一出，所有人都頓住。愛德華雙眼稍微睜大，看起來有些驚訝；夏絲妲也愣住，雙眼微微睜大。

「我還以為是火龍小子呢。」一陣沉默過後，夏絲妲說。她本來以為會聽見路易斯的名字，沒想到被提起的居然是自己。「他沒能捱到最後嗎？」

奈特輕輕搖頭：「他是活到後期的四位舞者之一，但沒能走到最後。我不知道事情的詳細，只知道他和精靈女王對決，結果雙雙殉命。這樣一來，舞者就只剩下我和夏絲妲，所以理所當然的，祭典必定會以我們二人的對決作結。」

「而在對決中，我落敗了，你成為了勝利者。」夏絲妲總結。「而就在你得到勝利後，諾娃便被神奪去了。」

「對，」雖然兩天前已經簡單敘述過一次事情經過，理應不會感到緊張才對，但奈特的心在點頭時，還是閃過一陣刺痛，有些遲疑後才吐出字來。「夏絲妲……我勝出之後，便和諾娃一起踏上為勝利舞者而設的台階，正當我在想神到底會以甚麼方式送出『禮物』時，祂在眾人的面前出現，宣告本屆『八劍之祭』的完結，並要我說出願望。」

那條可恨的巨蛇身姿再一次出現在奈特的腦海裡。他記起自己想要許願時，被神制止，說要先收走「虛空」。他奮力阻止，但徒勞無功，最後在諾娃快要被拉進等同死亡之門的火湖時，他許下了要回到過去的願望，自此回到五個月前。

「回到過去後，我被神留在了阿娜理郡北面的史密林城附近，」把祭典完結後遇上神，被引導許下願望回到過去的往事說出後，奈特微微地嘆了一口氣。「整理心神後，我便開始行動，要在波利亞理斯找到『虛空』前解除其封印，並與『虛空』立下契約。」

「為甚麼？」愛德華一聽，立刻覺得不對勁。「這不就是舊事重演嗎？」

「剛才我不是說了嗎，我已經是另一個體，所以不是舊事重來，」奈特搖頭。「要是我搶在那個變態教授找到『虛空』之前與諾娃定立契約，那麼你就不會遇上諾娃，也不會被選中參加『八劍之祭』，這樣便能改變諾娃要被神收走的未來。」

「但跟你訂立了契約後，你不也是要參加『八劍之祭』嗎？那不都一樣嗎？」愛德華仍然不解。

「我可以選擇定立契約後放諾娃走，或者故意在『八劍之祭』落敗，只要不是和諾娃一起站上祭典勝利的台階，『虛空』就不會被神收去。」奈特說。

愛德華歪頭想了想，算是明白奈特的想法，但他想到一個疑點：「如果你解開了『虛空』的封印，但不跟她定契約，選用另一把普通的劍參加祭典，不也可以嗎？」

「不，不定下契約的話，『虛空』是不會跟我走的。」奈特輕輕搖頭。

「對，這是神在『虛空』設下的機制，我們只會跟隨契約者前行。」未等愛德華開口，諾娃便立刻補上一句。

愛德華立刻望向諾娃，一臉疑惑：「但我們相遇的那一晚，我不是拉了你走嗎？那時候我們還未訂立契約啊？」

「其實在你握著我的手那一刻，契約已經完成了第一步。」諾娃想起自己一直以來未曾跟愛德華解釋過關於「虛空」契約的事，她想了想，嘗試用簡單的方法解釋：「『虛空』的立約方法是有人解開劍的封印，立下契約，劍便會依照契約一直跟隨主人。但當時波利亞理斯利用黑狼隔空解除我的封印，自己卻沒有現身，我找不到契約者，所以四處尋找，途中見到要追趕我的黑狼，並在混亂之中遇上了你。你握著我的手時，其實已經完成了契約的第一步，劍已經認證了你是契約者，剩下的就只有立下誓詞。在你取出『虛空』的一刻，契約便宣告完成。」

「居然是那麼簡單……」愛德華低頭看了看自己的右手，小聲驚嘆道。他想不到原來自己和「虛空」，以至諾娃的緣分，居然由他握起她的手那一刻就已經註定了。

「所以我當時做的第一件事，就是到阿娜理去，找出『虛空』所在的地方。」奈特點了點頭，繼續說下去。

他到達那個諾娃滾下來的山坡上，從那裡開始搜索。因為諾娃說過，她是從一個荒蕪的山原跑到那個山坡去的，所以奈特便到了距離山坡有數小時步程距離，一個長滿雜草的廣闊平地，像幾個月前的自己一樣，再一次仔細搜索可能的封印地點。他記得自己找了很久，不論是樹洞、山洞、甚至嘗試過挖起泥土，看看封印是否藏在地下，但都沒有得著。不知不覺間，他越走越遠，遠離了平地，慢慢走上一座樹木林立，被濃霧圍繞的山。

「我只顧著尋覓，完全沒有留意周圍，到回過神來時，發現自己已被濃霧圍困。當時天色已黑，眼前漆黑一片，一點光也沒有，我看不清前路，而且忘了自己是怎樣上來的，唯有小心翼翼地摸路，尋找離開的方法。走了一會，我看不到原來前面沒有路，一不小心踏空，整個人掉下懸崖，一直往下又滾又撞的，到我醒來時，便發現自己身處一個陌生的山洞。」

⚔

為甚麼會那麼不小心的？

本來是要尋找離開濃霧的路，現在居然掉落懸崖，這裡不知道離地面有多深，要怎樣才能找到出口？

我搓著額頭站起來，發現周圍雖然漆黑，但不是伸手不見五指，有一道微光正隱約散發，讓我看到自己四周的都是石頭。

是月光嗎？我抬頭，甚麼也看不見，再四周張望，看不見類似洞口的東西。我湊近查看，發現發光的正是這些石頭，可能石頭裡有一些不知名的神秘晶石，讓它在漆黑中能帶來一點光。

有神秘晶石的洞穴，感覺不尋常，但這裡到底是何處？
就在我自問的時候，一陣熟識的氣息突然吸引了我的注意力，驅使我望向一個方向。
「虛空」。
我心頭一震。
這不會錯的，與它朝夕相對了幾個月，我沒可能會忘記，這是「虛空」力量的感覺。
這裡就是封印「虛空」的洞穴嗎？
「我在這裡。」
就在這時，一把清純的女聲在不遠處傳出。
我心頭登時一震，那清澈如水、如小鳥歌聲般動聽的聲線，跟諾娃的聲線頗為相像。
只是幻覺，是我聽錯吧，我心裡閃過一陣酸澀。她不在這裡，再不在我的身邊了。
但如果「虛空」真的在這個洞穴，那麼聽到她的聲音，也非常合理啊？
「諾娃，是你嗎？你在嗎？」我戰戰兢兢，害怕會得到否定的答案。
「我在這裡，來，來這裡吧。」
聲音只是重複她剛才的話，我卻忍不住被她吸引。在她的引導下，我在黑暗中緩緩前進，走了不知多久，最後來到一塊巨石面前。
「是你嗎？是你呼喚我來這裡嗎？」我環望四周，只見自己身處一個空間，這裡甚麼也沒有，就只有一塊幾米高的漆黑巨石高高豎立在面前。
聲音應該只能從這塊巨石傳出來吧，我心想。我心裡遲疑，同時焦急，很想快點得到回覆。

「此地乃常人無法踏足之禁地，既然您來到了，即證明您乃註定之契約者。」聲音緩緩回答，那平淡的語調，像極了初相識時的諾娃。

「你是諾……『虛空』嗎？」我衝口而出，說到一半才想起，這時候的諾娃根本不知我是誰，當然也不會知道這個由我起的名字。

「伸出你的手，契約者，」聲音沒有正面回答，只是說：「你所尋找的一切皆在此處，封印解開之時，便是覓得答案之時。」

聲音想誘導我伸手碰巨石，我想要依從，但心裡卻遲疑著。

雖然這把聲音跟諾娃如出一轍，但真的是她嗎？

總覺得整件事有點不對勁，好像哪裡不對。

但我沒可能認錯她的聲音的。跟「虛空」一樣的氣息，與諾娃一樣的聲線，兩者合在一起看，應該不會出錯吧？

「契約者，若想立約，便伸出你的手，」這時，聲音緩緩催促。

我注視巨石，心裡被它深深吸引，回過神來時，手掌傳來一陣冰冷，原來手經已伸出，觸碰到巨石。一道強風頓時從巨石湧出，我幾乎無法維持意識，雙眼甚麼也看不見，只剩聽覺仍能運作。

「我名乃『黑白（Schwarzweiria）』，現已成為受你所控之物。」在迷糊的意識之中，一把聲音輕聲地對我宣告。

「黑白」？不是「虛空」嗎？

我想開口拒絕立約，但不知怎的，腦袋浮浮，意識沉沉，漸漸忘了這質疑。

「我將是你唯一的劍。在契約下你可任意命令我，而我不得背叛，違者以死為罰。」

我沒法思考，只知道誓約的內容跟與「虛空」立約時幾乎一樣。

「契約者，請立下誓言。」過了不知多久，聲音在我耳邊細語。

「從今開始，你是我唯一的劍，我必不背叛你，違者以死為罰。」依隨聲音的引導，我張開了口，在迷糊間立下誓言。「你的性命永隨我旁，我的勝利與你同在。我們將一同斬斷世間之律，而我會牽你至願望實現之所。」

「此誓約為終生之約，您必要忠誠對待。此劍終生歸你，願此劍能夠成為引路明燈，成為達成你心中宏望之力量，我將為你見證到最後一刻。」

聲音落下後，強風終於漸漸消散。我睜開眼，低頭一看，發現自己手上握著的不是「虛空」，而是一把陌生的雪白長劍。而在我的面前，一個跟諾娃樣子十分相像，但留著一頭白黑短髮的少女正站在那裡，對我投來微笑。

「你是誰？這把劍是甚麼？」我大吃一驚，後退幾步，用劍指著少女。

「這是『黑白』，你剛剛訂下了契約，所以現在它是屬於你的，」少女天真地笑著，那笑容跟諾娃非常相像，要不是前額的白髮，會完全分不清二人。

我是想跟「虛空」定立契約，不是這把劍！她笑得燦爛，但我滿腦子的都是震驚和不解。

我剛才明明是想拒絕的，但……咦，為甚麼？

我嘗試回憶，但記憶很混亂，立約的片段十分模糊，全都散成難以拼湊在一起的碎片。

我真的……是自願答應立約的嗎？

「我在這裡被封印了幾百年了，謝謝你解開我的封印！」在我陷入混亂的同時，少女像是察覺不到我的掙扎，她毫不懼怕地走到我身邊，笑著表示感謝。

「不，我並不是想要……」

「誓言乃永遠，你立下了契約，就不能違背的了。」未等我說完，她便把雙手緊緊疊在我的右手上，不讓我把劍鬆開。

是嗎？是吧。

她的話語給我一種舒適的感覺，那種感覺輕飄飄的，彷彿只要跟著她的說話做，就不用承受煩惱所帶來的痛苦。

我點了點頭，垂下了手，再沒有反抗。

「我愛你，所以你也要愛我，契約者。」

說完，少女湊前，我還未反應過來，她就在我的臉頰輕輕一吻。

⚔

「就這樣，我本來想找『虛空』，但最後解開封印並得到的卻是『黑白』。」說完得到「黑白」的經歷後，奈特忍不住嘆了口氣。

「原來如此，相似的契約誓詞，以及幾乎一樣的聲線誤導了你。」夏絲妲說的同時，愛德華微微點頭。他見識過莫諾黑瓏模仿諾娃聲音的能力，那真的是唯妙唯肖，只聽聲音的話是無法分清二人的身份。

「才不是這樣！」門後的莫諾黑瓏立刻激動地高呼否認。「是你自己來的，也是你自己選擇立下契約的！」

「但當奈特詢問你是否『虛空』時，你沒有直接回答呢，」夏絲妲平靜地點出問題所在。「你是否害怕奈特得知自己不是『虛空』後，便會離你而去，所以著他先解開封印？」

「那是他自己說的，當時他明明沒有這樣問過！」莫諾黑瓏反駁。

我明明記得，是奈特主動來到我面前，問我到底是甚麼，並說自己需要我的力量的！他對我的渴望是那麼懇切，我便告訴他只要解開封印，便可以得到想要的力量。他毫不猶豫地立誓，發誓會與我走到最後，所以我給她一個吻，代表我的愛，以及一生的承諾。

我沒有欺騙，也沒有用計引導，都沒有！

「就當作是你們二人其中一位的記憶有錯了，那麼為甚麼你在立下誓約後不是將兩把『黑白』都交給奈特？」夏絲妲不怎麼理會莫諾黑瓏的反駁，繼續一針見血地發問。

莫諾黑瓏頓時語塞：「這……」

「正如另一個你說過的，你從一開始就不打算相信自己的契約者。」夏絲妲說完後，無奈地嘆了一口氣。

她心裡大概猜到是怎麼樣的一回事。她相信奈特不會說謊，他說的恐怕是事實；但莫諾黑瓏所說的應該也不是謊言。

在莫諾黑瓏的心裡，她沒有過錯，錯的都是奈特。她沒有耍手段哄騙奈特，是奈特如王子般主動向她許下承諾，又在之後背叛她，三番四次地浪費她給的悔改機會。

沒錯，奈特從一開始便騙了莫諾黑瓏，但她也一樣，在立約之時便已施行瞞騙，甚至改編了自己的記憶。

呵，這二人不是挺合襯的嗎，夏絲妲覺得有趣，但笑不出來。

望向諾娃那全身幾乎是黑的身影，夏絲妲突然想起，她在幾個月前曾經問過愛德華，為何要以「黑」為諾娃取名。

名字是很重要的，隱含了許多意思，在術式的世界裡也有束縛、限制的意義。「虛空」是黑色的，所以用「黑」取名，而此名意外地跟諾娃的本名相似。愛德華看到的，是諾娃這個人，她的本質，並不是附屬於劍的劍鞘，那麼莫諾黑瓏呢？

因為只有黑與白，所以是單色，但實質上，黑與白是兩種截然不同的顏色。莫諾黑瓏的名字與其本名同源，但莫蘭娜不只有一隻顏色，她同時擁有黑與白兩面，但奈特只看到白的一面，並以之命名。

莫蘭娜一直只讓奈特看到她「白」的一面，但同時，奈特的「單色」取名也斷定了他只選擇了莫蘭娜的其中一面。這樣的命名到底是影響，還是本質的彰顯？她也答不清楚。

「那個平原的附近有這麼一座山嗎？」同一時間，愛德華想了想，察覺到不對勁。「我去的時候，明明看見那裡附近一座山都沒有啊？」

「我事後曾經再次到訪過那平原，無論走多遠都找不到那座被濃霧圍繞的山，更不要說是洞穴了。所以我想，那座山和洞穴會否是有特殊的術式，只有特定的人才能進去。」奈特回答。「總而言之，得到『虛空』的計劃失敗了，所以我改變計劃，打算阻止你與諾娃相遇，又或在祭典上奪取『虛空』。」

奈特的算盤是，如果他能夠在愛德華和諾娃相遇的一晚成功阻止二人見面，那麼就會捨棄「黑白」，改與「虛空」訂立契約，如果失敗，那麼他就會在「八劍之祭」期間從愛德華手上奪去「虛空」。

為了實現計劃，首先他到安納黎北面，殺害蓉希郡主勃朗伯爵，籌集未來數月的生活費。接著他算準日子，前往阿娜理，打算趕在諾娃封印被解除的那天到達山坡。

他以為旅途會很順利，沒想到先是遇上大雪導致道路阻塞，需要改走更遠的路；然後二人所坐的馬車突然損壞，等了半天才有別的馬車能夠乘載他們繼續行程。在馬車轉乘站休息，遇上前來派信的信使時，那人不停地纏著奈特，非要完全確認他的身份後才願意把信轉達，這樣又浪費了半天的時間。好不容易終於到達阿娜理，他們卻被堵在城外，被要求排隊檢查。本來只需要幾天的旅程，結果足足花了一個多星期。

奈特好不容易進到阿娜理時，天色已暗，他奮力趕往山坡，但中途又遇上許多小意外，趕到路特維亞學院附近時，看見愛德華和諾娃經已相遇。他無力阻止一切，只能在遠方目睹那個熟悉的過去再一次發生。

「那一連串的意外，可能是神在阻止我改變過去而做的好事吧，」奈特嘆氣。他嘗試說服自己，這不過是自己倒霉，但那些意外的時機都太過巧合，令他不得不懷疑神是否在當中插了一腳。「祂或許不想我那麼容易便成功，就是要把我的道路弄得一團糟，才會高興。」

「祂的話，確實會這樣。」這時，諾娃開口了。「嘴上掛著公正二字，實則以玩弄人心為樂，這就是祂。」

「諾娃？」愛德華察覺到諾娃神色不對，有不祥的預感。「為甚麼你這麼肯定？」

諾娃捏緊裙擺，「因為神設立『八劍之祭』，就是為了滿足自己這方面的私欲。」

4

「哼，果然是回復了記憶呢。」聽畢諾娃的一句，莫諾黑壠不滿地「切」了一聲。「總算記起來了。」

「咦，諾娃你……」愛德華雙眼緩緩瞪大，語帶驚訝：「記起了嗎？」

「嗯，」諾娃靦腆地點頭，她這才想起愛德華不知道她記起了自己的本名和剩餘的記憶，再抬頭時，便已換上一副認真的神情。「『八劍之祭』表面上是神和安納黎立約的證明，讓被選中的『舞者』獻上最高級、高尚的劍舞取悅祂，換來祂守護安納黎的和平，但所謂的守護和平只是幌子，祭典背後的真相其實是神和皇族康茜緹塔家的利益互換。」

「甚麼利益？」愛德華問，但他的心裡其實猜到一二。

「神可以滿足祂想觀看一群人類為了爭奪一個虛無縹緲的願望而自相殘殺的私欲，而康茜緹塔家也能借助祭典一步一步削減齊格飛家和精靈一族的實力。」諾娃回答。

三百多年前，齊格飛家和溫蒂娜家依然強盛，想到今天的溫蒂娜家只剩下布倫希爾德一個繼承人，齊格飛家的直系血脈也只剩下路易斯一人，而二人都是這次祭典的舞者，諾娃忍不住在心裡慨嘆，當年覺得有點空穴來風的個人猜測，幾百年後以事實證明了真偽，神與康茜緹塔家的算盤果真成功打響了。

她生前調查到的真相是，四百多年前，當時康茜緹塔家剛將多加貢尼曼王國和精靈之國納入自己國家，成立安納黎帝國，精靈一族和齊格飛家的實力對他們來說是潛在的大威脅。於是他們向神求助，和神定下契約，會每隔八十年在安納黎舉辦一次「八劍之祭」，由神選出祂屬意的八人，任由他們互鬥。神和康茜緹塔家約定，每屆祭典都一定會有來自齊格飛和溫蒂娜家的人被選中成為舞者，而康茜緹塔家族的所有人則可以置身事外。這樣，康茜緹塔家可以借助「八劍之祭」慢慢減少齊格飛和溫蒂娜家的人數，神不知鬼不覺地逐步削弱他們的實力，一步一步將龍族後人和精靈一族控制於掌心之中，而神也能經由祭典的舉辦而滿足自己的欲望。

至於保佑安納黎平安豐盛，那也是時任皇帝亞雷斯向神請求得來的。諾娃覺得此舉不難理解，畢竟只有剷除內患，免於外患，國家才能安穩地發展；而且祭典必需要有一個合理的理由包裝，就算亞雷斯不作聲，相信神也會下此承諾吧。

神與人訂立契約，以代價作交換，實現其願望，是十分平常的事，但問題就在於神介入祭典的方式並不「公正」。如果是一般的祭典，會有一個劃一的祭品條件，例如十四歲以上的處女、未滿兩歲的羔羊，而祭品是由獻祭方選擇的，但「八劍之祭」卻有異，它沒有統一的祭品標準，而是由收取祭品的神選出特定的人——祭品。神是決定祭品條件的人，也是選擇祭品的人，這幾乎等同指定特定的人要他們死去。作為至高至上、絕對公正的神，是不能行這種類近殺生行為的事，但祂做了，為了自己的快樂，捨棄公正的神性，以神權把人們玩弄在掌中。

不只如此，祂還會為了遵從守護安納黎的承諾，護安納黎於和平，而直接干預世界常理，例如將要吹襲安納黎的風暴突然變弱，甚至可以為了守護安納黎而令本來要入侵的敵國因為突如其來的瘟疫而毀滅。為了偏袒一個人、一個國家，以及滿足自己的愉悅而頻繁干涉世界常理，使他者死亡、使某人人生蒙上不必要的苦難，這絕對不是那個一直宣揚自己是「絕對公正公義」的神應做的事。這是私欲，跟人類的自私和任意枉為一樣骯髒而不潔。

「那又怎樣？不過是神的真貌與教會所宣揚的有出入而已。我們無法窺探神的全部，就因為所謂的真相跟你本來認知的『神性』不同，就說祂不公正了？」莫諾黑瓏立刻不屑地質疑。「根本荒謬！」

「我查出了真相，然後神便殺我滅口，即是祂要掩埋這個秘密，也就是說祂知道自己的行為並非正確。」諾娃沒有被動搖，輕淡地以自己的死因反證所查出的真相實為真確。她把頭轉向更衣房的門口，問道：「莫蘭娜，你生前要殺我，也是神所決定的吧？但為甚麼你也會死去，跟我一樣變成了人型劍鞘？」

「你還好說，都是你害的！」居然還敢問理由！莫諾黑瓏登時氣得不輕，非常激動。「就是因為你背叛了神，我才會被牽連受罰！」

「甚麼意思？」諾娃聽不明白。查出真相的是她，處死她的是莫蘭娜，但怎麼處死人的也被當成有罪了？她立刻追問：「莫蘭娜，告訴我，到底整件事的來龍去脈是怎樣的？神當時想處死我，是向異教審判者全體下達神諭的，還是只向你一個人傳達？」

「跟你有甚麼關係？」莫諾黑瓏仍然激動。「你知道了又會怎樣？」

「你不久前說過吧，因為要從神手上接下殺死我的任務，所以見過祂。這樣說的話，神諭應該是只向你一人傳達的吧？」面對莫諾黑瓏的反抗，諾娃只是重提前者說過的話，向莫諾黑瓏步步進逼。

二人生前時，她從不會像現在這樣逼莫諾黑瓏交待甚麼。曾經互相愛護、相互扶持的姊妹，現在卻相隔一道門，像仇敵般互相套話。諾娃很是痛心，但她知道自己現在必須硬起心腸，從莫諾黑瓏口中套出話來，要她交待這段恐怕只有她一人知道的過去。

「哼，」莫諾黑瓏無法否認，這的確是自己說過的話。「對啊，是祂直接告訴我，你犯了叛神罪，要我把你抓來，不然我都會被牽連處死！」

⚔

就算幾百年過去，莫諾黑瓏一直都無法忘記，那個平凡無奇得可憐的日子所發生的事。

那天早上，諾璃娜一大清早便外出工作，莫諾黑瓏——莫蘭娜因為前一晚工作到很晚，所以直到差不多中午才起來。

「吾之忠實僕人，莫蘭娜。」

她記得很清楚，自己正要離家，打算回教會時，突然聽到一把陌生的聲音在耳邊響起。

只是聽錯了吧？莫蘭娜知道家裡只有自己一人，十分肯定不會有人叫她。

她當作沒事發生，正要打開家門時，同一把聲音再一次呼喚她的名字。

「到底是甚……」她下意識地轉身，朝聲音的方向望去，發現身後的樓梯上竟然有一條巨大的白蛇。那白蛇的樣貌跟教會畫像裡的神幾近一樣，半透明的身軀，紅如寶石的雙眼，她揉了揉雙眼，以為自己看錯，但揉了幾次，白蛇都沒有消失，頓時明白事情並不簡單。

「祢是……神嗎？」莫蘭娜戰戰兢兢地問。

「吾乃汝所事奉，守護安納黎之神。忠實之僕人，於吾面前跪下。」

聽見是自己敬拜、事奉的神，莫蘭娜立刻嚇得跪下。對神的尊敬早就刻在她的身心深處，在祂的威嚴和榮光面前，她無法抬頭，也不敢反抗。

「敢問神前來，有何用意？」莫蘭娜小心翼翼地問道。「諾璃娜姊姊經已出門工作，要找她的話，大概只能到晚上了。」

「吾當然知曉，」神回答。「抬起頭來，莫蘭娜，汝乃吾要尋找之人。」

莫蘭娜登時吃驚：「我？為甚麼？」

「吾之忠實僕人，守護教義的異教審判者，現遵循吾指令，將背教之人帶到吾跟前。」神吩咐。

「當然！」莫蘭娜如反射反應般快速答應，之後才想起最重要的事沒有問。「誰是背教者？」

「背教者諾璃娜，」神緩緩說道。「汝需將諾璃娜帶到吾跟前，讓彼接受審判。」

「……甚麼？」莫蘭娜不敢相信自己聽了甚麼。

那個完美的，純潔的，世間最高貴的姊姊，居然背叛了神？

不可能的，一定是搞錯了！

「沒可能的，姊姊沒可能背教，一定是搞錯了甚麼吧……」她抱著僥倖的心反問，此刻每秒都長如小時。

她希望聽見神表示，祂要找的只是與姊姊同名的他人，而不是她那深愛的、最為崇拜的姊姊，但在心底，她仍然有點害怕。

「吾乃全知之神，彼之罪狀確鑿無誤。」神的一句徹底打沉莫蘭娜的希望。

「沒可能的，怎會這樣……」

莫蘭娜瞬間感覺天要塌下來，四肢登時軟掉。她知道神不可能對她說謊，祂說的一定是事實，但她也不相信姊姊會背叛她一直表示忠誠的宗教，更不可能偏離正確的道路。

「汝乃吾之忠實僕人，得力的異教審判者，因此吾特意將此職責交予，不得告知他人，」不理會莫蘭娜的沮喪，神繼續交待，並吩咐她不得把此事告訴他人。「吾一直留意汝，為汝多年來所背負和承受的罪孽感到憐憫。汝屬於光明，也期盼光明，只要將背教者帶到吾跟前，將之處刑，汝便能如願，無需擔當異教審判者，能堂堂正正在陽光底下行走。」

「……真的嗎？真的可以不再當異教審判者嗎？」處刑二字令莫蘭娜心頭一震，但一聽到可以不再擔當異教審判者，她立刻抬頭，眼神閃爍著驚訝。

她一直都很討厭異教審判者的工作，這崗位不是她選的，是進教會工作時被派到這個位置的。她一直想跟諾璃娜姊姊一樣，當一個走在光下的神官，而不是只能活在黑暗裡，專門處理教會骯髒事的異教審判者，但周圍的所有人都鄙視她、嘲笑她，說身為魔女的她最適合就是待在黑暗裡，別妄想能接觸光明，沾污神的榮光。

看！神是看到我的，祂看見我的痛苦，還說我是屬於光明的！莫蘭娜在心裡吶喊，她恨不得那些嘲笑過她的人都看見此刻她被神召見的光榮。

她懇切地想離開黑暗，但要得到這個機會，就要把心愛的姊姊以背教者的方式殺死，她實在無法取捨。

「是，但汝必須將背教者帶來，不然汝也將視為背教，得到同樣懲處。」許是察覺莫蘭娜心中的動搖，神肯定祂的承諾，並說出莫蘭娜不依從時的懲罰。

莫蘭娜立刻焦急起來：「我、我怎會背教？姊姊也沒可能的，但……我一定不會！」

「同源之者，其罪同等。」神說。「將背教者帶到吾跟前，汝之罪便能得到寬恕。」

「我沒有罪，諾璃娜姊姊也一定沒有過錯！」莫蘭娜焦急地解釋。

「有罪與否，以汝之行動證明。」

說完，神的身影就此消失，留下莫蘭娜一人對著樓梯，在驚愕中久久不能反應過來。

沒可能這樣的……姊姊絕對不可能背叛神的，莫蘭娜喃喃道。

我不應該，也不可以懷疑她，但神亦不可能出錯，那麼錯的真的是我嗎？

一直以來，都是姊姊的輝煌身影令我堅持活下去，要是她叛離了正確，那我這些年來到底都在做甚麼？都在相信甚麼？

不，祂剛才不是說了嗎，用行動證明。我相信姊姊是清白的，那麼就找出證據，證明給神看！

只要證明給祂看姊姊是無罪的，那麼她可以繼續維持輝煌，我也可以洗淨罪孽，走在陽光之下！

抱著想要替諾璃娜洗淨冤屈的心，莫蘭娜從那天開始便悄悄跟蹤諾璃娜。她發現姊姊經常早出晚歸，常常在圖書室翻找資料，以及到處找不同人見面，似是在查探些甚麼，但每當她問諾璃娜最近在做的事時，她都含糊帶過，毫不透露半字。莫蘭娜的疑心越來越大，她很快便查到，諾璃娜真的在搜集關於「八劍之祭」的資料，而且她找到的都是對神不利的真相，明顯是要質疑神的權威。

面對背教事實被肯定的當下，莫蘭娜深深感到被最愛的人狠狠背叛。

她自幼因為一頭異樣的黑白髮和血紅雙瞳而不受待見，被人唾棄，是諾璃娜的輝煌身影令她能夠堅持活下去。她是骯髒不堪的，是罪大惡極的，諾璃娜是她的榜樣，也是她的光，不論她以處理異教徒之名殺了多少人，以搜集異教徒罪狀為名與多少人交合，只要諾璃娜依然光芒閃耀，她便能堅持下去。

莫蘭娜相信的，從來都是遵從教義，行事一切正確的諾璃娜，但她萬萬沒想到，那個在她心中身為「正確」的定義，那個聖人一般的存在，居然自甘墮落，成為背教者。

一直以來傾心相信的白染上了黑，那麼自己投放過的愛、信心、堅持捱過的痛苦都是甚麼？都是垃圾嗎？

憤怒和怨恨登時湧上莫蘭娜的心頭。那照在自己身上的輝煌光芒不再柔和，而是刺眼；曾經的愛很快轉化為恨。她痛恨這些年來諾璃娜讓她承受的一切不公，怨恨姊姊的背教令清白的她也背上同樣的罪。

一切都是諾璃娜害的，她的痛苦和傷害都是諾璃娜帶來的，只要去除這個罪孽的存在，自己就能回到光明，潔白地活下去——

「莫蘭娜！」

莫蘭娜低頭一看，泥土上滿是諾璃娜的鮮血。曾經的白光經已墜落到地上，被骯髒的鮮紅淹沒。殺死諾璃娜的紅劍正被她握著，劍身上滿是諾璃娜的鮮血。

是她，把正要前往教會找大神官的諾璃娜帶到神所準備的一個洞穴，也是她，依照神的意思親手將親姊殺死。她不需要背叛自己的光，更不需要令自己染上黑暗的罪人。此刻，她的心滿是喜悅，她終於回復清白，能夠站在光明之下了。

「為換取自身清白，竟能殺害至親，汝跟諾璃娜同樣，罪孽深重。」

就在這時，神再次在莫蘭娜身後降臨，道出她的罪名。

「不，你不是說處死背教的姊姊後，我便不用受牽連，可以重獲清白的？」

再一次面對巨蛇之姿，莫蘭娜心裡滿是驚恐和不可置信。

神所吩咐的，她都照做了，沒可能還會錯的！沒可能！

「汝確實從背教之罪中重獲清白，但弒親之罪乃重罪。人之子，汝能親手洗淨自己手上之鮮血麼？」雖然身姿正在莫蘭娜面前顯現，但神的聲音卻是在四周迴響，彷彿祂的實體並不只是白蛇。祂俯視著莫蘭娜，一動不動，重申一次對她的判罪。

循著神的視線，莫蘭娜瞧到她手上的那些血跡。諾璃娜的鮮血仍在，而深紅的審判者之劍仍有血液循著劍身滑落到地上。她一愕，急忙把劍扔走，並大力用裙擺抹走手上的血跡，彷彿覺得這樣做便能跟殺死親姊一事劃清界線。

「說好的並不是這樣！要不是你命令，我才不會對姊姊下毒手……」

「汝之行動代表汝心意，在吾面前，一切皆無法隱藏。」不等莫蘭娜說完，神便語帶威嚴地再次宣告，不論她做甚麼，都沒法償還自己的罪。

諾璃娜的樣貌頓時在莫蘭娜腦海浮現，「你的行動代表你的心」是她很常說的一句話。莫蘭娜注視自己仍然沾有血跡的右手，頓時忍不住冷笑了起來。

她被算計了。

神早就看穿她對清白的渴求，以及她對諾璃娜那份深藏於愛裡的恨，並將之利用。甚麼憐憫，甚麼認同，都不過是哄騙她的甜言蜜語。祂沒有說謊，當初關於清白的承諾全是指向諾璃娜背教一事，而她也的確不需要繼續當異教審判者，皆因她殺死諾璃娜後，會被神滅口殺害。

說來也是，既然諾璃娜不能留活口，那麼得知祭典擁有黑暗一面，而且被神指派把人除去的莫蘭娜便是更大的威脅。莫蘭娜心裡問，如果選擇不依從神的旨意行事，包庇姊姊，結果會不一樣嗎？不，神依然會想辦法除去二人。

從她在家裡與神交談的那一瞬間起，就注定了將要死亡。

「有你的，」莫蘭娜帶著滿腔的怒氣咒罵。對神的敬畏早就埋進她身心的每一部分，她不敢以行動發洩，這三隻字是她唯一能夠對神作出的反抗。

「罪孽深重之異教審判者，汝之罪過，無法清洗。」神依然不動如山，再一次宣讀莫蘭娜的罪。神沒有表情，但莫蘭娜覺得，祂心裡一定正在嘲笑自己的愚蠢，那看似平靜的鮮紅雙瞳深處隱藏的，是鄙視和喜悅。

「你要怎樣殺我？」莫蘭娜以無禮的語氣提出質疑。「你能夠干預現世常理，但無法直接取我性命。這裡一個人都沒有，難道打算叫我自殺嗎？」

況且你要怎樣處理我們的屍首？沒可能叫其他人來吧？莫蘭娜心裡沾沾自喜，以為抓到神的弱點，思忖自己或許可以抓住活命的機會。

神一言不發，只是用蛇尾把諾璃娜的屍體綁住拉到自己身旁，再看了一眼莫蘭娜，突然開口呢喃：「近期以玩鬧心態做出兩把成對之劍，一直未能找到合適的劍鞘之材……」

祂彷彿在自言自語，又像是對莫蘭娜說話。

成對……雙子……莫蘭娜心裡頓時閃過不祥的預感。

「甚麼意思……」

神抬頭，把頭緩緩伸往莫蘭娜，頓時雙眼睜大，紅光彷彿閃耀著找到寶物的喜悅之光。

「相依卻相對，此處不就有完美之材麼？」

「不！」

⚔

那就是莫蘭娜作為人的記憶的最後。在整輩子都未曾感受過的驚恐醒過來後，她發現自己已經成為「黑白」的劍鞘，被封印在一個叫天不問，叫地不聞的石洞裡，只能等待解開封印的人到來。一等，便是三百二十年。

「不單是滅口，還故意玩弄離間我們二人，神的惡意到底有多深……」聽畢莫諾黑瓏交待的過去後，諾娃心裡燃起少見的怒火。

她生前早就察覺到神為了自己的目的而離間她和莫蘭娜，但卻沒想到在自己死後，神居然會巧妙用言語玩弄莫蘭娜，推翻祂定下的承諾，並將二人一同轉為已死但又不算死的人型劍鞘。這還不夠，祂更在她們身上埋下必定會與「八劍之祭」拉上關係的命運，以及只要帶領契約者勝出，便要被神回收——換言之是第二次死亡的規條。不論生前死後，祂都不放過二人，而目的居然不是為了懲罰，而是為了名為愉悅的私欲。

身為至高之神，為私欲拋棄神性也就算了；為了隱瞞自己所做之事，把她處死都算了；但把莫蘭娜也牽連在內——大概是為了觀賞姊妹二人反目，以及莫蘭娜以為自己得償所願之時驚覺原來一無所有，那從有到無的打擊和反轉，諾娃覺得神這樣做實在是太過分了。祂所行之事已經不是干涉常理那麼簡單，那是玩弄，以權能和言語巧妙地玩弄莫蘭娜，她明明可以不牽涉在叛神一事之上，可以好好地活著，但就因為祂的惡意，她的命運被大幅度改變，成了今天的模樣。

諾娃此刻明白了，這個神才不是甚麼守護人類、公正無私的神，祂只是一個喜愛坐在神之座上，以人類的掙扎和痛苦為食糧，把人類當蟲子看的高等存在而已。她居然全心相信、事奉過這樣的神，諾娃不禁覺得自己愚蠢至極。她心裡憤怒，對自己當初的愚蠢而怒，對自己現今仍困在神的牢籠中，無法逃脫而怒，對不只她和莫蘭娜，就連愛德華，以及奈特，現在都一樣被神玩弄其中的事而怒。但這份怒氣不會有出口，她只能大力捏緊裙擺，讓大腿被指甲牢牢抓住並感到痛楚，這樣子才能勉強好過一些。

「都是你的錯！要不是你當初懷疑神，事情就不會淪落至今天的地步！」莫諾黑瓏再一次將責任推到諾娃身上。她不是沒看到神在自己身上的作為，但依然覺得罪魁禍首是諾娃。

要不是諾娃開始懷疑神，神就不會找上自己；要不是諾娃成為眾人愛戴的神官，她就不會相對比擔當被詛咒的存在；要不是諾娃如此光芒四射，她就不會慘遭唾棄。以及，要不是諾娃存在，她就不會被奈特萬般利用，難得覓得的所愛之人就不會離棄自己。

發生在她身上的所有悲劇，都是諾娃引起的，都是她的錯。她自己沒有錯，一直都是無辜的，可憐的。

莫諾黑瓏不論生前，還是現在，都如此認為。

見莫諾黑瓏仍不明白，諾娃登時焦急想要解釋：「不，莫蘭娜，你聽我說……」

「不用再解釋了！你一直只看到自己，不會看到我做過甚麼！」諾娃還未說完，莫諾黑瓏便激動地打斷了諾娃，「你在開始懷疑神的那一刻，決定調查的那一刻，有想過我會落得怎麼樣的下場嗎？沒有吧！枉我那麼愛你，那麼尊崇你，視你如我的全部，但到頭來你的眼裡根本沒有我！」

「我……」諾娃頓時語塞。她眼裡怎會沒有這個唯一的親人呢，但莫諾黑瓏的話也是對的，自己當初確實沒有考慮過調查會為莫蘭娜帶來怎麼樣的威脅。她只是覺得好奇，想探究更深，不知不覺深陷泥沼。

「你一直都是這樣，總是奪走我的一切。以前，你奪走了我的愛，奪去了我的人生；現在，你連我的契約對象也奪去，要我一無所有！」莫諾黑瓏越說越激動。重述那些回憶後，深藏心深處的愛與恨也跟記憶一同被拉到表面。她不顧一切地把多年來積聚的愛與恨都傾瀉出來，要不是有門作隔，大概已經忍不住衝去勒緊諾娃的頸項，再一次親手奪走她的性命。「我如此愛你，你卻狠狠地背叛我。為甚麼你就不能保持本來那個純潔美麗的模樣，繼續當我的諾璃娜姊姊呢？」

我要的不過是那個會全心全意愛我，能夠為我的糟蹋人生帶來光芒的存在而已！為甚麼，為甚麼你要毀掉它？

你生來就被人萬般寵愛，我明明是你的半身，有著近乎一樣的樣貌和聲音，不過是髮色不同而已，便被血親、眾人唾棄。你的紅瞳是寶石之瞳，我的卻是惡魔之瞳；你是被神祝福的聖女，而我則是被詛咒的墮落魔女。愛與尊敬，才能與地位，你已經得到了一切，為甚麼還要不停奪去我僅餘的寶物？要不是因為你存在，我不會被當成魔女，在異教審判者中被分派負責色誘的工作；要不是你是我的雙胞胎姊姊，我用不著多年受盡比較，不用活在你的陰影下，就連死後也因這該死的關係而被拿來比較！

對諾娃的愛慕與痛恨同一時間在莫諾黑瓏的心裡浮現。愛與恨化著兩把聲音，同一時間在她心裡吶喊。縱使兩者聽起來相互對立，但它們都是真確無誤的心聲。莫諾黑瓏因愛而恨，因恨而愛，她當初對親姊下殺手，不只是因愛而生的背叛，也有因長年之恨而生的愛。

「我想要的，從來都是愛而已！既然我給予了愛，那麼你也要給我相應的回報！」無盡的愛、無窮的恨，將莫諾黑瓏的思緒導向瘋狂。她求的從來都是愛與回報，她不明白，為何那些愛她的人都不回應她的愛意。

諾娃登時要站起來，想要走到門前解釋，但被夏絲妲一手拉住。

「沒用的，」諾娃愕然地看著夏絲妲，但後者只是輕輕搖頭，勸止諾娃開口：「她聽不進去的。」

夏絲妲看得到，莫諾黑瓏的世界只有自己，那些所謂她愛的人都不過是其心中的幻影。她看得見現實，也逃避現實；她沉醉於幻影之中，也知道那些幻影的真實到底為何物。一切一切，都由她的角度出發，她想得到，而當她看清到自己絕不會得到所要之物的時候，就會讓一切都沒有發生過。至此，夏絲妲大概看清了莫諾黑瓏這個人。莫諾黑瓏口口聲聲的「愛」，不過是保護自己的堡壘，所有他者不過是滿足她欲望、為她給予愛的個體，有用則留，無用則棄。

她最愛的，是她自己。

「所有人都是這樣，不論我做過甚麼，到最後都會狠狠背叛我。為甚麼，我明明那麼的愛，付出了所有一切，到頭來甚麼都沒有！為甚麼？為甚……」莫諾黑瓏激動得近乎失控，不停地重複問道，但說到一半，她不知怎的，突然頓住不說話。空氣瞬間冰結，不過兩秒，她再次開口，只是聲音低沉了些，語氣也變得冷淡，像是換了個人：「咦，我在說甚麼？愛？我有愛過嗎？誰？諾璃娜嗎？奈特嗎？算了，都不知曉。」

「莫蘭娜？」諾娃從語氣裡察覺到不妥。

「你們這些背叛者，根本不值得得到我的愛。我給予了你們眾多機會，是你們不珍惜，一一拋棄而已。」莫諾黑瓏冷酷地說。「這樣的人，不值得我再看一眼。」

拋下兩句說話後，莫諾黑瓏便閉上嘴，更衣房門後再沒有傳出聲音。在睡房坐著的幾位皆一言不發，面色凝重，他們心裡都有萬千思緒在翻騰，但都亂得難以化作言語。

雖然聽起來被神玩弄最深的是諾娃和莫諾黑瓏，但要是想深一層，奈特應該也是被玩弄的一個吧。夏絲妲在腦海裡整理奈特和莫諾黑瓏說過的話時，無奈地得出這個想法。

是神告訴奈特，他本來的願望不會有效，提示他可以改變過去，在那一瞬間，祂已經引導奈特走上祂所喜悅的掙扎和痛苦之路。祂知道奈特許下甚麼願望便能拯救諾娃的，但就是不說，大概想看奈特會否真的為了諾娃而毅然回到過去吧。祂不讓奈特在過去的道路一帆風順，故意干涉阻擾，猜是想看到他為了自己的願望而痛苦、絕望、崩潰，最後輸得一敗塗地的狼狽樣子。

一切都在神的掌握之中。從諾娃和莫諾黑瓏反目，將二人做成人型劍鞘，到奈特得到「虛空」、勝出祭典、回到過去，改為得到「黑白」，並與手持「虛空」的自己站在對立兩面，這些也許都是祂所希冀的事。當初祂製作出「虛空」和「黑白」或許不是為了數百年後的事而鋪路，可能是想看到諾娃和莫諾黑瓏因契約者對立而再一次相互鬥爭的場面而有此安排，沒有想到她們的契約者將可以是同一人。但始於神是比人更高等的存在，祂的世界和時間觀念跟人類並不一樣，沒有人知道祂會否在幾百年前就已經看到今天所發生的事，以至更遠的未來。

神預定要讓奈特在今天輸掉嗎？夏絲妲覺得不是。不管是愛德華勝出，還是奈特勝出，在祂的眼中應該都是一樣的。雙子對立，過去和未來的自己相爭，就算只有一方勝出，也是傷痕纍纍；即使得到了勝利，但也會失去許多。祂想看的，不就是這樣嗎。

結果，不論是諾娃和莫諾黑瓏，或是愛德華和奈特，他們都是被神玩弄在其中的人。追求強大，挽救最愛，這些看起來遠大和美麗的目標與願望，到頭來都不過成為祂取樂的來源。

夏絲妲記起自己曾經說過，追逐「強大」是虛無縹緲，但她此刻覺得，也許不只追逐強大，或者追求其他建立在他人身上的目標是虛無縹緲，而是追求本身已是虛無之舉。

窮盡一生努力追求一個目標，但原來那些辛酸不過都是被安排好的事。不論成功、失敗，一切早已被注定，所有人都不過是在被安排好的位置上不停奔跑、迴轉，直到死去。他們自以為能改變未來，但那個所謂改變，其實早就寫在自己的命運裡，終將會出現在生命裡。

不論人做甚麼，都無法逃脫命定。這種無力，令人氣餒、絕望。

5

在莫諾黑瓏的一輪爆發過後，本來夏絲妲等人是打算繼續討論的，但這時愛德華開始出現疲態。他開始忍不住打瞌睡，雖然努力地撐開眼睛，但眼皮越來越重，要不是諾娃及時出手扶著，差點便會一頭倒在床上。

愛德華其實從討論的一開始不久便已經在強撐，起初沒甚麼事的，只是奈特和莫諾黑瓏所說的事一時間難以消化，加上情緒起起伏伏，令其精神很快耗盡，到後期整個人的意識已經處於茫然，不太能作出反應。勉強強撐的話只會影響傷勢，夏絲妲決定擇日再談，讓愛德華休息。愛德華曾表示大家可以不用管他，即管繼續，但夏絲妲只是和諾娃一起逼他躺下，著他安心休息，快點好起來。

既然討論中止，那就沒有必要留在房間了。諾娃繼續在睡房陪伴愛德華，而夏絲妲和奈特則選擇離開。奈特一直跟著夏絲妲，他像是有甚麼想對夏絲妲說，而夏絲妲也似是一樣，因此沒有抗拒奈特的跟隨。

二人一言不發，從一樓的走廊走到地面，再進到庭園。到達庭園一角的玫瑰園後，夏絲妲終於停下了腳步。

天色灰暗，沒有陽光的照耀，今天的寒風格外刺骨冰冷。玫瑰園依舊冷清，到處都是空花圃，唯獨栽種著名為「莉溫雪妮」的白玫瑰和「緋紅之花」的紅玫瑰的花圃是例外。玫瑰們依舊茁壯，看似瘦弱的花莖在強風下搖曳，不會折斷，散發著堅強不屈的堅定。看著玫瑰們，奈特不由得把它們和夏絲妲聯想在一起。

她一直是那麼的堅定不移，正如剛才在房間裡，在衝擊事實的洪流裡，站在瘋狂的情緒暴風之中，只有她一人能夠冷靜對應。不管遇上甚麼事，似乎都不能動搖她的意志。這是他一直仰慕的「薔薇姬」，以往如是，現在也如是。

「這些玫瑰……」看著夏絲妲仔細檢查玫瑰們，奈特突然想起它們的含意，語氣有些遲疑。

「我應該給你介紹過吧？」夏絲妲抬頭，從奈特的眼神確認到，他是認識這些玫瑰的。

「它們果然跟你很相像呢。」奈特點頭。看著白色的莉溫雪妮，他若有所思，感慨地輕笑。

夏絲妲頓時聽出話中有話，有些小心地猜測試探：「我……告訴了你嗎？」

奈特知道她問的是甚麼，他沒有開口回答，只是輕輕點頭。

「是嗎，」看見奈特的回應，夏絲妲張口似是想問些甚麼，但欲言又止。她笑了笑，回望身前的白玫瑰，伸手輕撫花瓣，輕聲感嘆：「果然如此。」

「你打算告訴愛德華嗎？」奈特問，心裡遲疑。

「還未決定呢，但既然我告訴了你，那麼應該會說吧。」在奈特的預料之外，夏絲妲很快便回應。她問：「我是何時告訴你的？」

「對決之後，你在耳邊告訴我的。」雖然奈特沒有說明，但夏絲妲聽得出他指的是為「八劍之祭」劃上句號的最後一場對決。

「是嗎，」夏絲妲沒有表現出驚訝，彷彿所有事都在她的預料之中。「看來當時我是臨時起意告訴你的吧。」

她背對著奈特，一直注視著玫瑰，似是故意不讓他看到自己此刻的表情。

對話到此打住。呼嘯風聲吹過，奈特也不知道該問些甚麼，夏絲妲沒有繼續說下去。

「你來到這裡，定是有東西想問我吧？」過了一會，奈特一句打破靜默。

「你不也一樣，有事想說，所以才跟著我的？」夏絲妲聽見，登時笑了。她站了起來，掃了掃裙子上的泥土，抱著胸看著奈特，表情回復到平時的自信：「我想我們想談的東西應該一樣。」

「特意走到玫瑰園來，是不想愛德華聽見嗎？」奈特點出夏絲妲選擇不留在城堡，而是走到這個無人玫瑰園的用意。

「諾娃也是。他們都累了，不想再刺激二人，讓他們休息一下吧。」說完，夏絲妲一眨眼，便換上一副凝重的表情，問道：「告訴我，你是在被誘騙立下契約的瞬間便決定要利用莫諾黑瓏嗎？」

奈特頓時明白夏絲妲口中的「刺激」是甚麼意思。

對愛德華和諾娃，他說的話會是自我性格和情感上的衝擊，而且仍在更衣房裡的莫諾黑瓏想必也會對他要說的話有所反應。此外，現在四周沒有任何人，他能夠稍微放鬆，不會因為介意其他人的反應而避口不談，或是迴避用語。「我最初考慮過解除契約的，但可惜找不到辦法。時間緊迫，我總不能在手上沒有牌的情況下再賭一次取得『虛空』的機會吧，所以唯有順著形勢上了。」

立下契約的當下，奈特曾經拒絕承認契約，嘗試從莫諾黑瓏口中探出解除契約的方法，但莫諾黑瓏就是不說，而且非要跟從奈特。無奈之下，他唯有帶著莫諾黑瓏實行自己接下來的計劃，並在途中發現莫諾黑瓏對自己傾心。

「你沒有拒絕過嗎？」聽到這裡，夏絲妲立刻搶住問。「說你和她只是普通的契約關係。」

「我嘗試過的，但換來的是她的不理不睬，威脅要解除契約，逕自離開幾天後突然回來，逼我給她回應。」奈特無奈地交待他所經歷過的事。「那時候我明白了，要得到她的協助，就要先得到，或是滿足她的心。既然如此，那麼就順著她的意思上吧。」

他起初在心裡掙扎過的，不喜歡這種欺騙他人感情的旁門左道之法。但莫諾黑瓏的態度就擺在眼前，他要是不順她的意，那就會失去「黑白」。奈特登時明瞭，自己要是想有一份可靠的力量確保自己能在祭典裡達成願望，那就只有利用一途可走。沒有退路的人遑論甚麼道德？所以，硬著頭皮上吧。

見奈特答得一臉坦然，彷彿對自己所做的事沒有感覺，夏絲妲呼了一口氣，努力壓下心中冒起的怒氣。「你知道這樣做，不論對莫諾黑瓏，或是諾娃，都是一種背叛吧？」

「我當然知道！但有甚麼辦法？要救諾娃，我就必須要豁出去！」一被問及此事，奈特登時激動起來。

他當然知道自己所做的是多麼不被容許的事，不用別人提醒。這些日子以來，他每天都受著良心的責備，內心痛苦，但無處發洩；有很多次想過放棄，但那個惡夢一直纏繞著他，不斷提醒他不能停下來。

要贏，就要盡一切方法將之實現，就算要用盡手段、利用他人，也在所不辭。奈特記得自己初遇諾娃時，曾經想過把她當作道具利用，只是後來因為不忍把人當作道具看待，而決定當作同伴，而最後的結果呢？就是連累諾娃犧牲性命。

拯救諾娃，他必須成功，沒有第二次的機會。他曾經對自己說過，為了活下去，就必須付出一切以獲得向上爬的力量。以前的他軟弱，因為無聊的自尊而最終失去至愛，那麼重來一次的現在便要重拾起那份應有的冷酷，捨棄柔弱，為唯一的目的而做盡一切，不能有所顧忌。

在過去時間遊走的每一天，奈特都不停這樣提醒自己。他時刻計算，時刻警戒，這樣的冷酷既刺痛了莫諾黑瓏的心，而違反本意的行動也令他陷於痛苦之中。

「我不想的，但有甚麼辦法？」奈特抑壓多時，從心底而出的吶喊響徹整個玫瑰園。「要是我有選擇，當然不會選這個方法！」

注視著奈特自責、內疚的痛苦神情，夏絲妲何嘗不明白他的感受。他的計劃失敗，得到「黑白」而不是「虛空」，這已經夠糟糕的了，而偏偏莫諾黑瓏是一個要用情才能綁住的人。他利用她，但同時不知不覺地陷入她的情感泥沼，漸漸地走上一條不歸路。

奈特可憐，莫諾黑瓏也一樣。二人都被神玩弄，但除此以外，他們的選擇也是導致這悲慘現實發生的原因。夏絲妲的心情很複雜，他對奈特感到過失望，沒想到他會走到利用他人情感的一步，卻又能理解他，畢竟要成功就必須拋開道德情感，自己初遇他時，不正正批評過他當時堅持的標準太理想化嗎？

她只能感慨，這些日子的經歷令奈特變得不再自己。

「誠實地答我，在這些日子裡，有對莫諾黑瓏動過真情嗎？」夏絲妲思索片刻，小心翼翼地逐字吐出一條她想知道，但一直猶豫該否要問的問題。

「……沒有。」奈特深了一口呼吸，很快給出了答案。

從立下契約的那一天起，他在莫諾黑瓏面前的一舉一動都是逢場作戲。他說過的所有話語都是謊言，不論是牽手、接吻、親熱，全都是為了留住莫諾黑瓏和「黑白」而行之事。他的底線，是絕不會主動向莫諾黑瓏表示愛意，每一次都是她主動渴求，他被動跟上；他有幾次主動向莫諾黑瓏表示過謝意，但那不過是感謝，當中不包含浪漫情感。

他的心一直只有諾娃，也只能有她。奈特一直這樣告誡自己，因為他知道就算只有一瞬間，要是自己的心偏離了，那就必定不能繼續堅持走下去。

「她掏出真心待你，你就沒有想過回應她的心意，讓自己好過一點嗎？」夏絲妲問道。

她知道莫諾黑瓏在情感上利用著奈特，但也看得出莫諾黑瓏是有一份真心在的。她從不久前開始便在思考，要是奈特改為選擇莫諾黑瓏，那麼莫諾黑瓏就不會那麼可憐，而奈特也不需要一直被內疚折磨，這不是更好嗎？

夏絲妲當然知道，世事不會那麼簡單，但起碼這是一個聽起來不錯的折衷選擇。

「我考慮過的，曾經軟下心腸想放棄，但每當我想放棄的時候，親眼目睹諾娃死去的惡夢都會找上我，時時刻刻提醒著我該做的事。一切已是騎虎難下，要是我放棄了，那就會失去一切，所以無論如何都要走下去，直到最後。」說的時候，奈特感到自己的心扭作一團。

「唉……為甚麼要那麼執著呢？」聽到這裡，夏絲妲忍不住嘆了一口氣。「過去已成定局，不能輕易改變，與其執著不如接受，我不是告訴過你的嗎？」

「這個我當然懂，但有那麼容易嗎？」奈特立刻語氣強硬地反駁。「沒錯，一切的確已成定局，但自己犯下了錯誤，就是會後悔，會希望事情有重來一次的機會！就算機會的成功機率有多低，也會想嘗試，這是人之常情！人就是被過去束縛著的存在，但在接受現況之前，會先盡一切努力不停否定。為甚麼最後會選擇接受？因為那時無論如何都沒法再否定！」

不停否定，不停嘗試，直到沒法再反抗為止，這是人之常情。

率先接受現實，那樣等同投降，等同放棄可能出現的可能性。

所以我不會放棄！直到最後都不會停下來！

「奈特……」夏絲妲何嘗不明白奈特所說的，但她依然覺得，不論對錯，過去了的事就是過去，放手會是一個更好的選擇。她也不是這樣嗎？

「你沒可能不懂的。你不也一樣，對過去有所留戀嗎？」未等夏絲妲說下去，奈特乘著怒火，突然激動地反問她。

這一問出乎夏絲妲的意料之外，恰巧否定了她剛才在心裡對自己說的話。她頓時蹙起眉頭，語氣有些忿怒，但也感覺到奈特的話不單單是不滿的反擊：「甚麼意思？」

「嘴上說著不再在意，但其實一直記掛著與艾溫的往事，後悔與他抉別的方式並不完滿，這樣的你有資格說我嗎？」奈特激動地挑明質問。

他望向夏絲妲的那雙憤怒眼神是認真的，後者頓時怔住，問道：「我……有這樣說過嗎？」

夏絲妲那略為驚訝的神情讓奈特的怒氣降了些許。他頓住數秒後，遲疑地點頭，平靜地告知：「嗯，對決之後，你臨終前對我說的。」

「居然……」這一回答令夏絲妲再一次驚訝。她愣住在原地好一陣子，感到不可置信的同時，心深處又閃過恍然大悟的心情。

「我一直以為自己已經放下了的呢……」思索片刻，明白了甚麼似的她忍不住托額，慨嘆起來。

不需要奈特描述，夏絲妲也大概想像到自己在臨終時是以甚麼樣子說出那樣的話。

這些年來，她有許多次想像過自己臨終前會是甚麼樣子，也有數次差點越過鬼門關。她一直以為自己在死亡前不會說些甚麼，只會欣然接受並安靜離去，沒想到當自己真的站在死亡前面時，她卻心有遺憾，而且遺憾居然是本以為已經放下，關於艾溫的事。此刻夏絲妲頓時明瞭，看來她並非如自己所認知的，對過去完全無怨無悔。

「就算我有遺憾，但也不會……」夏絲妲欲繼續反駁，想繼續解釋一味執著於過去並沒有意思，但她說到一半時赫然發現自己居然說話說得斷斷續續，搖擺不定。

她這些年間的對決，想要尋得從希望墮入絕望後的反抗會否得到虛無以外結果的行動，確是她自己所決定的目標，但歸根究底，不就是源於她和艾溫的相識和交惡，以及在不理解之時親手殺死他的遺憾嗎？她多年來一直堅持尋找答案，這份執著跟奈特相比，不是有過之而無不及嗎？

沒錯，她讓自己活得無怨無悔，但那不過是不沉浸於過往，而不是放下執著。不斷質疑過去的選擇，想要尋得新答案的她，跟不願接受過去，堅決要改變過去的奈特在本質上十分相似。這樣的她，沒有任何資格可以質疑他。

「說到底，我們不過是殊途同歸呢，」良久的思索過後，夏絲妲只能吐出一句感嘆。她自嘲似地輕笑一聲，放下了勸說的心，再沒有說下去。

聽畢夏絲妲的語句，已經下了火氣的奈特也沒有要回話的意思，玫瑰園再一次陷入靜默。他何嘗不明白夏絲妲的用意，只是一時間忍不住怒氣；夏絲妲何嘗不理解奈特的苦衷，只是希望他可以少一點痛苦。

二人心裡都清楚明白對方的心思，就是因為明白，才沒法吐出一句話。

「那麼，你接下來有甚麼打算？」打破沉默的，是夏絲妲的一聲嘆氣。

「身份暴露，相信莫諾黑瓏不會再與你同行吧，既然如此，你可以做的事幾乎等同無吧？」

「我的腳步不會停下，會繼續尋找改變未來的方法。」奈特斬釘截鐵地回答，看來早有決定。

「也許沒法再改變甚麼，但我依然會嘗試。」

依然不放棄嗎？夏絲妲對奈特的決意不感到意外。「但你沒有劍了，還可以怎樣？」

「我再買一把不就好了？只要祭典一天還未結束，我都不會放棄。」奈特心意已決。區區失去一把劍不足以阻止他的腳步，他依然會走下去，直到再沒有前路為止。

「事到如今還如此執著，真的好嗎？」縱使嘴上這樣問，但夏絲妲並沒有要阻止的意思。「雖然我覺得這份堅持很有魅力就是了。」

奈特先是愣住，爾後靦腆地笑了笑。夏絲妲見此，也忍不住嘴角上揚。

她對他利用他人情感的事感到失望，但這份失望無損她對他那份咬緊牙關，堅持到今天的堅定意志的佩服。畢竟，她最初被愛德華吸引的原因，其中兩點就是他那不屈不撓、堅持到底的決心。

既然想說的事都說完了，時間也不早，奈特覺得是時候回房間休息，不打擾夏絲妲的私人時間。他向夏絲妲道別後點頭示意離去，但才沒走過幾步，後面便傳來夏絲妲的聲音，把他叫住。

「對了，假若你成功殺死愛德華，那麼你不就可以取替他的存在，繼續活下去嗎？」注視奈特離去的背影時，夏絲妲突然想起這件事，立刻叫住他。「但這不會很奇怪嗎？」

未來的自己殺死過去的自己後，因為本質上是同一人，所以「自己」仍算是活著，但這樣一來不就是同一人死了又復活嗎？總覺得哪裡不對啊？夏絲妲的腦內亂作一團。

「啊，不會的，」奈特回頭後只是輕輕搖頭，神態自若。「就算我殺死了愛德華，改變了諾娃的未來，也不會活到祭典完結之後。」

「這是甚麼意思？」夏絲妲有不祥的預感。

「我回到過去一事是違反世間常理的，神說，只會給我五個月的時間，」奈特解釋的時候十分鎮靜，彷彿在敘述別人而不是自己的事。「時間到了以後，我便會在世上消失，從此不再存在。要是愛德華死了，那他就是死了，我不會再一次成為他。我不是說了？我是脫序的，從世間萬物中脫序的存在。」

夏絲妲倒抽了一口氣。直到此刻，她才真正明白奈特口中「脫序」的意思和重量。奈特從許下願望的那一刻起，便已經不再屬於世界的一部分，不論他能否達成願望，也注定無法回到世界之中，更遑論變回原來的自己。

「如果你勝出了，再許下『繼續活下去』的願望呢？」這時，夏絲妲靈機一閃，立刻想到解決的辦法。她心想，既然願望真的是萬能，那麼改變要死的判定也是可能的吧？

「也許我可以用現在這個新身份活下去吧，但可惜，這件事是不可能發生的。」奈特只是再次搖頭，帶著感慨的微笑否定夏絲妲的答案。

夏絲妲頓時焦急起來：「為甚麼？」

「我敢肯定地告訴你，這副身體絕對無法活到祭典結束的那一天。」奈特鎮靜地說出事實。

「甚麼？」夏絲妲雙眼微微瞪大，不敢相信自己聽到了甚麼。

「你就沒有好奇過，我那被你誤認為『吸血鬼』的自癒能力是從哪裡來的？其實就是用這五個月的時間換回來的。」奈特倒是十分淡定，還不忘重提第一次與夏絲妲交戰時，她猜測他的自癒能力與

「吸血鬼」的別稱並是不一致的往事。「這個能力也是神給我的枷鎖，祂說，是用來確保我能夠達成願望而賜的祝福。因為我是脫序的存在，所以祂只讓我在過去逗留五個月的時間，從回到過去那天起計算，直到祭典完結當天為止。而在這五個月裡，只要我受傷，不論輕重，傷口都會自動回復，代價是在世上逗留的時間長短會因應回復的幅度而縮短。要是我受重傷，那麼縮短的時間便會更多。」

「慢著，這……」

「這些日子以來，我受過幾次重傷，所以剩下的時間應該不足以讓我走到祭典的最後一日。」未等夏絲妲反應過來，吐出下半句，奈特便主動補上她正打算要問的事。

「這……」夏絲妲不敢置信。「這不就等於……」

——不論奈特的願望能否實現，他都不能共享願望的成果。

夏絲妲不禁倒抽一下涼氣，此時她腦海裡靈機一動，猜透奈特最初打算與諾娃再次訂立契約，背後的真正原因。

他跟諾娃再一次訂立契約，但因為自己時間有限的關係，沒法活到祭典完結。既然契約者在站上祭典勝利的台階前逝去，那麼「虛空」的任務無法完成，就不會被神收走，諾娃便能繼續活下去。奈特不久前說過，自己可以故意在「八劍之祭」落敗，藉此達成願望。夏絲妲當時已經感到奇怪，她所認識的愛德華是不會輕易放棄自己性命的，原來原因在此。

這件事明顯也有神的作弄，祂哄騙奈特回到過去後，才告訴他脫序的人不能長久地活下去。但不論如何，事情經已成定局。

奈特的願望是讓諾娃活下去，但這個許願裡沒有包含他自己。

他的願望，是用自己的性命換取的。

「所以我之前才說，再無力改變甚麼。」瞧見夏絲妲那由驚訝到恍然大悟到百味雜陳的神情轉變，奈特就知道她看穿了一切。

他不知道自己剩下多少時間，可能是一星期，可能是一天，但依照自己現在復元速度明顯變慢的狀況來看，應該不會很多。時間不足，而且失去「黑白」，自己能夠改變未來的機會可說是微乎其微，但他會繼續嘗試，花光自己每一點滴的時間，尋出可能存在的未知可能。

奈特向夏絲妲回以帶著傷感的一笑後，便緩緩回頭。

現在的他只能繼續走下去，再沒有其他選擇。

「我已經沒有退路的了。」

6

不論到何處，都沒有人願意正眼看我一眼，願意真心愛我。

自出娘胎，雙親就沒有正眼看過我。明明是他們把我生出來的，是他們把血紅雙瞳和黑白頭髮安放到我身上，卻對我厭惡至極，覺得我的出生是個詛咒，是個會為家族帶來厄運的魔女。擁有一樣的紅瞳，幾乎一樣的外貌，差別只在前額的白髮，姊姊就被百般寵愛，被當作是上天送來的祝福，而我，沒有人想我活得長久，恨不得我早日夭折，好讓家裡少一個麻煩。

不只所謂的雙親，就連鄰居都視我如惡魔之女。每次我走在街上，都會遭受周圍路人的鄙視和惡言惡語。就算我留在家中，也會有附近的小孩故意前來嘲笑，甚至欺負我。我每次被罵、被打，都沒有人會袒護我，他們都說這是我應得的，唯獨姊姊一人願意站在我的前面，保護我免受惡的折磨。

只有諾璃娜姊姊會正眼看我，只有她會真誠給我關懷。當世人都指責我是惡，只有她在我耳邊細語，說我是善，只是他人不察覺。她是我靈魂的另一半，也是我世界的全部，只有姊姊會愛我，也只有她會包容我的一切。就算我是因為活在她的光芒下，有了比較才被他人鄙視，但我依然愛她。我痛苦，但這份痛不會影響我心裡的愛。

父母突然離去了，身邊的血親就只剩下姊姊。沒有雙親存在，我們的連繫便更為緊密。世界就只剩下我們二人，我們相依為命，她依舊愛我，而我們的靈魂繼續緊緊維繫對方。旁人繼續說他們的閒言閒語，但我不會怕，只要有姊姊在身邊，我就是清白的，這樣就足夠了。

為了維持這個家，也為了我，諾璃娜姊姊進入了教會，當起那個神的僕人。她的光芒終於得以綻放，但我們的世界也起了翻天覆地的變化。她變得更為美麗了，但也變得陌生；她越是受歡迎，我的心越是空虛。本來只有彼此的世界突然變了樣，諾璃娜姊姊不再只是看著我，會把她的愛分給我以外的人；我只能眼睜睜看著她遠去，到一個我觸不到的地方，化為我不知曉的模樣。

不！不要走！我們不是說好了，心裡只有彼此，任何時候都要在一起的嗎？別拋下我一人！

我需要你，你是我的姊姊，也只能是我的，所以你要看著我，要一如以往地愛我！這是承諾，說了就要算數！

不忍與姊姊相離太遠，為了跟隨她的腳步，我也進入了教會。依靠姊姊的關係，「身負詛咒」的我總算謀得一職，只是謀得的職位不是我想當的神官，而是代表教會罪惡，只能走在黑暗之中的異教審判者。

「你是罪孽深重的魔女，既然身為罪惡之人，就應該為神剷除黑暗，以洗淨自身罪孽」，大神官一句落下，我就被送到比黑暗更漆黑的地方，從此遠離姊姊的耀目光芒。殺人、誣陷，所有神官不會做的骯髒工作都跟我們有關，而我還被要求負責色誘任務指定的對象——魅惑異教審判局指定的對象，讓他們墮入愛與歡愉的陷阱，並在期間引誘他們說出需要的情報或可當作罪證的言語，再在激情過後將他們打昏押送，或者立刻解決他們。

為甚麼是我？為何唯獨要我獻身？異教審判局的神官只是說，因為我長著一副精緻可愛的誘人面孔。我的存在就是罪惡，不配走在光明之下，但他們說，我所做的一切，是守護光明的舉動。異教審判者在黑暗裡剷除罪惡，讓神與教會得以潔淨；我受的所有痛苦，都是為了守護姊姊的純淨。

我仰慕她，深愛她，想一直待在她的身邊。她只能是我的姊姊，那充滿愛意的眼神只能對我一人投射。但我也知道，她不可能屬於我，而我失去了待在她身邊的資格。她在明，我在暗，她是純潔的，我是骯髒的，截然不同的二人注定無法走在一起。

只有變得清白，我才能和姊姊走上一樣的路。

只有洗淨自己的惡，我才能回到姊姊的懷抱當中，繼續當那個乖巧的莫蘭娜。

我不停地揮舞紅劍，任由雙手染滿鮮血，任由身心浸淫在污黑之中。我討厭殺人，厭惡出賣自己身體，每天所做的一切，都只為我帶來痛苦。這些帶罪之事，我通通都厭惡。我受夠了，要不是為了洗淨罪惡，為了姊姊，我才不要——

「你不是笑著嗎？」

甚麼？

「你不是享受在其中嗎？」

我享受著？怎麼可能？

「用鏡子照照樣子吧，嘴上說著厭惡，你看不見自己在笑嗎？」

我不敢置信地觸摸自己的臉頰，發現自己的嘴角居然在上揚。

那些話是誰說的呢，我已經忘了，好像是某個正在與之交合的男人所說，也好像是另一位同隊的異教審判者在某次殺人任務後對我說的。

沒可能的，我確實厭惡這一切，討厭得不得了，沒可能享受的！但我為甚麼會在笑？而心裡那道緩緩升起，令人欲罷不能的快感又是怎麼一回事？

我頓時明白了。對，我在享受，享受著這一切的矛盾。

我討厭世上所有的人，厭惡所有不依照神的規矩行事，滿身是罪的惡人；但我也是罪人之一，是自己所討厭的那一部分人，每天行盡罪惡之事，連思想也墮落至深淵。

揮舞異教審判者的紅劍，處決一個又一個的罪人，我討厭被逼做這些骯髒工作，但也享受殺人的快感。因任務而要與可惡的罪人交合，我詛咒逼使我做這些事的人，但也喜愛交合之時所感到的歡愉。我愛諾璃娜，不單是因為她是我的姊姊，更是因為想佔有她。她是我的唯一，我想得到她的全部，不管是心靈和身體。這樣的感情是莫大禁忌，我知道，也厭惡這樣的自己，但那股觸犯禁忌，由罪惡感而生的快感又令人欲罷不能。在姊姊面前，我是那個被呵護的妹妹，但在她的背後，我壞事做盡，用自己的意志讓鮮血染滿自己雙手。

我盡一切能力追求純潔、清白，但同時也落力追逐墮落、污穢。將自己置於矛盾中，遊走在白與黑之間，付出真心但也用盡欺瞞，沒甚麼比這種痛苦更甜美、更極至的了！

我想要愛，所有人的愛，更多更多的愛。

我愛一切，也恨一切。我深愛姊姊，也恨她至深；我恨自己至極，同時也極愛那個自甘墮落的自己。

我愛，我愛，我愛，我恨，我恨，我恨！

在愛與恨的甜與毒漩渦沉醉，回過神來，我失去了自己，身份以及身體也是。在矛盾的快感之中，我沒有得到甚麼，反而失去了一切。在數百年無盡的等待之中，我一直清醒著，伴隨著自己的，除了有因被連累而有此下場的憤怒，也有空虛和內疚。

等了數百年，我終於等到屬於自己的人。他不認識過去的我，不知道我被稱為魔女的過往，不曾見識過我那骯髒和瘋狂的本質。在他面前，我是一張白紙，他不會對我有先入為主的偏見，會看到真正的我。

那麼，我是否可以從頭來過？

不會被背叛，會被深深地愛護；不需要再受被拋棄的痛苦，會得到一直所希冀的，完全的愛。

我把本來的長髮剪短，與過去訣別；我拋棄那個瘋狂的自己，甘心當一個清純溫順的少女。只有百般依順的溫柔女孩才會被愛，姊姊就是一個好證明，我要從頭來過的話也要變得一樣，在愛的人面前保持純潔的一面。

我想一切從頭來過，如自己一往所願，付出真心，全心全意地愛一次。

為了得到愛，不論身心，我甚麼都願意付出。情感的連結讓我感到安心，身體的連繫讓我感到安全。只要連繫著，人就不會走，以往的經驗都是這樣的。

我做盡一切，但最後還是被背叛了。

為甚麼？為甚麼？是我有哪裡不足嗎？還有甚麼不足夠？

以前的人拋棄我，總說我不如姊姊完美、美麗；成為了劍鞘後，奪走我唯一的也是姊姊！也是因為我不如她而被嫌棄！

而你，一直都在欺騙我！我給了你一切，給了你三次悔改的機會，為何你仍然拋棄我！

我恨、我恨……你這個背叛我的人，我要殺了你！

莫諾黑瓏舉起「黑白」，往身下的奈特狠狠刺去——

劍尖在快要碰到奈特的頸項時赫然停下，莫諾黑瓏有點驚訝，她深深不忿，雙手緊握劍柄，再次把劍往下推。但不管她如何用力，劍就像被凝結住似的，絲毫不動——不，莫諾黑瓏很快發現到了。

不是劍被凝住，而是她的手不動。她的雙手因憤怒而抖震，就是不願意往下移一分。

為甚麼？為甚麼我會刺不下去？莫諾黑瓏在心裡質問自己。

我明明對這個人恨之入骨，背叛我的人都得死！

被莫諾黑瓏跨坐著，被她壓在身下的奈特，此時顯得非常冷靜。不久前他還在睡眠當中，張開眼時便看到莫諾黑瓏要舉劍刺殺自己。他有一瞬間驚訝過，但爾後很快變得平靜。他雙目凝視莫諾黑瓏那閃耀著忿恨、驚愕的紅瞳，眼神裡既沒有厭惡，也沒有驚恐，只是平靜地等待著，等待屬於自己的審判。

「對不起。這是我欠你的。」在重重怒火之中，千情萬緒互相碰撞的漩渦之中，奈特輕淡的一句一刀刺進莫諾黑瓏的心。

她低頭一看，只見他緩緩閉上眼，雙手攤放在身體兩邊，彷彿在說「來吧，儘管做你想做的事」。

事到如今才懂得說嗎！莫諾黑瓏登時怒火中燒，她雙手高舉「黑白」，這次往奈特的胸口畢直刺去——

不行！

一道刺耳的高呼截住她的動作。莫諾黑瓏整個人僵住不動彈，不單是因為被聲音叫住，更因為她聽見那把阻止的聲音來自自己的心深處。

不要殺他……不可以傷害他！

你不是恨他恨到入骨嗎？那就別阻住我，讓我下手！

不行……我始終不捨得！

莫諾黑瓏整個人愣住，她雙眼睜大，無數的回憶頃刻在她腦海浮現。那些都是和奈特在一起的回憶，二人牽著手走過不同地方，也面對過不少生死危機，他們有吵架，有親暱，也有過扶持。回憶裡的一字一句在莫諾黑瓏的耳邊響起，她因自己一直奮力阻撓她而急得眼泛淚光，淚水緩緩從眼角滑下，心深處的傷心之情也一同流露。

她怒，她恨，全身感受到的是憤怒的火熱，但心底卻又浮現出屬於愛意的溫暖，越是看著奈特，那曾幾何時令自己感到過幸福的感覺就越難無視。

沒錯，眼前人是欺騙他的騙子，所謂的美好回憶不過是謊言，她清楚得不得了，但依然無法否定，自己真的愛過他。

莫諾黑瓏感激奈特選擇了自己，結束了自己數百年來比死更難受的封印生活。的確，莫諾黑瓏在奈特前來找自己的過程中做過手腳，以計引導奈特選擇她，但她依然感激奈特在事後察覺到事情不對後沒有立刻拋棄自己。莫諾黑瓏需要的從來都是陪伴，她只需要一個陪伴在側，願意正眼看待自己的人，而奈特就是那個人。她愛他，愛他那總是扳起面孔，獨力面對一切的帥氣背影，愛他那不計後果、用盡全力解決一切難關的動力，愛他依賴自己的時候會露出軟弱的一面，愛他一直待在自己身邊，給她需要的關懷。他給予她新的名字，為她帶來重來一次的機會，讓她可以再一次嘗試愛，愛得死心塌地。

莫諾黑瓏恨死奈特了，但說到源起，是因為她愛他至深。

為甚麼啊，為甚麼我要那麼愚蠢啊？

「啊——！」大聲尖叫過後，莫諾黑瓏突然靜了下來。她放鬆了綳緊的全身，像洩了氣的氣球般垂下手來，「黑白」也就被扔在一旁。

奈特一直閉眼等待莫諾黑瓏的復仇，沒想到在靜默的最後，等到的卻是她的尖叫。他被嚇到，不敢置信地張開眼時，目睹她把「黑白」扔在一旁的瞬間。

「莫諾……」

「算了，」奈特正要開口，但未等他說完莫諾黑瓏的名字，後者聽不見他的呼喚似的，無力地嘆了口氣。她眼角垂下，眼神變得冷漠，語氣也壓低，跟剛才的激動判若兩人。再一次與奈特四目交投，莫諾黑瓏的全身好似被抽空感覺般，毫無感覺。

「放棄了。」她冷冷地拋下一句。

「你……」正當奈特要開口詢問，莫諾黑瓏突然再次舉起「黑白」，嚇了他一跳。她把劍舉至奈特的臉上方，奈特以為她要斬下來，但她只是頓住，一會後想到甚麼似的，對天輕笑了一聲。

莫諾黑瓏把劍改為指向自己，然後像要自刎般大力把劍刺向自己——把「黑白」收回體內。

「保住小命，為此感到高興吧。」收起劍後，莫諾黑瓏轉身下了床，背對著奈特，冷冷地嘲諷。

「這……」一切發生、轉換得太快，奈特還未搞明白為何明明被關著的莫諾黑瓏會出現在自己面前，就懵懵懂懂地順著她的情感變化遊走。花了一段短時間回過神來，他明白了莫諾黑瓏是在掙扎間收起了對自己的殺意，但唯獨有一件事不明白。

「剛才的那一把是？」奈特飛快下床，追著問道。

「『黑白』啊，它本來的模樣。」莫諾黑瓏知道奈特想問些甚麼，率直回答。

「本來？」奈特驚訝。他剛才看到的只有一把劍，在漆黑中沒法看得仔細，但他十分肯定見到那劍的劍身半邊是黑的，半邊是白的，跟他所認識的雪白『黑白』，以及莫諾黑瓏一直藏起的漆黑『黑白』都不一樣。真的要說的話，那把劍像是黑白兩劍的混合。

「哈，」眼角瞄見奈特那不解的神情，莫諾黑瓏忍不住冷冷地笑了一聲。「本來『黑白』只有一把的，但因為你，便分裂成兩把劍。」

莫諾黑瓏剛才手握的「黑白」，輪廓跟黑白兩劍一模一樣。它跟雪白「黑白」一樣有著漆黑的劍梢和白鑽劍頭，但不論是護手、劍身和血槽，都分開成黑白兩色。一邊的劍身和護手是雪白色的，而另一邊的劍身和護手則是黑色；雪白色劍身那一半的血槽是漆黑的，而漆黑劍身那半的血槽則是雪白。黑裡有白，白裡有黑，兩者對立的同時相互依存，並源起自一樣的本質，猶如世間循環之理的具現。

「所以說，你以前所講，關於『黑白』能力的事也是騙人吧？」設計特殊的黑白劍身為奈特帶來靈感，他靈機一動，想到「黑白」的真正能力應該另有面貌。「說『黑白』比較特別，劍和劍鞘的能力像是一個圓的兩半，白劍只有『複製』的力量，劍鞘則只有『消除』的力量，那不是真相的全部吧。既然『虛空』的劍和劍鞘能力都是一樣的，那麼你也一樣才是。」

「終於察覺了嗎。」莫諾黑瓏回望奈特，送他一記嗤笑。

「黑白」的真正能力，是破壞物質和能量，吸收，並將之再轉化並構築成新的物質和能量。正如萬物的循環，生與死、死與再生、創造與破壞、破壞與再生，「黑白」就是此概念的具現。被分裂開去的兩把劍，「白」繼承了吸收和再構築的能力，而「黑」則保有單純的消除能力。

奈特，以至波利亞理斯都以為「白」是直接複製術式，但其實它是吸收術式，再轉化為持劍者所希冀的模樣。例如奈特就曾經吸收對方的「水劍」術式，並轉化為水流反擊。他也利用「白」吸收過波利亞理斯的黑霧，纏繞在劍身上，但因為不懂得起始術式，所以沒法將據為己有的黑霧化作術式反擊。

「『消除』只是我的一部分能力，其實還有另一半——『再構築』。破壞，吸收，再構築，就是『黑白』能力的全貌。我其實有使用過那一半的能力的，只是你從不留意。」莫諾黑瓏補上一句解釋。

「緩和我那自癒副作用的痛楚……」奈特恍然大悟。他一直以為那是「消除」的能力體現，事到如今才發現盲點。莫諾黑瓏的「消除」是把物質完全抹去，要是把傷口完全消去，那麼應該整個傷口，那身體部分，從此不見蹤影才是。雖然不太懂原理，但奈特猜想莫諾黑瓏應該是藉由接吻吸收了會為他帶來痛楚的某種東西，再在自己體內轉化為別的東西。

莫諾黑瓏微微點頭，為奈特的猜想給予肯定。

奈特心裡，一陣內疚之情頓時油然而生。這些日子裡，他都依靠莫諾黑瓏照顧自己。要是沒有她，或者她不願意將這個能力用在自己身上，他可能早就因為承受不了痛楚而陷入瘋狂，而她的治療也有延長他的逗留時間——傷口治好了，便不需要動用逗留的時間來轉化的自癒能力。

他再一次明白莫諾黑瓏對自己的心意，也再一次為自己所做的事感到抱歉。

雖然心感抱歉，但他甚麼都沒說，沒有要開口的意思。

奈特清楚明白，事到如今，說甚麼都沒用，親口道歉不會令事情變好，只會變得更尷尬。只能說，一切從一開始已經錯了，也都察覺得太遲。

「但你說的分裂，是怎麼一回事……」回想剛才莫諾黑瓏說的話，奈特有一點想不明白，嘗試問道。

「居然看不出嗎？」莫諾黑瓏故意提高語調，用一個詫異的口吻反問。「定立契約的時候，『我』相信你，也是『我』對你心生恨意。因為你的不忠，本為一體的劍便分為兩半，你得不到我的全部，而以後也別妄想得到。」

莫諾黑瓏把「黑白」分裂的所有錯誤都歸在奈特頭上，隻字不提她的雙重性格也是「黑白」分裂的主因之一。面對一面倒的怪責，奈特沒有感到不滿，他的心平靜如水，只是默默地承受這一切。我有錯，而且錯得離譜，所以就任由她發洩判斷吧。

「是嗎，謝謝你，還願意告訴我這些。」奈特想了想，決定以感謝代替道歉。他確實感謝莫諾黑瓏事到如今仍願意告訴他「黑白」的真相，她大可以不回答自己，就此拂袖而去。

他不是想挽留幾分情分，只是希望這樣可以令眼前事有一個更好的完結。

「哼。就算你現在知道了這些事，也於事無補。」但莫諾黑瓏毫不留情，她冷冷地回應，回絕了奈特的善意。

奈特靜默。這樣就足夠了，他心想。

莫諾黑瓏把頭轉回，不發一言，踏出步伐，離開房間。

「你要去哪裡？要去……復仇嗎？」但她才剛踏出兩步，便被奈特叫住。

奈特猜想莫諾黑瓏要離開，或是解決自己不成後，便打算將目標轉向愛德華和諾娃，心裡登時冒起一陣焦躁。

莫諾黑瓏只是回頭側目，冷笑一聲，嘲笑奈特的愚蠢：「我要復仇的話，早就做了，用得著等到現在。」

「說起來，你是怎樣逃出來的？更衣房的門明明還關著的。」經莫諾黑瓏這麼一罵，奈特猛然想起眼前人理應是被關著的，照道理不可能出現在自己面前。

「只要我想到一個地方去，任何東西都不能阻止我。區區灑下『虛空』之血的門鎖，哼，輕而易舉。」莫諾黑瓏冷冷回應。「我走出來，只是為了了結你而已。既然目的無法完成，事情也就到此。」

奈特這時想起，更衣房只有門鎖有灑上諾娃的血，門鉸位置只有埋下「隔絕」的術式，這種簡單的術式沒可能難倒莫諾黑瓏。不在門鉸較留下血液是夏絲妲的意思，想來，她是想看莫諾黑瓏會否真的一直認命般待在房裡，還是會在被鎖上後的某天逃出來，在城堡裡大開殺戒，而有此決定吧。

他以為莫諾黑瓏逃出後會先找愛德華算帳，但不然。他再一次明白，她最在意的，最痛恨的都是自己，從來都是。

「那麼你接下來要去哪裡？」既然不是要殺愛德華和諾娃，那莫諾黑瓏想去哪裡？不會是回到更衣房吧，以她的性格一定不會這樣做，奈特心裡不解。

莫諾黑瓏沒有正面回答他，而是反問：「我猜想你不會甘心一直留在這裡，直到祭典完結吧。」

奈特一時怔住，沒想到問的人會被反問，但他也沒有隱瞞的打算，很快便回過神來，點頭肯定：「我會繼續尋找改變未來的方法，一定會找到的。」

「是嗎，」莫諾黑瓏聽畢，只是回以一聲冷笑，彷彿在嘲笑奈特的白費功夫。「算了，都跟我無關。」

「莫諾黑瓏？」眼見莫諾黑瓏回過頭去，打算離開似的，奈特嘗試問道。

莫諾黑瓏要離開……她是想解除契約嗎？

若果如此，奈特就會失去「黑白」，也就意味會失去「八劍之祭」的參加權。他知道二人沒法再一起走下去，但也不想失去「黑白」。奈特在這兩天一直為這個問題煩惱著，未能得出答案。

「我會離開這裡。」莫諾黑瓏沒有回頭，平淡地坦白自己的意願。「你去尋找方法是你的事。我不殺你，但也不想再見到你。」

說完，她踏步離開。正當奈特心裡焦急，想辦法要挽留之際，這時一道銳利的白光向他畢直衝去。奈特下意識地伸手接住，低頭一看，發現那光的實體竟是「黑白」的「白」劍。

奈特頓時感到困惑，為甚麼要把劍取出並給他？「這是……」

「我不會解除契約，這把劍就留給你。以後你要做甚麼，都是你的事，一切再與我無關。」莫諾黑瓏轉身，故意讓奈特看到其手上握著的「黑」劍。

「白」劍象徵著她的愛，象徵著她與奈特的回憶，她現在把「白」劍捨棄，就等同與這份感情割斷關係，二人分道揚鑣，再無關係。

奈特隱約地明白她的意思，他甚麼也沒說，只是靜靜看著莫諾黑瓏把「黑」劍收回體內，並離開房間。

「慢著！」當莫諾黑瓏要踏出門框時，奈特突然想起一件事，又再叫住她。

「又怎樣了？」莫諾黑瓏抱著胸，不耐煩地回頭。

奈特頓了一會，問：「你到底是誰？」

居然是這件事嗎，莫諾黑瓏心裡無奈。「我是莫諾黑瓏啊，一直都是。」

「不，你不是……」

「我說是就是，你否定個甚麼？」未等奈特說完，莫諾黑瓏不滿地反問。看著奈特那副甚麼都不懂的呆樣，她不屑地斜睨，毫不客氣地嘲諷：「也對，以你那膚淺的腦袋，看來若是沒有人點明，是無法猜透的吧。我們就像『黑白』，是一體的兩面。」

「甚麼？」奈特一時搞不明白。他一直以為自己認識的莫諾黑瓏才是莫諾黑瓏，眼前這位是個突然跳出來的外人。雙重人格對他來說本來就是新奇的東西，現在還要說甚麼一體兩面，彷彿是說性格截然不同的二人都是同一個人，他不明白。

「我是她，她是我。你對她說過的一切，我都知曉；剛才你對我說的所有話，她全都在聽。」莫諾黑瓏不想花力氣仔細跟奈特解釋，只是簡單地說了句，看他會否明白。「你以為自己沒見過我嗎？其實我們交談過的，只是你不察覺而已。」

她是莫諾黑瓏憤怒、叛逆、瘋狂的一面。因為莫諾黑瓏平時不想向他人展現這一面，所以她一直都潛藏著，沒有現身。但她有時會短暫浮上表面，例如每當莫諾黑瓏情緒波動時，她所展現的不安、憤怒，有一部分其實是來自這另一半的人格。

有時二人也會互換出現，正如剛才，決定走到奈特房間來要殺死他的，是奈特所認識的那個莫諾黑瓏，但她在放棄復仇後，在奈特面前現身的是瘋狂的那一半。因為原來的一半經已心死，不想再面對他。

二人性格確實對立，但源起的那顆心卻是一樣。

「我們二人是一樣的，而你從來都沒有愛過我。」

不想再浪費時間在奈特身上，莫諾黑瓏轉身緩緩走出房門，拋下最後一句話。

「我也一樣，從未愛過你。」

7

早上，早餐時間才剛過去不久，諾娃在走廊上狂奔，全速衝往城堡門口。

她今天的心神一直不寧，午夜時分一直睡不好覺，在床上輾轉反側，無法入眠，總覺得有甚麼不好的事要發生。在清晨時分，她終於忍不住起來，走到愛德華的房間看看，一進去，發現更衣房門被撞破，整道門倒了下來，理應在裡面的莫諾黑瓏不見了蹤影。她嚇了一跳，急忙走遍整個城堡尋人，就在尋找的期間，發現奈特也消失了。

莫諾黑瓏甚麼訊息也沒有留下，而奈特則在房間裡留下了一張字條。字條上款下款都沒有寫，只是簡單地寫了句「我離開了，莫諾黑瓏也是。對不起。」從字裡行間，諾娃感覺到奈特不是和莫諾黑瓏一同離開的，而那句「對不起」，除了是給她的，或許也是留給愛德華和夏絲妲的一句道歉。

還未從兩天前那一連串的真相衝擊中喘過氣來，奈特和莫諾黑瓏就這樣無聲無影地消失了，這著實為諾娃仍然混亂的心神和思緒加添一份憂慮。她正想找夏絲妲談談，沒想到管家休斯卻突然前來通知，夏絲妲已經收拾好行李，正準備離開城堡。

為甚麼那麼突然？諾娃登時感到不妙，她不顧女主人的形象，不理會因為奔跑而變得凌亂的頭髮和容顏，一心全速狂奔至城堡門口。跑到大廳時，她看見夏絲妲就站在門外，正要提起行李箱，準備獨自遠去。

「夏……雪妮！你要去哪裡？」諾娃急忙叫住她。

夏絲妲緩緩回頭，她身穿那條一個月前初到冬鈴城堡時所穿的深藍色長裙，不論是髮色和髮型，都跟那時候的她一模一樣。前來離去時的樣子都是一樣，是在暗示她到來的這些日子不過是一道雲煙，自己只是一道一閃而逝的幻影，將要不留痕跡地消去嗎？諾娃心裡連連感到不安。

「在這裡打擾太久，我是時候離去了。」夏絲妲神態自若，她彷彿早就猜到諾娃會跑來攔住自己，沒有感到驚訝，只是平靜地向她坦白自己要離去的原因。

諾娃依然心感懷疑。夏絲妲也知道奈特和莫諾黑瓏離開的事，她選擇在這個節骨眼上離開，而理由只是區區的「打擾太久」？一定沒有那麼簡單。

「要離去的話怎麼不說一聲？對了，我去告訴愛德華……」

「他還在睡吧，別吵醒他。」諾娃正要轉身時，夏絲妲急忙叫住她。

諾娃回頭，正想問甚麼，看見夏絲妲先是對她輕輕眨了一下眼，再緩緩搖頭。她看起來真的不想阻礙還在休息中的愛德華，但從其那懇求心切的眼神，諾娃看出了夏絲妲的真正用意。

「你是故意不讓他知道你要走的事嗎？」諾娃問道。

諾娃看透，夏絲妲是故意挑這個時間離開的。夏絲妲是趁愛德華仍未能下床，幾乎整天都只能睡覺的時間悄悄離開。

夏絲妲沒有要否定的意思：「要是他知道了，應該會想辦法把我留下吧。」

要是他請求，我也許會心軟留下吧，夏絲妲心想。這樣不行，我必定要離去。

「那你為甚麼……」

「人不能停下自己的腳步，他是，我也是。如今我要再次起程，他也一樣。」夏絲妲說時，心裡感慨。

奈特告訴她那些自己在未來說過的話，以及他和愛德華的事讓她明白到自己的軟弱之處。這些年間，她一直在逃避，現在察覺了，就是時候正面面對那道深藏心底多年的弱點。而她也覺得愛德華也是時候遠離她的背影，不被影響，與諾娃一起走出自己接下來的路。

他們二人都在大家的身邊太久了，不知不覺產生了些依賴。正如愛德華在幾天前說的，二人是舞者，到最後還是要敵對的，既然如此，那麼在這個時間點分開，是明智的選擇。大家在這段時間裡各自有不同的得著，分開了，再碰頭，懷抱著這些改變再度以劍交談時，那過程一定會更加有趣，令人期待。

諾娃的心感到沉重。夏絲妲的話，她都明白，也同意，只是她想到愛德華要是在醒來後知道夏絲妲走了，他定會覺得傷心。而她也不想夏絲妲離開，夏絲妲於她，是合得來的朋友，也是類似姊姊般令人安心依靠的存在。這麼突然說再見，她感到自己的心像缺了一角似的，突然有些空虛。

但正如夏絲妲所說，他們終將要面對別離。不只是愛德華，她也要學會這一點。諾娃回想起離開木屋的時候，是自己擔當起令氣氛緩和的角色，那麼現在她也要一樣，要豁達地面對夏絲妲的離開。

但，真的不容易。尤其在回復記憶後未整理好心神，便要面對失去那個可靠的依靠對象，就更難掏出豁達一面迎接現實。

「放心，如果事情順利，我會再回來的。希望我回來的時候，還能與你碰面吧。」瞧見諾娃一言不發，以及她那副憂愁面孔，一副覺得自己走了就不能再見的傷心模樣，夏絲妲忍不住露出一笑，著諾娃放鬆。

「真的嗎？」諾娃一聽到夏絲妲會再回來，眼神頓時有了些神彩。

看這純粹的眼神，這才是我認識的諾娃嘛，夏絲妲忍不住笑了出來。「別太掛念我，應該很快會見面的。」

說完，她拍拍諾娃的肩膀，囑咐道：「這段期間，就拜託你照顧他了。」

「你到底要去哪裡？」諾娃疑惑地嘗試再問。

夏絲妲沒有正面回答，只是淡淡地留下一句：「為過去的執著劃上句號。」

番外篇－Nebengeschichte－

水球－WATER POLO－

水球，是安納黎一種近年新興的運動。

這種運動的規則十分簡單。雙方分成兩組，每組有六個人，分別為一個守門員和五個球手，一共十二人在水上一個劃好的範圍內進行比賽，以拋球的形式傳球，成功把球射進對方的球門裡便能得分。因為它的玩法跟足球相近，所以最初被稱為「水上足球」，後來才慢慢改為「水球」。

這運動的起源已不可考，有說是從北方傳來的，也有說是某位貴族發明的。不知為何，在約莫幾年前，水球這一運動突然開始受人注目，可能是跟當時在安納黎貴族之間興起的一陣游泳熱有關吧，與游泳有關的運動也落入眾人的目光之中，並受到重視。

游泳本來就是安納黎貴族傳統必修的技能之一，而在水上打球，不但可以練習泳術、鍛鍊體能，其團體比賽的玩法也可以訓練合群意識。正因如此，除了貴族以外，訓練下一代的貴族學校們也注意到這一門運動的可取之處，並將之納入課程之中，而路特維亞學院就是其中之一。

每年夏天，路特維亞學院的學生們都會被帶到安納黎西邊的威莎郡海邊住上幾天，學習泳術，今年也不例外。所有二年級生，兩班學生共四十人來到這所屬於路特維亞學院的海邊宿舍，準備接受連續數天的水上訓練，愛德華和路易斯也包括在其中。他們在去年夏天已經來過這裡，當時所有本來不熟水性的人都已經在密集的訓練下學懂了在水上浮起和一些基本泳式，而這一年，他們被要求能夠游出一定距離，泳式要優雅之餘也要有速度，而且體力也要練得足夠在水上逗留一段時間。

這是準備大家考進海軍的訓練嗎，愛德華聽見老師說出要求後忍不住在心中回駁了一句。縱使他看起來很不情願，但在課堂上，最聽老師指令和表現得最好的也是他。

在位處下蒂莉絲莎河入海口的希蕾妮亞郡出生成長，愛德華自小不時會跟家人到海邊渡假，因此很早便學懂了游泳，而且泳術不差。他對游泳一事沒有太大的喜愛，說實話，比起在海中揮灑汗水，他更喜歡坐在海邊，靜聽海浪聲，安靜地看書。之所以在課堂上這麼努力，是因為他認同游泳可以鍛鍊體能，體能好便可以增進劍術方面的表現，加上體育本是貴族必修的技藝之一，既然決定要做一個眾人都認同的強大之人，那麼這方面的鍛鍊當然不能怠慢。

當然，死對頭路易斯的表現也是激發愛德華努力的原因之一。

路易斯接觸水性的故事跟愛德華差不多。作為三大貴族家之一，全國鼎鼎有名的齊格飛家少爺，他早在小時候便已經被父親歌蘭逼得學懂了游泳，只是學習的地點不是海邊，而是威芬娜海姆郡的大湖裡。路易斯的泳術只是普通，不能說得上比愛德華好，但在耐力上，兩者卻相差無幾。在游泳課時，當其他人因為長時間待在海中，因為體力不足而要上岸休息之時，唯獨愛德華和路易斯二人好像不懂甚麼是疲累一樣，幾乎不需要休息。班上眾人都知道，二人不是不需要休息，而是在鬥氣，不想顯得比對方弱。

在幾天的課堂裡，愛德華和路易斯一如平常，在大小事上一一較力。今天的水球課，他們都一如往常在比拼，但在課堂快將完結時，發生了一件令班上眾人都預計不到的事。

這對死對頭，居然要一起合作比賽。

⚔

「現在我要你們進行一場水球比賽。兩班各自選出六位選手和兩位後備，在八分鐘內入球最多的就算勝出。勝出的班別待會可以優先梳洗，以及在晚餐上多獲得一份甜點！」

在快要下課時，水球課老師要求學生們分班進行比賽。

兩班學生們聽畢，心裡頓時都燃起一股想贏的決心。晚餐多一份甜點甚麼的並不重要，眾人最在意的，是能夠比另一班早一步優先梳洗。

這個海邊宿舍的浴室面積有限，一次只能供一班的學生梳洗，這幾天以來，兩班的游泳課都是分開上的，所以沒有爭奪浴室的問題，但今天兩班合併，大家在同一時間上課，同一時間下課，浴室的問題就成為男生們之間的衝突起因。在海中游了一整天水，水都是涼的，而且全身都是鹽味，誰不想快點回到熱水的恩澤之下，好好放鬆一下呢？兩班在課堂開始之前就已經就課後浴室的使用問題起了口角，現在老師的決定為他們的爭執提供了一個出口。

一顆球決定勝負。只要在八分鐘內打贏對方，便可以早一點享受美好的熱水澡！既然如此，那麼就全力以赴，讓對面班嘗嘗全身鹽巴，在浴室外等一小時才能沖洗身子的滋味吧！

抱著一樣的想法，兩班很快組成了隊伍，下到海裡開始比賽。

理應是班上最強的愛德華和路易斯並不在隊伍裡，因為路易斯對愛德華罵了一句「窮家子就別玩水球，免得連累我們輸掉」，眾人懼於路易斯的權威，就不敢邀愛德華進隊，而路易斯說自己上了一整天的課，累了要休息，所以他也沒進水球隊。就這樣，同學們便在自己之間選出了隊伍成員，而愛德華和路易斯則站在岸邊，安靜地觀看這場比賽。

兩隊都鬥志高昂，他們在八分鐘內互有攻防，奮力不讓對方進球，鬥得不相伯仲。很快，八分鐘的時限已到，兩隊的分數相同，沒法分出勝負。

「既然沒法在八分鐘內分出勝負，那麼便唯有進行一場決勝比賽了。」老師呢喃道。「既然是決勝比賽，那麼來點特別的吧。二人一組，一個當守門員，一個當攻擊手，最快射中三球的隊伍便會勝出！」

把全班的命運交給兩個人決定，老師的提議頓時引起了學生們的騷動。他們都在議論誰是最適合的人選，畢竟班上最有實力的人都已經在剛才的八分鐘內消耗了不少體力，恐怕不適合再上場。而且二人一組的水球比賽，相比起六人一組的，難度更高，誰也不敢輕易擔當起勝負的重擔。

「都別吵了，這次的選手由我決定。」見學生們討論了一陣子都未有定案，老師介入其中，決定為他們作主。「二班……喬治、亨利，就選你們吧。至於一班……愛德華，路易斯，就你們二人。」

「甚麼？」眾人都嚇了一跳，愛德華和路易斯更是忍不住驚呼。

愛德華和路易斯的不和幾乎全校皆知，不只是學生，就連老師們也知道這件事。一般老師們為了少煩一件事，都不會選擇介入二人的爭執，只要沒有鬧出大問題，便任由路易斯做他喜歡的事。像這位老師般直接介入二人的事，並且要他們組隊出戰，是特例中的特例。

「老師，這不對，為甚麼我要跟他一隊？」路易斯立刻怒氣沖沖地走到老師面前議論。

老師答得直接：「你們剛才都沒有參加比賽，那麼當然是選你們了。」

「不……除了我以外，還有其他同學吧？」路易斯立刻指著那些沒有參加比賽的同班同學們。

「為甚麼一定要選我？」

「沒有甚麼理由的。既然你跟這些同學一樣，剛才都沒有參加比賽，為甚麼要有怨言呢？」反問完，老師把目光朝向愛德華。「你看，愛德華一句話也沒有說。」

路易斯立刻回頭一看，只見愛德華正拿著水球，一言不發地看著他和老師所在的方向。他只是站著，甚麼都沒有表示，但路易斯卻從愛德華的眼神讀出侮辱的意思。

「你，你這是甚麼意思？」路易斯不滿地盯著愛德華。

愛德華表情一臉淡然，彷彿感受不到路易斯的惡意：「沒甚麼，只是準備進行比賽而已。」

你一定也看我不順眼，不想跟我一起比賽，對吧？路易斯心裡滿是怒火。這麼乖巧順服老師的安排，是想讓我顯得小氣，好讓自己在人前顯得大方？哼，我才不會中你的計，但是死也不要跟你一起同場比賽！

「我可是公爵之子，絕對不會跟家族沒落的人站在同一賽場上，這樣有失身份！」路易斯回頭跟老師抗議，以身份差距拒絕跟愛德華一起比賽。

「路易斯，我之前不是教過你嗎，運動比賽場上沒有身份高低，只有贏和輸。」見路易斯態度那麼強硬，而且毫無尊重之心，老師無奈地嘆了一口氣，但不打算退讓。他是故意讓愛德華和路易斯組隊的，原因不外乎是想讓二人有合作的機會。多一點認識，或許便可以減少一點對抗。

「你們都是同班同學，大家都是夥伴，那麼就要一起努力。」

路易斯仍是不依：「但……！」

「如果你堅持不要比賽，那麼沒辦法了，我會讓二班勝出。」在路易斯爭持的期間，時間也一點一滴地流逝。再這樣下去並不是辦法，有見及此，老師決定使出殺手　，逼使路易斯就範。

路易斯一驚，他頓時感覺到全班同學充滿怨氣的視線頓時集中在自己身上。整班同學不能對他做些甚麼，他才不害怕，但這種當著全級同學面前丟面子的羞恥感令他感到很不舒服。

「這……也太不合理了吧？」他把羞恥轉化成憤怒，以抗議的形式向老師發洩。

「規矩就是這樣，你要比嗎？還是等一小時後才可以洗澡？」老師卻不以為然。他換上一副嚴厲的眼神瞪著路易斯，彷彿在說：你再多說一句，我便會付諸實行。

路易斯頓住，他沒有回話，但也不願妥協。二人一言不發，視線相交，氣氛頃刻變得凝重。

「哼，比就是了！三球而已，有多難！」對峙幾秒後，見老師真的是認真的，路易斯最終無奈選擇屈服。他憤怒地拋下一句後，隨即快步走向愛德華所在的位置。

望見路易斯走來，愛德華心裡一笑：一早認命不就好了嗎。

「我當守門員吧，你比較適合擔當攻擊手。」路易斯來到愛德華面前時，未等前者開口，愛德華便率先提議。

「哼，腦袋還算靈光的，這是當然的好嗎！」路易斯嗤笑一聲。他本來就有這個意思，愛德華的提議正中他下懷。

誰要站在龍門前面，像個呆子一樣等球飛過來啊？像我這種能力優秀的人，當然要去當攻擊手！守門員這種寒酸事就留給次等的人吧！想到此處，路易斯望向愛德華，又是不屑一笑。

若果你當守門員，依照你那大意和容易激動的性格，鐵定會守不住任何一球！既然如此，那就讓我當防守，這樣一來，就算你一球不入，起碼我也能保證對方沒法把球攻進龍門。當然甚麼的，這確實是當然啊，因為你當守門員的話，我們一定會輸！

雖然愛德華面上目無表情，像是對路易斯的惡意毫無反應，但他的心裡卻在嘲笑。

路易斯二話不說，一把搶過愛德華手上的水球，一臉神氣地單手拋給老師。見二人終於準備好，老師便叫二班的喬治和亨利下水，準備開始比賽。

「我警告你，別當拖油瓶！」下水前，路易斯回頭指著愛德華，高聲告誡。

你才是，別連累我們全班啊。愛德華甚麼也沒說，只是優美地跳進水中，筆直游向龍門，懶得應對路易斯的神奇自信。

「正如剛才所說的，這次的比賽時間不限，首先進三球的隊伍會勝出。因為一隊只有兩個人，所以守門員可以離開龍門擔當防守，但只有攻擊手可以進入對方隊伍的場地範圍。」見水裡的四人都到達龍門位置等待，老師便走到場地的中線，在岸邊大聲再宣讀一次規矩。「如果你們有誰出手攻擊對方球員，他便會被判犯規離場，隊伍也就會自動落敗。明白了嗎？」

「明白！」三人高聲回應，只有一向不習慣情緒高昂的愛德華以點頭回應。

「那麼準備……」老師先是把球拋到場地中央，然後舉起手，準備吹哨。

「『嗶』！」

哨子聲一落下，兩隊的攻擊手立刻奮力游向場地中央，要搶先對方奪得水球。

路易斯飛快地向前游，可惜被對邊的喬治搶先一步。喬治的碰到水球後立刻把它往自己撥來，並回傳給在龍門的亨利，不讓路易斯有追擊的機會。

「這樣要怎樣玩啊！」路易斯見沒有機會取球，憤怒地抗議。

拜託，他們一定會攻過來的，屆時就會有機會，沉著應戰不行的嗎？愛德華在心裡抱怨。

果不其然，沒過兩秒，亨利便把球回傳給喬治，並飛快離開龍門。喬治把球傳給亨利，亨利向前游了幾下，見無人阻擋，一躍，要再一次回傳給喬治——

「啪！」水球在半空劃過時被路易斯一掌拍下來。他立刻抱著球高速往前游去，抬頭時見眼前一人也沒有，便毫不猶豫地抓著球，大力往龍門一拋。

「一分！」隨著響亮的哨子聲和老師的宣告落下，一班距離勝利接近了一步。

「太好了！」一班的同學們都在歡呼，他們都沒想到路易斯那麼快便能進球，想著照這個進度，他們應該很快可以全取三球。

「路易斯大人！加油！」路易斯的書僮彼得森，以及兩位跟班葛拉漢和卡爾落力打氣。路易斯回頭望向愛德華，露出一副神氣的樣子，像是在說：看到了沒，我一個人也能搞定！

的確，那反攻不論是速度和時機都恰到好處，愛德華不得不承認路易斯的能幹。

但我方這麼快便得分，對方接下來會有甚麼打算呢？

一定會想用速度搶攻吧。

他盯著喬治，眼神變得認真起來。

老師再一次發球，路易斯用比剛才更快的速度游到中場，但還是不敵喬治。他搶球後，再一次把球拋給離開龍門的亨利，自己則飛快游到一班的半場內。路易斯心知不妙，立刻游到喬治身前，用身體擋住他，不許他有接球的機會。

亨利見傳球無望，便抱著球游近中場。

應該要上前搶球嗎？但要是自己現在離開位置，喬治趁機反攻的話就糟糕了！

路易斯進退兩難，他這時想起愛德華，立刻轉頭，打眼色叫他上前協助。

傻的嗎，他們二人現在要準備攻過來了，我怎能離開龍門？愛德華輕輕搖頭，無視路易斯的指示。

這個蠢才是故意無視我對吧！算了，那我自己搞定！

路易斯立刻怒了，他毫不思索，立刻上前衝向亨利，打算飛快搶球後，像剛才一樣從中場入球。可是，亨利看準路易斯游泳前進的時機，立刻把球大力拋給喬治。

路易斯不在旁，喬治猶如進入無人之境，他帶著球衝到龍門前，舉手要把球射進去——

「啪！」

如箭一般快速而有力的射球，被愛德華穩穩抱住。他早就猜到這二人的計策，在喬治要準備射球時就待在球要落下的位置。單手舉球，愛德華想直接把球拋給路易斯，讓他進攻，沒想到路易斯居然只顧游到他覺得有利的位置，完全沒在看自己。

這傢伙！……切，真麻煩，沒辦法了！

眼見喬治要游過來搶球了，愛德華心知不妙，快速從另一方向游出龍門。他奮力划動雙手，游到半場中間後立刻冒出水面——

「路易斯！接住！」

一喊，一拋，愛德華像打排球時扔出殺球般，大力把球扔給路易斯。聽見那討厭的聲音直接喚自己的名字，路易斯下意識地怒目相向，沒想到居然看見球往自己飛來。他牢牢接住球，並往前游了幾米，在亨利未反應過來時，把球一記射進二班的龍門。

「兩分！」老師的宣告落下一刻，二班眾人面上的陰霾又深一層。

本來以為成功引走路易斯便沒有問題，沒想到防守的那個才是最難搞，喬治和亨利都緊皺眉頭。他們現在只剩下一次機會了，如果接下來沒法得分，那麼他們便會連累全班人，一起在黏稠中等待一個小時。

「你！誰讓你叫我的名字了？還有剛才我明明看到你有看見我打的眼色的！是在無視我嗎？」雖然再次成功得分，但路易斯面上卻沒有喜悅。他第一時間衝到愛德華面前，劈頭第一句便是破口大罵。

你以為我很想直呼你的名字嗎？就是知道這樣做你會瞬速有反應，我才硬著頭皮上的！

「剛才他們兩位都對龍門虎視眈眈，我一走，他們的勝算便會增高。」愛德華心裡雖然也很惱怒，但表面上仍然維持一副撲克臉，像沒事一樣冷靜地回應。

路易斯仍是氣在頭上：「你的意思是說我的想法錯了？」

「不敢。」愛德華垂頭，語帶歉意。

你當然沒錯啊，反正規則都是你說了算的，他在心裡嘲笑。

「唉……算了！」路易斯聽得出愛德華一定在心裡取笑著自己，但他沒有笑出來，自己也無可奈何。他指著愛德華，滿是怒氣地命令：「現在還剩一球，你別在那裡耍甚麼小動作連累我便好！」

「關於這件事……」拋下狠話後，路易斯正要游到龍門外準備搶球，但愛德華卻叫住了他。

「怎樣了？」路易斯煩躁地回頭。

「接下來的一球，我有一個想法。」愛德華用盡全身的力氣按捺心中的反感，盡可能平靜地提出請求：「……希望你能夠聽我的說話去做。」

「嗄？誰要聽你的啊？」果不其然，路易斯立刻又被激怒。

「一次便可，我有一個可以安全地全取三分的方法。」

在岸邊的彼得森一直靜心留意著主子的舉動。他看見路易斯對愛德華不停大罵，之後愛德華在路易斯耳邊不知說了些甚麼，路易斯聽完後反應激動，不停搖頭，但愛德華拉著他說了些話後，路易斯露出半信半疑的眼神，再沒有說甚麼，安靜地走到龍門旁等待發球。

到底愛德華說了甚麼，主子居然會願意聆聽？他心裡疑惑。

喬治和亨利也留意到愛德華和路易斯的舉動，路易斯那看似妥協的反應最令他們擔憂。剛才喬治和亨利是乘著愛德華和路易斯的低合作度才有些微優勢，二人心想，如果愛德華和路易斯合作起來，他們不會很快便落敗嗎？

不管了，反正搶球的一定是路易斯，他的泳速不快，那麼像剛才一樣先奪控球權，之後依計入球便可！

「『嗶』！」

哨子聲落下，打開了第三球的對決。一如之前，喬治飛快地往中場游去，水球就在他的眼前，他伸手要把球搶去，但這時一個黑影在其眼前閃過，下一刻，水球便不見了蹤影。

「甚麼？」撲了個空的喬治立刻抬頭，他往前一看，發現搶球的居然不是路易斯，而是愛德華。

這傢伙當攻擊手了？喬治驚訝。

不……是特意出來搶球的嗎？

愛德華搶球後，立刻把球回傳給在半場中間位置等待的路易斯，然後立刻往回游。路易斯得球後一反常態，沒有立刻上前射球，而是把球再一次傳給回到龍門附近的愛德華，像比賽最初的喬治和亨利一樣，把球守在自己的半場。

喬治回頭看了看怔在半場中間的亨利，二人都不知所措。他們本來的計劃是先奪球，然後喬治把球回傳給亨利，之後亨利回到龍門，引路易斯上前，成功得手時再把球交給喬治進攻。計劃理應順利，沒想到對方居然派愛德華來搶球，令一切都亂套了。

不管了，先把球奪過來再算！

向亨利打了個眼色，請他準備隨時助攻後，喬治便飛快游向路易斯，要在半路攔下愛德華向路易斯拋去的球。球在半空劃出完美的拋物線，喬治待在路易斯身前，伸手要把球攔下，怎知球居然飛到一半便掉下，落在無人的位置，在水上隨波浪飄浮。

是失誤嗎？不管了，是機會！

喬治立刻上前，沒想到路易斯好像早就知道球會落在那裡似的，快他一步從後方繞上來，搶走球後便俐落回傳給愛德華。喬治心知不妙，立刻改向前方游，打算預判路易斯接下來的位置並先行攔截，但當他從水中冒頭，卻發現路易斯居然走到龍門附近。他接下了愛德華的傳球，然後回傳，二人都沒有要上前的意思。

他們在搞甚麼？是在嘲笑我們嗎？

喬治想上前，但想到這樣一來便會中了二人的計，決定反其道而行。他不上前搶球，而是回到自己的半場。

「喂，這……怎麼辦？」見喬治居然沒有中那個想要消耗他體力的計劃，路易斯有些慌了，立刻用口形問愛德華。

「順他的意，傳球過去，當他們要上來搶的時候回傳給我，引喬治回來這邊便行，」愛德華借上前傳球，拉近和路易斯的距離，讓他聽到自己的話。

「不怕他們搶球嗎？」路易斯把球回傳給愛德華的同時問道。

「他們被我們激怒了，應該會更進取地搶攻吧。要是球被搶了，那麼到時候就不是引他們過來，而是防守了。」愛德華不論是語氣或是眼神都有些猶豫。他覺得這個方法並非完全可靠，眼前太多不穩定因素了，他無法估計對方會作出甚麼行動。要是自己被搶球，又或者路易斯失手了，那麼形勢就會逆轉，屆時可能會守不住。

「就結果來說，兩者不都一樣嗎，」與愛德華不同，路易斯的態度十分爽直。「我過去，球給我。」

「不，應該有更好的方法……」

「沒時間了，還有甚麼好想的？球被搶了就再搶回來！有甚麼困難的？」未等愛德華說完，路易斯便不耐煩地打斷他。他划了幾下水再回頭，催促道：「快點！」

算了，賭一次吧！愛德華大力把球拋給路易斯，後者立刻帶著球游進二班的半場裡。見路易斯越來越遠離中場，到達無法輕易把球回傳給愛德華的距離，喬治和亨利便立刻上前夾攻，要合力從路易斯手上搶下球。

就在喬治的手要碰到路易斯時，路易斯高舉手臂，大力把球拋給愛德華。球離開了他的手，在空中劃下一條完美的弧線，但劃過中場後便掉了下來，沒能送到愛德華手上。

我就說了這方法不行！愛德華急忙上前搶球，但被同樣來到中場的亨利捷足先登。他對愛德華露出一個自豪的奸笑，然後轉身把球拋給喬治。但就在喬治要帶球游進一班的半場時，一個黑影突然在他眼前閃過，下一刻，球就沒了。

「你每次都從這邊游過來，不悶的嗎？」搶球的不是別人，正是路易斯。他立刻轉身，大喊：

「愛德華！接住！」

路易斯毫不猶豫奮力把球拋給在中場附近的愛德華，然後急速潛進水中游走，喬治立刻追上路易斯，亨利也急忙折返回防。愛德華好像知道路易斯打算做甚麼似的，他穩固接下球，然後向橫游了幾米，看了看周圍，瞄準一處無人的地方，想也沒想便把球拋過去。

「哼，你在瞄哪……甚麼！」

喬治在嘲笑之際，路易斯居然在那無人的地方冒頭，球剛好就落在他的正前方，讓他輕易取得。

路易斯神氣地一笑，單手拾起球後俐落轉身，不浪費分毫，用盡全身的力氣，把球直接往龍門擲去。

喬治驚呆，沒想到剛才那一記居然是給路易斯的傳球；亨利立刻向左飛身一躍，欲用身體擋下來勢洶洶的水球。他的指尖碰到球了，但球卻在輕輕擦過他的手後，整個射進龍門裡。

三比零，比賽結束了。

一班的同學們都興奮地歡呼，他們本來以為這場比賽一定會輸，沒想到居然能夠勝出，而且全取三分。

愛德華和路易斯回到岸上後，全班同學立刻把他們包圍，歡呼起哄。路易斯站在人群之中，接受眾人的恭賀，而愛德華很識相地躲進人群中，不阻礙這位神氣的貴族少爺享受屬於他的風光。

「剛才真的好險呢，路易斯大人。」卡爾湊上來，表面是感嘆，實則是抬舉。「要不是你剛才預判到喬治的位置，應該會被進球了。」

「當然，我早就看穿他們的行動了，」路易斯沾沾自喜。「整場比賽的一切都在我的預計之內！」

「不愧是路易斯大人！」彼得森的一句令路易斯的嘴角更為上揚。

這時，路易斯發現了一件事，四處張望：「對了，愛德華呢？」

「請問有甚麼事嗎？」見路易斯叫自己，愛德華從人群中走出，有禮地問。

怎麼，是要怪責我剛才提出意見的事嗎？他心裡猜測。

「你怎樣知道我想游到哪裡的？」路易斯瞄了他一眼後，問。

「你的前進方向，要跟喬治拉開距離，以及射球時亨利難以擋下的地方，就只有那個位置，我不過是賭一把，把球拋過去而已。」愛德華解釋。

以你那副直來直往的性情，一定不能忍受到在水中潛太久，找到好位置後一定會立刻進攻，知道這些，便能猜到你想在哪個位置浮上。

你太易懂了，愛德華心裡一笑。

因為敵對，所以才對方的事瞭如指掌。

「不論如何，正如你說的，我們全取了三分。沒有當拖油瓶，算是不錯吧。」說完，路易斯伸出右手。

「這是甚麼意思？」愛德華低頭一看，一臉疑惑。

路易斯頓時煩躁起來：「握手啊，這還不懂嗎？」

「不，這……」不會是甚麼陷阱吧？愛德華欲言又止。

「一起打完比賽，當然是要握手啦，不然呢？」路易斯反問。

「呃……也對。」愛德華有些意外，他還以為路易斯打完比賽後會不理睬自己呢。既然路易斯說到這個頭上，那麼應該不會出事吧。

愛德華伸出手，遲疑地握著路易斯的手。

嗯，感覺真的很奇怪。

「好，這就完結了，」不過兩秒，二人都在同一時間縮手，看來心中所想的都一樣。「那麼回去沖熱水澡了！」

今年的水上訓練，最後以一班的完全勝利劃上句號。

不知是否出自感謝，或是合作取得勝利的喜悅未散，路易斯接下來罕有地連續幾天沒欺負和嘲笑愛德華，對他的態度緩和了些許。正當老師們以為這場水球賽成功解開二人的心結，令他們明白融洽的好處時，一場小測的分數，再一次掀起二人之間的鬥爭。

他們就是這樣，從相識開始便一直處於對方的對立面，在明在暗，每一刻都在互相競爭。二人一起合作的光景少之又少，這場水球賽是唯一的例外。

在那之後，恐怕不會再有機會見到同樣的事發生。

番外篇－Nebengeschichte－

忠愛－DEVOTION－

1

「姊姊……」

莫蘭娜輕聲呼喚。

在如同棉花般柔軟的床上，她正和諾璃娜緊緊相擁。卸去名為衣服的阻擋，二人的白皙肌膚相互觸碰，身體每一部分都能感受到來自對方的溫度。

諾璃娜的手正在莫蘭娜的背上輕輕遊走，修長的手指正由肩膀慢慢滑落到腰際，莫蘭娜閉上眼，感受著這份既痕癢又溫柔的舒適感覺。她覺得自己整個人輕飄飄的，像是浮在雲上，又像是被柔軟的羽毛重重包圍，現在發生在她身上的一切都很不真實，如同身處夢中，但來自親姊的觸摸卻又很確實，是實在發生在面前的事。

每一次酥麻感流過全身，每一次的微顫，她都感到有一陣美妙的幸福感要滿溢而出。能夠被最愛的親姊相擁，被她溫柔極至地撫摸，此情此景，莫蘭娜期待了許久，不敢想像這一直只存在腦中的妄想居然成真了。她張開雙眼，諾璃娜那美若天仙的樣貌就在跟前，那雙跟自己一模一樣的緋紅雙眼正在閃耀，令人引不住著迷。

莫蘭娜也知道自己的想法奇怪，明明姊姊的外貌跟自己幾乎一模一樣，為甚麼會陶醉在其中呢？

但她就是按捺不住心底裡的那股衝動。

對莫蘭娜來說，諾璃娜是全世界最完美的存在，諾璃娜的一切，不論是樣貌、舉手投足，就算是多麼微不足道的部分，都是美麗無瑕的。與宛如自己倒影的親姊四目交投，莫蘭娜一瞬間有個衝動，想要在姊姊那柔嫩的粉唇上留下一吻，但下一刻立刻清醒過來，愧疚地別過頭去。

「莫蘭，怎樣了？」留意到莫蘭娜的神情轉變，諾璃娜輕聲問道。

莫蘭娜眼神閃縮，不敢正視諾璃娜。「姊姊，我……」

「有想要的東西，就要用自己雙手取來。」像是讀穿了莫蘭娜的心思，諾璃娜提醒她。說完，諾璃娜用雙手輕輕把莫蘭娜的頭轉過來，讓莫蘭娜的視線牢牢定在她身上，並問：「莫蘭娜，告訴我，你想要甚麼？」

「我……」諾璃娜的話給了莫蘭娜信心，後者呼了一口氣，鼓起勇氣說：「我想要姊姊的一切。」

那是她深藏心裡多年的願望。

「勇敢地面對內心心聲，莫蘭娜是個乖孩子，」諾璃娜聽畢，非但沒有拒絕，反而給予莫蘭娜肯定。「來，取去屬於你的東西吧。」

莫蘭娜轉過身來，讓諾璃娜躺在自己下方，再俯身輕吻她的嘴唇。最初的吻只是輕輕一碰，但很快便變成交纏、侵入、吸吮。接吻的同時，莫蘭娜的手在諾璃娜的身上遊走，從肩膀，到雙峰，到大腿，她要在姊姊的每一吋肌膚留下屬於自己的印記。諾璃娜沒有反抗，任由親妹肆意發洩她深處的慾望；莫蘭娜也沒有停下，她心裡只有一個想法，要獨佔，要得到摯愛親姊的所有。

莫蘭娜心裡知道，這樣做其實是不對的。純潔的聖女應該要被放在高處，讓世人崇拜，讓自己膜拜，自己這樣奪取無異於沾污聖潔，讓雪白染上漆黑，但她就是有這股罪惡的衝動。她愛諾璃娜的高貴，憧憬她輝煌的身影，但同時，她也想要奪取，希望這道光只屬於自己一人。

我們是雙生的，一分為二的存在；我們一直連繫著，不論是血脈，還是心靈，全都是一體的。
我就只有你，因為有你才能活下去，所以你的愛，你的關懷，都只分給我一人吧。
過了許久，隨著諾璃娜的一聲嬌喘，二人終於捨得分開。莫蘭娜氣喘連連，俯望下方同樣喘著氣，臉頰紅潤的諾璃娜，心裡滿是喜悅。
「姊姊，我最愛你了。」全身的溫熱、心裡的興奮仍未散去，莫蘭娜緊緊擁著諾璃娜，在耳邊訴說心裡的愛意。
「我也是，莫蘭。」諾璃娜回應，回以莫蘭娜最想聽到的一句話。
她們緊緊相擁，像在母親體內時一樣。
「在這世上我最愛的，只有莫蘭你一人。」

2

張開眼，看著那殘舊的木天花板，莫蘭娜失落地嘆了一口氣。
又作了同樣的夢呢。
回想夢中所感受到的激烈和熾熱，此刻的平淡和冰冷成了強烈對比。一陣巨大的空虛感壓在莫蘭娜身上，夢境與現實，願望與實際之間的距離，讓她惆然。
與諾璃娜纏綿相擁的夢，莫蘭娜已經不是第一次夢見的了。
她早已忘了第一次夢見此情景時是多久之前的事，像是三年、五年前，又或更久。每一次在夢中，她都能如願跟深愛的親姊身心連繫在一起，聽她細語那些自己一直以來都想聽到的話語，但夢醒後，她都會被空虛的現實狠狠重擊。

莫蘭娜和諾璃娜是同胎雙子，二人自小相依為命，是一對相親相愛的姊妹，但她其實一直對自己的親姊抱著超越家人的愛慕。莫蘭娜十分清楚自己這份感情罪大惡極，是不被世間所允許的，但她卻無法捨棄這份愛。她把對親姊的感情都收在心裡，從不告訴任何人，只能在夜闌人靜，在只有自己知道的夢境裡，通過幻想，肆意發洩自己的情與慾。

最近越來越常夢見這種夢了，是心裡的感情再也壓抑不住了嗎？她問自己。

我會否有一天真的按捺不住衝動，對諾璃娜姊姊做出這樣的事？

不，不可以的。我不能沾污姊姊，不可以讓她沾上丁點屬於我的罪惡。

但我又那麼希望，她那純潔的光能夠多照耀自己一點，可以跟其他人相比，有多一分只屬於自己的部分。

算了，這份狂妄的妄想，還是繼續藏在心裡吧。

莫蘭娜翻過身，從床上站起來。在梳妝台稍微整理儀容後，便離開房間，經樓梯走到下層的客廳，準備自己今天的第一頓飯。

時值中午時分，整座兩層的房子裡就只有莫蘭娜一人。

諾璃娜一大清早已經回到教會工作，她平常都是清早出門，晚上回家；而莫蘭娜的工作時間不定，通常下午才會回教會，深夜回家，有時會直接從家出發到調查的地方去，幾天過後才回家。

二人的工作時間截然不同，見面的機會自然不多。諾璃娜剛當上神官時，二人還能每天晚上聚在餐桌前一起吃晚飯，但隨著諾璃娜升遷，擔任更高職位的神官，她的工作越來越忙，常常到晚上才回家，莫蘭娜也因為異教審判者的職務而經常需要在晚上工作，就這樣，二人相聚的時間越來越少，莫蘭娜快要忘記對上一次與姊姊同桌吃飯是多久之前的事了。

住在同一屋簷下，卻不能見面，這讓莫蘭娜感到十分難受。有時她會特意早一點起床，又或早一點回家，就只是為了跟諾璃娜多聊幾句，能夠與姊姊有多一丁點的相處時間；但有些日子，她又會故意在街外多逗留一會，故意等諾璃娜睡下後才回家。她享受與諾璃娜相處的時間，但同時，她也害怕在她面前不小心展露自己的另一面。

諾璃娜知道莫蘭娜是異教審判者，但不知道她工作的詳細，每當她問候莫蘭娜關於工作上的事時，莫蘭娜都會以三言兩語輕輕帶過，絕不提及仔細。莫蘭娜不想，也不敢讓諾璃娜知道自己到底在做多麼骯髒的事，她害怕姊姊知道真相之後會厭惡她，會跟世人一樣，以罪人的目光看待她、唾棄她。

莫蘭娜自知自己沒有資格留在諾璃娜身邊，但她不能沒有諾璃娜，要是諾璃娜也唾棄她，她就沒法活下去了。所以她要在諾璃娜面前維持著潔淨的形象，就算是謊言，只要她依然是諾璃娜心目中那乖巧的莫蘭娜，那就足夠了。

吃完簡單的午餐，莫蘭娜便準備出門，回到教會工作。走到門前，她看見諾璃娜留下一張字條，表示自己今晚會晚一點回家，著莫蘭娜可以先睡。

說起來，姊姊最近好像特別忙碌呢，每天天還未亮便已經出門，常常直到午夜才回家，是在忙甚麼特別的事嗎？聽說她被選上為宮廷祭司長候補，將要擔當「八劍之祭」的起始儀式主持人，不知會否有關？

想到宮廷祭司長的地位之高，再想到自己與這位置的距離，莫蘭娜忍不住嘆了一口氣，就此出門。

3

徒步來到宏偉的阿娜理大教堂面前，莫蘭娜看了一眼排在教堂門外，想要進去得到神官們祝福的人群，她只是輕輕嗤笑了一聲，然後走到教堂的另一邊，從只有異教審判局的人才知道的入口進入教堂。

一般的神官都能從正門進入教堂，唯獨異教審判者不被允許。他們是活在黑暗中的人，在暗地裡守護光明的存在，帶罪的他們不能光明正大地走進神的殿堂，只能從狹窄的小門進入。而且，他們的房間跟教會的其他部門不一樣，並不設在教堂內部，而是在教堂下方的地道，只有高級的神官才知道房間的所在地。

因為有黑暗，光明才得以彰顯，異教審判者就是那道黑暗。身處光明之人不得觸碰黑暗，甚至得知它的存在，因為一旦知悉黑暗的存在，光明神聖的地位便會被動搖，被削去光芒。

哼，根本一派胡言，莫蘭娜心裡不屑。

能夠輕易被黑暗污染，需要黑暗在背後行動才得以維持的光明，哪裡神聖了？但不要緊，我要守護的光明從來都不是神。我要守護的，就只有姊姊的純淨光輝而已。

在如同迷宮一樣的昏暗地道裡熟悉地左拐右轉，不消一會，莫蘭娜便來到異教審判局的所在地。推開門後，映入眼簾的除了掛在兩邊牆上的各種武器，就是坐在長桌兩旁，她的同僚們。

「早啊，魔女，今天那麼早回來的？」其中一個身穿黑色長袍的褐髮青年，一見到莫蘭娜進來，便滿帶嘲弄地向她打招呼。

「與你無關，而且我不是警告過你，別再這樣叫我嗎？」莫蘭娜停下腳步，冷眼望去。

「有甚麼辦法呢，我可是聽說了，之前處決的那個叛教組織成員，是你勾引他，才打聽出整個組織的情報，不是嗎？」名為奧雲的青年故意無視莫蘭娜視線裡的警告，特意挑出不過兩星期前的往事嘲笑之。「這樣的人不是魔女，那會是甚麼呢？」

「那你去幹啊，」莫蘭娜冷笑一聲。同樣的話，奧雲已經不是第一次對她說，她早就習慣了這人的下流。「我只是遵從審判長的命令行事而已。」

「真是有趣呢，那個『被祝福的神官』的妹妹居然是異教審判者，而且是會用身體誘惑他人的魔女，不知道姊姊會否有著一樣的興趣呢？」奧雲還是不收手，還故意提及諾璃娜。

「畢竟那麼漂亮，喜歡她的人不在少數吧。」坐在奧雲身旁，名為伊恩的青年頓時附和。

「哼，對吧。」奧雲望向伊恩，二人頃刻大笑。

「你在說甚麼？」莫蘭娜登時怒了，她衝到奧雲面前，一舉把他的領口揪起，把他整個人壓到牆上，怒目相向。

「哎呀，惹你不高興了嗎？還是被我說中了？」就算被逼到牆上，但奧雲依然不打算收口，還故意向莫蘭娜投向一個神氣的嘲笑。

「別用你這把髒嘴侮辱姊姊！我做的事跟她一點關係也沒有！」莫蘭娜把領口揪得更緊，怒不可遏。她高聲命令：「把你剛才的說話收回！」

伊恩站了起來，勸二人各退一步，但奧雲就是不聽：「我偏不，你能怎樣，魔女？」

「是嗎，」莫蘭娜聲線突然下沉。「那你唯有用命來賠了。」

她放開了揪著領口的手，正當奧雲以為事情告一段落之際，一道鮮紅在他眼底下閃過。頸項傳來一陣冰冷觸感，他低頭一瞄，發覺居然是莫蘭娜的紅劍。

「喂，你認真的嗎？」奧雲急了，他感覺到紅劍的劍刃正緊緊貼著自己的皮膚，只要莫蘭娜稍微一推，劍刃便會壓進皮膚裡，滲出鮮血。

「莫蘭娜別這樣，奧雲他只是鬧著玩而已……」伊恩急忙勸阻。

「你說我是魔女對吧，魔女的詛咒會有虛假的嗎？」但莫蘭娜沒有理會，她狠狠瞪著奧雲，握緊劍柄，不論是語氣，或是眼神，都十分冰冷。

「你……！」

「都給我停手。」就在莫蘭娜準備動手之際，一把富有威嚴的聲線出現，叫住了二人。

「審判長！」伊恩驚呼，奧雲和莫蘭娜一同望去，發現他們的上司，異教審判局的審判長不知何時出現，瞪著他們。

「奧雲，管好你的嘴，同樣的事已經不是第一次發生，不長教訓嗎？莫蘭娜，把劍收起，異教審判者的劍只能用在背教者身上，需要我再教育一次嗎？」年過四十，留有一把鬍子的審判長把雙手收到背後，厲聲逐一責備二人。望向莫蘭娜時，他特意瞪了一下，似是在暗示甚麼。

「不用！」莫蘭娜像是讀懂意思，立刻把劍收回劍鞘，剛才為止的怒氣全然消散，眼神還有點閃縮。

審判長沒說甚麼，他只是轉身，回頭瞪了一眼莫蘭娜。

「進來，向我匯報。」

「成果呢？」審判長進到房間後，立刻坐在椅上，沒有過問剛才的事，直接要莫蘭娜匯報。

「昨晚，我已經把叛教組織的殘黨全數剷除，沒有留下活口。」莫蘭娜報告，並遞上一份寫有戰果的紙卷。

「做得好，他們是動搖神之教誨的存在，必須早日除去。」審判長閱畢紙卷後稱讚道，但莫蘭娜卻絲毫喜悅也感受不到。

同樣的稱讚，她已經聽了許多遍，對她來說，審判長的這句話的意思跟「已閱」差不多，一樣敷衍。

「那麼今天沒有我的事了吧，我先回去了。」莫蘭娜說。

「這個，」正當她要轉身離開時，審判長把她叫住，指著桌上的一卷紙卷，要莫蘭娜拿起來看。

「你的下一個任務。」

「又是背教者嗎？」莫蘭娜打開紙卷的，未看裡面的內容便問。

「根據調查，你剷除的那個叛教組織在教會裡有一個接頭人，雖然殘黨已全數剷除，只有接頭人，他不會做得出甚麼事來，但背叛神的人仍需得到審判。我想你接近他，調查真假，必要時把他除去。」

「這人……」莫蘭娜仔細閱讀，開始面有難色。

「有甚麼事？」審判長察覺到她的表情變化，立刻追問。

「沒有，」莫蘭娜瞬間收起表情，裝作沒事，並把紙卷收起。「三天內，我會再向審判長匯報。」

「期待你的成果，我訓練出來，最得力的異教審判者。」

莫蘭娜沒有回應他，只是輕輕點頭後，便推門走出房間。

4

「馬丁！」

看見不遠處，站在廣場水池旁的黑髮男人身影，莫蘭娜立刻雀躍地揮手，見男人向自己回揮，她更為高興，並一奔一跳地走過去。

「抱歉，要你久等了。」走到馬丁面前，莫蘭娜害羞地低頭，嬌媚可愛的樣子讓馬丁心裡癢癢的。

「莫蘭，你今天也很美呢。」低頭打量莫蘭娜，馬丁忍不住讚嘆。

離開教堂後，莫蘭娜先是回家，把異教審判者的黑袍黑裙脫去，換上一條樸素的，以白裙作底，紅裙作面的長裙，然後前來跟她的愛人馬丁見面。她的一頭長髮在風中隨風飄逸，亮麗的漆黑在陽光下閃閃生輝，前額的白髮都變成黑色，這是她特意用術式遮蓋的。

「你真的跟你姊姊長得很像呢，要是不仔細看，真的沒法分辨出二人。」馬丁感嘆。他是教會的神官，不時會在工作上遇見諾璃娜。每次看著莫蘭娜，他都會有錯覺，以為眼前的是那位高不可攀，如同女神一樣的少女，但當莫蘭娜對他微笑，向他撒嬌時，他就知道眼前的是另一個人。

「你是怎樣分辨到的？」比馬丁矮一個頭的莫蘭娜依偎在他胸前，柔聲問道。

那位諾璃娜神官才不會像鄰家女孩一樣躺在別人的懷中撒嬌，馬丁心想。「憑你說話的方式，以及舉手投足。」

「馬丁你喜歡姊姊嗎？」莫蘭娜問。

「如此天才般的，高高在上的存在，誰會不喜歡呢，」同一條問題，馬丁不是第一次被問了，他低頭與莫蘭娜四目交投，認真地說：「不過在我心裡的，只有你一人。」

雖然已經不是第一次聽見，但再一次得到愛人的告白，莫蘭娜心裡甜滋滋的。

「今天特意請假約我出來，有甚麼事嗎？」莫蘭娜問。

「有一個特別的地方，我想帶你去看。」馬丁說完，牽起莫蘭娜的手。

「是哪裡？」莫蘭娜好奇地問。

「到了你便知道，相信你一定會喜歡的。」

莫蘭娜緊緊抱著馬丁的手臂，後者輕輕一笑，帶著她往他準備好的地方前進。

二人的相識是在半年前。當時馬丁在鄰鎮執行救治工作，偶遇同是神官的莫蘭娜。他當時十分驚訝，沒想到諾璃娜居然有一位樣貌幾近一樣，同樣美若天仙的雙胞胎妹妹。藉著一同工作的契機，馬丁主動接近莫蘭娜，與她拉近關係，二人相識一陣子後，很快便發展成情侶。馬丁不知道莫蘭娜的真實身份，只知道她是負責到不同城市傳達信息的神官，因此工作時間不定，有時候會整個星期都不見人，對此沒有懷疑。

他沒想到自己居然能搭上那個諾璃娜的親妹，像是得到了他人所得不到的成就，或是獎賞，覺得歡喜。若說諾璃娜是觸不及的天上女神，那麼莫蘭娜大概就是碰得到的人間美物。與莫蘭娜在一起，他有時覺得身邊人就是諾璃娜，但是一個會黏著自己，不時會撒嬌，溫柔可愛的諾璃娜。時刻被莫蘭娜依靠，他覺得自己就像多了一個胞妹似的，心裡很是滿足。

離開廣場後，二人穿過阿娜理的大街，再走上一個小山丘，在樹林間穿插，走了好一段時間後，眼前豁然開朗，一片寬闊的平地映入莫蘭娜眼中。

「這裡是？」這裡一個人也沒有，放眼所見的地方都種滿顏色各異的大春菊。站在漫山遍野的花面前，莫蘭娜十分好奇。

「我最近發現的，沒幾個人知道這個地方。」馬丁說。

「為甚麼要帶我來這裡？」莫蘭娜回頭，好奇地問。

「你看，我們不是交往半年了嗎，你之前問會否有甚麼紀念禮物，我就想到帶你來這裡，當作送給你的禮物，」馬丁解釋。「我只是普通的神官，工資不多，沒法拿出甚麼值錢的東西，這裡就代表我的小小心意。」

半個月前開始，莫蘭娜就不時暗示想在交往半年時收到作為紀念的禮物，馬丁知道她喜歡飾物，奈何自己那份微薄的工資實在無法負擔，某次散步時意外發現這片平原後，他就覺得可愛的莫蘭娜一定會喜歡這裡，因此決定把她帶來。

「莫蘭娜，你喜歡嗎？」馬丁問。

「嗯！我很喜歡，謝謝你！」莫蘭娜笑得燦爛，她上前緊抱馬丁，表示感謝。

莫蘭娜其實並不喜歡花，素來覺得花都是柔弱的象徵，沒甚麼好感。雖然她對眼前的景色毫無興趣，但馬丁為她送上禮物的心意令她感動。她欣然接受的不是花本身，而是馬丁藉著送禮所表達的愛意。

「對了，馬丁，我想問你一個問題，你要誠實答我。」伏在馬丁懷中，莫蘭娜輕聲問道。

「是甚麼？我都會答的。」馬丁把手伸進莫蘭娜的長髮裡，細語道。

「假若我跟諾璃娜姊姊不是姊妹，又或我跟諾璃娜姊姊的樣子不一樣，你還會喜歡我嗎？」莫蘭娜問。

「傻瓜，當然會，」馬丁輕笑。「我喜歡的是你這個人，不是你的樣貌。」

「真的嗎？」莫蘭娜追問。「你真的愛我？」

「當然。」馬丁點頭。

「以前不少人對我說過一樣的話，但他們最後都是騙我，把我狠狠拋棄。」莫蘭娜垂頭，表情有些哀傷。「我很怕，不想再受被欺騙的感覺……」

「不用怕，那些事都已經過去了，」馬丁輕拍莫蘭娜的頭安慰她，他心疼莫蘭娜曾面對過的惡意和不公，不明白為何這世界要對如此溫柔的人如此殘酷。「現在你有我，我不會騙你的。」

「真的？」莫蘭娜抬頭，眼泛淚光。「不會背叛我嗎？」

「正如我承諾過的，我對你說的每一句話，都是真的。」馬丁肯定地說。

「謝謝你，馬丁，」莫蘭娜頓時破涕而笑。「我愛你。」

她踮高腳尖，輕輕吻向馬丁。起初那只是細碎而輕柔的吻，但在馬丁的回吻下，很快變成深沉而長久的舌吻。感受著馬丁吐出的溫暖氣息，以及二人緊緊相擁的交織，莫蘭娜心裡很是歡愉，她覺得此刻的自己十分幸福。就算沒法如願跟最愛的親妹相愛，能夠被他人所愛，被他人肯定，也是美好圓滿的。

就算是被詛咒，如此罪孽深重的我，也可以有被愛的機會，她心想。

我不求甚麼，只要能夠得到愛，願意全心全意付出，就算要獻上自身，也在所不辭。

5

「馬丁……馬丁……」

躺在床上，莫蘭娜意識迷糊，她全身都被酥軟和舒爽包圍，沒法組織出任何話語，只能不斷地呼喚愛人的名字，著他不要停下。

在平原約會過後，愛慾被撩起的二人均感意猶未盡，因此決定到城郊的一個偏僻小旅館裡共渡長夜。這不是二人第一次纏綿，在之前就已經有過好幾次了，但馬丁發覺，今天莫蘭娜跟以往不一樣，更為享受和投入。

馬丁壓在她身上，肌膚之間的摩擦持續令她嬌喘。他沒想過這位跟諾璃娜幾乎一模一樣的少女，在床上的反應是如此性感又可愛。在黑暗中他無法看清莫蘭娜的容顏，以及她的媚態，但聽著她魅惑的呻吟聲，感受她身體的脈動，他也感到興奮起來，心裡的慾火被燃起，更進取地想要滿足她。

二人一直交纏，以合拍的節奏一起往快感的頂尖衝去，直到莫蘭娜身子弓起，馬丁腦袋空白一片，絕頂的歡愉傳遍二人全身，他們終於依依不捨地與對方分離，躺在床上，相互輕撫。

這時，一縷月光從窗外灑進來，徐徐照到莫蘭娜身上，馬丁看清床上人的樣貌，登時嚇了一跳。

「你到底是誰！」他立刻彈起來，驚恐地看著莫蘭娜。眼前人跟他一直認識的莫蘭娜幾近一樣，唯一不同的是，她前額留著白髮。

「是我啊，馬丁，你怎麼了？」莫蘭娜坐起來，有點受傷地望向馬丁，她想要伸手，但馬丁立刻縮開，並且退後。

「不，這不是我認識的莫蘭娜，不可能的。」馬丁嘴裡呢喃。

「你在說甚麼啊，馬丁，這就是真正的我啊。」莫蘭娜眼泛淚光，快要哭出來了。「我一直討厭這些白髮，所以才用術式遮蓋，但就算沒有這些白髮，我仍然是我，仍然是你認識的莫蘭娜啊。」

因為前額的白髮，莫蘭娜從小一直不受待見，被說是擁有詛咒的魔女，為了擺脫旁人異樣的目光，她有時候會用術式把白髮遮蓋，讓自己看起來更像諾璃娜。

邂逅馬丁的當天，她剛完成背教者的審判工作，心情低落，所以用術式稍微改變了自己的樣貌，沒想到他居然主動接近自己，不久後還向自己表白。與馬丁在一起的這些日子，莫蘭娜多次考慮過要向馬丁坦白自己真正的樣貌，但害怕他會因此離她而去，直到今天聽見他的告白，便鼓起勇氣，在將身體交待對方之時撤下術式，觀察他的反應。

「你這個……是被詛咒的……」盯著莫蘭娜的黑白長髮，馬丁忍不住呢喃，曾經在他眼中看為可愛的莫蘭娜，此刻變成了異類。

「你今天不是說了，不是喜歡我的樣貌，而是我這個人嗎？」聽見詛咒二字，莫蘭娜心如刀割，這是她最討厭，也最傷她心的詞語。縱使馬丁如此說，她還是想努力挽留，想要相信他。「這些都是騙我的嗎？」

「明明是你先騙人！」馬丁激動地反駁。「先說謊的人講甚麼道理？」

「馬丁……」莫蘭娜欲上前，但馬丁卻急忙退後。

「你要求我向你真誠，但你卻從一開始便在騙我，這算怎樣？」馬丁質問。

「馬丁，你不是說愛我的嗎？」莫蘭娜追問，想要再確認一次。

「我愛過，但看來我的愛從一開始就是一個謊言。」說完，馬丁冷冷地站起來，背對著她穿起衣服。

「既然是謊言，從一開始就不是真實。」

「是嗎，就連你也不會接納我嗎，」莫蘭娜失望地垂頭。「那麼算了。」

馬丁正在把褲子拉起，突然一陣冷風閃過，他眨眼，低頭一看，發現頸項被一把血紅的長劍抵住，而莫蘭娜正握著這把劍，冷冷地瞪著自己。

「莫蘭娜？你這是甚麼意思？」馬丁頓時焦急起來，搞不清楚狀況。

「背教者馬丁・史密斯，身為神之僕人，竟敢在背後與叛教組織勾結，我作為異教審判者，現以神之名向你問罪。」莫蘭娜一改剛才的懇切，眼神冰冷，語氣冷漠。

今午審判長交給她的任務，就是要接近馬丁，指他就是叛教組織在教會內的接頭人。莫蘭娜起初以為一定是教會搞錯了甚麼，又或是同名同姓的另一人，她愛人不可能會做背教這種有違天理的事情，但任務書上寫的資料，跟她所認識的馬丁完全一致，令她不得不面對，她的愛人就是背教嫌疑者的事實。

「異教審判……原來你連身份也是騙我的！該不會你這副樣貌也是假的，其實不是諾璃娜神官的妹妹吧？」馬丁質問。

「諾璃娜神官有一位跟她容貌相似，但身纏詛咒的親妹，你從小就住在阿娜理，真好奇你為何未曾聽說過呢，」莫蘭娜冷笑了一聲，她的態度跟不久前截然不同，彷彿變了另一個人。「別說廢話了，背教者，你的惡行已被發現，有甚麼要解釋的嗎？」

「我沒有背教！這一定是甚麼誤會！」馬丁否認。「莫蘭娜，你要相信我！」

「相信你？」莫蘭娜反問。「那這個是甚麼？」

她把手伸到馬丁的褲袋，在裡面粗暴地翻找，很快取出一個吊飾，拿到他眼前展示。

「這是只有叛教組織的成員才能擁有的吊飾，為甚麼會在你手上？」她質問。

莫蘭娜起初不想相信馬丁會跟叛教組織有關係，直到來到旅館，她脫下馬丁的衣服時，不小心摸到這個吊飾，真相在那一刻呼之欲出。

「我不知道！只是前陣子在街上撿到，見它有點漂亮便留下來而已。而且你怎麼能肯定它是叛教組織的東西？」馬丁嘗試辯解。

「當然肯定了，因為這叛教組織，就是我親手剷除的。」莫蘭娜回答。

叛教組織的情報是她打聽出來，組織殘黨也是她剷除的，她當然比任何人都更清楚這組織的底細。馬丁的回答和焦急的態度更為坐實莫蘭娜的想法，他就是叛教組織的成員，不但背叛了她，也背叛了她所信仰的神，更沾污了她姊姊的光芒。

「莫蘭娜！」想到自己的同伴居然都是被眼前這位外表年輕，樣貌看起來人畜無害的少女殺死，馬丁登時感到可怕。「你真的要這樣做嗎，你不是愛我的嗎？」

「這傢伙的確真心愛你，馬丁，」莫蘭娜把吊飾放回褲袋，並輕撫馬丁的臉頰。「她給了你機會，打算不處決你，只是你不珍惜而已。」

莫蘭娜本來已經想好用甚麼方法替馬丁脫罪，甚至考慮讓自己為他頂罪，但馬丁看見她真實樣貌後的反應傷透了她的心。莫蘭娜想要為他付出，但他卻要狠狠拋棄自己，她心碎一地，既然如此，那就別怪她無情。

愛她的，她願意付出一切；但背叛她的，她會不惜一切讓對方付上代價。

「她？你不是莫蘭娜嗎？你是誰？」馬丁搞不清狀況。

「跟你無關，」莫蘭娜冷冷地回應。此刻的她，不是馬丁一直以來認識的莫蘭娜，但她也是莫蘭娜。「你只需要知道，你已經失去了她的愛。」

「你聽我說，這個神根本不值得我們信賴！你以為祂都是對我們好嗎？不，祂不過是利用我們而已！」見用愛意無法說服，馬丁狠心賭一把，嘗試用道理說服莫蘭娜。「有很多不能見光的事實，都被祂暗地裡隱瞞了！」

馬丁的一句話，坐實了他背教者的身份。莫蘭娜把劍從馬丁的頸項收走，正當他以為自己得救時，他被莫蘭娜用劍指著胸口，寸步難移。

「反叛神的人，都需要接受制裁。」莫蘭娜沒有聽進馬丁的話，只是冷冷地說。「只要是敢反叛神的，要沾污姊姊光輝的人，我們一個也不會放過。」

「你……你這個被詛咒的魔女！」馬丁衝口而出。

「是嗎，連你也這樣叫我們嗎，」莫蘭娜的眼神瞬間跌落到冰點，她毫不留情，把劍刺進馬丁胸口。

「那麼你就跟那些這樣稱呼過我們的人一起，躺在這把劍下吧。」

6

處決了馬丁，把屍體處理好並清理現場後，已經是午夜了。

冷清的街上只有自己一人，莫蘭娜感到孤單，也感到空虛。

她依然穿著那條以白裙作底的長裙，雪白的棉布在夜光下顯得更為雪白，但她的心就如白裙上的那條紅裙一樣，暗啞無光，心裡流著血。

果然，沒有人會願意愛我，莫蘭娜心裡呢喃。

她早就察覺到，馬丁是因為她跟諾璃娜樣貌相近才接近她的。同樣的人她遇過不少，大家都喜歡把她當作諾璃娜的替代品看待，她傷心，卻會迎合這些人的希冀，演出符合他們心目中期待的形象。因為她覺得，只要能夠得到愛，甚麼也不要緊。

與馬丁邂逅，她本來以為自己終於遇上了一個能夠拋開世俗眼光，全心全意愛她的人，沒想到他也不過是因為愛慕諾璃娜而接近她，甚至背地裡在做背教的勾當。沒想到這人也不過是因為她跟諾璃娜的連繫而接近她的。親手殺死曾以為可以交付自身的人，莫蘭娜感到悲傷，但更多的，是因被背叛而生的恨。

所有嘴上說愛我的人，終究都會背叛我，莫蘭娜心裡嘆氣。

被詛咒的人看來真的沒有資格得到幸福。我只是想要得到愛而已，就有那麼難嗎？

愛我的人，我會用盡一切力量回報；背叛我的人，我會用盡一切方法報復。

「你這個被詛咒的魔女！」

這時，馬丁的遺言在莫蘭娜耳邊響起。她感到心如刀割，但之後卻忍不住大笑了起來。

對，我就是罪孽深重的魔女，厭惡那些不照神律行事的惡人，但自己同樣行盡罪惡之事，將自己放在矛盾之中的罪人。這樣的我只能身處黑暗，沒有資格在陽光下行走，但就算世上所有人都厭惡我，只要姊姊能夠繼續愛我，那就足夠了。

只要她繼續光芒四射，我就能繼續堅持下去。

莫蘭娜握緊紅劍劍柄，本來波動的內心慢慢平靜下來。

⚔

翌日中午，從美滿的夢鄉醒來，莫蘭娜感嘆，又是重複的一日。

她一如平常，獨自在客廳吃午餐，但當她準備要出門時，卻看見整輩子也不能磨滅的一幕。

「吾之忠實僕人，莫蘭娜。」

一把低沉的陌生聲音呼喚她的名字，莫蘭娜轉身一看，發現竟然有一條巨大的白蛇坐在身後的樓梯上。白蛇以紅如寶石的雙眼瞪著她，牠的身軀跟教會畫像裡的神幾近一樣，莫蘭娜揉了揉雙眼，以為是自己的錯覺，但揉了幾次，白蛇依然沒有消失。

「祢是……神嗎？」她戰戰兢兢地開口問道。

「吾乃汝所事奉，守護安納黎之神。忠實之僕人，於吾面前跪下。」白蛇以滿有威嚴的聲音回應。

一切的扭曲，由此開始。

後記－Nachwort－曝露－EXPOSE－

一眨眼，這樣就來到《劍舞輪迴》的第五本實體書了。

時間過得真快呢，距離結局越來越近了。

Vol. 5可說是整個故事的高潮。「八劍之祭」真相的揭露，諾娃和莫諾黑瓏的過去，以及奈特的真實身份，把這些隱藏許久的伏筆一一解釋時，感覺就像把懸掛了很久的布幕一舉扯下，藏在布幕後方的東西在光線和目光下暴露無違。我在很久之前就已經期待著真相被揭露的一天，但當實際下筆書寫時，劇情的重量和所帶來的震撼還是超乎想像。

這卷令我最深刻的其中一部分，是第二十一至二十二迴的五人混戰。雖然二人以上的戰鬥在《劍舞輪迴》裡已經不是第一次出現，但像第二十一至二十二迴這種，場景和對手多次轉換，而且有兩組戰鬥同時間進行的倒是第一次寫。寫的時候我想了很久，要如何傳達戰鬥是兩邊同時發生，而且不會亂掉，實在不容易。另外，寫愛德華和奈特的對決時，我充分感受到這兩年間學習史實歐洲武術所累積下來的成果。實際揮舞長劍，嘗試與人對打，令我對劍技和攻守等知識有了多一分理解，這些經驗都經由文字融入到故事裡，一步一步改進對決場面的描寫。我不敢說自己寫得很好，但起碼現在呈現出來的，是自己想要追求，並且滿意的內容。

這次實體書沒有人物故事，取而代之的是一篇已在網上公開過的番外篇〈水球－WATER POLO－〉，和以莫蘭娜為主角的實體書限定番外〈忠愛－DEVOTION－〉。

〈水球－WATER POLO－〉說穿了，就是泳裝番外篇。本來我想寫一篇愛德華和路易斯用水球互鬥的短篇，沒想到後來卻演變成他們合作取勝的故事。在最初的計劃裡，我是想讓他們失最少一球的，但常說角色都是活的，他們會主宰故事的走向，愛德華和路易斯用他們的方式告訴了我，他們不容許失敗，也不會失敗，所以便有了這個一面倒的比賽結果。寫這篇番外時我最意外的，是二人的合拍度之高，一個動腦筋，一個出體力，要是他們能夠放下心中對對方的異見，這組合根本天下無敵。

奈特和路易斯的相處和合拍度稍微能夠證明這一點。

至於〈忠愛－DEVOTION－〉，它又可以稱為「莫蘭娜的一天」。故事發生在莫蘭娜遇見神之前的一日，她心裡對諾璃娜超乎姊妹之情的渴求和愛，異教審判者的工作，以及對愛與背叛的感受之深，都在這篇番外裡一一呈現。這是我第一次嘗試用隱晦的方式描寫性愛場景，剛下筆時覺得有點困難，但後來感覺慢慢抓到竅門了，不知道大家覺得怎麼樣呢？

本書的代表色是路易斯的金黃色，也代表齊格飛家的光輝和火焰。書背那把被火舌層層包圍的「神龍王焰」又是我畫的，希望大家喜歡。

Vol. 5的完結，意味著整個故事已經完成了接近八成。真相被揭開，那麼剩下來的，就是抉擇和終結了。

布倫希爾德回到安凡琳後，會遭受怎樣的待遇？她能夠和路易斯再見面嗎？

夏絲妲說要為過去的執著劃上句號，她打算到哪裡去？

一直旁觀的亞洛西斯，對現時祭典的進度又有甚麼看法？
距離「八劍之祭」結束只有一個多月，剩餘的五位舞者，是時候分出勝負。

⚔

設定後話從不缺席，這次也不例外。

1. 在最初版本的大綱裡，我沒有計劃讓路易斯那麼早便察覺到布倫希爾德的失憶問題，雖然他到現在仍未知道布倫希爾德失憶的真正原因就是了。
2. 在第二十迴裡，最初我是打算讓路易斯和布倫希爾德外出逛逛，像對普通情侶般享受美好的私人時光的，但考慮到路易斯當時剛剛喪親，精神不太穩定的他絕對沒可能像沒事一樣外出談戀愛，所以就有了故事裡出現的情節——是強撐著自己走出去的。
3. 第二十迴（04）提及的芝士炸飯糰，原型是意式炸飯球。很久以前我曾經在德國的聖誕市場吃過，炸物的爽脆感和米飯的黏稠感，兩者混在一起十分有趣，十分推薦！
4. 路易斯和布倫希爾德的私下結合並不是從一開始便已經計劃好的。我最初的打算是二人渡過一段不被任何人打擾的美好時光，後來希格德莉法出現，威脅布倫希爾德回家，後者因此被逼離開。但在書寫故事的過程，讀者們想二人盡快結婚的敲碗，以及我對他們遭遇的同情改變了想法，希望他們能夠在有限的時間裡多得一些幸福，加上二人的關係進展神速，結合是十分合理的一回事，所以便讓它發生了。

5. 在網上連載時，第二十二和二十三迴本來是屬於同一迴的，但在修稿時因為編排更改，加上爆字數的關係（原本第二十二迴有足足七萬多字），便把它們分割成兩迴。

6. 奈特的左眼本來設定是被波利亞理斯弄瞎的，但我寫的時候，怎樣想都覺得不合理，因為他要是被波利亞理斯弄瞎了，只有單眼視力，要勝出祭典應該會很困難吧。而且，他有諾娃啊？所以，還是不要瞎掉好了。

7. 莫諾黑瓏的雙重人格，從她還是莫蘭娜的時候便已經有了。她的兩個人格共享記憶，互相知道大家的存在，底層人格平時不會出現，直到表層人格（也就是我們熟悉的那個莫諾黑瓏）傷心透頂，整個人忍耐到了極限時才會現身。她們之間沒有誰真誰假，正如她所說的，二人都是莫蘭娜／莫諾黑瓏。

8. 有看網上連載的讀者們或許知道，我其實寫過兩篇R18的番外。兩篇番外的主角都是莫諾黑瓏，一篇是GL，一篇是BG，如果大家讀完〈忠愛－DEVOTION－〉之後覺得意猶未盡，可以到Penana解鎖閱讀。

9. 作為特典送出的兩張明信片，其中一張描繪了第二十迴（07）路易斯和布倫希爾德在水中立下誓言的場面，浪漫感滿滿！而第二張則以生前的莫諾黑瓏和諾娃（莫蘭娜和諾璃娜）作主角，描繪這對雙子互相依靠卻又互相對立的關係。

《劍舞輪迴》Vol. 5 能夠成書，有很多人我想要感謝。首先，感謝筆言編輯再一次願意接下編輯校稿的重任，你的建議真的很有用，修稿後的第二十二和二十三迴比原版更吸引，辛苦了！另外也要感謝秀威出版社聖翔編輯，感謝你協助本書的設計、排版和發行等事宜。我也想感謝插畫明信片繪師Deme，你所繪畫的精美插圖每次都能夠帶給我驚豔，尤其是這次莫蘭娜和諾璃娜的插圖，那意境太棒了，相信讀者們也會有同樣的感受！最後，我想感謝每一位支持此故事的讀者，對，就是握著這本書的你，還有每一位在 Penana 訂閱了我的讀者，以及每一位在網上閱讀過《劍舞輪迴》的讀者們。這不是場面話，沒有你們的支持，我一定沒法堅持到今天。

《劍舞輪迴》的下一卷是Vol. 6，而故事則預定在Vol. 7完結，意味著我們離結局不遠了。Vol. 6的實體書預定在二〇二四年末推出，而Vol. 7經已開始在網上連載，預定在二〇二四年內完結。如果想搶先追看故事最新進度，可以在Penana、原創星球等網上平台閱讀網上版連載，而故事的最新資訊、插畫和設定，我都會在《劍舞輪迴》的臉書專頁「劍舞輪迴 Sword Chronicle」以及個人 Instagram 上更新，有興趣的話可以來追蹤。還有，我在Penana有開啟訂閱計劃，如果大家有興趣每個月用一個下午茶的價錢支持我創作，不妨來 Penana 訂閱我吧。

附上Penana的《劍舞輪迴》連結二維碼：

我還開設了讀者專用的Telegram群組。如果各位讀完此書，希望跟我或其他讀者交流內容，不妨加入群組，一起聊天，互相交流心得吧。

以下是Telegram群組的連結二維碼：

Telegram：Setsuna的茉莉茶室

寫這段後記的前一陣子，我陷入了一段低潮。在動力低下，每天都在喊累，像在拖著自己才能勉強行走的日子裡，我不停問自己，堅持寫作至今天，到底為了甚麼？

在很多個午夜低潮裡，我都考慮過該否放下筆杆，覺得無能的自己應該別再動無用功，但當太陽升起，新一天來臨，我又無法捨棄手上的筆，覺得自己還能繼續努力。

沒有人是完全的天才，也沒有人是完全的廢物。要是有想要追求的事物，那就用盡全力，燃燒自己，換取想要得到的結果吧。

我會繼續努力的。

Setsuna，寫於二〇二三年十月十二日

國家圖書館出版品預行編目

劍舞輪迴 = Sword Chronicle / Setsuna作. --
臺北市：獵海人, 2023.12-
冊；　公分
ISBN 978-626-97445-8-9(第5冊：平裝)

857.7　　　　112019896

劍舞輪迴 Sword Chronicle Vol.5

作　　者／Setsuna
封面設計／Setsuna
編　　輯／筆　言
出版策劃／獵海人
製作銷售／秀威資訊科技股份有限公司
114 台北市內湖區瑞光路76巷69號2樓
電話：+886-2-2796-3638
傳真：+886-2-2796-1377
網路訂購／秀威書店：https://store.showwe.tw
博客來網路書店：https://www.books.com.tw
三民網路書店：https://www.m.sanmin.com.tw
讀冊生活：https://www.taaze.tw

出版日期／2023年12月
定　　價／480元